Obsesión

J. L. Butler

Traducción de Jorge Rizzo

WITHDRAWN

Rocaeditorial

Título original: *Mine*

© 2018, J. L. Butler

Primera edición: septiembre de 2018

© de la traducción: 2018, Jorge Rizzo
© de esta edición: 2018, Roca Editorial de Libros, S. L.
Av. Marquès de l'Argentera 17, pral.
08003 Barcelona
actualidad@rocaeditorial.com
www.rocalibros.com

Impreso por Egedsa
Sabadell (Barcelona)

ISBN: 978-84-17092-95-5
Depósito legal: B. 17.405-2018
Código IBIC: FH

RE92955

A J. P.

Quiere que su mujer desaparezca.
Tú también…

Prólogo

No recuerdo mucho de la noche en que se suponía que debía morir. Es curioso cómo la mente bloquea los recuerdos que no quiere guardar, eso no es nada nuevo. Pero si cierro los ojos aún puedo oír los sonidos de aquella noche de mayo. El aullido de un viento inusualmente frío para la estación, el repiqueteo contra la ventana del dormitorio, el roce de las olas contra los guijarros de la playa a lo lejos.

Además, llovía. Eso lo recuerdo, porque el murmullo del agua contra el cristal aún lo tengo en la cabeza. Por un momento, tuvo un efecto hipnótico. Por un momento, camufló el ruido de las pisadas en el exterior: tap, tap, tap, unos zapatos resonando contra los adoquines, unos pasos lentos pero decididos.

Sabía que venía, y sabía qué tenía que hacer.

Tumbada bajo el edredón, en la cama de hierro, hice esfuerzos por mantener la calma. La tenue luz de la ristra de bombillas del sendero junto a la orilla se filtraba en el interior de la habitación. Esa oscuridad sepulcral solía tranquilizarme, pero esa noche me hacía sentir más sola, como si estuviera flotando en el aire sin un cable de sujeción.

Apreté el puño, rezando para que asomara por la ventana la reconfortante luz del alba. Pero no hacía falta consultar el reloj para saber que faltaban al menos cuatro o cinco horas para eso, y estaba claro que era demasiado tiempo. Los pasos retumbaban frente a la casa. El suave roce metálico de la llave introducida en la cerradura resonó por las escaleras. Era difícil no hacer ruido en aquella casa; era un edificio muy grande y antiguo, estaba vieja y no ponía nada de su parte…

¿Cómo había podido llegar a este punto? Había llegado a Londres en busca de una vida mejor, para mejorar como persona y conocer a gente interesante. Para enamorarme. Y no había más que ver el resultado.

Υ

Oí la puerta principal, que se abría. El aire frío que se colaba por las fisuras de la ventana me cerró los orificios nasales. Hacía un frío de cámara mortuoria, y el símil era de lo más apropiado. Entre otras cosas porque estaba allí tendida como una momia, con los brazos a los lados del cuerpo, los dedos temblorosos encajados bajo los muslos, inmóviles como si fueran pesos muertos que me anclaban a la cama.

Cuando los pasos llegaron al rellano, saqué las manos de la calidez de las sábanas y las apoyé sobre la fresca funda del edredón. Tenía los dedos agarrotados, las uñas apretadas contra las palmas, pero al menos estaba preparada para luchar. Supongo que sería mi personalidad de abogada.

Vaciló al otro lado de la puerta. Dio la impresión de que aquel momento se comprimía en un silencio frío y prolongado. No había sido buena idea venir a este lugar. Cerré los ojos, deseando que la lágrima que acababa de aflorar no me cayera por la mejilla.

El suave roce de la madera contra la moqueta al abrirse la puerta. Todos los instintos de mi cuerpo me decían que saltara de la cama y echara a correr, pero tenía que ver qué hacía, si sería capaz. El corazón me golpeaba el pecho, tenía las piernas y los brazos paralizados del miedo. Mantuve los ojos cerrados, pero lo notaba cada vez más cerca. Mi cuerpo se encogía bajo su amenazante sombra. Incluso oía su respiración.

Me tapó la boca con la mano fría, presionándome los labios, secos y apretados. Abrí los ojos y vi su rostro, a apenas unos centímetros. Intentaba leerle la expresión desesperadamente, tenía que saber qué estaba pensando. Intenté separar los labios para gritar y luego esperé… a que sucediera lo inevitable.

TRES MESES ANTES

1

Apenas hacía cinco minutos que había vuelto al bufete cuando me di cuenta de que había alguien en la puerta de mi despacho.

—Venga, vuelve a ponerte el abrigo. Nos vamos —dijo una voz que reconocí sin tener que levantar la mirada siquiera.

Seguí escribiendo, concentrada en el ruido que hacía la pluma al rozar con el papel (un sonido del viejo mundo en la era digital) y esperando que se fuera.

—¡Vamos, vamos! —dijo él, para que le hiciera caso.

Miré al secretario jefe del bufete y le sonreí a regañadientes.

—Paul, acabo de volver de la sala. Tengo trabajo, disposiciones que pasar a máquina… —dije, sacando unos papeles de mi maletín. Observé que tenía un corte en el cuero y me apunté mentalmente que debía llevarlo a reparar.

—Nos vamos a almorzar al Pen and Wig —dijo, descolgando mi abrigo de detrás de la puerta y sosteniéndomelo para que metiera los brazos en las mangas.

Dudé un momento, pero luego me rendí ante lo inevitable. Paul Jones era una fuerza de la naturaleza y no permitiría ninguna insubordinación.

—¿Qué celebramos? —pregunté, mirándole como si salir a almorzar fuera algo de lo más extraordinario.

La mayoría de las veces lo era. En los últimos seis meses, probablemente no había comido otra cosa que no fuera un sándwich en mi despacho.

—En Mischon's tienen una nueva socia. Pensé que debería presentártela.

—¿Es alguien que conozco?

—Acaba de venir desde Mánchester. Os llevaréis bien.

—Ya veo: quieres atraer clientes usando el gancho norteño —dije, forzando el acento para darle un efecto cómico.

Sonreí.

Cogí el bolso, salimos de mi despacho y bajamos las interminables escaleras hasta las entrañas del edificio. Era como una ciudad fantasma, aunque a esa hora del día (poco después de la una del mediodía) no resultaba tan raro. Los funcionarios habían salido a comer, los teléfonos estaban en silencio y los abogados seguían en sus juicios o ya se habían ido a casa.

Al salir a la calle, el frío viento de febrero me dio una bofetada en el rostro y me hizo contener la respiración. O quizá fuera la visión del Middle Temple, que, después de quince años de ejercicio en los tribunales, aún me impresionaba. En esta ocasión tenía una belleza especialmente frágil. Encajado entre el río y Fleet Street, el Middle Temple, uno de los cuatro colegios de abogados ingleses, es un laberinto de patios y edificios históricos, una esquirla del Londres del pasado anclada en el tiempo, uno de los pocos lugares de la ciudad que aún se iluminaba con gas por las noches y que encajaba perfectamente con un día gris y húmedo como ese.

Hundí las manos en los bolsillos y nos pusimos en marcha hacia el pub.

—¿Ha ido bien?

Eso, en la jerga de Paul, significaba: «¿Has ganado?». Para él era importante saber cómo nos iban todos nuestros casos. Me gustaba mucho nuestro secretario: siempre comprensivo, hasta paternal, aunque ni por un momento quise creer que su preocupación fuera altruista. Todos los abogados que ejercíamos en el tribunal conseguíamos los casos por referencias y recomendaciones personales, y Paul, que como secretario jefe movía los hilos de todo el bufete, se quedaba una comisión de todos los casos que nos llegaban.

—Tienes algo interesante esta tarde, ¿no?

—Una reunión preliminar con el abogado instructor y el cliente. Un divorcio de mucha pasta.

—¿Como cuánta? ¿Ya lo sabes?

—No al nivel de Paul McCartney. —Sonreí—. Pero bastante.

Nuestro secretario se encogió de hombros.

—Qué lástima. No nos irían mal unos cuantos casos más de esos que saltan a los titulares. Aun así, buen trabajo, señorita Day. Un divorcio de ese calibre suele ser trabajo para grandes bufetes, pero el abogado que lleva la instrucción del caso ha pedido que fueras tú.

—Es Dave Gilbert. En Navidad le mando un whisky estupendo, y se porta bien conmigo todo el año.

—A lo mejor sabe que eres la abogada de familia con mejores resultados de todo Londres. Yo mismo llamaría a tu puerta si mi señora huyera con un chatarrero millonario —bromeó, guiñándome un ojo.

El Pen and Wig, típico pub de barrio que había dado de comer y de beber a abogados desde la época victoriana, estaba a unos minutos a pie de los tribunales. Entramos en aquel acogedor local que tenía paneles de madera en las paredes. Di las gracias por la ráfaga de aire cálido que nos arrastró hacia el interior.

Reconocí a un grupo de colegas agazapados en el altillo, al final de la barra, y fruncí el ceño. Era raro ver a tantos juntos, salvo en alguna recepción ofrecida por algún cliente importante.

—¿Esto qué es?

—¡Feliz cumpleaños! —dijo Paul, con una gran sonrisa, en el momento en que Charles Napier, director del bufete, se giró y saludó por encima de la cabeza de nuestras dos abogadas en prácticas.

—¿Así que no vamos a conocer a una abogada? —pregunté, tensa y cohibida a la vez.

Mi profesión me obligaba a hacerme oír ante el tribunal, pero odiaba ser el centro de atención. Además, había ocultado deliberadamente que ese día cumplía treinta y siete años, entre otras cosas porque no me apetecía nada ver cómo se acercaban los cuarenta.

—Hoy no —dijo Paul, abriéndome paso por el pub sin dejar de sonreír.

—Pues vaya. Qué éxito de convocatoria —susurré, consciente de lo difícil que era juntar a tantos de mis colegas en un mismo lugar.

—No dejes que se te suba a la cabeza. Se rumorea que el viejo Charlie está entre los finalistas para el alto tribunal. Creo que tiene ganas de celebrarlo y que ha prometido champán a todo el que viniera.

—Y yo que pensaba que quería brindar a mi salud.

—¿Qué vas a beber, cumpleañera? —preguntó Paul.

—Lima con soda —respondí, cuando él ya iba hacia la barra, dejándome con Vivienne McKenzie, una de las abogadas más veteranas del Burgess Court.

—Feliz cumpleaños, Fran —dijo Viv, que me dio un caluroso abrazo.

—Creo que he llegado a esa edad en la que prefiero fingir que es otro día cualquiera —dije, quitándome el abrigo y colgándolo sobre una silla.

—Tonterías —respondió Viv—. Yo te llevo dos décadas de ventaja y siempre me ha gustado la idea de empezar cosas nuevas y buscar nuevos retos, un poco como las resoluciones de Año Nuevo, pero sin los tópicos y sin la presión que supone mantenerlas al menos hasta Reyes. Por cierto, ¿sabes qué día es mañana? —añadió, cómplice.

—¿El día después de mi cumpleaños?

—Se publica la lista de abogados del Consejo de la Reina.[1] Eso significa…

—Que algunos verán cumplido el sueño de toda su vida —respondí, sonriendo.

—Significa que empieza el periodo de solicitudes para las plazas del año que viene —respondió ella, con un susurro teatral.

Ya sabía qué venía después. Paseé la mirada por el pub, con la esperanza de evitar aquella conversación.

—¿Te has planteado presentarte? —insistió.

—No —respondí, más convencida de lo que en realidad estaba.

—No eres demasiado joven, ¿sabes?

—Justo lo que toda mujer quiere oír el día de su cumpleaños —respondí, echándole una mirada cínica.

—Pretendía ser un halago —dijo ella, sin dejar de observarme.

Había visto aquella mirada muchas veces. Los orificios nasales ligeramente dilatados, las cejas un poco elevadas, sus

---

1. En Inglaterra y Gales, la Corona escoge cada año a una serie de abogados, distinguidos por sus méritos, que entran a formar parte del Consejo de la Reina. Es un título honorífico, pero también el reconocimiento de un estatus, lo cual permite cobrar honorarios más altos. Solo suele concederse a *barristers* (abogados con potestad para actuar ante el Tribunal Supremo), no a *solicitors* (abogados «instructores» que suelen ocuparse de los procedimientos preliminares de un caso). (*N. del T.*)

ojos grises mirándome sin parpadear. Tenía el rostro que mejor funcionaba en el estrado, y lo aprovechaba al máximo. En mis tiempos de prácticas, cuando ella había sido mi tutora, la observaba ante el tribunal y luego practicaba en casa, frente al espejo.

—Eres una de las mejores abogadas jóvenes de la ciudad —dijo convencida—. Los abogados instructores te adoran. Estoy pensando en una docena de jueces que darían excelentes referencias sobre ti. Tienes que empezar a creer en ti misma.

—Es que no creo que sea el momento de presentarme.

—Vino y soda para ti —dijo Paul, guiñándome un ojo, mientras hacía malabarismos con dos copas, una botella de pinot grigio y una lata pequeña de Schweppes.

—¿Cómo sabías que era mi cumpleaños? —respondí, sonriendo y cogiéndole las copas de las manos.

—Mi trabajo consiste en saber todo lo que pasa en el juzgado. —Sirvió el vino y levantó la vista—. Bueno. El Consejo de la Reina. ¿Estás lista, Fran?

—Paul, ahora no —dije, intentando evitar el interrogatorio.

—¿Por qué no? El plazo de presentación empieza mañana —respondió, echando una mirada a Vivienne.

La ancha espalda que tenía delante hizo un movimiento y luego se dio media vuelta.

—Creo que ya puedo colarme en esta conversación —dijo una suave voz de barítono.

—Hola, Tom —dije, levantando la vista. Tom y yo llevábamos el mismo tiempo en el bufete. Era bastante más alto que yo y tenía físico de remador entrenado en el Támesis—. Pensaba que en Eton os enseñaban buenos modales —bromeé.

—Lo hacían, pero uno no puede evitar curiosear. Sobre todo cuando se habla de algo tan interesante.

Sonrió y se rellenó la copa.

—¿Y bien? —dijo Paul—. ¿En qué piensan los jóvenes abogados más brillantes del Burgess Court? ¿Vais a presentaros al Consejo o no?

Bueno, yo estoy listo para tomar la salida. ¿Tú no, Fran?

—No es una competición, Tom.

—Sí, sí que lo es —respondió él con brusquedad—. ¿Te acuerdas del primer día del periodo de prácticas? ¿Qué fue lo que dijiste? Dijiste que, a pesar de mi «supuesta educación su-

17

perior y mi impresionante autoconfianza», no solo obtendrías plaza antes que yo, sino que pasarías por delante de toda nuestra promoción.

—Debí de decirlo para hacerte rabiar —respondí, impostando un tono lacónico.

—Lo decías completamente en serio.

Me lo quedé mirando, reconociendo para mis adentros lo sorprendente que me resultaba que Tom Briscoe no fuera aún letrado del Consejo. Su reputación como profesional de éxito se extendía entre las mujeres trofeo en relaciones infelices, y sin duda cualquiera de ellas querría que fuera él quien la representara: guapo, inteligente, soltero... No solo les daba asesoramiento legal; les daba esperanza.

—Creo que Charles está a punto de soltar un discursito —observó Tom, señalando con la cabeza hacia el director de nuestro bufete, que daba golpecitos contra la copa de vino con una cucharita—. Voy a coger asiento en platea.

Paul se alejó para responder a una llamada y yo me quedé sola con Viv.

—¿Sabes cuál es el problema de Tom?

—¿Demasiada testosterona corriéndole por las venas? —Sonreí, viéndole flirtear con una de las chicas en prácticas.

—Deberías considerarlo al menos —dijo Viv, más seria.

—Todo el tiempo, el esfuerzo necesario para preparar la solicitud... ¿Y para qué? Dos tercios de los que se presenten se quedarán fuera.

—Tú has hecho los deberes —dijo Viv, que cruzó los brazos, pensativa y dando luego un sorbo a su vino—. ¿Sabes, Francine? Yo tengo una teoría sobre la diferencia de salarios en razón del sexo.

—¿Y cuál es?

—Que las mujeres, sencillamente, no lo piden.

—Bah —respondí, con un bufido.

—No lo digo en broma. Lo he visto una y otra vez. Los hombres creen en su propia valía, tengan o no motivos. —Hizo una breve pausa que era más bien un interrogante—. ¿Qué es lo que te retiene?

—La gente como Tom.

—No dejes que te afecte —dijo ella con una caída de párpados.

—No es él. Es el sistema —respondí en voz baja, poniendo

en palabras el miedo, la paranoia que había sentido desde la primera vez que había subido al estrado—. No puedes negarme que es un mundo de lo más clasista.

—Las cosas están cambiando —dijo Viv, articulando las vocales con ese tono de colegio de señoritas de Cheltenham que me dejaba claro que en realidad no lo entendía.

—¿Cuántos abogados hay en el Consejo de la Reina que hayan ido a una universidad pública, Viv? ¿Y cuántas mujeres, cuántos del norte, de minorías étnicas? En lo más alto de nuestra profesión, solo hay hombres blancos de clase media-alta formados en Oxford y Cambridge, como Tom.

—Pensé que eso haría que te lo tomaras como un reto —dijo, justo en el momento en que el tintineo del metal contra el cristal se hacía más insistente y empezaba a oírse en todo el pub—. Solo necesitas un caso importante, Fran. Algo que haga que la gente se fije en ti.

—Un caso que me cambie la vida —susurré.

—Algo así —respondió Viv, mostrando su aprobación con una sonrisa, y ambas nos giramos para escuchar a Charles.

2

Solo me quedé en el Pen and Wig el tiempo necesario para tomarme una copa; no tardé en regresar al bufete. Decidí emprender el camino más largo, pasando por el laberinto de callejones desiertos de atrás, para tener tiempo de fumarme un cigarrillo. No eran ni las dos de la tarde y ya daba la impresión de que empezaba a atardecer; los esqueletos de los árboles desnudos se perfilaban ante un cielo plomizo como pinturas rupestres; las oscuras nubes se cernían sobre los tejados, sumiendo la ciudad en una fría penumbra.

Llegué al Burgess Court unos minutos después de las dos, a tiempo para una reunión que tenía programada para las dos y cuarto. Nuestro bufete se encarga sobre todo de derecho de familia; de vez en cuando, de algún caso criminal. Somos como una manada familiar, como un grupo de tejones. Es una imagen que me parece muy apropiada: todos esos hombres sabios y diligentes con sus largas togas negras, sus pelucas de pelo de caballo y su piel blanca, aunque últimamente haya en el despacho algo más de diversidad, lo que probablemente justificaría la presencia de alguien como yo, una chica del norte educada en centros públicos con una cicatriz en la nariz, recuerdo de un *piercing*.

Actualmente me dedico sobre todo a dos tipos de casos: economía matrimonial y casos relacionados con la infancia. Pensaba que estos últimos serían un tipo de trabajo muy reconfortante, una bonita lucha, pero lo cierto es que son casos difíciles y a veces muy tristes. Así que ahora me concentro sobre todo en los divorcios de gente rica, por el simple y frívolo motivo de que no suelen ser casos que te dejen mal cuerpo y porque, vaya como vaya, sabes que el cliente va a poder pagar tus honorarios. No me vuelvo a casa con la sensación de que he cambiado el mundo, pero sé que se me da bien lo que hago y con eso me pago la hipoteca de una casita no muy lejos del centro.

David Gilbert, el abogado instructor del caso, ya estaba esperándome en la recepción. Llevaba un pesado abrigo de lana azul marino para protegerse del frío, pero tenía la calva descubierta, brillante como un huevo de Burford.

—Acabo de ver a Vivienne —dijo, poniéndose en pie para darme un beso en la mejilla helada—. Según parece, todo el bufete se ha ido al pub a celebrar el cumpleaños de alguien y a mí ni me lo has dicho.

—¿Te habrías presentado con un regalo? —bromeé.

—Como poco habría aparecido en el despacho con champán. Bueno, feliz cumpleaños. ¿Cómo te sientes?

—Más vieja. Más sabia.

—El señor Joy llegará enseguida.

—Tengo que subir un momento. ¿Quieres ir empezando tú? —pregunté, señalando la sala de reuniones—. Helen puede hacer pasar al señor Joy en cuanto llegue.

Subí las escaleras y me fui a mi despacho, un pequeño espacio entre los dos aleros del tejado, en lo más alto del edificio. Era poco más que un cuarto de la limpieza, pero al menos no tenía que compartirlo con nadie, todo un privilegio en el bufete.

Saqué el dosier del caso, cogí un bolígrafo del bote y me pasé la lengua por los dientes, lamentando no tener un paquete de Tic Tacs en la mesa para quitarme el regusto agrio del alcohol y el aliento a tabaco. Cuando volví abajo, vi que habían preparado la sala de reuniones como siempre que venía algún cliente: con una bandeja de sándwiches y un platito de galletas Marks and Spencer en el centro de la mesa. La cafetera de bombeo que nunca aprendería a usar estaba sobre una cajonera al lado de la puerta, junto a unos cuantos botellines de agua Evian.

David estaba hablando por el móvil. Levantó la vista y me indicó con un gesto que sería un minuto.

—¿Agua? —pregunté, señalando los botellines.

—Café —susurró él, y señaló en dirección a las galletas.

Cogí una taza, me dirigí a la cafetera muy decidida y apreté el émbolo con fuerza. No pasó nada, así que volví a apretar, con más fuerza: me rocié el dorso de la mano con el café ardiendo.

Solté un quejido de dolor.

—¿Está bien? —Alguien me pasó un pañuelo de papel, que usé para limpiarme la mano escaldada.

21

—Odio estos cacharros —murmuré—. Deberíamos comprar una máquina Nespresso.

—O quizás un hervidor de agua.

Levanté la vista y me encontré a un hombre trajeado que me miraba con interés, y eso me distrajo por un momento de la quemadura.

David colgó el teléfono y se giró hacia nosotros.

—¿Se conocen?

—No —me apresuré a responder.

—Martin Joy, Francine Day. Hoy es su cumpleaños. Quizá podríamos ponerle una cerilla a una de esas galletas tan finas y cantarle el cumpleaños feliz.

—Feliz cumpleaños —dijo Martin, con sus ojos verdes aún fijos en mí—. Debería ir a poner esa mano bajo el grifo del agua fría.

—No pasa nada —respondí, y me giré para tirar el pañuelo a la papelera.

Cuando me volví de nuevo hacia la mesa, Martin ya había servido dos tazas de café. Fue a sentarse al otro lado de la mesa, junto a David, lo cual me dio la oportunidad de observarle. No era especialmente alto, pero tenía una presencia que llenaba la estancia, algo que veía mucho en la gente de éxito. Llevaba el traje impecable y la corbata perfecta, con un nudo Windsor. Tendría unos cuarenta años, aunque no sabría decir su edad exacta. Su cabello oscuro no tenía sombras claras, aunque con la potente luz de la sala de reuniones la barba de tres días que le cubría la mandíbula se teñía de un color rubio oscuro. Las cejas le trazaban dos rayas horizontales sobre los ojos, de color verde musgo. Un par de líneas de expresión le surcaban la frente, dándole una intensidad que hacía pensar que sería un negociador muy duro.

Bajé la mirada y recompuse mis pensamientos. Estaba nerviosa, pero eso me pasaba cada vez que conocía a un nuevo cliente. Conocía mi deseo de agradar a los que me pagaban los honorarios. Siempre resultaba algo raro tratar con personas que se consideran más duras y más listas que tú.

—Supongo que habrás leído el dosier —dijo David—. Martin es la parte demandada. Le he recomendado que cuente contigo como asesora legal.

—¿Así que es usted la que va a defenderme en el juzgado? —dijo Martin, mirándome directamente.

—Estoy segura de que David le ha explicado que nadie quiere llegar a juicio —dije, y le di un sorbo a mi café.

—Salvo los abogados —respondió Martin al instante.

Yo ya sabía cómo iba aquello. Había estado suficientes veces en aquella situación como para ofenderme. Los clientes solían llegar enfadados y frustrados, y lo pagaban con su equipo legal, de modo que las reuniones en muchos casos eran tensas e incómodas. Habría preferido no tenerlo justo delante, en una posición que procuraba evitar a toda costa. Era mejor recordarles a mis clientes que todos estábamos en el mismo bando.

—En realidad, soy miembro de una organización llamada Resolution. Defendemos un enfoque no beligerante en las disputas familiares, evitando los juzgados siempre que sea posible, y fomentando las soluciones legales de consenso.

—Soluciones legales de consenso —repitió él lentamente.

No estaba segura de si se estaba mofando de mí usando la jerga legal. Pero sin duda me estaba juzgando. La mujer. La chica del norte. La jovencita.

Echó el cuerpo adelante y me miró.

—No quiero crear dificultades, señorita Day. Me considero una persona razonable; quiero que este proceso sea lo más justo posible, pero no puedo quedarme sentado y dejar que mi mujer se lleve todo lo que quiera.

—Me temo que el concepto de «justo» no es algo que puedan decidir usted o la señora Joy —dije yo, midiendo mis palabras—. Para eso tenemos tribunales, jueces, derecho civil... —Pasé a otro asunto—: ¿Conocemos la posición de partida de la otra parte?

Ya tenía cierta información sobre el caso, puesto que la noche anterior me había pasado dos horas estudiándolo. Pero siempre era mejor oírlo de boca del interesado.

—Mi mujer quiere la mitad de todo. De las casas, del dinero, del negocio... Y una parte sobre las ganancias futuras.

—¿A qué se dedica usted?

—Dirijo una despacho de arbitraje de convertibles.

Asentí como si supiera de qué estaba hablando.

—Comerciamos con anomalías del mercado.

—¿De modo que juega en bolsa?

—Son inversiones financieras.

—¿Y eso es rentable?

23

—Sí. Mucho.

Me acordé de las palabras de Vivienne McKenzie sobre lo de la gran confianza de los hombres en sí mismos. Eso es lo que hace que se crean los reyes del mundo.

—Solo tenemos treinta empleados, pero obtenemos grandes beneficios. Fundé la empresa con mi socio, Alex Cole. Yo tengo el sesenta por ciento del negocio; él es propietario del resto. La mayor parte de mis activos son mis acciones en el negocio. Mi mujer quiere que mis acciones se contabilicen con el mayor valor posible. No quiere las acciones; prefiere el efectivo.

—¿Cuándo fundaron la compañía? —pregunté, sin dejar de tomar notas.

—Hace quince años.

—Antes de casarse —murmuré.

Según el dosier, llevaban casados once años.

—Quizá debiéramos repasar el informe del estado de cuentas —propuso David Gilbert.

Asentí. Ya había visto los informes financieros de Martin y de su esposa. Se parecían significativamente a decenas de otras declaraciones de bienes y finanzas que había visto a lo largo de los años. Propiedades repartidas por el mundo, coches, obras de arte y cuentas bancarias en el extranjero.

Pasé el dedo por el informe que había presentado su esposa.

Donna Joy, de treinta y cuatro años y con dirección en Chelsea, tenía el alto nivel de gastos y el bajo nivel de ingresos personales típico de una mujer en su posición.

El informe era de varias páginas, pero los ojos se me fueron a los detalles más curiosos:

—Gasto anual en almuerzos: veinticuatro mil libras —murmuré en voz alta.

—Eso es mucho sushi —apuntó Martin.

Levanté la visa y nuestras miradas se encontraron. Yo había pensado exactamente lo mismo.

—Sostiene que no puede trabajar. Fragilidad mental... —leí.

Martin reprimió una risa.

—¿Ha trabajado alguna vez?

—Cuando nos conocimos, era la encargada de una tienda de ropa; pero, cuando nos casamos, dejó el trabajo. Decía que quería estudiar, así que le pagué un montón de cursos. Sobre todo de arte. La coloqué en un estudio artístico. Trabaja allí, pero no admitirá que es un empleo, para que no le perjudique en el divorcio.

—¿Vende obras suyas?

—Alguna. Lo cierto es que lo hace más bien por satisfacción personal, pero le gusta. No pinta mal.

Su gesto se ablandó y sin darme cuenta me encontré pensando en cómo sería su mujer. Me la imaginaba: guapa, algo bohemia…, de gustos caros, noctámbula. Tenía la sensación de conocerla, aunque no la hubiera visto nunca.

—Y lo que hay aquí… ¿es todo?

—¿Quiere decir si estoy ocultándoles algo?

—Necesito saberlo todo. Pensiones, cuentas en el extranjero, participaciones, empresas. No queremos sorpresas. Además, ella pide una auditoría forense de todo.

—Entonces ¿qué le parece? —preguntó Martin.

Me di cuenta de que su camisa era muy blanca.

—Su esposa es joven, pero ha disfrutado de un nivel de vida muy alto durante el matrimonio. Han tenido lo que nosotros llamamos un matrimonio de duración media. Su demanda habría tenido más peso si llevaran juntos más de quince años, y menos si hubieran estados casados menos de seis años.

—Así que estamos en esa zona gris que tanto gusta a los abogados.

—En este país se defiende bastante al cónyuge más débil económicamente. El punto de partida suele ser el de la igualdad. Pero podemos argumentar que ella no ha contribuido realmente a la riqueza familiar, que su negocio es un activo no matrimonial. —Ojeé el archivo, buscando un detalle—. No tienen hijos. Eso ayuda.

Le miré otra vez, y caí en que no debía de haber dicho eso. Mi experiencia me decía que la relación podía haberse roto precisamente por no haber podido tener hijos. Era una de esas cosas que, en todos los casos de divorcio que había llevado, no había conseguido descubrir. Sabía que la gente deseaba divorciarse, y yo los asesoraba sobre cómo hacerlo. Pero aparte de infidelidades o de comportamientos poco razonables, no había descubierto el verdadero «por qué». Nunca había llegado a entender qué era lo que hacía que dos personas que se habían querido de verdad llegaran a odiarse. Al menos en algunos casos.

—Nos interesaría alcanzar un acuerdo que no incluyera pensión alimenticia, aunque sea a cambio de darle un porcentaje —dijo David.

—Por supuesto —respondí.

—Siendo realistas, ¿qué división cree que cabe esperar?

A mí no me gustaba dar cifras, pero Martin Joy era de esos clientes que esperan respuestas.

—Deberíamos empezar con una repartición setenta-treinta, y trabajar a partir de eso.

Dejé el bolígrafo sobre la mesa, agotada. Ojalá no hubiera tocado el vino en el almuerzo. Martin meneó la cabeza, con la mirada fija en la mesa. Yo pensaba que le habría gustado la idea de que pudiéramos evitar un reparto al cincuenta por ciento, pero parecía absolutamente perplejo.

—¿Y ahora qué?

—La vista preliminar será dentro de diez días.

—¿Y servirá para tomar alguna decisión?

Durante la reunión había mantenido la compostura, pero ahora parecía preocupado.

—El nombre ya lo dice —respondí, sacudiendo la cabeza—. Me temo que son todo cuestiones preliminares.

—Bien —respondió, incómodo.

Fuera, ya había oscurecido. Se puso en pie y se colocó bien los puños de la camisa en las mangas de la americana. Primero uno y luego el otro. Me miró.

—Nos vemos entonces, señorita Day. Un placer.

Le tendí la mano y, en el momento en que me la envolvía con la suya, me di cuenta de que para mí también lo había sido.

3

*M*e gustaba volver a casa en autobús, no solo porque me considero un poco claustrofóbica y odiara la red de metro. El número 19 me llevaba desde Bloomsbury hasta casa, en Islington. No era el modo más rápido de ir y volver del trabajo, pero era mi preferido. Me gustaba el paseo por Fleet Street y Kingsway hasta la parada del autobús, me ayudaba a despejarme, pasando por las cabinas rojas frente al Old Bailey y la iglesia de St. Clement Danes, especialmente cuando las campanas sonaban con aquella melodía nostálgica de parvulario, *Oranges and Lemons*. Y una vez montada en el autobús disfrutaba observando el panorama visual y sonoro de la ciudad. En mis primeros días en la capital, me pasaba las horas subida al autobús número 19, con el rostro pegado al cristal, viendo pasar la ciudad: el teatro Sadler's Wells, las luces del Ritz, las lujosas tiendas de Sloane Street, y luego Cheyne Walk y el puente de Battersea. Era una versión destilada de lo mejor de la ciudad, todo por el precio de un bono de viaje. Era la Londres de mis sueños de infancia.

Allí sentada, mientras limpiaba la humedad de la ventanilla con la punta de los dedos, me pregunté si no tendría que haber hecho algo más, teniendo en cuenta que era mi cumpleaños. Hasta David Gilbert, adicto al trabajo como hay pocos, pensaba que habría ido a tomarme una copa para celebrarlo. Pero yo no veía por qué tenía que cambiar mi rutina semanal solo porque fuera un año mayor. Uno de los peligros de mi trabajo siempre había sido la falta de vida social. Había muchos pubs por Temple, y gente con la que tomarse una copa, pero yo siempre había pensado que, si querías hacer bien tu trabajo, tenías que hacer algún sacrificio.

Saqué el móvil del bolso y llamé al chino de comida a domicilio de mi barrio. No sabía si optar por la ternera con albahaca fresca o si por el pollo con judías amarillas, así que pedí ambos, con unas empanadillas y *chow mein* de guarnición. Qué narices. Era mi cumpleaños.

Después de colgar volví a pensar en mi conversación con Viv McKenzie sobre la candidatura al Consejo. Me pregunté cómo me sentiría siendo Francine Day, letrada del Consejo de la Reina.

Desde luego, mi vida no había cambiado mucho en los últimos cinco años. Vivía en el mismo piso a las afueras de Islington desde los veintimuchos, acomodada a una rutina ordenada. Iba al gimnasio las mismas dos tardes de cada semana, y me iba de vacaciones diez días a Italia cada mes de agosto. Dos breves relaciones románticas habían alterado un largo periodo de soltería. Veía a mis amigos con menor frecuencia de la que debería. Hasta el más mínimo detalle de mi vida me resultaba satisfactoriamente familiar. Me compraba el mismo café de Starbucks de camino al trabajo, le compraba el *Big Issue* del día al mismo vendedor de periódicos rumano en la boca del metro de Holborn. En parte, aquella rutina me resultaba tranquilizante, y no veía necesidad de cambiarla.

Mirando a través de las gotas de agua pegadas a la ventanilla, observé que estábamos en St. Paul's Road. Le di un empujoncito al oficinista dormido que tenía sentado al lado y salí. Bajé del autobús y recorrí el resto del camino a pie, por la calle que bajaba hasta Dalston.

En el momento en que llegaba a casa, vi el faro de una moto de reparto pararse delante. Eché a correr, pero la acera estaba mojada. Patiné y a punto estuve de caerme; solté un improperio entre dientes y frené, con la mano dentro del bolso, buscando el monedero, pero solo conseguí que se me cayeran al suelo unos cuantos tiques de caja y papelillos de caramelos, que flotaron hasta el suelo como flores arrastradas por el viento. Me agaché a recogerlos, pero la moto ya se había puesto en marcha otra vez, alejándose en la oscuridad.

Cuando llegué al portal, estaba sin aliento. Había una silueta en el umbral, con una bolsa de plástico blanca llena de cajas de cartón en la mano.

—Me debes veintitrés pavos —dijo Pete Carroll, mi vecino, que estudiaba un doctorado en el Imperial College y llevaba año y medio viviendo en la planta baja.

—¿Le has dado propina? —pregunté, haciendo un esfuerzo por recuperar el aliento.

—Soy estudiante —respondió él, casi molesto.

Me planteé salir corriendo tras el repartidor. Era cliente habitual. Solían regalarme pan de gambas y no quería que pensaran que era una tacaña o una estirada.

—Solo hace quince minutos que los he llamado. Suelen tardar una eternidad.

Le di un billete de veinte libras y otro de cinco, y entré en el vestíbulo, recogí el correo y me lo metí en el bolso.

—¿Comida para llevar un martes por la noche? —dijo Pete, sonriendo y cruzándose de brazos.

—Es mi cumpleaños —respondí, sin pensarlo siquiera.

—Ya decía yo. Me preguntaba qué harían todos esos sobres de colores entre la propaganda. ¿Y no vas a salir?

—Mañana no es fiesta. Y tengo trabajo.

—Aguafiestas.

—Mañana tengo una vista.

—Eres una aburrida. Voy a llevarte al pub, aunque sea a rastras.

—No, Pete. De verdad, tengo mucho trabajo. Hoy toca cena de trabajo con empanadillas chinas —dije, levantando la bolsa de comida china—. Sé que puede parecer un modo extraño de celebrar el cumpleaños, pero es lo que pasa cuando te acercas a los cuarenta.

—No acepto un no por respuesta —dijo, con un convencimiento que no dejaba dudas al respecto.

—Bueno…, supongo que he comprado demasiada comida china. Yo pongo el *chow mein* si tú traes algo de beber. Pero dentro de una hora tengo que estar trabajando.

—Subo dentro de un minuto —dijo él, con una sonrisa.

Pete desapareció en su piso, en la planta baja, y yo subí las escaleras y entré en el mío. Dejé la puerta entreabierta, colgué el abrigo en el perchero y dejé el bolso en el recibidor. Me quité los zapatos, disfruté de la sensación de la moqueta mullida bajo los pies y me aflojé el último botón de la blusa.

Mi piso era mi santuario. Mi refugio personal, pintado en suaves tonos Farrow and Ball, y al momento me arrepentí de haber invitado a alguien a compartirlo conmigo.

Resignada a la idea de tener visita, saqué dos platos del armario de la cocina, justo en el momento en que Pete aparecía en el recibidor con un paquete de cuatro cervezas.

—Pásame un vaso. Supongo que no serás abstemia.

Me sirvió un vaso de cerveza con su espuma y luego se abrió otra lata para él, mientras yo llevaba la comida china al salón.

—Así que tienes casi cuarenta años —dijo, situándose en el sofá, a mi lado—. Pues no lo parece.

—Tengo treinta y siete —dije, cayendo en lo poco que nos conocíamos Pete y yo.

Hablábamos más de lo que se suelen hablar los vecinos en Londres: nos veíamos en la parada del autobús, y me reparaba el ordenador y me cambiaba los fusibles cada vez que se lo pedía. En una ocasión, el verano anterior, yo pasaba por delante del pub del barrio y él se estaba tomando una cerveza en la acera; me ofreció otra y accedí porque hacía calor y venía sedienta del gimnasio. Pero, aun así, no lo consideraba un amigo.

—Por cierto, ayer recibí una carta de mi casero —dijo Pete, sacando el papel de aluminio que cubría la caja del *chow mein*—. Me sube el alquiler. El administrador dice que hay que hacer el techo, y que los dos propietarios tienen que poner quince mil de su bolsillo.

—Mierda, no me había enterado.

—Pero quince mil no supone más que una jornada de trabajo para una distinguida abogada de su majestad —dijo, sonriendo.

—Ojalá.

—Venga ya, si estás forrada.

—Te aseguro que no —respondí, meneando la cabeza—. Soy una abogada contratada, endeudada gracias a los miles de libras que, a su vez, me deben mis clientes.

—Te pagarán. Los bancos saben que eres buena y que cobrarás ese dinero. Y acabarás siendo rica.

«Rica.» Reprimí una carcajada. Mi familia pensaba que yo era rica, pero todo era relativo, y en Londres, comparándome con abogados y hombres de negocios como Martin Joy, lo más fácil era ver mi situación financiera con otro prisma. Quizá si me presentara al Consejo sería otra cosa. Me darían casos de envergadura, jugosos, mi tarifa por horas se duplicaría y quizás un día pudiera permitirme vivir en una de esas casas georgianas de Canonbury, las que me habían atraído al distrito N1, las que me gustaba contemplar al pasear, haciendo volar la imaginación.

Pensé en las quince mil libras que iba a tener que sacar de algún sitio y le di un trago a la cerveza para ahogar la autocompasión, aunque sabía que no debía hacerlo.

—¿Sabes qué? Hoy he sabido de una persona que se gasta veinticuatro mil libras al año en almuerzos —dije, mojando una empanadilla en salsa de soja.

Pete meneó la cabeza.

—Y tú te pierdes una noche de cumpleaños por esa gente.

Se rio, y tuve que admitir que tenía razón.

—Es la otra parte de un caso de divorcio. Yo defiendo al marido. Pero te gustará saber que el caso de mañana, el que debería estar preparando, es más digno.

—Otro pobre marido rico a punto de ser desplumado —dijo, sonriendo.

—En realidad, no. Mi cliente es un hombre que está a punto de perder la posibilidad de ver a sus hijos. Un tipo normal que se encontró a su mujer en la cama con otro hombre.

—Hay gente para todo.

Asentí.

—Supongo que eso hará que te alegres de tratar con ordenadores todo el día. Máquinas sin sentimientos.

—Bueno…

—¿Bueno qué?

—Si aceptamos que son nuestros cerebros los que crean la conciencia, tenemos que creer que nunca existirán ordenadores con sentimientos. Pero hay otras escuelas de inteligencia artificial que creen que un día los ordenadores serán capaces de imitar a los humanos.

—Da miedo pensarlo. Acabaremos siendo innecesarios, ¿no?

—Algunos trabajos están más asegurados que otros.

—¿Como el de los abogados de divorcios?

—Las máquinas son lógicas. El amor y las relaciones son cualquier cosa menos lógicos. Yo diría que de momento puedes estar tranquila.

—Me alegro, ahora que sé que tengo que pagar un nuevo tejado.

Se hizo un largo silencio. Ya habíamos acabado la comida y nos habíamos quedado sin conversación.

—Debería trabajar un poco —dije.

Recogí los restos y me llevé los platos a la cocina. Cuando me giré, Pete estaba en el umbral. Se acercó y me envolvió la mandíbula con la mano. Hice un gesto de asombro, y quizá él lo interpretara como una señal de deseo, porque me encontré sus labios sobre los míos. Percibí el olor a jengibre y a judías amarillas en su aliento. Y noté su saliva sobre el pómulo.

—Pete, somos amigos. Y estás borracho —respondí, apartándome.

—A veces necesitas emborracharte un poco.

Di un paso atrás. No podía decir que aquello me pillara completamente por sorpresa. Su reacción en el portal, con la bolsa de comida, debía haberme alertado.

—Es la diferencia de edad, ¿no? —dijo, y su tono tenía algo de resentimiento. Los hombres y su confianza en sí mismos—. Si yo fuera un tipo de treinta y siete años y tú tuvieras mi edad, nadie se inmutaría.

Me sentí culpable, cruel. Seguramente no tenía ningún motivo para pensar que le iba a rechazar. Al fin y al cabo, le había invitado a cenar a mi casa el día de mi cumpleaños.

—Lo siento —dije en voz baja—. Supongo que soy una vieja solterona aburrida, pero eso es lo que quiero.

—¿De verdad? —dijo, desafiante.

—Trabajo once horas al día, Pete. Llego a casa y sigo trabajando. No tengo espacio para nada más.

—Deja de echarle la culpa al trabajo.

Había habido un tiempo en que no me habría importado que Pete no fuera mi tipo, en que habríamos acabado en el dormitorio, pero ahora solo quería que se fuera.

—Debería marcharme —dijo por fin.

Asentí y Pete salió sin añadir una palabra más. Cerré la puerta tras él y me dejé caer hacia delante, apreté la frente contra la puerta e hinché las mejillas.

—Feliz cumpleaños —murmuré, aunque en realidad no veía la hora de que acabara el día.

4

*E*staba claro que necesitaba un maletín nuevo. Durante toda la semana, la raja de la costura de mi fiel Samsonite se había ido haciendo cada vez más larga. El trabajo se estaba animando como nunca, con nuevas instrucciones y casos que cobraban vida tras semanas de letargo, y con los numerosos dosieres que tenía que transportar entre el juzgado, el bufete y mi casa, mi maletín estaba a un vigoroso cierre de cremallera de un daño irreparable.

Me educaron para que fuera ahorradora y una parte de mí me decía que con repararla bastaba. Pero no tenía idea de dónde se lleva a reparar un maletín de cuero hoy en día. ¿Al zapatero? ¿Al sastre? En la moderna sociedad de consumo, daba la impresión de que la única opción que me quedaba era la de comprar una nueva.

Eché un vistazo al reloj y observé que aún no eran las siete. El barrio del Burgess Court estaba bien provisto de pubs, pero no era tan práctico para ir de compras. Calculé que, si tomaba un taxi, podría estar en Oxford Street a las siete y cuarto, que habría acabado a las siete y media, y que llegaría a tiempo a casa para esa serie escandinava de asesinos que empezaba esa misma semana en la tele.

—¿Te vas a casa?

Paul estaba en la puerta de mi despacho con un montón de dosieres.

—Dentro de un minuto —dije yo, echando mano al cajón de mi escritorio.

—Tengo algo para ti, si lo quieres.

Desde el primer momento sabía que habría tenido que rechazarlo, pero nunca se me había dado muy bien decir que no en asuntos de trabajo.

—¿De qué se trata?

—Una solicitud de embargo, mañana. Programada para las nueve y media.

Vacilé; el único motivo por el que me había programado una noche frente a la tele era porque el día siguiente se presentaba relativamente tranquilo.

—Se lo puedo enviar por mensajero a Marie o a Tim —propuso.

—Déjamelo aquí —dije, con un suspiro—. Así no tienes que quedarte esperando al mensajero.

Paul me miró, esbozando una sonrisa.

—¿Sabes? No pasa nada por tener la noche libre alguna vez.

—Ya dormiré cuando me muera —respondí. Al no encontrar lo que estaba buscando en el cajón, levanté la vista—. Supongo que no tendrás por ahí una bolsa de la compra, ¿verdad? Mi maletín está a punto de explotar y tengo miedo de que no llegue a casa.

—Estoy seguro de que podemos encontrar algo mejor para una chica tan sofisticada como tú —dijo, soltó una carcajada y desapareció por las escaleras.

Un par de minutos más tarde volvió con una bolsa de tela con el logo del Burgess Court.

—¿Y esto qué es?

—*Marketing*. Por cierto, te he dejado ahí los impresos de candidatura al Consejo.

—De una sutileza exquisita, como siempre.

Salí de la oficina y crucé el Middle Temple, pasando por el majestuoso salón isabelino y la fuente, que disparaba un chorro de agua que brillaba con tonos plateados contra el cielo nocturno. Aquel lugar adquiría un aire misterioso al ponerse el sol, cuando se encendían las lámparas de gas; los claustros arrojaban sombras por toda la plaza y el sonido de los zapatos sobre los adoquines hacía que tuvieras la impresión de no estar sola.

Aligeré la marcha y atravesé el estrecho callejón oscuro de Devereux Court, una de las bocacalles del Strand, justo en el momento en que empezaba a llover. Un taxi se paró al verme estirar la mano y me metí dentro de un salto, antes de que arreciara la lluvia. El taxista me preguntó adónde quería ir y yo dije el nombre de los primeros grandes almacenes que me vinieron a la cabeza: Selfridges.

No soy una gran aficionada a las compras. Ese gen no lo tengo, y no creo que lo perdiera de niña en las cenas subvencionadas del colegio. Recuerdo a una cliente, una modelo rusa, que me contó sin parpadear siquiera que compraba fruta podrida en el mercado para alimentar a su familia, y un minuto después me pedía que le sacara al menos un millón de libras a su marido, magnate inmobiliario, como compensación por el divorcio. Se ve que crecer en un entorno pobre te condiciona en uno u otro sentido.

El taxi me dejó en Cumberland Street. Ahora la lluvia caía con fuerza y las aceras habían adquirido un color negro brillante. Maldije la meteorología y me metí en la tienda a la carrera.

A los pocos minutos supe que me había equivocado de sitio. Yo casi nunca iba a Selfridges, y se me había olvidado lo caro que era. El perímetro exterior estaba ocupado por *boutiques* de marca: Chanel, Gucci, Dior, cada una como un joyero, relucientes y llenas de brillos. Prefería las tiendas de la City, donde todo tenía un aspecto más ordenado y eficiente, y menos llamativo, dispuesto para gente que no tiene mucho tiempo, como yo. Pero en el West End, en Knightsbridges, las tiendas eran tentadores reclamos para turistas y esposas trofeo; laberintos diseñados para perderse en ellos y gastar sin pensar. Y yo lo que quería era encontrar un maletín e irme a casa. Cogí aire y me dije que tampoco me pasaría nada por echar un vistazo, que mi maletín, mi imagen, era mi tarjeta de visita. Eché un vistazo a la zona de bolsos y maletas, en el centro, y encontré un bonito bolso sobre un aparador que me llamó la atención. Era más pequeño que el maletín de trabajo que me había acompañado a todas partes los últimos años, de un cuero negro suave al tacto. Era el bolso que llevaría una abogada del Consejo de la Reina, pensé, cogiéndolo y buscando por todos los huecos la etiqueta con el precio.

—Me había parecido que era usted —dijo una voz a mis espaldas.

Me giré y por un segundo no lo reconocí. Tenía el cabello mojado por la lluvia y llevaba unas elegantes gafas con montura de carey.

35

—Señor Joy.

—Martin —dijo él, sonriendo—. Y no me llames de usted, por favor.

—Perdón, Martin.

—¿Terapia de compras?

Me eché a reír.

—Dicho así, suena hasta agradable. En realidad, estoy en misión de rescate, buscando un reemplazo para mi maletín.

—Una mujer a la que no le gustan las compras —observó, buscándome la mirada.

—Somos unas cuantas.

—Bonito bolso —dijo, señalándolo con un gesto de la cabeza.

Me encogí de hombros.

—Bueno, no encuentro el precio, lo cual nunca es buena señal. Si tienes que preguntarlo, seguro que no te lo puedes permitir. Ya sabes —dije, y de pronto caí en lo poco apropiado que era hablar de dinero con un cliente.

—Acaba de ser tu cumpleaños. Date un capricho.

—Sí, mi cumpleaños —dije, sorprendida de que se acordara—. Me parece que hace una eternidad.

Se me quedó mirando y pude contar las gotas de lluvia que aún tenía en la frente.

—¿Y usted...? ¿Y tú qué estás haciendo aquí?

—Mis oficinas están aquí al lado. Quería pasar por la tienda de vinos de abajo antes de volver a casa.

—Suena bien.

—Eso espero.

Se hizo un breve silencio. No sabía si excusarme y marcharme, aunque no era lo que quería.

—Así que nos vemos el viernes.

Asentí.

—Es la vista preliminar. Es bastante inofensiva.

—¿Inofensiva? Al abogado de Donna le llaman «el Piraña».

—Bueno, no querrás saber cómo me llaman a mí...

—¿Vas a quedarte el bolso?

Su voz era suave y grave, levemente ronca, señal quizá del tabaco y las noches de fiesta.

Bajé la vista y vi que aún tenía el bolso agarrado. Mis manos habían dejado dos largas marcas de sudor sobre el cuero.

—No, gracias. Igual se creen que voy a robarlo —dije, poniéndolo de nuevo sobre el aparador—. Más vale que te deje ir a comprar ese vino.

Él no me había quitado la vista de encima ni un momento.

—¿Algún consejo de última hora para el viernes? De hecho, mientras te lo piensas, ¿por qué no me acompañas? Ven conmigo y ayúdame a escoger un buen tinto.

Antes de que pudiera siquiera pensar cómo decir que no, ya estaba siguiéndole escaleras mecánicas abajo, consciente de que la tensión iba en aumento a medida que las escaleras bajaban.

—Por aquí —dijo, indicándome la entrada a la sección de vinos.

Me quedé impresionada. Era una gran bodega, bien provista, y tenía hasta una barra que parecía sacada de alguna película glamurosa situada en Manhattan. Había filas enteras de copas de vino colgando del techo, así como una iluminación cuidada con luces tenues.

—¿Una copa? —propuso Martin—. ¿O tienes que irte enseguida?

—Creo que puedo quedarme a tomar una —respondí sin pensarlo siquiera.

Nos dirigimos a la barra y él acercó un taburete. El camarero me pasó la carta. En realidad, no quería beber, pero elegí el 1909 Smash, una combinación de ginebra, melocotón y menta que sonaba estupendamente. Al fin y al cabo, eso es lo que se supone que hace la gente en las películas.

Me subí al taburete, sin saber muy bien cómo ponerme, esperando que el cóctel llegara lo antes posible.

—Bueno, así que… el viernes es la vista.

Me lo quedé mirando y me di cuenta de que probablemente lo que intentaba era conseguir información gratis. En la bodega de Selfridges, nadie controlaba el tiempo, así que era el lugar ideal. Me sentí ingenua y decepcionada.

—¿Algún consejo para el viernes? —dije, lo más fríamente que pude—. Que mantengas la calma.

—¿Por qué? ¿Qué te esperas? —dijo, esbozando una sonrisa burlona.

—Las cosas se pueden calentar bastante, y eso no suele resolver nada.

El camarero volvió con nuestros cócteles. Le di un sorbo al mío: era frío, dulce y refrescante.

Martin movió el agitador de su copa, haciendo que los cubitos tintinearan contra el cristal.

—David habla muy bien de ti.

Intenté quitarle importancia al cumplido encogiéndome de hombros.

—David es bueno. Muy bueno. Y no lo digo solo porque me haya recomendado para el asesoramiento legal. ¿Por qué lo escogiste a él? —pregunté, curiosa.

—Busqué en Google «mejores abogados divorcio» y apareció su nombre.

—Así funciona, ¿no? Es como buscar fontanero.

—Algo así —dijo él, mirándome por encima del borde de su copa.

—Pues gracias por escogerme a mí. La mayoría de los hombres prefieren abogados hombres. Supongo que creen que pelearán como machotes en el estrado. Así que me quito el sombrero. No haber pensado como un macho alfa te honra.

—En realidad, tenía mis dudas —dijo, apoyando la copa en la barra de mármol.

Su franqueza me pilló desprevenida.

—Oh —exclamé, aún con la copa en la boca.

—Intento ser sincero. Sé que en un divorcio no se trata de ganar, pero quería un abogado del Consejo. Y me preocupaba que tú no lo fueras.

—Bueno, pasar la selección no siempre es indicativo —dije, mirándolo de nuevo a la cara—. Conozco algunos abogados que ejercen desde hace treinta años y que no están en el Consejo de la Reina, no porque no sean brillantes, sino porque nunca se han decidido a presentarse.

—¿Es tu caso?

—Yo probablemente presente la solicitud este año.

—Así que, si mi caso se alarga, puede que tus tarifas aumenten tanto que no pueda pagar.

—Eso lo dudo.

—Por Francine Day, abogada del Consejo —dijo, haciendo chocar su copa con la mía—. Me alegro de que seas tú quien me represente. Aunque vas a tener que explicarme qué sentido tiene que en este país hagan falta dos abogados para un solo caso.

Me reí. Era algo que nos preguntaban mucho, y yo siempre daba la respuesta estándar.

—Eso viene de antiguo. —Me encogí de hombros—. Ahora va cambiando, pero en general los abogados instructores no suelen sentirse cómodos con los enfrentamientos en el estrado. También nos pasan los asuntos más complejos.

—Así que me estás diciendo que sois más listos que ellos.

—Tenemos especialidades diferentes, eso es todo.

—Sabes lo que dicen, ¿no? —respondió—. Que los políticos y los abogados no son más que actores frustrados.

—¿Eso dicen?

Yo misma detecté el tono juguetón en mi pregunta, y me di cuenta de que estaba flirteando con él. Se produjo un largo silencio cómplice. Martin me observó atentamente, como si me estuviera examinando. Eso me hizo sentir interesante.

—Te imagino paseando por los vetustos salones de Oxford.

—Eso queda tan lejos de la realidad que ni siquiera tiene gracia.

—Ah, sí. Universidad de Birmingham. Premio de licenciatura. —Yo lo miré, sorprendida—. Tu currículo está en la página web.

—Mi padre es conductor de autobús. Yo iba a un colegio público. Fui la primera persona de mi familia que fue a la universidad.

—Entonces tú y yo no somos tan diferentes.

Sonreí, escéptica. Aquel hombre olía hasta el tuétano a colegio privado y a Oxbridge. Me miró a los ojos y supo lo que estaba pensando.

—Vamos a comer algo —dijo, haciéndole un gesto al camarero.

Nunca se me ha dado especialmente bien leer las señales de los hombres, pero era evidente que se estaba pavoneando.

Comimos y charlamos de cosas banales entre bocado y bocado, entre platillos y tapas compartidas. Solo en alguna ocasión me entró una sensación fugaz de pánico, pensando que no debía estar allí, con un cliente, en un bar de luces tenues, tres días antes de la vista preliminar de su proceso de divorcio.

—¿Otra copa?

—Mejor no —respondí.

Miré alrededor y observé que el bar se había vaciado. Él se arremangó y me fijé en sus antebrazos, fuertes y bronceados, y con un leve rastro de vello por la parte superior.

—Probablemente pienses que soy un cerdo.

—¿Por qué iba a pensarlo?

—El marido con dinero, que quiere dejar tirada a su esposa.

—Yo estoy aquí para ayudar, no para juzgar.

—Aun así, probablemente hayas conocido a muchos hombres como yo.

—Me gusta trabajar para hombres. Creo que muchas veces son ellos los perjudicados, especialmente cuando hay niños de por medio.

—Tu trabajo… te debe de quitar las ganas de pensar en casarte.

—¿Cómo sabes que no estoy casada?

—No lo sé.

—No lo estoy —dije, sosteniéndole la mirada quizás un segundo más de lo debido, ahora que el tono de la conversación había cambiado.

—Creo que están a punto de echarnos —dijo Martin, mirando alrededor.

Allí no quedaba nadie. El camarero parecía estar recogiendo. No podían ser más de las nueve, pero me daba la sensación de haber salido de noche hasta las tantas.

El camarero nos trajo la cuenta en una bandejita plateada. Martin la cogió y pagó antes de que yo tuviera ocasión siquiera de echar mano al monedero.

—Vámonos —dijo, apoyándome la mano en la parte baja de la espalda.

Un guardia de seguridad nos acompañó hasta la puerta y salimos por Duke Street. Estaba lloviendo más fuerte aún que a mi llegada a la tienda, tanto que las gotas rebotaban en las aceras encharcadas. Resbalé sobre un charco, salpicándome las medias de agua fría y sucia.

—¿Dónde están los taxis cuando los necesitas? —grité, para hacerme oír sobre el ruido del West End.

Mi bolsa de tela del Burgess Court ya estaba empapada; temía que mi impreso de solicitud para el Consejo no sobreviviera al aguacero.

—Ahí —dijo él.

Nos cubrimos la cabeza con el abrigo, riéndonos y protestando mientras corríamos por entre los charcos.

—¿Dónde vives? —preguntó.

—Islington.

—Entonces podemos compartirlo —dijo, abriendo la puerta, y antes de que me diera cuenta ya estaba dentro.

5

*Y*o esperaba que viviera en otro barrio. Notting Hill o Chelsea, pensaba, intentando recordar los detalles de sus propiedades listadas en el Informe E. Pero él le dijo al taxista que fuera al este.

—¿Spitalfields? —dije yo, después de que le comunicara al taxista nuestros dos destinos.

—¿Sorprendida?

—Te hacía más del West London.

—Sospecho que eso no es un cumplido —respondió, mirando por la ventanilla.

—No, supongo que no.

—Cuando lo compré, antes de casarme, antes de fundar la Gassler Partnership, trabajaba en el Deutsche Bank de Finsbury Square, así que me resultaba práctico. A Donna nunca le gustó. Nos mudamos en cuanto consiguió convencerme. Pero yo lo conservé, y me mudé allí en cuanto nos separamos. Si vas a vivir en Londres, mejor en el Londres de verdad, ¿no? Para mí, la vida en la ciudad es eso. Estar en contacto con la crudeza dickensiana, los fantasmas de Jack el Destripador y de Fagin. Las luces de la City, las farolas de gas de las callejuelas. Es una mezcla irresistible. El lugar donde ha vivido gente de todo tipo: los hugonotes, los judíos, los bangladesíes... Puedes comprar los mejores bagels, pero también el mejor curry de Londres.

—Empiezas a parecer un vendedor de pisos.

—Es que me encanta. No lo quiero dejar.

—¿Dejar?

—Si hay que repartir las propiedades... Lo siento, olvidé que se supone que no debemos hablar del caso.

Cuando nos acercamos a mi barrio y entramos en Clerkenwell, intenté imaginarme a Donna viviendo allí. Por supuesto, ya sabía qué aspecto tenía: la búsqueda en Google tras mi primera reunión con Martin me había dado algunos resultados. Donna en la glamurosa fiesta del Serpentine, en una exposición fotográfica: larga melena rubia, grandes ojos felinos, un gesto desafiante en la boca. No tenía pinta de artista; más bien de esposa de Chelsea. No me la imaginaba en Spitalfields. Claro que a Martin tampoco.

—¿Vives cerca del territorio de Jack el Destripador? —dije, intentando aligerar el tono.

—Ahora parece que soy un tipo raro.

—Bueno, lo has dicho tú.

—Me refería al ambiente, a las iglesias de Hawksmoor, a la historia.

—Todo un romántico —bromeé.

Nos miramos a los ojos y era como si no pudiéramos apartar la mirada. Sentí el contacto de la punta de sus dedos contra los míos sobre la suave tapicería del asiento trasero; de la impresión, me quedé sin respiración unos segundos. Yo no aparté la mano, y Martin se inclinó hacia el conductor, como si me hubiera leído la mente.

—Primero vamos a Spitalfields. ¿De acuerdo?

Me miró buscando mi aprobación, pero no hizo falta que dijera nada. Me cogió la mano y me pareció lo más natural del mundo. Era lo que deseaba, ahora lo veía claro, desde nuestra primera reunión en el Burgess Court. Nos giramos hacia lados opuestos, con la mirada perdida más allá de la ventanilla. Dio la impresión de que el taxi aceleraba. La sensación de peligro era palpable.

Spitalfields era como Londres en versión reducida, una extraña fusión perfecta de lo antiguo y de la era espacial, edificios como cohetes de cristal y acero apuntando hacia el cielo junto a edificios medio en ruinas manchados de hollín, que conservaban el mismo aspecto desde los días en que el Destripador acechaba entre la niebla. Pero allá donde se mirara se observaba el avance implacable del aburguesamiento: viejos almacenes convertidos en cafeterías mexicanas, con sus cactus de neón brillando en una fachada con dos siglos de historia, un taller de tejidos artesanos convertido en estudios microscópicos para joyeros, *disc-jockey* y gurús de Internet. Incluso en una fría noche de primavera como aquella, había jóvenes de marcha por las calles, buscando cerveza artesana y algo de diversión.

43

Sin embargo, el progreso no había llegado a todas partes. El edificio de Martin estaba situado justo detrás de la iglesia de Hawksmoor, de un blanco reluciente, a tiro de piedra de la estructura de hierro del mercado de Spitalfields. De algún modo, aquel reducto del viejo Londres había sobrevivido a la Luftwaffe y a los especuladores, como una cápsula del tiempo entre estrechos callejones adoquinados flanqueados por balcones de hierro negro y falsas lámparas de gas. Estaba emparedado entre casas georgianas con escalinatas y picaportes de latón, pero era un viejo almacén reconvertido que aún llevaba el nombre de sus antiguos ocupantes (W. H. Miller y Co.) tallado en un saliente del tejado en piedra. Tenía un aspecto nuevo pero viejo a la vez, como un decorado para una película de Dickens; casi me esperaba ver a Patrick Stewart vestido de Scrooge en la puerta del edificio, o una horda de pilluelos saliendo de detrás del farol de gas, cantando: «¿Quién compra?».

El taxi paró y Martin pagó al conductor. No se habló siquiera de si debía seguir a Islington. Simplemente, bajé del coche. La calle estaba desierta, pero aun así me giré para asegurarme de que nadie me veía. Desde luego no sería fácil, con aquella pálida luz amarillenta y aquellos grandes ventanales cubiertos con contraventanas. Allí no habría más que fantasmas.

Martin me cogió la bolsa mojada y metió la llave en la cerradura. El enorme vestíbulo estaba oscuro y tenía el mismo aspecto industrial del exterior, pero cuidado hasta el último detalle, con ladrillo a la vista y vigas de acero.

—Último piso —dijo, indicándome un antiguo montacargas.

El ruido de mis tacones en el suelo de cemento resonaba por todo el edificio. La reja de hierro se cerró con un chasquido metálico y el montacargas arrancó con un golpe brusco. Allí había poca luz. En una película, ese sería el momento en que empezaríamos a besarnos y acabaríamos echando un polvo. Él me pondría contra la fría pared de acero, me agarraría los brazos sobre la cabeza y me levantaría la falda. Pero, en lugar de eso, nos quedamos allí de pie, en un silencio incómodo, hasta que el ascensor se paró en el sexto piso.

—Por aquí —dijo, aunque solo había una puerta en todo el rellano.

Me dejó pasar primero. Luego cerró la puerta del apartamento tras él. Estaba oscuro, pero se colaba algo de luz por una serie de ventanales que iban del suelo al techo, rematados en un arco, con vistas a la City. La sala, vacía salvo por una bicicleta de carreras que tenía pinta de ser muy cara, era enorme y diáfana, como un *loft* neoyorquino, con grandes sofás y una mesa de comedor al menos para doce. Las paredes, de color pálido, estaban llenas de cuadros, pero no se veían muchos detalles personales: nada de fotos, ninguna pista sobre su identidad ni sobre sus gustos. Me recordó a una *suite* de hotel muy cara. Aquella idea me resultaba muy atractiva.

—Fíjate —susurré, sorprendida al ver la silueta en forma de torpedo del edificio Gherkin.

Me giré y vi que Martin se quitaba el abrigo. Nos quedamos allí inmóviles unos momentos, sin apartar la mirada el uno del otro. Luego se me acercó. Yo tenía el corazón desbocado. Por un momento me preocupó que alguien pudiera vernos a través de aquellos enormes ventanales, pero la preocupación desapareció al momento, en cuanto se acercó tanto que hasta le oía hasta la respiración.

—Estás mojada.

—Lo sé —susurré.

Me envolvió el rostro con las manos y me limpió las gotas de la mejilla con el pulgar. Deslizó los dedos por el cuello, pasando por los hombros hasta apoyarlos en la parte superior de mis brazos.

—Deberías quitarte esto —dijo.

Me dio la vuelta, lentamente, con delicadeza, como si aquello estuviera sucediendo a cámara lenta, y me ayudó a quitarme el abrigo. Cerré los ojos, renunciando a la panorámica. Ahora lo tenía detrás. Sentía la rigidez de su camisa almidonada contra la fina seda de mi blusa. Me apartó el cabello, apoyándomelo sobre el hombro izquierdo. Sentí su cálido aliento y luego sus labios sobre la piel fina de la nuca. Giré la cabeza hacia un lado e inspiré por la nariz, emitiendo un leve suspiro de satisfacción. Quizá lo interpretara como un consentimiento tácito para seguir adelante. Era lo que yo quería. Quería que me abriera la cremallera de la falda y la dejara caer al suelo. Quería que sus manos recorrieran las curvas de mi cuerpo, mi cintura, mi cadera, hasta detenerse en la zona interior del muslo, por encima de mis medias. Lo deseaba.

Se llevó los dedos a la cintura y oí cómo se desabrochaba el

45

cinturón. El cuero liberado me dio contra la parte baja de la espalda con un golpecito seco. Empecé a desabotonarme la blusa hasta que se abrió y sentí el aire fresco en la piel. Él me retiró la blusa de los hombros y me besó sobre el omóplato como si me estuviera saboreando. Y cuando la blusa se desprendió, con escasa resistencia, me giré. Nos separaba la distancia mínima necesaria para que me pudiera observar. Desnuda, salvo por el sujetador, el tanga, los portaligas y los zapatos de tacón. Le vi sonreír, levantando un extremo de la boca. Aquello me excitó, no solo por la certeza de lo que iba a suceder, sino porque veía cómo le hacía sentir. El poder que tenía sobre él.

Una parte de mí había sabido que íbamos a acabar así desde el primer momento. Desde el momento en que me había quemado la mano y él me había puesto una servilleta sobre la piel.

Ahora estábamos en el sofá, después de haber dejado un rastro de ropa. Se sentó y me cogió la mano, tirando de mí hasta que me tuvo sentada a horcajadas sobre él. Cerró los ojos y yo pasé los dedos por el suave pelo de su pecho, bajándolos cada vez más hasta cogerle el miembro y metérmelo dentro. Hacía tiempo desde la última vez, pero sabía muy bien lo que estaba haciendo y veía perfectamente el placer en su rostro.

Por un segundo, pensé en Vivienne McKenzie y David Gilbert, imaginé lo que dirían si pudieran vernos así. Pero el calor que emanaban mis mejillas no se debía a la vergüenza, sino al deseo, a la urgencia y a la necesidad de sentirlo más y más dentro de mí.

Me di la vuelta sin despegarme de él y arqueé la espalda. Él me envolvió el pecho con una mano y acercó la cabeza para llevárselo a la boca. Jugueteó con mi pezón, pasando la lengua, mordisqueándolo; primero muy suave, luego más fuerte, hasta que grité. Nos faltaba espacio para tanta urgencia, para tanto deseo. Caímos en el suelo y en algún punto del cuerpo sentí una sensación de quemazón al rozarme con las fibras de la moqueta. Pero aquello quedó olvidado al momento: sentía sus manos entre mi pelo, su boca hambrienta devorándome los labios, las mejillas, los lóbulos de las orejas. Ahora lo tenía encima. Con una mano me abría las piernas, y yo apenas podía respirar. Empecé a jadear al aumentar la presión. Mi cuerpo irradiaba calor, chillé, clavándole las uñas en la piel, tensando el vientre y sintiendo las sacudidas del clímax, potente y dulce a la vez, por todo el cuerpo. Deseaba capturar aquella sensación, encerrarla dentro de mí, no quería que se acabara. Y mientras miraba al techo, esperando recuperar la respiración, sintiendo cómo se dejaba caer a mi lado, me preguntaba cuánto tiempo tendría que esperar para volver a empezar.

La vista del día siguiente fue relativamente sencilla. El requerimiento para el bloqueo de activos no era una gestión especialmente compleja; tampoco habría tenido problemas si lo hubiera sido.

En mi primera semana en el bufete, Viv McKenzie me había dicho que el éxito en los tribunales se basaba en la confianza en uno mismo, y aquella mañana yo estaba a tope: elocuente, astuta, preparada para bloquear cualquier arma que tuviera la parte contraria en su arsenal. No importaba que solo me hubiera leído por encima el dosier por el camino, en el metro. No importaba que estuviera tan cansada de la noche anterior, una noche en la que habíamos dedicado más tiempo al sexo que a dormir. No importaba que acabara de llegar al juzgado, solo unos minutos antes de las 9.30, la hora acordada para la vista, con la ropa del día anterior y un par de pantis opacos recién comprados en el Boots de la estación de Liverpool Street. No necesitaba mi armadura, mis medias, mi pintalabios rojo, mis blusas recién planchadas. Tenía los recuerdos de la noche pasada con él.

Tras unos minutos de charla con el abogado que llevaba la instrucción del caso en las escaleras del juzgado, volví al bufete, cruzando Fleet Street y el antiguo Middle Temple. Me sorprendió la nueva imagen que habían adquirido aquellos lugares tan familiares para mí. Los sombríos claustros y callejones que otras veces me ponían de los nervios eran ahora lugares para citas secretas y encuentros amorosos. Me había saltado la medicación de la noche y de la mañana. Sabía que muy pronto me vendría el bajón, que me entraría pánico o perdería el control, pero de momento solo podía pensar en él, y me sentía estupendamente.

Paré en la recepción del Burgess Court y le pregunté a Helen, nuestra recepcionista, si había recibido mensajes.

—Te he enviado un correo electrónico con los nombres de todas las personas a las que tienes que llamar —dijo, agachándose tras el mostrador—. Y ha llegado este paquete para ti.

47

Fruncí el ceño, mirando la gran caja negra rodeada por una elegante cinta.

Aquello no era un dosier. Ni siquiera los abogados instructores de mayor prestigio los enviaban así.

Me llevé la caja al despacho y la apoyé en mi mesa. Dudé unos momentos, pero luego tiré de la cinta y abrí la caja. En el interior había una bolsa de tela, y dentro, otra bolsa. O más bien un bolso. Aquel bolso de suave cuero negro que había visto en Selfridges la tarde anterior. Sentí la boca seca y me mordí el labio para reprimir una sonrisa.

Abrí la cremallera con cuidado. Al final no había preguntado el precio, pero desde luego tenía pinta de ser un objeto caro y elegante. Metí la mano dentro, preguntándome si habría alguna tarjeta, o una nota, aunque sabía perfectamente quién lo enviaba. Al hundir la mano en las profundidades del bolso noté algo. Sin embargo, no era el perfil liso y rígido de un papel, sino algo suave pero con textura.

Extrañada, lo saqué del bolso para ver qué era y se me escapó una risa cuando vi que era un tanga negro con delicados encajes.

—Hola, Fran —dijo la voz de Paul a mis espaldas—. Te traigo un par de trabajos.

Metí el tanga otra vez en el bolso a toda prisa e intenté poner mi mejor cara de tribunal. Sin embargo, cuando me giré hacia Paul, no podría decir quién parecía más incómodo. Seguramente yo. O quizás él.

6

No sé quién le habría puesto el apodo de «el Piraña» a Robert Pascale, pero desde luego hacía justicia a su reputación como abogado. Antes se había dedicado a la banca de inversiones y se había creado un lucrativo nicho en lo más alto del mercado, especializándose en ese tipo de casos millonarios que llenaban titulares en el *Daily Mail* y que hacían temblar a los grandes empresarios.

Pero Robert Pascale no tenía el aspecto de un carnívoro implacable. Era más bien como un dandi de la vieja escuela, con el cabello gris peinado hacia atrás y unos trajes impecables, que completaba con un pañuelo de seda de un tono a juego en el bolsillo superior. Fuera del tribunal se mostraba siempre encantador, y yo sabía que iba a emplear sus encantos conmigo en cuanto lo vi en los pasillos del Juzgado de Familia de High Holborn.

Cuando me acerqué, se metió el teléfono en el bolsillo.

—Francine, ¿cómo estás? Te veo tan radiante que me dan ganas de darte un beso, si no fuera porque igual me ve mi cliente y se cree que estoy confraternizando con el enemigo.

La mención a su cliente hizo que se me escapara una risita nerviosa. Había llegado pronto, sin David, sin Martin. Por dos motivos. La idea de encontrarme con Martin a solas me provocaba terror y me emocionaba a partes iguales. No le había visto desde la mañana que había salido de su piso en Spitalfields, dos días antes. Habíamos intercambiado mensajes como adolescentes la tarde después de recibir el bolso de cuero y las braguitas, pero nuestra correspondencia había ido derivando en intercambios de mensajes más serios, en los que yo le tranquilizaba sobre la vista preliminar; la ansiedad que me había invadido a partir de ese momento me hacía pensar que saltarme la medicación quizá me había hecho más daño del que pensaba.

Pero también había venido pronto para verla a ella: a Donna. No quería que la primera imagen que tuviera de la esposa de Martin fuera en un juzgado sin ventanas, cuando sabía que todos los ojos estarían puestos en mí, y donde no confiaba en poder ocultar mi curiosidad y mis emociones.

—Estoy muy bien, Robert —dije, echando un vistazo al pasillo—. ¿Dónde te has dejado a la tropa? Pensaba que estaríais en plena reunión.

—Jeremy Mann ya ha venido. Estamos esperando a la clienta —repondió, mientras escribía otro mensaje de texto. Luego me miró, centrando toda su atención en mí—. ¿Y qué? Corren rumores de que esta vez te vas a presentar al Consejo...

Solté un soplido de resignación. Aunque, pensándolo bien, quizá no le hiciera ningún daño a mi carrera que corriera la voz de que me presentaba.

—¿Sí? ¿Y supondría eso que querrías llevarme la instrucción de algún caso de vez en cuando? —respondí.

No hacía falta que le recordara que era uno de los pocos abogados de familia destacados que nunca se había presentado como candidato para alcanzar el nivel superior de la abogacía del reino. Sospechaba que era porque Robert Pascale era un esnob, y porque a pesar de que la mayor parte de su volumen de negocio lo hacía representando a mujeres, en el fondo era un misógino redomado.

Él se acercó y me tocó el hombro.

—Si te quieres presentar al Consejo, Francine, no te dejes llevar por la tentación de buscar titulares fáciles. Esto es un caso de divorcio, se trata de la vida de dos personas, no es un escaparate profesional —dijo, e inevitablemente me sonó a advertencia.

—Tú sabes que siempre juego limpio —respondí, levantando la vista hacia el gran reloj.

Sabía que David y Martin llegarían pronto.

Me excusé y fui a buscar una sala de reuniones libre, tras lo cual le envié un mensaje de texto a David para decirle dónde podía encontrarme.

Saqué el botellín de agua Evian de mi bolso, di un trago y eché un vistazo a la sala. El Juzgado Central de Familia no tenía la majestuosidad de la Real Corte de Justicia del Strand, donde los años de historia y de justicia eran palpables. Tenía el aspecto de un instituto de secundaria, y la sala en la que me encontraba era fría e impersonal.

A los pocos minutos oí que se abría la puerta a mis espaldas, y entraron David y Martin. Me había propuesto mantener la calma, pero al verlo noté que se me aceleraba el corazón. Lo único en lo que podía pensar era en un mensaje que me había enviado dos días antes.

«Me gusta el sabor de tu sexo.»

Evité los saludos de rigor dirigiéndome hacia la mesa. Ellos se sentaron, y yo me lancé a explicar lo que podíamos esperar aquella mañana; proponía solicitar que un juez del Tribunal Supremo presidiera la resolución del convenio de divorcio, intentar hacer que las negociaciones fueran lo más directas posibles y evitar la confrontación.

—Jeremy Mann se ha traído a Richard Sisman —informé a David.

—¿Y ese quién es?

Tomé otro trago de agua y observé que me temblaba la mano.

—Richard es el ayudante de Jeremy.

Martin frunció el ceño.

—¿Y nosotros no tendríamos que haber traído a alguien más? —dijo, entre la acusación y el pánico.

—Para una vista preliminar no hace falta nadie más.

—Entonces ¿por qué lo han traído?

Su hostilidad me puso nerviosa. Lo cierto era que no me había planteado qué cabía esperar. ¿Que flirteara conmigo? ¿Que hiciera algún comentario sobre el bolso nuevo que llevaba?

—En estas reuniones preliminares no es necesario traer a ningún asesor —dije, sintiendo que se me aceleraba el pulso.

—Entonces ¿por qué estás sola? ¿Y por qué Donna tiene dos abogados?

Eché una mirada a David Gilbert y me senté en mi silla, incómoda.

—Es un juego —dije, intentando mostrar la máxima autoridad—. Dos abogados en una vista preliminar es el equivalente a un despliegue de efectivos militares. Los rusos desfilando con sus armas. Pero es inútil, innecesario y caro. Me parece bien un poco de postureo, pero cuando hay motivo. Robert Pascale, por otra parte, es un experto en gastarse el dinero de los demás.

51

—Pero quizá por eso tenga tanto éxito. Invierte para ganar.

—Martin, tienes que confiar en nosotros.

Nos quedamos mirándonos y en sus ojos vi una mirada de disculpa. Sabía que tenía que tomarme las cosas menos personalmente, pero estaba decidida a hacer lo que pudiera por ayudarle.

—Son casi las diez —dije, recogiendo mis papeles—. Deberíamos ir.

Caminamos hacia una de las salas menores del juzgado, usadas para los procedimientos más informales.

El juez ya estaba en la sala, presidiendo la larga mesa de reuniones. Jeremy Mann y su ayudante también estaban sentados. Robert estaba en una esquina leyendo sus mensajes. No veía a Donna Joy por ninguna parte.

Me senté frente a Mann, dispuse mis papeles sobre la mesa y ordené mis pensamientos. Puse el bolígrafo en horizontal sobre el dosier, con la punta hacia la izquierda. A izquierda y derecha tenía un lápiz mecánico y un bloc de *post-it*, como si fueran el tenedor y el cuchillo.

Salvo por los murmullos, lo único que se oía era el tictac del reloj de la pared.

Pasaban ya unos minutos de las diez y aún no había rastro de la señora Joy. Me giré hacia el juez de distrito Barnaby y le miré a los ojos. Era un juez de la antigua escuela, a punto de jubilarse, irascible pero eficiente; por el modo de arquear la ceja estaba claro que no veía la hora de dar inicio a otra jornada de duro trabajo afrontando las miserias de las rupturas de pareja.

—¿Estamos listos? —preguntó por fin el juez Barnaby.

—Estamos esperando a mi cliente —dijo Robert Pascale, que parecía malhumorado.

—¿Y sabemos si va a llegar pronto? —le inquirió el juez, incisivo.

—Estará a punto —dijo Pascale, consultando el reloj—. Salgo un momento a buscarla. Quizá no encuentre la sala.

No me atrevía a mirar a Martin, que le había murmurado algo a David en una voz tan baja que no lo había oído. Robert salió de la sala y tardó un buen rato en volver.

Cuando oímos la puerta de nuevo, no pude evitar girarme, esperando verla, impecable e imperturbable a pesar del retraso, pero solo apareció Pascale, inusualmente agitado.

—Ni rastro —dijo.

—¿La ha llamado? —sugirió Jeremy Mann, en tono pomposo.

—Sí, pero me sale directamente el contestador. Hablé con ella ayer mismo, y todo estaba arreglado para hoy.

—Será el tráfico —dijo Martin, aunque no parecía creerse lo que decía.

—Cinco minutos más —concedió Barnaby—. Tengo una lista de casos muy llena.

—Yo sugiero que empecemos sin la señora Joy —propuso David, mirándome en busca de aprobación.

Sabía que lo propondría, aunque no lo hubiéramos hablado.

Robert puso objeciones, pero el juez Barnaby levantó una mano.

—Muy bien —decidió, inmutable.

—Bueno, ha sido algo embarazoso —comentó Martin cuando salimos del tribunal, cuarenta minutos más tarde.

—En realidad, tampoco era necesario que estuviera presente —le aseguró David.

Los tres nos quedamos mirando a Robert y a su equipo, que desaparecían por el pasillo. Martin aún meneaba la cabeza.

—¿Vas a hablar con ella? —le pregunté.

—No creo que haya nada que pueda decirle para cambiar su comportamiento —contestó con un gesto de desdén.

—¿Comportamiento?

—Esto es típico de ella.

David se mostraba más comprensivo:

—No es la primera vez que un cliente no se presenta ante el juez. Ocurre más a menudo de lo que pueda parecer. Y quizá Robert le haya dado a entender que no era más que una vista poco importante…

Miré a Martin a los ojos para intentar descubrir qué estaba pensando, pero parecía disgustado y distraído.

—¿Y ahora qué? —dijo, dirigiéndose exclusivamente a David.

Me llevé un buen chasco.

—Tal como ha visto ahí dentro, hemos establecido los tiempos. Ahora necesitamos reunir información, negociar con Robert y esperar al día de resolución del convenio.

—De seis a ocho semanas, con un poco de suerte. Eso, si la auditoría forense no nos retrasa.

—Tenedme informado. Mañana me voy a Suiza; lo tengo programado hace tiempo y no quiero cancelarlo, pero es solo una semana.

Aquello no era del todo nuevo para mí. Lo había mencionado de pasada en el *loft* de Spitalfields, pero en aquel momento no había podido evitar preguntarme si no sería una treta para sacárseme de encima.

—Así lo haremos —dijo David, estrechándole la mano.

Martin se giró hacia mí para repetir el gesto. Me cogió la mano y la sostuvo un momento más de lo necesario. Al sentir cómo sus dedos me envolvían la mano, pensé en ellos penetrando en mi interior. En donde habían estado la noche del martes. En donde querría que estuvieran en ese momento.

—Hasta la próxima —me limité a decir.

Él asintió, se dio media vuelta y se marchó sin decir una palabra más. Me quedé viendo cómo desaparecía su silueta en la distancia; estaba tan absorta que no me detuve a pensar siquiera si David Gilbert habría notado algo raro entre nuestro cliente y yo.

—Algún día la gente de pasta aprenderá buenos modales —dijo David.

—¿Martin? —pregunté, alarmada.

—La esposa. Menuda falta de respeto.

—A lo mejor se ha puesto enferma. O quizás pensaba que era otro día.

—A lo mejor —respondió David, nada convencido—. Creo que deberíamos plantearnos contratar a un detective —dijo, tras una breve pausa.

—¿Para qué?

—Hace poco trabajé en un divorcio. Desde el punto de vista legal no tenía nada de particular, pero la historia acabó siendo un culebrón. La mujer tampoco se presentó a la vista preliminar. Al principio pensamos que era una simple muestra de desdén, hasta que descubrí que se había mudado a Los Ángeles sin decírselo al marido. Había ligado con un productor discográfico multimillonario, y al mismo tiempo intentaba quedarse con el cincuenta por ciento del negocio de su marido, mi cliente.

—Así que tampoco te fías de Donna Joy —concluí, asombrándome yo misma al percibir el tono satisfecho de mi propia voz.

—Solo quiero saber a qué nos enfrentamos —dijo mi colega—. Si podemos demostrar que está viéndose con alguien…, con alguien nuevo y rico… Eso podría ayudarnos.

—Conozco a la persona perfecta.

No tenía mucho más que decirle a David, que, por su parte, ya estaba pensando en la reunión siguiente, en otro cliente. Nos despedimos y me quedé en el vestíbulo pensando en cómo matar el tiempo hasta la reunión que tenía programada para las doce: una petición de limitación de patria potestad. No tenía sentido volver al bufete, así que me fui a Starbucks a tomarme un café y a releer mis notas.

Me senté junto a la ventana, saqué mi iPad y abrí el navegador de Internet. Normalmente, lo usaba para ver las noticias o las previsiones meteorológicas, pero esta vez me sorprendí a mí misma tecleando: «Donna Joy». Las primeras tres páginas de resultados no daban nada que no hubiera leído antes, pero escarbando encontré el nombre del estudio artístico para el que había trabajado, una galería que había expuesto obras suyas y una fiesta a la que había asistido el verano anterior. Lo más revelador era su cuenta de Instagram, con una infinidad de instantáneas de lugares exóticos, amigos glamurosos y *selfies* con muchas sonrisas: un escaparate a un mundo de oropeles que hacía que mi vida pareciera mísera y gris.

Volví a meter la tableta en el bolso, me retoqué el pintalabios en el lavabo y volví al juzgado para la reunión. Pasé el abrigo y el bolso por el arco de seguridad y saludé a un conocido de la Facultad de Derecho que acababa de llegar. La abogada encargada de la instrucción de mi caso ya me había escrito un mensaje para decirme que llegaba tarde, así que hice tiempo en el vestíbulo y me puse a leer el listado de casos por salas.

Al principio la vi solo de refilón. Fue su abrigo lo que me llamó la atención: de un rosa encendido, de aspecto suave y muy caro, una prenda que yo no me pondría jamás, sobre todo por el color, pero que aun así despertaba mi admiración.

Miré más atentamente y supe que era ella. Era más bajita de lo que esperaba, igual que los dos únicos famosos que había llegado a conocer, y que eran de tamaño bolsillo. Tenía el cabello más oscuro, de un color más caramelo que rubio oscuro.

Llevaba un bolso grande y de aspecto exótico, de una piel con textura que no reconocí. ¿Lagarto? ¿Caimán? Me pregunté si se lo había comprado él.

—¿Puedo ayudarla? —me ofrecí.

Se giró hacia mí e intenté absorber hasta el último detalle de su rostro. Labios finos, cejas fuertes, el rostro pálido, lechoso, sorprendentemente poco maquillado y un largo cuello de cisne del que colgaba un delicado colgante de oro con la inicial «D».

—Pues no, a menos que pueda hacer retroceder el tiempo —murmuró, sin ocultar su mal humor.

Me daban ganas de decirle que llegaba una hora y cincuenta y dos minutos tarde. Que a estas horas su abogado ya estaría de vuelta en su despacho y que su divorcio ya estaba en marcha. Habría querido preguntarle por qué llegaba tan tarde. Viendo las suaves ondas de la melena que le caía sobre los hombros, me pregunté si habría decidido ir a la peluquería para impresionar a su marido y la habían entretenido. ¿O sería simplemente que no se había molestado en tomar nota de la cita de esta mañana en su sobrecargada agenda?

Por un momento me quedé paralizada, con el corazón latiéndome con fuerza, preguntándome si debería presentarme. Pero sabía que le parecería raro y una coincidencia sospechosa haber dado precisamente con la abogada de su marido.

—Me temo que en eso no la puedo ayudar —respondí, agarrando mi bolso de piel con más fuerza.

Me sonrió, suavizando el gesto. En aquel momento supe exactamente qué era lo que había visto en ella Martin Joy. Sentí el contacto del rígido cuello de la blusa en la garganta y decidí salir inmediatamente del edificio.

Necesitaba respirar aire fresco.

7

*N*o fui yo quien sugirió quedar en Islington. Martin me
envió un mensaje desde Suiza preguntándome si quería quedar para cenar. Cuando dije que sí, a los pocos minutos ya
había reservado mesa en Ottolenghi.

Lo interpreté como una buena señal. Ottolenghi no estaba en el Soho o en Chelsea. Estaba en Upper Street, a tiro de
piedra de mi piso, y sabía que debía (y quería) prepararme
para la posibilidad de que acabara pasando la noche en casa.
Tantos años de soltería autoimpuesta no propician un alto
nivel de orden y limpieza en casa, y la ropa interior sugerente había dado paso a las braguitas cómodas lavadas repetida-
mente: tendría que hacer algunos cambios. La mayoría de los
sábados por la mañana los pasaba en el centro de asesoramiento legal gratuito de Toynbee Hall, en Stepney, donde
colaboraba como voluntaria desde hacía años, pero aquella
semana decidí no ir y pasar la mañana en el salón de belleza
coreano de Holloway Road, para al menos llegar a la cita
depilada y suave. Luego fui a mi *deli* favorito, La Fromage-
rie, y compré queso brie y uva fragolina para tener algo en
la nevera. Y cambié la cama, rociando incluso las sábanas con
aroma de lavanda para intentar darles el olor de esas sábanas
almidonadas que te encuentras en los hoteles caros. Quería
convertir mi piso en un rinconcito acogedor del que no le
dieran ganas de irse. Porque eso, me di cuenta, era lo que
deseaba.

Escogí un vestido negro y unos zapatos de tacón rosa
muy sexis y salí de casa cinco minutos tarde, deliberadamente. Nunca se me ha dado muy bien ese tipo de juegos, pero
era una pequeña licencia que quería concederme.

Mientras recorría Upper Street, pasando junto a los primeros grupitos que se formaban a la puerta de los pubs, gru-

pos de cuatro o cinco personas que gritaban y reían, tomé aire con fuerza; quería sentir parte de aquella energía, de aquella distensión, convencerme de que aquella noche podía suceder cualquier cosa. Una sonrisa me invadió el rostro. «Cualquier cosa.»

Crucé la calle, haciendo resonar los tacones en el asfalto, con el abrigo aleteando al viento. ¿Estaría ya allí, esperándome? ¿O me encontraría la barra vacía y un mensaje en el teléfono, con alguna excusa de trabajo o de retraso en los vuelos? En realidad, tras la vista preliminar no tenía la convicción de que Martin Joy fuera a contactar conmigo otra vez; sin embargo, una vez acordada la cita, había supuesto, quizá cándidamente, que aparecería. Ahora no estaba tan segura. ¿Debía llamarle para preguntarle si iba de camino? «Piensa positivamente —me dije—. A todos les pueden pasar cosas buenas. A ti también.»

Y ahí estaba: el corazón me dio un brinco cuando lo vi a través del cristal. De espaldas a la calle, apoyado en la barra, con el ancho cuello en movimiento y sus manos fuertes atravesando el aire. Estaba hablándole a alguien. La sonrisa de mi rostro se desvaneció; no, estaba «con» alguien. Una pareja. Reduje la marcha de pronto, con la mano flotando por encima de la manilla de la puerta, combatiendo la sensación de decepción. ¿Había interpretado mal la situación? ¿No era aquello una cita-cita? De todos modos, no podía quedarme allí, vacilando: la puerta era de cristal, y en cualquier caso Martin ya me había visto.

—Fran —dijo, con un tono acogedor, girándose en el momento en que entraba. Me tendió la mano, atrayéndome hacia sí. Una chispa de electricidad estática pasó del uno al otro en el momento en que nuestras manos entraron en contacto, pero él no hizo ningún gesto; se limitó a sonreír y me susurró algo al oído, lo suficientemente bajo como para que solo yo pudiera oírlo—. Muy sexi.

Luego se giró y le dijo a los otros:

—Esta es Francine. Este es Alex, mi socio, y esta es Sophie, su esposa.

—Sí, solo soy su «esposa» —dijo ella, con un guiño cómplice, al tiempo que se acercaba a estrecharme la mano—. Nadie importante.

Pero era una mujer impresionante: rubia, alta, algo masculina, como la capitana de un equipo de *lacrosse*. Cuando se levantó del taburete, vi que me sacaba al menos quince centímetros. Incluso con tacones, yo apenas superaba el metro sesenta y cinco, pero nunca me había sentido tan pequeña como en aquel momento.

Aunque Alex le rio la gracia, noté que él era algo más reservado. Delgado, tieso, sin una arruga en el traje gris. Quizá yo no fuera la primera mujer que Martin había presentado a sus amigos desde su divorcio, o quizás Alex aún le fuera leal a Donna... Los amigos hacen eso, ¿no? Toman parte.

Se hizo una breve pausa incómoda, que Martin atajó enseguida.

—¿Recibiste mi mensaje?

—¿Qué mensaje?

—El que te decía que Alex y Sophie se apuntaban a la cena.

Negué con la cabeza.

—No nos quedaremos mucho tiempo y prometo que Alex se comportará muy bien —dijo Sophie, con una mirada conciliadora.

Martin inspeccionó su teléfono mientras sus amigos se adelantaban a preguntar por nuestra mesa.

—El mensaje no ha salido —dijo, y me tocó los dedos en un gesto de disculpa, haciéndome sentir su calor corporal en la piel.

—No pasa nada. Me apetece conocer a tus amigos —dije, preguntándome si sonaría creíble.

Nos indicaron nuestra mesa. Martin pidió dos botellas de vino naranja y una selección de aperitivos. Todo tan bien escogido que dejaba claro que había estado allí muchas otras veces.

—Así pues, ¿has ido a esquiar? —pregunté, consciente de que más valía empezar con alguna charla insustancial.

No tenía ni idea de qué sabían Sophie y Alex de nuestra relación, si es que podía llamarla así, pero hasta que no recibiera alguna señal por parte de Martin que me confirmara que aquello era una cita, que Sophie y Alex sabían que era una cita, decidí proceder con cuidado, manteniendo la conversación en un terreno vago, indefinido.

—He practicado heliesquí —dijo Martin.

—Te presento al James Bond de Spitalfields —bromeó Alex.

—¿Lo has probado? —preguntó Sophie, con la confianza de quien se ha pasado la vida sobre los esquís.

—Me siento mucho más cómoda con un chocolate caliente y un cruasán en la estación de esquí —dije, por no admitir que mi única experiencia bajando por laderas nevadas había sido de niña, en los toboganes del parque. Tuve que hacer un esfuerzo para no indagar más. Tenía unas ganas locas de saber con quién había estado en Suiza (al fin y al cabo, nadie va a practicar el heliesquí solo, ¿no?), pero sabía que quedaría muy mal intentando averiguarlo—. Así pues, ¿trabajáis con Martin? —pregunté, en el momento en que tomábamos asiento en una mesa en un rincón tranquilo del comedor.

Alex asintió, pero Sophie hizo un mohín y sacudió la cabeza bruscamente.

—Yo no. Ya no. Estoy segura de que sabes, tú mejor que la mayoría, que trabajar con tu pareja no siempre es la mejor receta para la felicidad conyugal. Lo intentamos al principio, pero acabamos queriendo estrangularnos el uno al otro, así que yo me hice a un lado y adopté un papel más —chasqueó la lengua— de «asesoría externa».

—Lo cual quiere decir que nos dice a los dos qué tenemos que hacer —concluyó Martin, sonriendo.

—Le encanta decirlo así, para que parezca que soy un incordio —dijo Sophie—. Pero sin una mirada femenina que supervisara los detalles, me atrevería a decir que habríamos bajado la persiana hace años.

Alex le cogió la mano y se la besó.

—Ahí tienes. Tu recompensa, cariño.

Ella le dio una palmadita en la mejilla y yo sentí un pinchazo de celos. Probablemente llevaran casados… ¿Cuánto? Al menos una década, y era evidente que ella aún adoraba a su marido.

Poco a poco empecé a relajarme y a disfrutar de la cena, mientras los tres se dedicaban bromas y se buscaban las cosquillas como solo pueden hacer los amigos. Martin siguió hablando de su reciente viaje, en que «había salido de la nieve rebozado, como Frosty, el hombre de nieve»; Sophie, por su parte, me habló de unas vacaciones de esquí desastrosas que habían hecho Alex y ella a Courcheval, cuando la absoluta ausencia de nevadas había convertido la estación en «el séptimo anillo del Infierno», donde los turistas rusos no tenían otra cosa que hacer más que lucir sus abrigos.

—No había visto tantas pieles de animales desde mi visita al zoo de San Diego —dijo, entre risas.

—¿Y dónde os conocisteis los tres? —pregunté, con algo de envidia al ver el estrecho vínculo que los unía.

—En la universidad —dijo Alex—. La Economics Society.

—Fue en aquel viaje a Nueva York, ¿no? A Wall Street. Compartíamos habitación en aquel hotel roñoso del East Village.

—Yo hice de Celestina —dijo Sophie—. Sabía que se llevarían bien, así que los puse en contacto.

—Yo pensaba que ella se había hecho presidenta de la sociedad para conocer gente, pero en realidad lo que más le gustaba era tener público para sus imitaciones de Cilla Black.

—Me declaro culpable —confesó ella, levantando una mano.

La conversación fluyó al mismo ritmo que el vino, un delicioso blanco con tonos anaranjados que se me subía a la cabeza; empezaba a alegrarme de que Martin hubiera invitado a sus amigos aquella noche. El restaurante, moderno y elegante, la conversación inteligente de Alex, los guiños de complicidad de Sophie... Todo era una estimulante combinación de glamur y mundanidad, que me provocaba unas ganas terribles de formar parte de aquello. Veía las miradas de admiración que nos lanzaban las parejas de otras mesas; éramos la gente guapa, sofisticada y urbana, y por una vez yo formaba parte de eso, estaba en el centro de la acción.

—Bueno, aún no nos has contado casi nada de ti —dijo Sophie, después de indicarle a la camarera lo que quería de postre—. En otra vida, querría ser abogada de familia. En la universidad, cuando nos presentaban posibles salidas laborales, me sentí tentada por el derecho de empresa, pero me parecía un trabajo muy aburrido. Pero el derecho de familia debe de ser fascinante.

—A veces es fascinante, sí —reconocí—. Pero a menudo es duro. Muchas veces, en los casos de divorcio, nos encontramos con que los sentimientos acaban siendo lo que se impone. La gente pierde un montón de horas (y de dinero en honorarios) discutiendo por las cosas más insignificantes, por no permitir que gane la otra parte. Hace poco me encontré con un par de cabezones que se pasaron seis meses discutiendo por una tetera.

61

—¿Una tetera? —dijo Alex.

Asentí.

—Una tetera muy bonita, pero que probablemente valdría como mucho cien libras. La habían comprado en la luna de miel, y ambos estaban dispuestos a renunciar a todo el contenido de su casa de Kensington con tal de no ceder la tetera.

Todos se rieron, pero fue un momento incómodo, como si se rompiera el hechizo. Como si les recordara de pronto quién era yo y cómo había conocido a Martin.

—En realidad, Fran, yo quería preguntarte algo. Una consulta profesional...

—¿Hay algo que deba saber, cariño? —dijo Alex, abriendo los ojos en un gesto cómico, pero ella no le hizo caso.

—Bueno, Martin se está divorciando, y todos tenemos nuestras dudas...

—Más bien estamos cagándonos del miedo —dijo Alex.

—Pensamos en cómo va a afectar al negocio —dijo Sophie—. ¿Podría ir Donna a por nosotros? Siempre hemos sido amigos, pero, tal como dices, la gente hace cosas raras cuando entra en un juzgado.

Miré alrededor, sintiéndome terriblemente desprotegida e inocente. Yo pensaba que aquello era una cita, pero ahora daba la impresión de que me habían llevado allí para poder profundizar en el caso.

—Nos preocupa que Donna pueda querer una parte sobre futuros beneficios.

Eché una mirada a Martin.

—Nos opondríamos a algo así, por supuesto —dije, agarrando con fuerza el fuste de mi copa.

—¿Y? —insistió Sophie.

—Es cierto que el divorcio puede tener alguna consecuencia empresarial. Pero la Gassler Partnership no cotiza en bolsa, así que espero que el impacto sea limitado. Para asegurarnos, puedo recomendaros un relaciones públicas especializado en protección de imagen, aunque sinceramente no creo que sea necesario.

Miré a Martin, que me sonrió, tranquilizador. Estaba claro que la valoración que había hecho era, a grandes rasgos, lo que Sophie y Alex querían oír.

—Hablando de divorcios, ¿habéis oído lo de Mungo Davis?

—dijo Alex—. Pilló a su mujer en la cama con el chófer. ¿Y sabéis qué dijo ella?

No acabé de enterarme de lo que había dicho la mujer de Mungo Davis, porque me excusé y me fui al servicio.

Cuando llegué al espacio protegido que suele ser el baño, apoyé ambas manos en la pila e inspiré con fuerza. Me quedé mirando mi imagen reflejada en el espejo y me pregunté qué debía hacer para ser feliz. Me gustaba Martin Joy. Y me había convencido de que yo le gustaba a él, pero estaba claro que había malinterpretado la situación.

Saqué el brillo de labios del bolso y me lo apliqué cuidadosamente frente al espejo. Con las luces cenitales del baño parecía más pálida de lo habitual; levanté una mano y me toqué la mejilla.

«Puedes hacerlo —me dije, mientras me preparaba para volver al restaurante—. No pierdas la dignidad.»

Cuando salí, Martin estaba pagando la cuenta y Sophie se estaba enfundando el abrigo.

—Los intrusos se van —dijo, sonriendo.

—Nos vemos fuera —añadió Martin.

Nos despedimos en la acera. Lo cierto es que me sentía un poco incómoda. Sophie y Alex se metieron en un taxi. Me ajusté el abrigo, dispuesta a emprender el camino de vuelta a casa.

—Ha estado muy bien —comenté, sin demasiado énfasis.

—Aún te debo una disculpa —dijo él, inquieto; de pronto, me sentí algo menos tensa—. Alex me llamó mientras estaba en Suiza. Se sentía algo inquieto con lo de mi divorcio y hablaba de buscarse su propio abogado. Cuando le mencioné que iba a verte, me preguntó si podían venir. No pensé que se quedarían hasta el postre.

Me encogí de hombros y sonreí. No quería ponerme en una situación vulnerable sugiriendo qué hacer a continuación.

—La noche es joven —añadió él, mirándome desde detrás de aquellas pestañas oscuras.

El corazón me dio un pequeño brinco, aunque intenté mantener la calma.

—¿Y qué tenías pensado? —respondí, encogiéndome de hombros.

—¿Tú no vives por aquí cerca? —dijo, acercándose.

—Ahí mismo. ¿Me quieres acompañar a casa?

Pasó el brazo por debajo del mío; se me relajó todo el cuerpo.

—¿Esa historia es cierta? —dije, al cabo de un rato—. Lo de que Sophie os puso en contacto a Alex y a ti.

—Ella organizó el viaje y repartió las habitaciones, así que supongo que sí. Le debo mucho a Sophie. Incluso me encontró una subvención para que pudiera ir a Nueva York. En aquel tiempo, no me lo podía permitir.

Le miré, sorprendida. Había insinuado que procedíamos de entornos similares, pero había dado por sentado que no era más que palabrería.

—Mis padres murieron cuando yo tenía cinco años. Me crie con mis abuelos. Ellos valoraban mucho la educación; hicieron todo lo que pudieron para que estudiara, para que fuera a la universidad. Pero andábamos muy justos de dinero.

Miró hacia delante, dejando claro que no le apetecía hablar más de aquello.

—Bueno, cuéntame qué tal Suiza —dije, disfrutando del calor de su brazo a través de la manga de mi abrigo.

—Hemos estado en Verbier.

Recordé vagamente que Tom había mencionado Verbier una vez, en el bufete; sonaba a estación de esquí para la *jet-set*, con muchas pistas negras y mucho *après-ski*. No pude evitar imaginarme a Martin rodeado de unas cuantas rubias en algún *jacuzzi* al aire libre. No me gustaba nada que hubiera usado el plural.

—Primero tuve unas reuniones en Ginebra, pero conseguí un par de días libres para el esquí. Me fue muy bien para evadirme de todo esto.

—Gracias —respondí, riéndome.

Martin se detuvo y se giró hacia mí.

—No me refería a eso —dijo, con tanta intensidad que me provocó un escalofrío.

—¿Y tú? Cuéntame, ¿qué has hecho estos días?

—Trabajar. Escribir —dije, y me encogí de hombros.

—La versión femenina de John Grisham, ¿eh?

—No exactamente. —Sonreí—. Un artículo: «Mediación para la reubicación de menores de países no firmantes del Convenio de La Haya».

—Una lectura ideal para la playa —dijo, y se rio.

—Lo sé, lo sé —confesé, levantando las manos—. Es para mi solicitud al Consejo. Ganas puntos si has publicado algo.

—Yo te considero capaz de hacer cualquier cosa que te propongas. De hecho, estoy seguro de que lo conseguirás. Más adelante quizá podría leerlo.

Sus palabras estaban cargadas de energía. Me gustaba pensar que no solo me acompañaría a casa. Y, sin embargo, la mención de la solicitud para formar parte del Consejo había introducido la sombra de una duda: una voz débil y lejana que me recordaba que era un cliente. Así que aminoré el paso, intentando mantener la conversación en un terreno neutro.

—Yo quería ser escritora —le dije—. Cuando era más joven, cuando sentía que nuestra casa era demasiado pequeña, me iba a la biblioteca del barrio y allí me perdía. Siempre me han encantado las palabras, la capacidad que tienen para hacerte reír o llorar, para herirte o ayudarte… El modo que tienen de transportarte a un lugar completamente diferente. Siempre he pensado que las palabras contienen algo mágico.

Levanté la vista y me lo encontré mirándome como si yo fuera la persona más interesante del mundo.

—¿Y qué es lo que te llevó a estudiar Derecho?

Me encogí de hombros.

—Crecí en una casa humilde de Accrington, iba a un colegio público mediocre. No conocía a nadie que hubiera tenido mucho éxito, y menos aún a alguien que se ganara la vida escribiendo. Sin embargo, sí que veía delitos, matrimonios rotos y embargos de casas. Me di cuenta de que las únicas personas que parecían beneficiarse de todo aquello eran los abogados. Fuera bien o fuera mal, ellos siempre ganaban.

—Así que ahora usas las palabras para ganar dinero.

—Supongo que sí. ¿Suena muy egoísta?

Martin se rio.

—Le estás preguntando al tipo equivocado. Yo llevo «capitalista» tatuado en el pecho. —Me miró, de pronto serio—. Pero hacer dinero es fácil. A mí lo que me asombra es la gente como tú, capaz de encontrar un fallo minúsculo en la armadura del otro para ganar una batalla. No creo que yo tuviera la agilidad mental necesaria.

—Eso lo dudo —dije.

No quería mencionar que había leído prácticamente todo lo que había podido encontrar sobre Martin Joy. En general, los

65

impersonales informes que había podido encontrar decían que era un genio, una de las mentes financieras más brillantes de su generación. Me encantaba que fuera tan modesto.

Mientras caminábamos intercambiamos secretos personales. Hablamos de las series que queríamos ver, pero para las que no teníamos tiempo; nos dijimos nuestros rincones favoritos de la ciudad: el Postman's Park en la City, la estatua de Roosevelt y Churchill en Bond Street, el restaurante Bleeding Heart en Clerkenwell por sus filetes y su vino tinto. Me encantaba comprobar lo fácil que era hablar con él. Me gustaba ver lo mucho que teníamos en común. Él también había vivido en Islington, a solo unas calles de mi casa, en Highbury Fields. Se había mudado a Spitalfields antes incluso de que yo llegara, pero me encantaba que ambos hubiéramos compartido la rutina y la vida del barrio.

—Ven —dije, cogiéndole la mano y arrastrándolo a una calle secundaria—. Es por aquí.

Él me apretó los dedos de la mano; perdí conciencia de todo lo que me rodeaba, envuelta en mi propia burbuja.

Por un momento recordé mi primera juventud, las raras ocasiones en las que había conocido a alguien nuevo que me emocionaba. Yo no era diferente a los otros jóvenes que buscaban sexo, amor, que salían de un pub o un club con un chico o una chica, que iban a fiestas intentando alargar la noche todo lo posible, evitar que se rompiera el hechizo.

Pero esa noche me sentía muy adulta. Esa noche íbamos a casa. Y ambos sabíamos cómo acabaría la noche.

—Donna quiere que nos veamos —dijo Martin de pronto—. El martes.

El corazón se me encogió de nuevo. De pronto me di cuenta de lo mucho que me gustaba aquel hombre. No quería parecer desesperada, pero lo cierto es que lo necesitaba. Necesitaba a Martin.

—¿Quiere disculparse por no haberse presentado a la vista preliminar? —dije, mirándolo de frente.

—Creo que solo quiere hablar.

—¿Me estás pidiendo opinión o ya has decidido que irás?

—¿Tú qué crees?

Ahora el corazón me latía a toda velocidad. Sentía la espada de Damocles sobre mí, en el cielo oscuro, como una de esas nubes negras que a veces bajan hasta el nivel del suelo.

—Creo que deberías ir —dije, consciente de que no podía responder otra cosa.

—Yo también lo pensaba —dijo, agarrándome la mano con más fuerza—. Dijiste que vale la pena no llegar a juicio, ¿verdad? Que sería mejor intentar un acuerdo.

—Sí, habla con ella, pero no acuerdes nada.

—Solo es una conversación, Fran. Quiero oír qué tiene que decir. Sin abogados. Solo quiero saber qué piensa…

Lo dijo con una sonrisa, pero sonó a reprimenda. Sin abogados. Sin mí.

—¿Cómo acabó, Martin? —le pregunté. Las palabras me salieron de la boca antes de que pudiera frenarlas—. Quiero decir… ¿Qué es lo que pasó realmente?

Me miró a los ojos. Se hizo evidente que estaba sopesando si sería buena idea contármelo.

—Me fui a Hong Kong —dijo por fin—. Por negocios. Llegué dos días antes de lo planeado y Donna no estaba en casa. Había desaparecido. Por eso no me sorprendió que desapareciera otra vez. Es el *modus operandi* de Donna. Por fin la localicé en Nueva York, gracias a la cuenta de cuarenta y siete mil dólares de su tarjeta de crédito. No se le había ocurrido decírmelo. Nunca pensaba en mí. Yo no era una persona, su pareja. Era simplemente el que pagaba las facturas —dijo con tono severo.

—¿Y eso te dolió?

Meneó la cabeza.

—En aquel momento, no. A aquellas alturas ya no la echaba de menos. Recuerdo que me senté en el piso, a oscuras, escuchando el silencio, pensando en lo bien que estaba solo, pensando «así es como quiero que sea».

—Vaya. Estoy saliendo con un ermitaño —dije, y solté una risita nerviosa.

Él se detuvo y me miró a los ojos.

—Solo soy una persona que quiere dejar atrás un matrimonio que ya había sobrepasado su fecha de caducidad tiempo atrás. Cuando volvió de Nueva York, le dije que quería el divorcio.

—Pero ella se adelantó —señalé. Conocía el dosier a la perfección. Sabía que Donna había sido la primera en presentar la demanda de divorcio.

—Sí, se aseguró de que así fuera —respondió, como si se maldijera a sí mismo por haber sido lento de reflejos.

—Y aquí estamos —dije yo.

—Aquí estamos —repitió.

El autobús número 19, mi autobús, paró unos metros delante de nosotros con un destello rojo, como una señal de advertencia. Bajaron unas cuantas personas, abotonándose los abrigos para protegerse del frío, y descubrí, sobresaltada, que reconocía a una de ellas: Pete.

Mierda.

Solté la mano de Martin instintivamente.

—Hola —saludó Pete, que nos miró: primero a Martin y luego a mí.

—Hola, Pete —respondí educadamente, intentando no pensar en la última vez que le había visto, cuando sus labios me habían rozado el cuello.

—¿De paseo?

—Hemos ido a tomar algo al Ottolenghi.

—A tomar algo, ¿eh? —repitió, mirando a Martin, como extrañado.

—Oh, Martin... Este es Pete Carroll, mi vecino.

—Martin Joy —dijo, tendiéndole la mano.

Pete no sacó la suya del bolsillo.

—Pete está en el Imperial College. Cursando el doctorado —añadí, intentando destensar el ambiente.

—Impresionante —dijo Martin—. ¿En qué?

—Inteligencia artificial.

—Oh, yo trabajo en tecnología financiera. Cuando acabes, podríamos hablar. —Martin vaciló un momento.

Me temí que fuera a sacar una tarjeta de visita; me sentí aliviada al ver que no lo hacía. Quizá Pete olvidara su nombre, aunque en el fondo sabía que me estaba engañando a mí misma.

—Bueno, tengo que comprar leche —dijo Pete, dirigiéndose hacia la tienda del barrio.

—Nos vemos —dije yo, con la mayor naturalidad posible.

—Me parece que le gustas —murmuró Martin, mientras Pete desaparecía tras la puerta del colmado.

—¿Estás celoso?

—Uno poco. Porque a mí también me gustas.

Estábamos frente a mi puerta. Sabía que era la ocasión de decirle lo que pensaba de Donna. Que estaba celosa y que me incomodaba que se vieran. Pero estábamos en la entrada de mi casa, muy cerca, tan cerca que no quería hacer nada que pudiera poner en riesgo la noche. Era mejor mantener la boca cerrada.

—Me lo he pasado bien —dije por fin.

—La noche aún no ha acabado —respondió, sonriendo y empujando la puerta en el momento en que giré la llave.

8

*H*ace mucho tiempo que conozco a Clare Everett. Desde aquel día en que viajé de Bolton a Birmingham con todas mis posesiones terrenales empaquetadas en una mochila que había comprado en Millets, en Mánchester.

Le habían asignado la habitación contigua a la mía en nuestra residencia de estudiantes. Era diferente a cualquier persona que hubiera conocido hasta entonces; era una belleza del sureste, con caballo y coche de propiedad, educada en un internado. La nuestra tendría que haber sido una amistad efímera, de proximidad y conveniencia; debería haberse evaporado en cuanto apareciera más gente en nuestras habitaciones, en nuestro curso, personas con las que tuviéramos más en común. En aquellos días era un poco pija, pero me gusta pensar que yo contribuí a hacerla más guay. En Navidad ya había cambiado sus vestidos de Next por vaqueros y Doc Martens. Por su parte, Clare me ayudó a encajar en la clase media. A pesar de nuestras diferencias y nuestro inicio de lo más impensable, nos hicimos íntimas y mantuvimos la amistad, incluso después de que se casara con su amorcito de la universidad, Dominic, hace diez años.

Clare se puso cómoda en su taburete junto a la barra del bar del hotel Ham Yard y cogió una bandeja de cacahuetes con wasabi. No solía ir a sitios así. Aunque llevaba un vestido nuevo que me ceñía todo lo que me tenía que ceñir, me sentía fuera de lugar. Clare, por otra parte, no había perdido su pedigrí y encajaba en aquel lugar sofisticado como una mano fina en un elegante guante de piel. De hecho, aquella noche habría dicho que tenía pinta de rubia de Hitchcock. Demasiado rubia de Hitchcock, de pronto nerviosa al hablar de adónde íbamos a ir y a quién íbamos a ver.

—Me muero de hambre. Deberíamos haber ido a comer

algo. ¿Tú crees que aún tenemos tiempo? —dijo, retorciéndose un mechón de su cola de caballo por encima de un hombro.

—La fiesta empieza a las siete y media, y son las siete y veinte —dije, con ganas de ponerme en marcha.

—Bueno, pues cuéntame algo más de esta fiesta a la que vamos.

—Es una inauguración de una exposición —dije, sacando del bolso las entradas que me había dado Martin y dándoselas.

—Arte —dijo ella, mirándome con gesto escéptico—. ¿Ahora eres coleccionista?

—Como si lo fuera. Me han dado entradas, eso es todo.

—Delauney Gallery —leyó, alejando las tarjetas como si estuviera desarrollando presbicia—. Helen North. No he oído hablar de ella. Aunque debe de ser buena, si expone en la Delauney. —Me miró, divertida—. Al menos debería de haber hombres interesantes. Alguien me dijo el otro día que el coleccionismo de arte es el nuevo golf.

—Yo pensaba que la bici era el nuevo golf.

Clare soltó una risa.

—No sé. Pero me encanta que salgas un poco más. Por cierto, cuento contigo para la inauguración del restaurante de Dom. Estoy convocando a todos los hombres solteros que conocemos para que tengas dónde escoger.

Me acabé la copa y la miré. Clare era la única persona a la que podía contarle todo. Conocía todas mis historias, mis vergüenzas. No solo porque fuera mi amiga, sino también porque era su trabajo: era psicóloga.

—De hecho, por eso quería salir contigo esta noche —dije, entrando en el tema.

—¿No vas a venir?

—Claro que voy a ir a la inauguración de Dom. Hablo de esta noche. Quería presentarte a alguien.

Clare se pasó la mano por la cola de caballo.

—Yo soy una mujer felizmente casada, cariño.

—Yo no —dije, midiendo mis palabras—. He conocido a alguien. Y va a venir más tarde.

Mi amiga reaccionó al instante. Con las amigas felizmente casadas siempre era igual: contaban con sus amigas solteras para que les pusieran al día de cotilleos y les contaran sus aventuras, pero sobre todo para que les recordaran la suerte que tenían de no estar ya buscando al príncipe azul. En ese

71

sentido, yo siempre las defraudaba, porque soy de las que no cuentan su vida privada.

Eso sí que era una sorpresa para ella.

—¡Joder! —dijo al cabo de un momento.

—Tampoco es algo tan raro —dije, sonriendo, mientras me acababa mi cóctel sin alcohol.

Ella me escrutó con mirada de psicoterapeuta.

—¿Y quién es él?

—Se llama Martin —dije, sin dar más detalles.

—Como nombre está bien. ¿Dónde os conocisteis? ¿Cuánto tiempo lleváis saliendo? ¿A qué se dedica?

—Odio que hagas eso —respondí, con una mueca y un gesto de la mano—. Es como preguntar cuáles son las perspectivas.

—Tienes razón. Lo someteré a examen. Tiene que estar a la altura, si quiere estar con mi mejor amiga. Supongo que por eso quieres que lo conozca.

—Llevamos viéndonos unas seis semanas. Trabaja en finanzas —dije, pasando por alto la pregunta sobre cómo nos conocimos.

—Oh, Fran, no. Un banquero no —dijo con un suspiro, dejando caer los hombros—. Con lo bien que sonaba…

No tenía claro si estaba bromeando o no, pero decidí que lo mejor era proceder con cautela.

—Eso de meterse con los banqueros es de lo más previsible.

—No tiene nada que ver con el dinero que gane. Los banqueros comparten muchos rasgos con los psicópatas —dijo, cruzando las piernas—. Falta de empatía, un ego enorme y a menudo un gran encanto. Los mayores niveles de psicopatía se encuentran en banqueros, directores generales y psiquiatras.

—Me estás diciendo que mi nuevo novio es un psicópata —dije, intentando reírme.

—Lo que estoy diciendo es que vayas con cuidado con los hombres alfa forrados de pasta.

—De todos modos, es más bien un hombre de negocios. Tiene una empresa que hace previsiones de mercado o algo así.

Se echó a reír.

—Así que es el director general de una empresa financiera. Doble premio.

No iba a permitir que se saliera con la suya:

—Dices que tengo un problema porque huyo de las relaciones por culpa de mi trabajo, pero tú eres peor aún. Psicoanalizas a la gente y emites juicios antes de que puedan siquiera demostrarte que te equivocas.

—Vale, vale. —Sonrió—. De todos modos, la culpa es solo tuya.

—¿Mía? —Fruncí el ceño y recogí mi bolso.

—Tú eres la causante de que me hiciera loquera —dijo Clare.

Nos levantamos y salimos del bar.

73

9

*L*a galería ocupaba una sección enorme de un edificio en pleno barrio de Mayfair. Unos enormes escaparates de cristal emitían una luz blanca plateada que iluminaba una hilera de coches caros aparcados en el exterior. La gente que hacía cola parecía algo hastiada. Pero yo me alegraba de haber llegado.

Clare me había hecho un montón de preguntas sobre Martin durante el camino. No quería divulgar nada sobre su situación, en particular sobre cómo nos conocimos. Quería quedarme lo bueno para mí: los fines de semana que nos habíamos pasado en la cama, viendo series, bebiendo vino tinto y pidiendo comida a domicilio, o nuestra excursión un domingo por la tarde a Lulworth Cove, para sentarnos en el acantilado y observar cómo cambiaba de color la marea, de verde esmeralda a azul eléctrico. Y tampoco quería contarle lo mal que había estado la tarde que Martin había salido con Donna para «hablar» del divorcio. Que me había ido al gimnasio tras el trabajo, agotándome hasta mis límites físicos, levantando pesas, corriendo a tope hasta empaparme de sudor, para no pensar en su encuentro. Que eso no había evitado que acabara llamándole (tres veces, aunque las tres me salió directamente el contestador) o que me había vuelto a casa, me había bebido dos botellas de vino y a la mañana siguiente al despertarme había encontrado vómito en el váter. No se lo conté porque, aunque sabía que me estaba enamorando de Martin Joy, no me gustaba demasiado cómo me hacía sentir a veces. Vulnerable, a la deriva y sin control de mis propias emociones, una persona muy diferente de la que era en una vida que ahora quedaba muy lejos.

—Bueno, ¿está aquí? —me susurró Clare, mientras aceptábamos sendas copas de champán de la camarera.

A nosotras nos habían abierto el cordón aterciopelado sin necesidad de hacer cola. Nos encontrábamos en un mundo paralelo en el que un grupo de gente elegante con altísimos zapatos de tacón y caros mocasines se dejaba un año de salario en unas telas pintarrajeadas porque las encontraban «sugerentes». La *artiste du jour* era Helen North, una pintora que imprimía enormes fotografías en monocromo de ancianos desnudos y luego cubría las imágenes con gruesos trazos de pintura blanca y negra. Aquellos cuadros me parecían deprimentes, pero tampoco había venido por amor al arte. Me abrí paso por entre vestidos de alta costura y americanas de Savile Row, pero no reconocí a nadie, y desde luego no vi a Martin. Pero no le buscaba a él; estaba buscando a Donna, aterrada ante la posibilidad de que apareciera de pronto, espléndida y glamurosa. El mundo del arte, al fin y al cabo, era su territorio. Aunque no se hubiera enterado de que Martin había sido invitado (con acompañante misteriosa incluida), había muchas posibilidades de que una inauguración tan sonada como aquella la hiciera salir de su escondrijo, fuera cual fuera.

Me maldije a mí misma por caer tan bajo. Me había prometido que no odiaría a Donna, por grande que fuera la tentación. Como abogada de familia, solo podía ver un lado de la relación. Como novia, aún más. Quería ver a Donna como una persona fría, egoísta y malvada, pero las cosas nunca son tan sencillas, ¿verdad? Por feliz que me hiciera Martin, la culpa no podía ser solo de ella. Nadie es completamente inocente.

Quizá viendo mi gesto preocupado, Clare me tocó el brazo:

—¿Estás bien?

—Sí, sí. Solo un poco nerviosa ahora que vas a conocer a Martin, supongo.

—Te gusta de verdad, ¿eh?

—Sí, me gusta —dije, con una despreocupación fingida.

—Entonces ¿por qué me has traído? No haré más que estorbar.

La miré a la cara.

—Porque eres mi mejor amiga y es importante para mí que a ti también te guste.

Clare asintió.

—Vale, pero dime cuándo tengo que quitarme de en medio. Supongo que te irás con él.

—No te importa, ¿verdad?

—No, siempre que lleves unas braguitas limpias y un cepillo de dientes en el bolso.

75

—Tengo un cepillo de dientes en su casa.

Levantó una ceja.

—No es como un anillo de compromiso, pero no está mal, para empezar.

—Bueno, teniendo en cuenta que técnicamente aún está casado, supongo que no.

Hice un esfuerzo por no apartar la mirada y observar la reacción de Clare. No fue de estupor ni desaprobación, sino de extrañeza.

—¿Está casado?

Di un sorbo a mi copa.

—Separado. Hace seis meses.

—Al menos no es un cliente —dijo, arqueando una ceja.

Yo sonreí, nerviosa.

—En realidad… —No acabé la frase, porque un torbellino rubio se me lanzó encima con los brazos abiertos.

—¡Fran! ¿Cómo estás? —Sophie Cole tiró de mí, me envolvió en un abrazo y me dio dos besos al aire, con una alegría inusitada—. ¡No sabía que estarías aquí! —exclamó—. Ya me temía que fuera una noche aburridísima.

Miró a Alex en busca de confirmación. Él se limitó a asentir, pero al menos sonreía.

—Oh, esta es mi amiga Clare —dije, pasando a las formalidades—. Clare, Sophie y Alex Cole. Son los socios de Martin.

—Yo más bien soy la tía gruñona —dijo Sophie, estrechándole la mano a Clare—. Bueno, ¿qué te parece la exposición, Clare?

Tenía curiosidad por ver qué respondía. A Clare se le daba mucho mejor que a mí valorar esas cosas.

—Interesante —dijo—. Me gusta cómo usa la luz y las sombras.

Sophie hizo una pausa y luego se rio.

—¡Tienes razón, yo tampoco soporto estos cuadros! —Luego se acercó y susurró—: Pero Helen es amiga íntima de Martin, así que eso no lo digas en su presencia.

La miré, alarmada. No me gustaba cómo sonaba eso de «amiga íntima».

—¿Tú también eres abogada? —dijo Sophie, dirigiéndose a Clare.

—Psicoterapeuta —dijo ella.

—La amiga ideal de Sophie. Lo que más le gusta en el mundo es hablar de sí misma —bromeó Alex.

Ella le dio un codazo.

—Tendréis que excusar a mi marido, es un idiota.

—También es copropietaria de un restaurante —dije, aprovechando la ocasión para promocionar el nuevo negocio de Dom.

Sophie y Alex eran de los que salen a cenar cada noche; además, me gustaba pensar que nuestros grupos de amistades pudieran mezclarse.

—Más que copropietaria, es de mi marido. Inaugura el mes que viene.

—Querida, tu mejor amiga es abogada especialista en divorcios. ¿Estás segura de que no quieres que tu nombre aparezca en el rótulo, por mucho que seas la socia en la sombra?

—Créeme, no tengo ningunas ganas —respondió Clare, riéndose—. Si me implico más, antes de que me dé cuenta mi marido me habrá puesto a hacer cisnes de pasta *choux*. Y yo odio cocinar. Ni siquiera sé hacer *cupcakes*.

—Bueno, recuérdame que te presente a mi amigo del *Times*. Es crítico gastronómico. A lo mejor podríamos ir todos a cenar un día y os escribiría algo.

—Eso sería estupendo. Gracias —dijo Clare—. ¿No querréis venir a la inauguración?

—Deberíamos ir a saludar a Helen —dijo Alex, diplomáticamente.

—Mientras no tenga que decirle lo mucho que me gusta su obra… —respondió, mirándome y poniendo los ojos en blanco—. Discúlpanos, Franny. Ha sido un placer conocerte, Clare.

En el momento en que se fueron, Clare levantó las cejas.

—¿«Franny»?

—Es en plan cariñoso —dije yo, sonriendo.

—Bueno, pues más vale que no se te pegue.

—Ha sido un detalle que te quiera presentar al crítico del *Times*. —De pronto, me parecía importante que Clare diera su aprobación a mis nuevos amigos.

—Si es que lo hace —dijo Clare, cogiendo una copa de champán.

—Aquí está —anuncié, viéndole llegar por entre la multitud.

En el momento en que Martin entró en la sala, el corazón

me dio un salto de emoción e impaciencia. No nos había visto, estaba demasiado ocupado estrechando manos y dando palmaditas en la espalda, convertido en carismático centro de atención, elegante con su traje oscuro, moviéndose como un felino en la jungla, poderoso pero desenvuelto. Eché un vistazo a Clare, observando cómo le observaba; se hizo evidente que la magia de Martin ya estaba haciéndole efecto. Me hinché como un pavo pensando que sería yo quien se lo llevara a casa.

—Es atractivo —dijo ella, sin apartar los ojos de él. No pude evitar sentirme algo decepcionada, pero ¿qué esperaba que dijera? «¿Es fascinante, es brillante, es jodidamente perfecto?»

Clare no conocía a Martin, no había hablado con él. ¿Cómo iba a verle como le veía yo? Y, en cualquier caso, ¿hay alguien que dé su plena aprobación a las parejas de sus amigos? Desde luego a mí no me gustaba mucho Dom, su marido. Seguramente, Clare tendría alguna explicación profesional para ello, pero por algún motivo era importante para mí que mis dos personas más cercanas se llevaran bien entre ellas, por imposible que pareciera.

Por fin, Martin me vio: cuando nuestros ojos se encontraron, sentí un chispazo en el aire. Le murmuró algo a la mujer que estaba saludando y se acercó a nosotras.

—Francine, has venido —dijo, dándome un beso en la mejilla—. Y tú debes de ser Clare. He oído hablar mucho de ti.

Creí que su arrollador carisma haría un efecto fulminante sobre ella, pero Clare se limitó a sonreír tímidamente.

—Siento no haber llegado antes. Espero que no os hayáis aburrido mucho.

Observé que Martin tenía los ojos puestos en Clare al decir aquello, que le prestaba atención, que la convertía en el centro de atención. Conocía todos los trucos del encantador de personas; pero, por otra parte, estaba segura de que Clare sabía perfectamente lo que estaba haciendo: todos los tics, trucos y sutiles artimañas que usa la gente para crearse una imagen son el pan de cada día para una psiquiatra. Era como ver a dos grandes maestros intentando anticiparse el uno al otro.

—Martin es uno de los patrocinadores del evento —dije yo, nerviosa.

—Y amigo de la artista —apuntó Clare.

—Más bien cliente de la artista —dijo él, encogiéndose de

hombros—. No puedo mentiros, lo hago por interés —añadió, esbozando una sonrisa—. Los contactos de alto nivel son esenciales para Gassler Partnership, y no creo que haya nada como la inauguración de una galería para concentrar a tanta gente rica en un mismo sitio. Especialmente cuando se trata de una artista tan de moda como Helen North.

—En realidad, a mí me gusta lo que pinta —dijo Clare.

—¿De verdad?

—De verdad. No bromeaba cuando decía lo de la luz y las sombras. A mí me van mucho las luces y las sombras.

—A mí también —dijo Martin, riéndose y cogiendo a Clare del brazo—. Ven, te presentaré.

En el momento en que se la llevaba, Clare se giró y me sonrió, mostrándome discretamente un pulgar levantado. Podía ser un hueso duro de roer, y siempre se había mostrado desconfiada con mis novios, así que su aprobación era muy importante. Solté un suspiro y le di un sorbo a mi champán: ya estaba subiéndoseme a la cabeza.

—Creo que ha tenido suerte en encontrarte.

Me giré. Alex observaba a Martin moviéndose por la sala.

—Bueno, soy muy buena abogada.

Hizo una mueca.

—Ya sabes lo que quiero decir, Fran. Yo soy su amigo, no el Colegio de Abogados —dijo, suavizando la expresión hasta convertirla en una sonrisa.

Me pregunté cuánto habría deducido Alex de nuestra cena en Ottolenghi. Si habría adivinado que era la amante de Martin, además de su abogada.

—Además, los dos sois adultos y él es mi socio. Hemos creado algo bueno juntos. No quiero que esa mujer lo destruya.

—Bueno, no creo que se llegue a eso.

Él asintió, pero no me pareció que me escuchara realmente.

—Cuando acabó con Donna, antes de conocerte a ti desayunaba con Jack Daniels. Sea lo que sea lo que haces, sigue haciéndolo, porque está mejor ahora que hace tres meses. Y creo que la diferencia eres tú.

Me quedé muda de la impresión. Por una parte, era lo que deseaba oír, la confirmación de los sentimientos de Martin. Pero las palabras de Alex también me inquietaron. Llevaba trabajando como abogada de familia el tiempo suficiente como

79

para saber que las relaciones tóxicas hacían aflorar muchas emociones, no todas ellas positivas. Desayunar con Jack Daniels sugería una versión de la ruptura de su matrimonio muy diferente de la que me había dado Martin.

Le vi a través de la multitud y sentí un desagradable pinchazo de celos al ver la buena pareja que hacía con Clare. Estaba a punto de apartar la mirada, pero nuestras miradas se cruzaron y me sonrió: fue algo tan íntimo y reconfortante que me sentí algo más tranquila.

Casi no vi llegar a Tom Briscoe. Encajaba tan bien en aquel ambiente elegante que al principio no lo reconocí, pero de pronto apareció, ayudando a una rubia de altos vuelos a quitarse el abrigo. Me quedé de piedra, hasta que una voz interior me dijo que reaccionara y me quitara de en medio. Aquello no era como encontrarse con Pete, mi vecino, en la parada del autobús. Era Tom, mi colega. No podía verme con Martin; una mente analítica como la suya tardaría un nanosegundo en sacar conclusiones.

—Voy un momento al baño —le dije a Alex, excusándome y cruzando la sala.

Clare estaba charlando animadamente con Sophie Cole. Pedí excusas a Sophie y me llevé a Clare a un lado.

—Tengo que irme —dije atropelladamente, mirando el reloj.

—Pero si acabamos de llegar —protestó ella—. Sophie me estaba diciendo a quién más conoce en el mundo de la gastronomía. Cree que puede traer a Giles Coren a la inauguración del restaurante de Dom.

—Seguro que sí, pero tengo que irme, de verdad.

Saqué el teléfono y le escribí un mensaje a Martin: «Ha llegado un colega del bufete. Tengo que irme».

—¿Seguro que no quieres quedarte para los postres? —insistió Clare—. Acabo de ver que están pasando con *éclairs* y tartaletas de fresa. —Frunció el ceño y vio que estaba mirando a Martin—. Ah, ya veo —dijo, bajando la voz—. No me extraña que quieras salir corriendo a echar un polvo.

—Para ser una mujer instruida, puedes llegar a ser muy maleducada —dije, procurando ocultar los nervios.

El móvil me sonó en la mano. Martin: «Voy contigo. Deja que me despida».

Eché un vistazo por la galería, pero había perdido de vista a

Tom. No sabía dónde se había metido, pero eso me daba la ocasión de recoger mis cosas del guardarropa. Entregué mi resguardo y esperé impacientemente a la encargada, que se movía a ritmo de tortuga, sin dejar de charlar con su colega. Venga, venga. La cabeza empezaba a darme vueltas. Sentía la garganta tensa. Tenía que respirar algo de aire fresco.

—¿Fran?

Sentí una palmadita en el hombro y cerré los ojos, derrotada. Por supuesto que me había visto.

¡Cómo no!

—¡Tom! —dije, girándome y mostrándome sorprendida—. ¿Qué haces tú aquí?

—No es tanta sorpresa; a mí me gusta mucho el arte —dijo él, sonriendo.

Llevaba un traje azul marino con una de esas corbatas de rayas de la vieja escuela que se supone que tienen un significado, en cualquier caso desconocido para mí. Tom me indicó con un gesto a la chica que tenía al lado, la misma rubia con la que le había visto antes.

—Fran, esta es Hannah. Francine es una colega del bufete.

—Encantada de conocerte —dije, tendiéndole la mano—. Desgraciadamente, estaba marchándome.

Vi que Hannah le lanzaba una mirada a Tom: «Te dije que llegábamos tarde». En cualquier otro momento, aquel retazo de información me hubiera interesado, por lo que podría inferirse de la relación de Tom. Sin embargo, solo me obsesionaba una cosa: salir de allí cuanto antes.

—Siento no poder quedarme a charlar. Me tengo que ir —me disculpé, mirando por encima del hombro de Hannah, convencida de que en cualquier momento se acercaría Martin—. Tenéis que ir a hablar con la artista: es fascinante.

—¿Seguro que no puedes quedarte a tomar una copa? —propuso Tom—. Al fin y al cabo, es viernes.

—¡No hay descanso para los malditos! —dije yo con una sonrisa forzada, en el momento en que por fin me devolvían mi abrigo.

Salí disparada hacia la puerta. Clare estaba en la acera, observándome.

—¿Estás bien?

—Sí, por supuesto —respondí, aspirando el frío aire de la primavera. Pero no parecía que colara.

81

—Entonces ¿por qué tanta prisa de pronto?

No podía contarle la verdad. Además, ahora que estaba fuera de aquella atestada galería, la situación no me parecía tan desesperada. ¿Sabría Tom que Martin era mi cliente? Quizá no. Yo, desde luego, no tenía ni idea de «a quién» estaba representando en aquel momento. ¿Me habría preguntado por qué estaba allí? Era poco probable. Tom era demasiado educado como para preguntar algo así. Pero era posible. Y eso suponía un riesgo inaceptable.

—¿Quieres que espere contigo hasta que salga Martin? —se ofreció Clare, buscándome la mirada con los ojos.

—No, no seas boba. Vete —dije, señalando el taxi que acababa de pararse junto a la acera—. Saldrá dentro de un minuto.

—Me alegro por ti, Fran —dijo Clare, dándome un beso en la mejilla—. Disfrútalo, ¿vale? Te lo mereces.

Por un momento nos perdimos ambas en el pasado. Sabía lo mucho que había hecho por mí tiempo atrás. Asentí, agradecida.

—Gracias —me limité a decir—. Lo intentaré.

Sin embargo, en el momento en que el taxi se alejaba, volví a mirar hacia la galería, hacia donde estaba él.

Me pregunté si con eso bastaría.

82

10

*D*eambulé por Hanover Square hasta que Martin salió y me señaló un coche. No hablamos mucho durante el viaje de vuelta a Spitalfields.

—Espero que no te haya molestado que nos vayamos tan pronto —dije, ya en el ascensor de su casa.

—Solo tenía que dejarme ver. De todos modos, ya estará acabando.

—Necesito una copa —respondí, sintiéndome fatigada e inquieta.

—Hay un buen chardonnay en la nevera que está pidiendo que lo abran. Podemos llevárnoslo a la azotea —propuso, desapareciendo en el dormitorio y regresando con dos suéteres.

—Toma —dijo, tirándome uno—. Quizá te haga falta.

Me puse el suéter lentamente, disfrutando el momento, aspirando y embriagándome con su olor. Las mangas me venían largas y me sentí como si fuera su cuerpo el que me envolvía.

Cuando levanté la vista, Martin sostenía una botella de vino, dos copas y una manta. Salimos al pequeño rellano y subimos por una fina escalera de caracol que llevaba a la azotea. Extendí la manta sobre el pavimento polvoriento y me senté. Allí arriba no había ruido. Un cielo de terciopelo negro nos envolvía como un manto. A lo lejos se veían las chimeneas y las luces de los edificios de oficinas. Sonreí, encantada al ver que había gente que trabajaba más que yo. Me entraban ganas de decirles que vivieran la vida.

Martin se sentó con las piernas cruzadas a mi lado, sirvió vino en ambas copas y me pasó una.

—Me habría quedado más, pero es que he visto a alguien del bufete —dije por fin.

—No sé por qué tenemos que ocultarnos. Alex lo sabe. Lo

dedujo antes incluso de que fuéramos al Ottolenghi. Decía que susurraba y soltaba risitas estúpidas en el despacho, como un colegial, lo cual me hacía dar una imagen pésima. No quiero tenerte escondida —dijo, con una intensidad que me provocó un escalofrío.

—Yo tampoco quiero esconderte —respondí—. Por eso he traído a Clare; quería que empezaras a conocer a mis amigos. Pero sigues siendo mi cliente. Y me presento al Consejo. Tengo que ir con cuidado.

Echó la cabeza atrás y dio un buen trago al chardonnay.

—No veo la hora de que acabe todo esto.

—¿De que acabe?

—El divorcio.

Las vistas eran bastante espectaculares. Me sentí como si estuviera en la cima del mundo, poderosa, noble. La observación de Alex de que Martin estaba hecho un asco tras la ruptura de su matrimonio me pareció irrelevante, desplazada por una sensación perfecta y romántica de que todo estaba exactamente como debía estar.

—¿Por qué no estás casada?

Me reí, pero él se me quedó mirando, a la espera de una respuesta.

—Nunca se me han dado bien las relaciones.

—Yo diría que a nosotros nos está yendo bastante bien hasta ahora.

Me sentía como si ambos estuviéramos desnudos, como si pudiera contarle cualquier cosa. Respiré hondo.

—Cuando tenía diecinueve años, me diagnosticaron trastorno bipolar. Psicosis maníaco-depresiva —precisé.

—Esas cicatrices de los brazos… No quería preguntar.

—Autolesiones, no un intento de suicidio. Son antiguas —dije, frotándome la mano—. Segundo curso en la universidad. Fue una época difícil. Estuve a punto de dejar las clases, pero seguí adelante, gracias a Clare, a mis tutores y a una buena medicación. Eso está controlado, pero sigo teniendo dificultad con las relaciones.

—¿Por qué?

—Simplemente, porque es más fácil seguir soltera.

—¿Lo es?

Me encogí de hombros, fijando la mirada en un rótulo de neón rojo, a lo lejos.

—Siempre he querido llevar una vida lo menos complicada que pudiera, controlar las cosas en la medida de lo posible. Cuando has tenido tantos altibajos, solo quieres que las cosas sean previsibles.

—Todo el mundo necesita a alguien, Fran. Todos nos merecemos a alguien.

—Pero abrir la puerta a los demás trae problemas. Ya es suficientemente difícil controlar nuestras propias emociones; no te digo las de los demás. Tú me gustas, yo te gusto, pero ¿qué pasará si Donna decide que quiere hablar contigo otra vez o que quiere darle otra oportunidad a vuestro matrimonio? —dije, pensando de nuevo en la noche en que había ido a verla, cuando le llamé, deseosa de oír su voz reconfortante, pero solo me encontré con un mensaje grabado, frío y estéril.

—Eso no va a pasar —dijo, por fin.

—Podría.

—Ven aquí —murmuró, acercándose a mí.

Tiró de mí y luego cambió de posición, colocándose de frente. Me acarició el pelo y me cogió la cabeza entre las manos.

—Solo tenemos que aguantar un poco. Pronto, muy pronto, lo conseguiremos. Solo nosotros. Nada de Donna, nada de esconderse: solo tú y yo.

—¿Me lo prometes? —dije, deseando seguir ahí arriba, casi tocando las nubes, para siempre.

—Te lo prometo —susurró.

Me besó y me estremecí, consciente de lo enamorada que estaba de él y de lo mucho que podía llegar a sufrir.

11

—¿*T*e lo pasaste bien el viernes?

Estaba llenando un hervidor de agua en la pequeña cocina del bufete cuando me giré y vi a Tom de pie en el umbral.

—Sí, gracias. Estuvo bien —respondí, fingiendo estar muy ocupada con las tapas y los enchufes, para no tener que mirarle.

«Por favor, vete», dije para mí, con la esperanza de que funcionara como un hechizo, pero mi magia no surtió efecto, porque Tom se apoyó en la encimera. Era evidente que tenía ganas de charlar.

—Hannah quería saber de dónde era tu vestido.

Me quedé helada, preguntándome si sería su forma de decir que iba vestida demasiado formal. Los hombres no suelen fijarse en ese tipo de cosas, pero Tom Briscoe era de esos tipos a los que no se les pasa nada, especialmente si pueden usarlo en su beneficio.

—Hannah me pareció muy agradable —dije, poniéndome un sobrecito de té en la taza—. No sabía que tenías novia.

—No la tengo —respondió, encogiéndose de hombros.

—¿Y Hannah lo sabe? —pregunté, tendiéndole la cajita de Twinnings English Breakfast Tea.

Se quedó un momento en silencio, mientras escuchábamos cómo burbujeaba el hervidor y saltaba el interruptor.

—¿Y tú qué hacías allí el viernes? —dijo—. ¿Era una cita?

Así que no era una charla sin más. Tom se había olido algo en la galería. Meneé la cabeza.

—No puedes creerte que tenga nada parecido a una animada vida social, ¿verdad?

—Estoy seguro de que las matas callando —dijo—. Te lo decía porque aquello se llenó de gente conocida. En cuanto te fuiste, llegó Hugh Grant.

—Entonces tenía que haberme quedado un poco más, ¿no? Lástima que mi trabajo me absorba tanto.

—¿Por eso te fuiste? —replicó, incrédulo—. ¿Para irte a casa a trabajar?

—Si le echaras tantas horas como yo, Tom —dije, llenándome la taza de agua caliente—, quizá dieras un empujón a tu carrera. Pero te vas por ahí de fiesta con estrellas de cine y no-novias...

—¿Hannah? Bueno, Hannah... es una amiga —se defendió.

—Justo lo que toda mujer quiere oír —dije yo, apuntándole con una cucharilla.

—Es una relación complicada.

—Ya, claro. Todas lo son, ¿no?

—Ah, o sea, que «sí» era una cita —dijo, con una sonrisa pícara.

—No. Pero me halaga que pases tanto tiempo pensando en mi vida amorosa. A Hannah le encantará —dije. Cogí mi taza y salí de la cocina, contoneándome.

Él me miró con una sonrisita sarcástica, pero en su cara había algo más. Un gesto de curiosidad, un indicio de que sabía algo, o de que al menos lo sospechaba. Aquello me dio mala espina.

Me quedé dando vueltas a qué sabría o no sabría Tom. Eso me puso de un humor terrible. Al otro lado de la ventana, el cielo reflejaba mi estado de ánimo, con unas nubes oscuras que parecían estar a punto de estallar en una tormenta en cualquier momento. Aun así, decidí tomar un desvío para ir a mi siguiente reunión, pasando por el río: la vista de las aguas plateadas del Támesis siempre me calmaba.

Era una cafetería anodina. Una pizarra en el exterior anunciaba sus tés y sándwiches de beicon; había una selección de tartas industriales nada apetecibles en el mostrador y el olor a grasa de la cocina era tan intenso que parecía haber impregnado las paredes. Allí no iban muchos abogados, y eso era precisamente lo que le gustaba de él a Phil Robertson.

Cuando llegué, lo encontré esperándome en el interior del local.

—Llegas tarde.

—Sí, ponme una demanda —dije, sonriéndole.

Me alegraba de verle. Conocía a Phil desde hacía años. Era

un tipo inteligente y divertido; un experiodista de revistas para hombres que se había quedado sin trabajo y que había recurrido a su habilidad como investigador periodístico para reposicionarse. Él ahora se autodenominaba «asesor investigativo», pero lo cierto es que era un sabueso, un detective privado que nos hacía el trabajo sucio. No era algo de lo que se hablara mucho en la profesión, especialmente después de que algunos periódicos se hubieran metido en enormes líos por hacerlo, aunque en realidad habían ido demasiado lejos y habían violado las normas. Lo cierto era que el derecho necesitaba a gente como Phil Robertson. Los abogados son artistas de la palabra y de los detalles, pero para ganar necesitamos información, munición. Necesitamos misiles para poder tirárnoslos los unos a los otros. Y todo se hace estrictamente por el interés del cliente.

Pedí un café solo y observé a Phil, que le daba un bocado a una magdalena.

—Bueno, ¿qué me traes?

—Esta lleva una buena vida, desde luego —dijo, limpiándose las migas de la barbilla—. Almuerzos elegantes, noches de fiesta, compras compulsivas… En la próxima vida recuérdame que me case bien —dijo, mientras yo me acercaba, deseosa por saber más de Donna Joy.

La camarera me puso una taza delante y yo le di un sorbo a aquel líquido negro y denso.

—A mí lo que me interesa son las noches.

—¿Quieres decir si sale con alguien? —Envolví la taza con los dedos y le miré, expectante—. Creo que sí —dijo Phil por fin.

Una inyección de energía me recorrió el cuerpo, y supe que no era el café.

—¿Donna se ve con alguien? —pregunté, sintiendo la euforia en mi interior. Phil asintió—. ¿Con quién?

—No estoy seguro.

—Phil, venga. ¿Para qué te pago?

—Ahí está lo curioso —dijo él, mirándome fijamente—. Creo que podría ser su marido.

Aunque estaba sentada, fue como si de pronto cayera por una trampilla que se hubiera abierto bajo mis pies y me hundiera en un vacío oscuro e infinito.

—Mira, ya sé que no es lo que quieres oír…

Lo irónico de sus palabras casi me hizo reír. Intenté recomponerme, pero me sentía débil y descolocada.

—¿Estás seguro? Martin Joy ha dejado a su mujer. Es él quien quiere el divorcio. Por lo que yo he visto, la tiene en muy baja estima...

Las palabras salían de mi boca tan rápidamente como nacían en mi cerebro.

Phil se acabó la magdalena e hizo una bola con el envoltorio de papel.

—Mira, he preguntado por ahí y la he seguido, lo cual, créeme, no es nada fácil.

—¿Por qué no? —pregunté, con la máxima calma que pude.

—Muchas fiestas a las que no podía entrar. Viajes al extranjero: uno desde Heathrow el doce de marzo, y un viaje en Eurostar el fin de semana pasado. En ambas ocasiones, no pude pasar de la terminal para ver adónde iba. Le envié un mensaje a David Gilbert para que me autorizara los gastos en el extranjero, pero él me dijo que no me molestara.

—¿Y tú crees que son escapadas? ¿Con su marido? 89

—No sé con quién iba. Lo único de lo que estoy seguro es que viajó al aeropuerto y a King's Cross sola. Y ha habido otras tres o cuatro ocasiones en las que no ha vuelto a casa. Eso me ha hecho pensar que estaba viéndose con alguien. Luego vi que quedaba con un hombre a cenar y que volvieron a la casa de Chelsea.

Abrió una carpeta que tenía en la mesa y sacó una foto.

—Ahí están: Donna y Martin Joy.

Me obligué a mirar. Era una imagen en blanco y negro que me recordaba una fotografía de Robert Doisneau. Donna estaba riéndose, agitando la larga melena al viento; Martin mostraba un perfil apuesto y fuerte. Era innegable que hacían una pareja estupenda.

—¿Eso cuándo fue? —pregunté, con los labios tensos y apretados. Tenía la garganta seca; el odio que sentía hacia Donna Joy me había dejado sin habla.

—La fecha está detrás —dijo Phil, señalando la foto.

La giré y vi que era la noche del martes, cuando Martin me había dicho que había ido a hablar con ella.

—Eso no significa mucho —dije, intentando tranquilizarme.

—Ya sé qué es lo que quieres —dijo Phil, levantando las manos—. Pruebas de que se ve con otro nombre, que tiene una nueva relación, algo serio con lo que evitar que pueda exigir al marido una buena pensión. Pero no es así. —Suspiró—. Lo siento, pero a mí lo que me parece es que siguen enamorados. Apuesto a que esos dos ni siquiera quieren divorciarse.

Sonrió y volvió a meter la fotografía en la carpeta.

El café se me revolvió en el estómago.

12

$\mathcal{A}$quella noche fui de las primeras en irme del bufete, para sorpresa de Paul, que se me cruzó mientras salía. Cogí la línea District hasta Sloane Square y me perdí entre un mar de oficinistas que salían de la estación. Era un día gris, oscuro. La mortecina luz del sol apenas conseguía atravesar las nubes cargadas de lluvia. En cualquier otra ocasión, no habría deseado otra cosa que correr a casa, servirme una copa de vino y poner la calefacción a máxima potencia. Pero esa noche no podía ir a casa. No después de mi conversación con Martin.

Me había llamado unas horas después de mi reunión con Phil Robertson. En otra situación me habría encantado simplemente oír el sonido de su voz, pero tras aquella tarde apenas podía soportar hablar con él, después de lo que me había dicho Phil: de un bofetón, me había devuelto a una realidad que no quería afrontar. Me había dejado engañar por Martin cuando me había asegurado que iba a ver a Donna simplemente por educación, para mantener el diálogo. Había pasado por alto la observación de Alex Cole de que Martin se había quedado hecho polvo tras la ruptura de su matrimonio, aunque aquello contradijera la versión del propio Martin. Pero antes de que acabara la llamada, un impulso masoquista e inquisitivo me había hecho sugerir que quedáramos para cenar. Quería mirarle a los ojos, como un defensor al testigo de cargo. Quería comprobar si podía mentirme. O quizá solo quisiera que me convenciera de que no había nada de que preocuparse.

—Cena, esta noche después del trabajo —había dicho yo, y habría sido imposible no detectar el momento de vacilación, la pausa culpable que se alargó hasta que me dijo que no podía, que estaba ocupado.

—Me ha salido algo. ¿Qué tal mañana?

Υ

Sabía dónde trabajaba Donna Joy. Era una de las muchas cosas que sabía de ella a esas alturas. Tenía su estudio en un pequeño callejón en el laberinto de callejuelas detrás del edificio Peter Jones. Un arco daba a un patio adoquinado. Me quedé mirando el edificio. El complejo estaba a oscuras, desierto; tenía un aire misterioso, como una vieja escuela abandonada.

A través de la ventana de uno de los estudios, vi a una pelirroja de mediana edad que apagaba la única luz del bloque y cerraba la puerta.

Me giré para marcharme, pero la pelirroja salió al patio y me preguntó si podía ayudarme.

—¿Está Donna por aquí? —pregunté, tocándome las cutículas de las uñas.

La mujer sonrió mientras se colocaba una bufanda alrededor del cuello.

—Se le ha escapado por un minuto. Se acaba de ir.

Le di las gracias, volví a la calle principal y miré hacia donde se ponía el sol, maldiciéndome por no haber llegado antes. Tardé un segundo en decidir mi próximo movimiento. Los pensamientos se me agolpaban en la cabeza como autos de choque: para, arranca, choca, da la vuelta. Pero al recorrer el lugar con la vista, me llamó la atención una mancha rosa, una pincelada de color a lo lejos: no era demasiado tarde. Inicié la persecución, acelerando el paso hasta convertirlo en una carrera para llegar a su altura. Ella giró a la izquierda y yo aceleré el paso aún más, mientras el estruendo del tráfico de King's Road se hacía cada vez más intenso. Me encontraba de nuevo entre la multitud que iba de compras o volvía del trabajo. El abrigo rosa me guio como una baliza. Cruzó la calle, pero mantuve la distancia. Empezaron a caer unas gotas de lluvia, y ella se paró a buscar un taxi. No había ninguno libre, claro. No a esas horas y con aquel tiempo. Así que siguió caminando, mientras yo me abría paso por entre la transitada acera, decidida a no perderla de vista. Por fin se detuvo frente a un restaurante y entró. Yo llevaba puesto un sombrero; me lo calé bien. La lluvia empezó a caer con fuerza. Donna había evitado el chaparrón, por supuesto, pero yo estaba atrapada en el aguacero. Aunque no es que lo notara. El pánico me creó una presión en el estómago en el momento en que cruzaba la calle hasta el restaurante. Fingí leer la carta del escaparate mientras hacía acopio de valor; luego abrí la puerta y entré. El *maître* estaba cogiéndoles los abrigos a una pareja, lo cual me dio un par de segundos para echar un vistazo dentro. Los vi inmediatamente, sentados a una mesa hacia el fondo. Ella acababa de decir algo. Martin estaba riéndose, mientras pedía una botella de vino. Con el corazón golpeándome el pecho, salí del restaurante, sumergiéndome de nuevo en la oscuridad y la lluvia de la calle.

Había una parada de autobús al otro lado de la calle. Me lancé por entre el tráfico a toda velocidad, con la respiración entrecortada, ajena al estruendo de bocinas que provocaba al abrirme paso peligrosamente entre los coches. Me fundí entre la gente gris y mojada que hacía cola, dejando pasar un autobús, y otro y otro más, sin dejar de mirar hacia la puerta del restaurante.

La lluvia me calaba la ropa y me empapaba la piel.

Me desperté en el sofá, completamente vestida. Tenía una manta encima y me sentía rígida, mareada y desconcertada. Levanté la cabeza, puse los pies en el suelo y me llevé las manos a la cara. Me pasé los dedos lentamente por los ojos al tiempo que intentaba concentrarme y entender qué hacía ahí. Bajé la mirada y vi que tenía una carrera enorme en la media. Había sangre coagulada pegada al nailon, pero no tenía ni idea de cómo me había cortado.

Parpadeé con fuerza y miré alrededor. Estaba oscuro, pero no tanto como para no darme cuenta de que aquel salón, aunque me resultaba familiar, no era el mío. Me froté las sienes y suspiré, agradecida de estar al menos sola en el sofá. Tenía el bolso al lado, sobre la moqueta. Sentí la tentación de cogerlo y salir de allí, pero antes tenía que saber qué había ocurrido.

Me puse en pie, inestable, buscando en mi memoria recuerdos de la noche anterior.

El piso de Pete era más pequeño que el mío; tenía una disposición similar, pero solo tenía una planta. Fui directamente a la cocina y me serví un vaso de agua del grifo. Estaba deshidratada y el vaso me temblaba en las manos. La respiración se me aceleró de pronto por el pánico, pues me di cuenta de que tenía el nivel de litio demasiado alto.

Localicé su dormitorio y miré dentro. Había un leve olor

agrio a sudor y a zapatillas de deporte. Vi la curva de su cuerpo bajo el edredón. No quería despertarle, pero se movió como si hubiera detectado una presencia en la habitación. Se sentó en la cama, apoyándose en la almohada.

—Me voy —susurré, al cabo de un momento—. Siento muchísimo esto. Debo de haber bebido demasiado. No recuerdo lo que ha pasado, pero..., bueno, lo siento.

Los dígitos rojos del despertador brillaban en la oscuridad. No eran ni siquiera las seis. Pete se frotó los ojos y encendió la lamparilla de la mesita.

—¿Cómo te encuentras? —preguntó, aún adormilado.

—Fatal. Hecha una mierda —respondí, sintiéndome vulnerable y avergonzada.

Me adentré algo más en el dormitorio, consciente de que él observaba cada paso que daba. El corte de la pierna me escocía al moverme.

—Pete, ¿qué hago aquí? —pregunté por fin.

—¿No te acuerdas? —dijo, irguiendo el cuerpo aún más.

Meneé la cabeza lentamente. No recordaba nada. Al menos desde las nueve o las diez. Había seguido a Martin y a Donna desde el restaurante hasta una calle tranquila tras Cheyne Walk, una calle que olía a éxito y a dinero. Ellos habían desaparecido en una de las casas adosadas blancas con molduras en la fachada. Había un pub casi enfrente. Había encontrado un sitio junto a la ventana desde donde podía ver la casa. Recordaba haber pensado que parecía un lugar plácido y tranquilo, pero sabía que el señor y la señora Joy no estaban durmiendo. Recordaba haber pedido un vodka con tónica para intentar aplacar el dolor de la traición. Después de aquello, no recordaba nada.

—Bebí demasiado —dije, sentada en la punta de su cama, pidiéndole con la mirada que rellenara los huecos de la memoria en lo posible.

—Hacia las dos de la mañana alguien aporreó la puerta. Era un taxista; estabas inconsciente en el asiento de atrás. No tenías muy buen aspecto. Según parece, perdiste el conocimiento en Chelsea —añadió, con tono de disculpa.

—No lo recuerdo —susurré, sintiendo cómo se me encendían las mejillas por la vergüenza.

Pete se encogió levemente de hombros, como solidarizándose conmigo.

—El taxista dice que alguien te encontró y te metió en un taxi. No sé cómo dieron con tu dirección. Supongo que se la dirías tú o que la encontrarían en tu bolso. No estaba seguro de poder subir las escaleras cargando contigo —dijo, algo incómodo—. Además, estaba preocupado. Se oyen todo tipo de historias de gente que vomita durante el sueño y se ahoga. Cosas así. Pensé que estarías más segura aquí. Me aseguré de dejarte con la cabeza en alto, por si acaso.

—Gracias —dije, hundida en la humillación más completa—. Los peligros del alcohol.

Por unos momentos, ninguno de los dos habló. Oí el motor de un autobús nocturno que pasaba por la calle y el lejano piar del coro matutino de pájaros que despertaba.

—¿Una gran fiesta?

—Me emborraché. Me emborraché mucho. El alcohol y yo no somos grandes amigos.

—¿Va todo bien?

—Irá bien, si me recuerdas que no beba nunca más.

—¿Dónde estuviste anoche?

Cerré los ojos. El cuerpo me pedía dormir, pero antes de que me diera cuenta llevaba ya un rato llorando.

—Mierda. ¿Estás bien? —dijo él, sin saber muy bien cómo reaccionar.

Bajó de la cama de un salto y se me sentó al lado. Solo llevaba una camiseta y unos bóxers, pero yo estaba demasiado aturdida como para darme cuenta de lo íntimo de la situación.

—Estoy bien —dije, limpiándome los ojos con el dorso de la mano.

—¿Hombres?

Respondí con un leve gemido de desaprobación.

—¿Es ese tipo con el que te vi aquel día? Martin. Martin Joy.

Recordé aquel momento y me pareció extraño que recordara una presentación tan fugaz, pero decidí pasarlo por alto. Tenía la necesidad urgente de hablarle a alguien sobre Martin y Donna, aunque fuera a mi vecino semidesnudo.

—No debería sorprenderme tanto que resultara ser tan poco fiable.

—¿El típico rico con fobia al compromiso?

Me encogí de hombros.

—Tiene una mujer. Están separados, pero parece que la

95

señora no ha desaparecido del todo. Ayer los vi juntos —dije, hinchando los carrillos y haciendo un esfuerzo por conservar la compostura.

—Y te pusiste hasta arriba de alcohol —dijo Pete, comprensivo.

—No recuerdo cuánto bebí.

—Nos ha pasado a todos.

Solté una risita nerviosa, silenciosa. Las manos aún me temblaban, cosa que me alarmó.

—¿Estás segura de que estás bien?

—El litio —murmuré, con la cabeza gacha—. No debería beber tanto. La deshidratación me altera los niveles de la medicación.

—¿Eres bipolar?

Asentí.

—¿Quieres que llame a un médico? —dijo, preocupado.

—No sé. No. Es mejor que me vaya. Gracias por todo. ¿Cuánto costó el taxi?

—No te preocupes —dijo Pete, mirándome fijamente.

Necesitaba vomitar. Tenía que salir de allí.

—Un tipo así no vale la pena, Fran —dijo mientras me levantaba para marcharme.

Y me lo dijo en un tono seguro y mesurado que en aquella oscuridad resultaba tranquilizador y convincente.

13

*U*nas horas después de despertarme en el piso de Pete, fui a ver a mi médico. No quería ir, pero presentaba todos los síntomas de intoxicación: náuseas, diarrea, temblores. El doctor Katz llevaba años tratándome, aunque hasta la fecha había sido poco más que un trabajo de mantenimiento. Me extrajo sangre, comprobó el nivel de litio y me advirtió de que emborracharme con la dosis de mediación que yo tomaba era una tremenda irresponsabilidad. Hablamos de mi enfermedad. Le expliqué que hacía tiempo que no sufría ningún episodio maníaco-depresivo, que consideraba que mi bipolaridad estaba bajo control, aunque aquella pérdida de conciencia me hacía pensar que quizás estuviera latente, acechando entre las sombras. El doctor Katz me confirmó que siempre sería así.

No volví al bufete hasta el jueves; quería recuperar la sensación física de ser un ser humano normal. Aproveché aquel tiempo para completar mi presentación para la candidatura al Consejo de la Reina (el plazo estaba a punto de acabarse) y agradecí tener aquella distracción. Incluso llamé a mi madre y disfruté de sus comentarios banales sobre la mujer de la oficina de correos y de las patatas en el Co-op, conversación que en otro momento me habría resultado vacía y extraña, pero que ahora me parecía como un reconfortante cuento de hadas sobre un mundo al que me habría gustado volver. El resto del tiempo lo pasé durmiendo. Durmiendo y leyendo. Recuperé un libro de autoayuda que en otra ocasión me había sido de utilidad: *Esto también pasará*.

El Burgess Court tenía una biblioteca en la primera planta. Era una de esas cosas que casi me había hecho llorar de alegría al llegar allí mi primer día de prácticas. Tenía vistas de los

Temple Gardens desde una vidriera emplomada. Estaba llena de transcripciones históricas de las sesiones parlamentarias y de libros encuadernados en cuero. Para estudiar en serio solía ir a la biblioteca del Inner Temple, pero aquel era un lugar ideal para pensar, trazar planes y dejar vagar la mente. Normalmente, con casos del trabajo, pero esta vez estaba con mi ordenador portátil, ojeando diversos sitios web de medicina y foros sobre bipolaridad. Muchas de aquellas páginas las conocía desde años atrás; algunas de ellas eran indescifrables, con sus estudios de psiquiatras y expertos. Lo más útil eran los foros. Escribía gente de verdad, que explicaba sus experiencias de desmayos. Los drogadictos, los veteranos del ejército, los deprimidos y los lesionados.

Oí que se abría la puerta. Paul se quedó un momento en el umbral; luego la cerró a sus espaldas. Hizo una pausa y giró la llave.

—¿Qué es esto? ¿Una encerrona? —pregunté, volviendo a la página de Google.

—Aquí no hay ningún sitio donde se pueda hablar tranquilamente. En tu despacho no caben dos personas más, y en el mío no hay un minuto de tranquilidad.

Sonreí y dejé el bolígrafo sobre la mesa.

—¿Preparándote para mañana? La resolución del convenio del caso Joy contra Joy.

No tenía claro si había visto los papeles sobre la mesa. Las auditorías de los negocios de Martin, los informes contables, los estados de cuentas. Había marcado en rojo los puntos en los que había desacuerdo. Era consciente de que sería un día de duro litigio. Y sabía que tenía que prepararme a fondo. Pero en aquellas circunstancias me distraía con facilidad.

—Voy a ver a David Gilbert dentro de una hora.

—¿Vendrá el cliente?

—No hace falta. Gilbert lo vio ayer —me apresuré a decir, aliviada de haber podido convencer a mi abogado instructor de que no sería necesaria ninguna reunión más antes de la vista.

—¿Crees que llegaréis a un acuerdo mañana mismo?

—¿Quieres decir que si creo que iremos a juicio?

—Piensa en los espléndidos honorarios —dijo él, frotándose las manos.

—Prefiero no pensarlo.

Paul se sentó a mi lado y se puso a tamborilear los dedos

sobre la madera de castaño de la mesa. Luego me tendió la mano.

—¿Estás bien? —dijo, por fin.

—Claro que sí. ¿Por qué me lo preguntas?

—No lo sé. Te veo algo... diferente.

—Muy liada, eso es todo —dije, cerrando mi portátil.

—¿Presentaste la solicitud para el Consejo?

—En el último momento —respondí, sonriendo.

—¿En el último momento? Eso no es propio en ti.

—Ya te he dicho que he estado muy liada.

Paul asintió, no muy convencido.

—Te he organizado una reunión con Liz Squires. Es la directora de JCI Consultants. Han asesorado a docenas de abogados durante el proceso de presentación al Consejo.

—¿Y eso cuánto va a costarme?

Nos quedamos callados. Solo oía el silencio, algo rarísimo en una oficina londinense.

—Ya sabes que, si tienes algún problema, puedes hablar conmigo, ¿verdad?

—Lo sé. No tienes que preocuparte por mí.

—No, ¿verdad?

—Paul, ¿qué es lo que pasa?

—Hoy he hablado con el juez Herring. Se suponía que ibas a almorzar con él el martes.

Malcolm Herring iba a ser uno de los que dieran referencias de mí en mi solicitud al Consejo. Un magistrado respetado y bien relacionado del Tribunal Superior. Una buena referencia suya habría sido un empujón decisivo. Pero entre la resaca y la visita al doctor Katz me había olvidado por completo y le había dado plantón.

Me agité en la silla, incómoda.

—Me encontré mal y me pasé la mayor parte del día durmiendo. No pude llamar para cancelar la reunión.

—Podías haberme pedido que lo hiciera yo.

—Tú ya estabas ocupado redistribuyendo mis casos.

—Por cierto, Tom se hizo cargo de la orden de alejamiento de Brown contra Brown. Se llevó el caso que tú querías.

—Por supuesto.

Paul se frotó la barbilla y me miró, decepcionado.

—Bueno, como te he dicho, si me necesitas para algo, solo tienes que pedirlo.

—Lo sé —dije en voz baja.

Endureció el gesto. Su mirada, siempre benevolente, se iluminó de pronto con un gesto de advertencia.

—En el bufete somos una familia. Yo te protegeré, pase lo que pase. Pero tienes que contármelo todo, porque solo podré ayudarte si sé la verdad.

Sonreí, apoyé la mano sobre la suya en gesto de agradecimiento y pensé en lo fácil que era mentir.

14

$\mathcal{H}$asta yo me sorprendí cuando Donna Joy no se presentó a la resolución del convenio la mañana siguiente. El juez estaba furioso, su equipo legal se había quedado sin habla y Martin abandonó la sala, con el rostro pétreo, cuando se aplazó la vista. No era como una vista preliminar, que pudiera llevarse a cabo en ausencia de alguna de las partes. En la vista de resolución del convenio económico, sin una de las partes no podía hacerse nada. Aquello era un desastre. A pesar de que Robert Pascale le dijo a David Gilbert que le preocupaba que le hubiera ocurrido algo a la señora Joy, todos se mostraron comprensiblemente irritados. El imponente marco de la alta corte no hacía más que añadir dramatismo a la situación.

A mí no me sorprendió lo más mínimo la informalidad y el egoísmo de Donna. Solo sirvió para que la odiara aún más. Sin embargo, mientras una parte de mí se preguntaba cómo podía ser tan egoísta y displicente, otra no dejaba de repetirse las palabras de Phil Robertson: «Apuesto a que esos dos ni siquiera quieren divorciarse». Algo me decía que Donna estaba jugando a algo y que yo iba a quedar atrapada en el fuego cruzado.

Eché un vistazo al reloj y vi que aún no eran ni las once. La vista iba a ocuparme la mayor parte del día, así que ahora tenía un montón de horas que llenar. Martin había desaparecido, cosa que agradecí. Había conseguido evitarle toda la semana. Él me había dejado un mensaje el martes proponiendo cenar juntos, pero yo le había respondido diciéndole que iba a estar en los juzgados de Birmingham hasta el jueves. Y jugué al escondite telefónico hasta nuestra llamada de última hora antes de la vista, donde se impuso un escueto diálogo profesional.

—¿Pedimos una reunión rápida entre las partes? —propuso David.

—No creo que haya mucho que discutir —dije, tensando los labios—. Además, Martin ha desaparecido.

—Supongo que nos asignarán una nueva fecha.

Asentí.

—¿Por qué no me llamas más tarde y me cuentas? Al menos parece que esto ha dejado mudo a Pascale —observé; lo único bueno del caso había sido verle bajar la cabeza ante su equipo.

Salí del juzgado y volví al bufete a pie. Mi entrada preferida al Middle Temple es un pequeño pasaje en Fleet Street. A veces me lo imagino como un portal mágico, una máquina del tiempo que te transporta desde el bullicioso Londres del siglo XXI a un lugar mágico y atemporal. Recorrí el pasaje a paso ligero, dejando atrás una tienda de togas y material para abogados, una casa de aspecto sombrío y los edificios Dr. Johnson. Transmitía rabia y frustración con cada paso. Estaba a la altura de la iglesia, que me impresionaba con su serena grandeza y sus novecientos años de historia entretejida de aventuras de los caballeros templarios. No me consideraba una persona especialmente religiosa, pero había entrado allí muchas veces. Me planteé volver a hacerlo para dejarme impregnar por su calma.

En el momento en que paré, sentí una mano en el hombro. Contuve un grito y me di la vuelta.

—Martin —dije, con el corazón desbocado.

Me tocó la manga y me encogí levemente.

—¿Por qué me evitas? —me preguntó, en voz baja.

—¿Evitarte? —Fruncí el ceño.

—Toda la semana. Y ahora mismo, en el juzgado.

—No te evito. ¿Qué esperabas que hiciera? ¿Qué me subiera a tus rodillas delante del juez?

—Muy graciosa —dijo él, esbozando una sonrisa.

Se puso a llover. Levanté la mirada al cielo y aproveché el instante para ordenar mis pensamientos.

—Te he buscado después del aplazamiento —mentí.

—Estaba furioso. He salido para que me diera el aire.

—Está a punto de caer un buen chaparrón —respondí, buscando el modo de escabullirme.

—Entonces ven aquí —dijo, llevándome hacia los soportales, donde había un montón de bancos apoyados contra la pared.

Bajo los arcos hacía frío y estaba oscuro, como si se hubiera producido un eclipse de pronto.

El murmullo lejano del tráfico de Fleet Street se hizo inaudible y la temperatura cayó varios grados. El aire estaba tan inmóvil que prácticamente brillaba.

—No puedo creerme que no se presentara —dije, por fin.

—Yo sí. Probablemente se haya largado a Tailandia a una cura de desintoxicación. Seguro que el miércoles está de nuevo en Chelsea, bronceada, con cinco kilos menos, encantada con algún tratamiento nuevo de algas, que, por cierto, habré pagado yo.

—¿Haría algo así, en pleno de divorcio? —pregunté, viendo a un abogado vestido de traje negro que pasaba por allí y nos lanzaba una mirada discreta.

—Supongo que a estas alturas ya te has dado cuenta de que es absolutamente impredecible.

Me coloqué el bolso junto al costado, como protegiéndolo.

—¿Cuándo fue la última vez que has sabido de ella? —pregunté, intentando mantener la voz firme.

—Me llamó la semana pasada. El domingo, quizás el lunes. Me advirtió que no me comportara como un macho alfa idiota en la vista.

Lo que me asustaba, lo que realmente me asustaba, era que pudiera mentir con tanta facilidad.

—¿Así que tenía previsto presentarse?

—Sí, aunque acabamos discutiendo.

—¿Y esa fue la última vez que tuviste noticias suyas? —pregunté, esperando que mi expresión no dejara entrever el miedo que sentía por dentro.

—Sí —respondió él.

«Mentiroso», dijo una voz en mi interior.

Él coló una mano bajo mi abrigo y la situó sobre mi cintura.

—No —le dije, y di un paso atrás hasta encontrarme con la fría pared de ladrillo a la espalda.

—No va a vernos nadie.

—Para, por favor

—Fran, ¿qué pasa?

—Lo que pasa es que no deberíamos habernos liado. Soy tu abogada. Hay códigos éticos que cumplir.

—Eso no te detuvo en Selfridges.

103

Aparté la cabeza y él me rodeó la barbilla con los dedos.

—Lo siento —dijo, acariciándome la mandíbula—. Sé que el momento en que nos hemos conocido no es el ideal. La situación no es la ideal..., pero pensaba que ambos sentíamos lo mismo. Tú me haces feliz.

«Pero te has acostado con ella.»

Eso es lo que habría querido decir, pero no pude. No podía reconocer que les había seguido y que les había estado observando bajo la lluvia. No podía esperar que Martin confesara dónde habían estado el lunes por la noche.

Sus dedos recorrieron mi cuello hasta llegar a la fina tela de mi blusa; bajó la mano hasta mi pecho, rozándome con la palma el endurecido pezón. Me enfurecía que pudiera hacer algo así tan rápido; al mismo tiempo, me encantaba. Cerré los ojos y sentí el calor entre las piernas. Deseaba aquello, lo deseaba a él, con tantas ganas que me sentí débil y desesperada por dentro.

—No nos ve nadie —me susurró al oído, rozando los cálidos labios contra mi lóbulo, mientras algo en mi interior soltaba un grito, haciéndome recuperar la conciencia.

—Para —dije, agarrándolo de la cintura—. Creo que no deberíamos vernos por un tiempo.

—Fran, por favor. Sé que ha sido un día de lo más frustrante. Nadie lo sabe mejor que yo. Nadie quiere dejar esto atrás más que yo. Solo quiero que salga de mi vida para poder continuar con la mía.

—¿De verdad? —respondí, sintiendo una fría ráfaga de viento húmedo que me acariciaba el rostro.

No esperé a que respondiera. Me liberé de su abrazo y eché a caminar. Él me llamó por mi nombre, pero seguí andando sin mirar atrás, oyendo el repiqueteo de mis tacones en los adoquines, que era como una señal de sufrimiento en código morse.

Pasé el resto de la tarde en la biblioteca del Inner Temple, sin salir ni siquiera para tomarme un sándwich o un café. Recuerdo muy poco de ese rato, salvo que volví al bufete poco antes de las cinco. Estaba sentada a mi mesa, repasando la agenda, preguntándome cómo llenar la semana, qué podía hacer para no pensar en Martin Joy, cuando sonó el teléfono.

—Soy Dave. David Gilbert —dijo la voz—. Pensé que deberías saberlo —añadió, y observé que parecía algo agitado—.

Me acaba de llamar Robert Pascale. Lleva todo el día intentando localizar a Donna Joy y por fin ha conseguido hablar con su hermana, que también estaba preocupada. Nadie sabe nada de ella desde hace días. Anoche no se presentó a una cena. No ha pasado por su estudio desde el lunes. Nadie ha podido contactar con ella por teléfono ni por correo electrónico. La hermana de Donna está tan preocupada que está a punto de llamar a la policía y denunciar su desaparición.

15

*L*a mayoría de las personas que desaparecen vuelven a aparecer en cuarenta y ocho horas. Yo lo hice.

Tenía dieciocho años cuando me escapé de casa, unos días después de acabar los exámenes de bachillerato. Habíamos organizado una fiesta en el gimnasio del instituto para celebrar el fin de curso, un canto del cisne antes de que cada uno se fuera por su camino, a la universidad, a alguna escuela profesional o al mercado laboral.

La habíamos anunciado, con gran optimismo, como una fiesta de graduación (quizás alguno había visto demasiadas películas de John Hughes). Yo me había puesto un vestido para la ocasión, algo nuevo para mí en una época en que me gustaba ir moderna. No estaba guapa, en absoluto: llevaba el cabello teñido de negro y un *piercing* en la nariz. Tampoco era popular, pero aquella noche recibí muchas atenciones: sonrisas, proposiciones y flirteos de chicos de manos ligeras que anteriormente no me habían prestado ninguna atención. En aquel momento pensé que el motivo sería mi vestido verde años cincuenta, o el alcohol que circulaba furtivamente por la fiesta, pero ahora que lo pienso probablemente fuera por mi reputación.

Stuart Masters era uno de los pocos chicos del instituto que habían ido a mi colegio de primaria. Siempre me había gustado, pero su novia de siempre, Joanne, le vigilaba como un halcón. Aquella noche nos encontramos en un rincón. Hablamos de los viejos tiempos y durante el bufé nos escabullimos por la salida de incendios. Nos reímos, nos besamos y antes de que me diera cuenta estábamos detrás del laboratorio de ciencias, y yo estaba tan concentrada chupándosela que ni siquiera me di cuenta de que alguien nos había visto.

Aún puedo oír la palabra «zorra» que me gritaron en plena

pista de baile; fue la primera vez que me avergoncé realmente de mi comportamiento. Los rollos de un día y los polvos en el baño de los clubes de Bolton y Mánchester. Veinticuatro hombres y dos mujeres cuyos nombres apenas recuerdo.

Aún no me habían diagnosticado como bipolar, no me habían advertido de la relación entre la depresión maníaca y la hipersexualidad. Por aquel entonces no tenía la impresión de que mi comportamiento se saliera de lo normal. Estaba descubriéndome a mí misma, divirtiéndome. Lo hacía porque podía y porque quería.

Aquella noche sabía que no podía volver a casa, a la habitación que compartía con mi hermana Denise, de catorce años, ante la clara posibilidad de que la madre de Joanne llamara a la mía por la mañana.

El domingo por la mañana, mi madre dejó a los niños con una vecina y se fue a la comisaría del barrio a comunicar que no había vuelto a casa. Le hicieron unas cuantas preguntas, le pidieron una fotografía reciente y le dijeron que era algo más frecuente de lo que imaginaba. Los adolescentes rabiosos y emocionales no solían ser víctima de secuestros. Se escapaban.

Pero cuando llegó a oídos de mi amiga Jenny Morris, se preocupó. Jenny era una adolescente menuda con esperanzas de convertirse en periodista; llamó al teléfono de noticias de *The Sun*, insistiéndoles en que investigaran. No llegó a publicarse nada. Hoy en día, sigo sin saber si fue porque aparecí a primera hora del lunes o porque mi desaparición no era tan importante como yo pensaba.

En aquellos días, me consideraba original y alternativa, pero hace poco he leído un informe de un psicólogo criminal que decía que las niñas desaparecidas solían encontrarse cerca del lugar de desaparición, mientras que los niños solían alejarse. Según parece, fui de lo más predecible.

Fue la propia Jenny quien me encontró, en una habitación de alquiler de Fallowfield. Solo tuvo que hacer unas cuantas llamadas telefónicas; no es de extrañar que acabara trabajando en el *Daily Mail*. El piso pertenecía a un músico con el que me había acostado unas semanas antes. Tras salir huyendo de la fiesta, había tomado un autobús al sur de Mánchester en su busca. Él estaba a punto de irse, ya colocado, y no se opuso a que le esperara en su mísero cuarto hasta que volviera. No regresó hasta el domingo, pero era un tipo decente y no me echó cuando le dije que tenía problemas en casa. Y para cuando me dio dinero para pagar el billete de autobús y «enfrentarme a mi público», Jenny ya me había encontrado.

A partir de entonces, mamá y su nuevo novio me dieron un dormitorio para mí sola. El pequeño Danny volvió a su cuarto, a una cuna que pusieron en un rincón. Yo me instalé en su habitación, después de cubrir el papel de ositos de peluche con fotografías de películas francesas. Diez semanas más tarde, hice las maletas y me trasladé a Birmingham. La vida siguió adelante. No fue más que una fase. Solo quería llamar un poco la atención y sentirme querida.

Estaba segura de que Donna Joy quería lo mismo.

16

*G*racias a una dosis de Zolpidem, dormí hasta las once de la mañana siguiente. Cuando abrí los ojos, vi que mi teléfono parpadeaba con una luz azul sobre la mesita de noche. Cuando lo cogí, comprobé que tenía siete mensajes y tres llamadas perdidas de Martin, que me pedía que me pusiera en contacto con él. Era difícil resistirse, pero lo hice. Me senté con las piernas cruzadas y apreté el icono de Google en el ordenador. Introduje las palabras «Donna Joy desaparecida», sin saber qué esperar. Un titular en el *Daily Mail*. Un vídeo de la BBC. Un *feed* de Twitter. Pero casi me sentí decepcionada cuando vi que no había nada salvo los vínculos y las imágenes que ya había encontrado en búsquedas anteriores.

Cerré los ojos un momento y dejé que pasara aquella sensación de miedo, convencida de que Donna Joy habría «aparecido». Llevaba dándole vueltas desde la llamada de Gilbert; la única conclusión lógica que se me ocurría era que aquello era un montaje, un truco para recuperar a Martin. Por un momento, la idea me provocó un instante de satisfacción, al deducir que quizás el encuentro sexual de Martin y Donna el lunes por la noche no había sido tan explosivo como me había imaginado yo en un primer momento.

Dejé el teléfono, salí de la cama y me dirigí al baño. Me cepillé los dientes, me los enjuagué bien y me pasé hilo interdental. Cuando escupí en el lavabo, la saliva estaba manchada de sangre. Me enjuagué de nuevo la boca con agua y en aquel momento sonó el interfono insistentemente.

—Soy yo. ¿Puedo entrar? —dijo su voz a través del altavoz.

Paseé la mirada por el piso, preocupada. No quería que me viera así, vestida solo con una camiseta que apenas me cubría los muslos. La cocina estaba a unos pasos. Fui corriendo, encontré unas braguitas y unos vaqueros en la secadora, me los puse y bajé la escalera con los pies descalzos.

Tuve un momento de vacilación antes de abrir la puerta. Veía su rostro a través del cristal: triste, distraído, esperanzado.

Abrí lentamente el pestillo y me quedé en el umbral, pero no le hice pasar.

—¿Has recibido mis mensajes? —dijo por fin.

—Me acabo de levantar.

Bajó la mirada hasta los zapatos y volvió a mirarme a los ojos.

—¿Has oído lo de Donna?

Asentí y me crucé de brazos.

—He oído algo. Su hermana estaba preocupada porque nadie sabía nada de ella en toda la semana y ha ido a la policía.

—Aún no ha aparecido.

—Lo siento —dije, sintiendo cómo se me aceleraba un poco el corazón.

—Esta mañana me ha llamado la policía. Me han hecho preguntas.

—¿Sobre qué?

—Sobre su estado mental.

—¿No les parecerás sospechoso? —pregunté, incrédula.

—No lo sé. No creo.

—¿Y qué van a hacer ahora? Para encontrarla, digo.

—La policía está registrando su casa. Su hermana Jemma tenía una llave.

—¿Y luego?

—No sé… ¿Por qué no hacemos algo juntos?

Fruncí el ceño.

—Martin, ya sabes lo que te dije ayer.

—Por favor. Aunque solo sea un paseo en coche. Necesito aclarar la mente.

—Tu mujer ha desaparecido —dije, preguntándome si le habría oído bien.

—No ha desaparecido. Estará en algún sitio —dijo, y la frialdad de su gesto me sorprendió.

¿Es que no veía lo inapropiado de ir a dar un paseo o de divertirnos de cualquier otro modo? Por otra parte, Martin conocía a Donna mejor que nadie, mejor que la policía, incluso mejor que su hermana. Si él no estaba preocupado, debía de tener sus motivos. Decidí no interpretar su falta de preocupación como un signo de frivolidad.

—Venga, Francine. Será una ocasión para hablar.

—¿Hablar?

—Por favor —insistió.

Intenté no pensar en la desagradable y dolorosa imagen de Martin entrando en la casa de Chelsea con Donna y en las mentiras que me había contado junto a la iglesia de Temple.

—Espera aquí —dije, y subí a buscar mi abrigo. No podía hacer otra cosa.

Su Aston Martin estaba aparcado en la calle. Me subí al asiento del copiloto y me apoyé en la ventanilla, observando el tráfico del sábado. Él puso algo de música, que alivió la tensión.

—¿Adónde vamos? —pregunté, mientras atravesábamos Hackney.

—A la costa —dijo él, girándose y sonriéndome de lado.

Una semana antes, aquello me habría hecho feliz. Habría imaginado lo que sería sentarse frente a unas casetas de playa de color rosa pastel con cucuruchos de patatas fritas, o comiendo mejillones en algún puesto junto a un muelle.

Pero ahora me parecía un destino insufriblemente lejano, un tiempo enorme que llenar y en el que evitar formular las preguntas que no dejaban de rondarme la mente.

Salimos de Londres. Hora y media más tarde, salimos de la carretera principal y tomamos una secundaria.

El cielo había perdido brillo, el sol ya se había puesto y a nuestro alrededor se extendían kilómetros de un gris interminable; las nubes, las salinas y el mar se fundían unos con otros como una sábana de lino viejo y arrugado, un paisaje vacío de tonos apagados.

Había visto varios carteles durante los últimos kilómetros, pero nos encontrábamos en un territorio desconocido para mí.

—¿Dónde estamos? —pregunté, viendo un tejón muerto, aplastado y ensangrentado en la cuneta.

—Essex. Este camino lleva a la casa —dijo, dando un giro de noventa grados a la derecha por un camino que se fue estrechando cada vez más.

111

Al rato teníamos agua a ambos lados.

—¡Dios Santo! ¿Qué es esto? ¿Una isla?

—A ratos. Cuando sube la marea.

Atravesamos un pueblecito con casas de madera, una iglesia, unos cuantos pubs y un paseo marítimo. Otro giro y apareció una casa al final de un amplio camino de acceso. Era de estilo *arts and crafts*, con viejas tejas rojas en el tejado, aleros pronunciados y al menos una docena de chimeneas de terracota que destacaban contra el cielo plomizo. Junto al muro perimetral, cubierto de musgo, crecían unos árboles esqueléticos que arrojaban sus primeros brotes en unas ramas nudosas enredadas en las oxidadas verjas. Estaba descuidado, pero, aun así, era un lugar impresionante.

—Esto es tuyo, ¿no? Es la Dorsea House —dije, recordando los detalles de sus propiedades.

Martin asintió y el coche bajó de revoluciones hasta frenar.

—La compré el verano pasado. Se suponía que debía ser un proyecto. Una finca regia a menos de dos horas de la ciudad. Ya tenía el arquitecto, el interiorista, estábamos a punto de empezar, pero lo he parado.

—¿Parado?

—Por el divorcio. No quiero que aumente de valor. De momento.

Salí del coche y cerré de un portazo. Las gaviotas revoloteaban sobre nuestras cabezas. El viento se abría paso por entre los setos con un murmullo. Aspiré con fuerza el aire salado e intenté no dejarme seducir por todo aquello.

—Es grande.

—Antes era una residencia de ancianos. Hay mucho que hacer, pero me gusta su aspecto antiguo, destartalado. Ven, deja que te la enseñe.

Dudó un momento, como si quisiera cogerme la mano; eché a caminar para evitar situaciones incómodas.

Los tablones del suelo crujieron cuando cruzamos el umbral. En lo alto, bajo los techos abovedados, una bola de polvo se movió; el ruido me hizo dar un respingo: era el aleteo de una paloma.

El aire olía a moho: el olor del abandono. Me aboroné la chaqueta, reprimí un estornudo y avancé despacio, casi de puntillas, hacia la parte trasera de la casa. Observé las habitaciones amuebladas, vestigios de una vida anterior. Pero si la Dorsea House era un lugar frío y abandonado, las vistas de atrás, con aquel enorme estuario monocromático, eran de una belleza lóbrega e imponente.

La propiedad (y lo que Martin pretendía hacer con ella) nos dio algo de lo que hablar. Había un viejo cobertizo que se convertiría en bar de ostras, donde se servirían las Colchester y las Dorsea Island Rocks que habían dado fama a la zona. Una serie de cabañas de playa se convertirían en casitas de lujo para ejecutivos estresados. Una piscina exterior se construiría frente al porche de estilo colonial de la parte de atrás.

Una puerta junto al invernadero daba a una terraza.

—Ven, salgamos —dijo Martin, buscando la llave.

No la encontraba, así que le di un buen empujón a la puerta, zarandeándola hasta que se separó del marco de madera podrida.

—Chica lista —dijo, sin apartar los ojos de mí.

—Deberías hacer que repararan eso. Antes de que te entren okupas — dije, disfrutando de mi pequeño triunfo.

Seguimos un sendero que discurría a orillas del agua. El agua removía los guijarros a cada ola.

Respiré hondo, cerrando los ojos; dejé que el olor a yodo y a algas me calmara, como si fuera mentol.

—Querías hablar —dije por fin, abriendo los ojos y mirando al frente.

—Ayer te mentí —contestó, con un tono inusualmente inseguro en la voz.

Yo no dije nada, expectante.

—Me preguntaste cuándo había sido la última vez que había sabido de Donna; te dije que el domingo o el lunes. Fue el lunes —dijo por fin—. La vi el lunes.

No lo miré. Mantuve la mirada fija en el pálido horizonte.

—¿Y por qué me mentiste?

—Me envió un mensaje. Quería verme de nuevo. Para que habláramos en privado antes de la vista. Cenamos y volvimos a la casa.

—¿Y luego? —le pinché.

—Hablamos, tomamos una copa…

—Y luego os fuisteis a la cama —dije, acabando la frase por él.

—Sí, así es.

Me quedé callada un buen rato.

—Supongo que se lo has contado a la policía. Tenías que contárselo. Supongo que por eso me lo cuentas ahora.

Mi voz era ahora como la que adoptaba en el tribunal, cuando quería formular una conclusión con un leve tono condescendiente.

—No. —Sacudió la cabeza y dejó de caminar—. Fue un error y lo lamento.

—A mí no me lo pareció.

Pareció. Parece. Esperaba que no hubiera notado el desliz. Martin redujo el paso.

—Había tomado una copa, ella insistió… Ayer no te lo dije porque sé lo cutre y horrible que suena.

—¿Disfrutaste? —dije, y apreté los labios.

—Fran, no hagas esto más difícil de lo que es.

La luz azulada le daba a Martin un tono pálido, como si le hubieran extraído toda la sangre de las venas.

—¿Se corrió? —pregunté, de pronto interesada en saber hasta el último detalle.

Él no respondió.

—No creo que haya dejado de importarte. —Mi voz era un murmullo atrapado en la brisa, pero aun así me oyó.

Se detuvo y me tocó los dedos, pero me aparté.

—Yo quiero estar contigo.

Me dejé caer en un banco y miré al mar. Tenía un nudo en el estómago; no conseguía pensar con claridad.

—La otra vez también quería «hablar». ¿También te la follaste?

—No.

—Dime la verdad, Martin.

—Es la verdad.

—Entonces ¿por qué no respondiste a mis llamadas esa noche?

La cabeza me daba vueltas. Quería respuestas, pero no estaba segura de poder soportarlas.

—Me quedé sin batería, te lo juro. Mira, ahora no tiene sentido que te mienta sobre eso. Solo quiero ser completamente honesto contigo, porque deseo que lo nuestro funcione.

—Eso deberías haberlo pensado el lunes.

—Fui un idiota.

—Sí, sí que lo fuiste.

Cogí un trozo de madera del suelo y lo tiré al mar. Me quedé mirando un momento la ola que lo recogía y jugueteaba con él, di media vuelta y me dirigí hacia la casa.

—Fran, por favor. Dame otra oportunidad. Estar con ella me ha servido para darme cuenta de que es contigo con quien quiero estar.

Me giré hacia él.

—Ya no puedo confiar en ti —dije a duras penas, entre lágrimas.

Me di cuenta de cuánto odiaba verme así, convertida en una versión desamparada de mí misma, en alguien a quien apenas reconocía.

Se me acercó y me cogió el rostro con la mano.

—Yo estoy enamorado de ti —dijo.

Cerré los ojos, sintiendo la caricia de sus palabras, que me devolvía las fuerzas.

Apreté los ojos para detener el llanto. Él dio otro paso en mi dirección y apoyó la barbilla sobre mi cabeza. Era incapaz de separarme y me encontré envuelta en sus brazos.

—Te quiero —me susurró con la boca entre mi cabello.

Apoyé la mejilla sobre la suave lana de su abrigo. La rabia y la frustración daban paso a una profunda satisfacción.

Nos quedamos allí lo que me pareció una eternidad. Bajó los brazos por mis costados y, cuando me cogió las manos, sentí que lo único que podía hacer era entrelazar mis dedos con los suyos.

—Volvamos —dijo, mirando hacia las marismas pobladas de juncos.

En el cielo, las nubes iban oscureciéndose y no presagiaban nada bueno. El viento empezó a azotar el agua, formando crestas blancas como de merengue; al llegar a la orilla, el mar emitía un sonido desagradable contra la hierba de la playa, como el cascabel de una serpiente.

—Se acerca una tormenta —dijo, y aceleramos el paso.

Cruzamos la verja y entramos de nuevo en el recinto de la Dorsea House. Había una chabola de madera pintada de negro junto al agua, festonada con una cuerda azul con viejas boyas de color naranja.

—¿Qué es esto? —pregunté, viendo que levantaba un ladrillo y sacaba una llave.

—Un antiguo cobertizo para las ostras. Suelo dormir aquí cuando vengo a Dorsea.

—¿Te sientes solo en la casa grande? —dije, con una sonrisa—. Eso es lo que pasa cuando los ricos se compran casas demasiado grandes para ellos.

—Me gusta oír el mar y hacer hogueras en la playa.

—Es un buen motivo —admití.

Martin abrió la puerta y me hizo pasar.

El interior era austero. Un escritorio y una silla, una estufa de leña y una cama de hierro a modo de sofá.

Martin cogió un poco de leña y unos ejemplares viejos del *Financial Times* de un cubo de metal y encendió el fuego. Me gustaba observarlo. Su modo de agazaparse, como una fiera; su concentración; sus manos masculinas, suaves y bronceadas, con aquella cicatriz en los nudillos que le daba un aire de duro.

—Este lugar es genial —susurré, observando cómo prendía el fuego.

La cabaña se volvía más cálida y luminosa con cada chisporroteo de la madera.

—Quedémonos aquí esta noche —propuso, mirándome.

—No he traído nada —respondí yo, con una risa, recordando que ni siquiera llevaba sujetador.

La lluvia empezó a repiquetear contra el techo metálico.

—Quizá no tengamos elección —dijo él, sonriendo.

—¿Es que la isla va a quedar aislada? —pregunté.

Me fascinaba la idea.

—Quizá sí.

Nos quitamos los abrigos y se hizo el silencio.

—Lo siento mucho.

—No me vuelvas a mentir —susurré, intentando no pensar en mi propio autoengaño. En que sabía que se había visto con Donna en Chelsea el lunes por la noche, porque los había visto juntos yo misma.

En la cabaña aún hacía un frío glacial. Notaba los pezones en posición de firmes bajo la camiseta. Observé cómo Martin sacaba el colchón de la cama y lo tiraba en el suelo, frente al fuego. Se me acercó. Al momento estábamos besándonos. Cuando me quitó la camiseta, solté un suave gruñido de deseo.

Cerré los ojos y escuché el aullido del viento; el ronco graznido de los cormoranes en el cielo. Sus dedos me recorrieron la columna. Me bajé la cremallera de los vaqueros y los dejé caer; me arrodillé en el colchón y observé cómo se desvestía.

Dio un paso hacia mí y me la metí en la boca. Él me cogió de la cabeza, rozándome el rostro con su pelo áspero. Inspiré con fuerza, asimilando el olor a sudor y a sexo; su sabor: húmedo, agrio y cálido.

—Túmbate —dijo Martin, separándose. Sonreí y me eché en el colchón; él se puso encima, a horcajadas—. ¿Quieres que la isla quede separada de la costa? —dijo, con una voz grave y ronca que insinuaba lo que estaba a punto de pasar.

Asentí, abriendo las piernas para acogerle en mi interior. Junto a la estufa había un trozo de cuerda. Él lo cogió, me estiró los brazos sobre la cabeza y me agarró las muñecas con fuerza. Las ató juntas y luego a la estructura de la cama; después bajó el rostro hasta situarlo a la altura del mío, haciéndome sentir su aliento contra mis labios. Me sentía atada, capturada, como si me poseyera. En aquel momento, era lo único que deseaba.

—Hoy hay luna nueva, así que quizá tengas suerte. Puede que no puedas escapar —me dijo al oído.

Y yo temblaba, quizá del frío, o quizá por la sensación de peligro: no lo sabía, pero tampoco me importaba.

Estaba lejos de todo, en el mar, en terreno desconocido; lo único en lo que podía pensar y lo único que me importaba era él.

Solté un suspiro de sumisión mientras me recorría los pechos y el abdomen con la boca, bajando cada vez más, para penetrarme después con la lengua, pasándomela por el punto preciso con habilidad hasta provocarme el orgasmo. Tensé la espalda, arqueándome, tirando de los puños, atados a la altura del suelo. No percibí siquiera el roce de la cuerda que me quemaba la piel, concentrada como estaba en sus besos, entregada a sus juegos, abandonándome al dulce clímax.

Gemí con fuerza. El sonido se mezcló con el de la lluvia y el viento. Cuando emergió de entre mis muslos, me sonrió y se puso a desatarme.

Inspiré de forma controlada y repetida para recuperarme.

Él se tumbó a mi lado.

—Antes de vender esto, vendería el *loft* —dijo tan bajito que apenas le oí.

—No creo que haga falta escoger —susurré, sintiendo el aire frío que se colaba en la cabaña a través de los tablones de madera.

De pronto me vino a la mente la imagen de su mujer. Al levantar la vista y contemplar las sombras de las llamas que bailaban sobre la pintura agrietada del techo, intenté olvidar que la última persona que había visto a Donna Joy era el hombre que estaba tendido a mi lado.

17

*D*ebí de dormirme, arrullada por el sonido amortiguado del viento y la lluvia, pero el estridente sonido de un móvil me sacó de mi sopor.

Me giré hacia Martin, que estaba sentado sobre la manta y el colchón; tuve claro al instante que la llamada tenía que ver con Donna. Observé cómo fruncía el ceño, cómo se le tensaban los músculos del rostro; una vez más, aquella mujer tenía el poder de cargarse mis momentos de placer.

Martin puso fin a la conversación de un modo expeditivo y profesional, lo que hacía difícil deducir de qué se trataba. Se quedó en silencio y pensativo.

—¿Todo bien? —pregunté.

No quería entrometerme, pero necesitaba saber qué había pasado.

—Tengo que irme —dijo, sin mirarme a la cara.

—¿Qué? ¿Ahora?

—En la policía están preocupados por Donna —dijo, poniéndose en pie.

—¿Más preocupados de lo que estaban esta mañana? —pregunté, buscando la camiseta. Tenía la impresión de que no era una conversación que debiéramos tener desnudos.

—Eso parece. Quieren hablar conmigo, así que tenemos que volver a Londres.

—Pero ya han hablado contigo —respondí, sintiendo una punzada de pánico en el vientre.

—Pues quieren hablar conmigo otra vez. Esta noche. Alguien va a venir a Spitalfields a las diez.

Recogió la camisa y metió los brazos por las mangas. Viéndole el pecho descubierto y el miembro flácido, me pregunté qué diría la policía si pudiera verlo en aquel momento. Como si me estuviera leyendo la mente, agarró el resto de su ropa y se vistió rápidamente. Quitó una capa de polvo de la ventana con los dedos y miró al exterior.

—Bonita noche para volver en coche —murmuró.

Cuando abrió la puerta, una furiosa ráfaga de viento penetró en la cabaña, sacudiéndola hasta las entrañas. De pronto, todo cambiaba; estaba claro que las cosas iban a ser muy diferentes en cuanto saliéramos de la cabaña.

En el exterior estaba oscuro. La lluvia que caía con fuerza me mojó el rostro mientras corríamos por la playa para volver a la casa. Resbalé varias veces sobre los guijarros mojados, pero no podía pararme; había que llegar al coche.

Entramos en la casa a la carrera. Las paredes crujían. El cabello mojado me cubría las mejillas; tenía los vaqueros pegados a los muslos, pero no había tiempo para secarse. Martin cerró con llave y nos subimos al Aston Martin. Mi abrigo, empapado, se resbalaba contra el asiento de cuero pálido. Él encendió los faros, proyectando unos halos fantasmagóricos sobre la fachada del edificio. Esbocé una sonrisa curvando la comisura de los labios, a modo de triste despedida. Algo me decía que no volvería a aquel lugar; quería recordar su imagen de majestuosa decadencia. Martin encendió el motor y accionó los limpiaparabrisas. A pesar de la potencia y la calidad del mecanismo, no conseguían mantener el parabrisas despejado.

—Quizá deberíamos esperar un poco —propuse, en el momento en que las ruedas echaban a rodar, haciendo crujir la grava.

—Lleva lloviendo así una hora. Podría durar toda la noche —respondió.

Atravesamos la verja y quedamos envueltos en la oscuridad. El estrecho haz de luz de los faros atravesaba el negro manto de la noche y la lluvia; por lo demás, estaba completamente oscuro.

Forcé la vista en busca de los barcos de pesca que había visto antes, con la esperanza de que todos estuvieran ya en puerto. El tiempo en la carretera era terrible, pero seguro que en el mar sería mucho peor.

Martin estaba concentrado en la conducción, pero mantenía una velocidad fija; no tenía muy claro si se debía a la mala visibilidad o a las pocas ganas que tenía de volver a la ciudad.

A lo lejos distinguí el perfil de la costa. Aunque distaba poco más de un kilómetro, las últimas horas me había parecido que estaba deliciosamente lejos, como si formara parte de otro universo. Estábamos acercándonos a la carretera elevada sobre el mar. A la pálida luz de los faros, vi que ya había charcos de agua sucia en el camino.

—No me lo creo —dijo Martin, furioso, frenando hasta casi detener el coche.

El ruido del agua del mar lamiendo los neumáticos era inequívoco. Era evidente que más valía no decir nada. Martin aumentó las revoluciones del motor, que rugió peligrosamente, recordándonos que aquello era un deportivo, no un todoterreno.

—Está cortada —murmuró.

Me pregunté si correría un riesgo así con un Aston Martin de cien mil libras.

—¿Cuánto suele durar? —pregunté, en el momento en que empezaba a dar marcha atrás.

—No estoy seguro. Una hora, quizá dos con las mareas de primavera, pero en caso de inundación no hay modo de saberlo.

—¿Volvemos a Dorsea?

—No —dijo, meneando la cabeza—. Hay un pub en la carretera. Más vale que esperemos allí. Ellos tendrán una idea más precisa de cuándo puede quedar despejada la carretera.

The Anchor era un edificio con entramado de madera. Ya lo había visto al llegar. Aparcamos junto a la puerta, entramos a la carrera y, por supuesto, lo encontramos vacío.

Le pedimos dos cafés al tipo de la barra, que nos sugirió que los tomáramos irlandeses. Por cómo parloteaba, no me quedó claro si conocía a Martin o si simplemente agradecía tener clientes.

Martin escogió una mesa alargada en una esquina, con asientos de terciopelo rojo. Eché un vistazo a los únicos clientes que había aparte de nosotros: dos viejos con sendas pintas de Guinness en la mano. La pierna se me disparó bajo la mesa, dando botecitos nerviosos, a la espera de que Martin dijera algo.

—Bueno, ¿y cómo la dejaste el lunes por la noche? —pregunté, fingiendo calma.

—¿La dejé? —dijo, cogiendo la taza de café que le tendía la camarera.

—A Donna.

—Venga, no hace falta que hablemos de eso —dijo, y dio un sorbo y evitó mi mirada.

—No se trata de mí, Martin —contesté en voz baja.

No quería interrogarlo, pero sin darme cuenta iba poniéndome en modo profesional. Quería que estuviera preparado para lo que le pudiera preguntar la policía; además, quería saberlo.

—Me fui hacia la medianoche —dijo, por fin.

—¿Estaba despierta?

—Estaba en la cama. Se levantó cuando me iba.

—¿Y no te dio ninguna pista de lo que iba a hacer al día siguiente? —pregunté, transformándome en la persona que era cuando subía al estrado.

—No mencionó nada fuera de lo ordinario —respondió, con un punto de petulancia. Eché una mirada a los otros clientes, dejándome llevar por un miedo irracional a que pudieran oírnos.

—Supongo que ya le dijiste a la policía que habías estado allí el lunes por la noche.

Parecía incómodo, pero era mi propio pánico desatado lo que me hacía pensar a toda velocidad, buscando enfoques, pistas, soluciones. Ya veía dónde desembocaba aquello, y me asustaba. Solo era capaz de afrontarlo profesional y metódicamente, como un rompecabezas, aunque a diferencia de otros casos no era algo que pudiera dejar en el despacho al acabar la jornada.

—Les dije que habíamos cenado juntos. Para hablar del divorcio.

—¿Y no les dijiste que acabasteis en la cama?

La crudeza de mi pregunta hizo que frunciera el ceño.

—No —respondió por fin.

—¿Por qué no?

—Porque no me deja en buen lugar.

—Desde luego que no. Y vas a quedar aún peor cuando sepan que les has ocultado información. ¿Qué hiciste cuando saliste? ¿Adónde fuiste?

—Volví a casa.

—¿Cómo?

—A pie.

—¿A pie? Debe de haber unos ocho kilómetros hasta el *loft*.

—Tenía mucho en lo que pensar.

Arrepentimiento, miedo, pánico. Su expresión reflejaba todo eso.

—¿Crees que necesito un abogado?

Vi cómo le subía y le bajaba la nuez en el cuello. De pronto, sentí pena por él.

—No es mi especialidad —dije en voz baja, acordándome de todos aquellos amigos que a lo largo de los años me habían pedido ayuda en la compra de viviendas, la gestión de multas o de reclamaciones. Para ellos, yo era la abogada multiusos que tenía respuesta para todo.

—Un criminalista. Debes de conocer a alguien.

—Pero no has hecho nada malo —dije, midiendo mis palabras y observando su reacción.

Asintió: el macho alfa que se recuerda a sí mismo que todo se puede resolver si inviertes los recursos necesarios.

—Estará en algún sitio —señaló, con algo más de convencimiento—. En casa de alguna amiga, en el campo o en el extranjero.

—¿Por qué no llamas a su hermana?

—Sí, claro. Probablemente ya le habrá dicho a la policía que yo soy el marido malvado que quiere joder bien a Donna con el divorcio. Que la desaparición de Donna me beneficia.

—Ella solo querrá encontrarla. Igual que todos.

Martin echó un vistazo al reloj de pulsera. No hacía falta que me dijera qué hora era. Había un gran reloj en la pared, a sus espaldas, que marcaba las nueve.

—Esto va a quedar genial —dijo, sarcástico—. No presentarse a un interrogatorio de la policía.

—Creo que no te conviene decirles que te has quedado bloqueado en una cabaña con la abogada que lleva tu divorcio —dije, intentando aliviar la tensión.

—Pensaba que habías dicho que tenía que decirles la verdad, toda la verdad y nada más que la verdad.

Sentí un escalofrío de miedo al darme cuenta de que ahora estaba implicada. Me había unido a la lista de actores de una obra para la que no me había presentado, y no me gustaba mi papel.

Eché un vistazo alrededor. De pronto, las miradas de aquellos tipos me pusieron nerviosa.

123

—¿Y qué les digo?

—La verdad —respondí, convencida—. Que has ido a tu casa de Essex y que la marea ha cortado la carretera.

—Debería llamar a Jemma.

—Y quizá yo debiera esperarte en el coche.

—Ya nos han visto —dijo, como si me hubiera leído la mente.

Tardó cinco minutos, aunque a mí me pareció mucho más. Recé para que volviera sonriendo, pero cuando regresó parecía aún más agitado que al salir para hacer la llamada.

—Hoy han registrado la casa. No han encontrado ni su bolso ni su teléfono. Están todos allí —dijo, y se sentó.

—Estoy segura de que Donna tiene más de un bolso. Quizás hasta más de un teléfono —repliqué, intentando tranquilizarle, pero consciente de que cualquier cosa que dijera parecería un ataque contra Donna.

—Han encontrado su pasaporte. No ha comprobado los mensajes del contestador de casa desde el lunes. No la han ingresado en ningún hospital de la ciudad, ninguno de sus amigos sabe dónde está…

Hizo una pausa para remover el café, ya frío, salpicando de negro el borde de la taza.

—Ahora lleva el caso un inspector de la Unidad de Desaparecidos. Dicen que mañana por la noche seguramente emitirán una llamada a la colaboración ciudadana por televisión.

Había asistido a suficientes conferencias sobre derecho de familia y seminarios sobre secuestro de niños como para saber cómo funcionaba el asunto. Para saber que, mientras nosotros follábamos en la cabaña de las ostras, Donna Joy había estado circulando por el ciberespacio: sus datos, su imagen, las circunstancias de su desaparición. Para saber que alguien con autoridad se lo estaba tomando en serio. Sabía que harían una llamada a la colaboración ciudadana, que se filtrarían noticias, que gestionarían la información. Sabía que no pintaba bien para Martin Joy y, por ende, para mí.

—¿Tienen alguna teoría sobre lo que puede haberle pasado? —pregunté al cabo de un momento.

—Siempre es el marido, ¿no? —respondió en voz baja—. Desaparece una mujer, y el dedo siempre apunta al marido.

—No quería decir eso —dije, poniendo una mano sobre la suya—. Tú no has hecho nada malo.

—Debería hablar con un abogado. Asesorarme sobre cómo gestionar esto.

Observé un tic en su párpado inferior y di un respingo al notar una mano en mi hombro. Me giré de golpe y vi al tipo de la barra que esbozaba una sonrisa de dientes de color marrón:

—El agua se está retirando de la carretera —dijo, recogiendo nuestras tazas—. Parece que es su noche de suerte.

Me giré hacia Martin: viéndolo tan absorto y preocupado, tuve claro que a ninguno de los dos nos lo parecía.

18

$\mathcal{M}$e sorprendió encontrarlo en casa un sábado por la noche, y aún más ver que estaba solo.

—¿Un café o algo con alcohol? —preguntó Tom Briscoe al abrir la puerta de su casa, en Highgate. Era un chalé adosado con vistas a Pond Square, pequeño pero regio, como no podía ser de otro modo.

—Café. Descafeinado —dije, nerviosa nada más entrar, aunque no me adentré más que unos pasos tras el umbral.

La puerta daba directamente a un gran salón. Miré y escuché, esperando detectar la presencia de alguien más, pero aquello estaba casi tan silencioso y oscuro como la plaza desierta del exterior.

—Siento presentarme así —dije, agarrando más fuerte la correa del bolso—. Sé que es tarde, pero no te quitaré mucho tiempo.

—No pasa nada. Entra —respondió, manteniendo la distancia, pero indicándome el sofá con un gesto de la mano.

Desapareció en la cocina y yo examiné el lugar, poco iluminado. La mesa de comedor estaba cubierta de dosieres y libros de derecho; distinguí la tenue luz de la pantalla de un portátil y un sándwich a medio comer en un plato. Siempre había pensado que Tom era un poco oportunista, un niño de papá que había llegado a donde había llegado a través de su red de contactos, pero aquello transmitía una imagen diferente. Un adicto al trabajo que pasaba la noche del sábado hincando los codos y haciendo horas extras.

—¿Este fin de semana no tienes a Hannah aquí? —pregunté, quitándome el abrigo. Lo apoyé sobre el respaldo de su butacón; de pronto, caí en que no llevaba sujetador. Crucé los brazos, preguntándome si aún olería a sexo y a mar. No veía la hora de poner fin a aquella visita.

—No es ese tipo de relación —respondió, sonriendo, mientras se acercaba con una taza de café en la mano.

En otras circunstancias, seguro que habría soltado alguna broma para tomarle el pelo, pero en aquel momento lo último que me apetecía era bromear.

Envolví entre los dedos la taza de café, de franjas azules y blancas, sintiendo el vapor en el rostro. Me senté en el sofá, y él tomó asiento en el sillón que tenía delante.

—Bueno, ¿vas a decirme qué es lo que pasa? —dijo por fin, dándose cuenta de que no estaba de humor para una charla insustancial.

Me disculpé como pude por haber sido tan poco concisa durante la conversación al teléfono, en el camino de vuelta desde Essex. El tiempo había ido mejorando a medida que nos acercábamos a Londres, pero Martin parecía más agitado a cada kilómetro. Era una imagen suya que no había visto antes, y tenía que admitir que no resultaba especialmente atractiva.

—Debes de conocer a algún abogado —insistió, hasta que al final cogí el teléfono y llamé a la única persona que conocía que podría ayudarle, aunque me resultara muy incómodo hacerlo.

127

Presentarme en casa de Tom Briscoe un sábado por la noche no era precisamente algo habitual para mí. De hecho, nuestros caminos raramente se cruzaban fuera del bufete. Pero nos conocíamos desde hacía mucho tiempo. No éramos íntimos, pero teníamos historia y geografía en común. Habíamos llegado al Burgess Court como abogados en prácticas el mismo día. Y habíamos pasado toda nuestra vida laboral juntos. Si eso no bastaba para poder presentarme en su casa a aquellas horas, no veía qué otra cosa hacía falta. Aun así, no me gustaba estar allí. Especialmente después de haberme pasado la tarde follando con el cliente del que quería hablarle. Había ido hasta allí porque Martin estaba desesperado y porque yo habría hecho cualquier cosa para ayudarle.

Le di un sorbo al café antes de hablar.

—Estoy llevando el caso de un divorcio —empecé, midiendo mis palabras—. Y la esposa de mi cliente ha desaparecido.

Tom reaccionó cambiando de posición en la silla, mientras yo intentaba mantener la compostura desesperadamente. No podía revelarle las circunstancias extraordinarias de la historia que iba a contarle. Sabía lo peligroso que sería.

—¿Desaparecido? —respondió él.

Mañana van a hacer un llamamiento a la colaboración de la ciudadanía en la tele, a menos que aparezca antes.

Le miré y vi que parecía cansado; tenía unas ojeras moradas bajo los ojos.

—¿Y tú qué tienes que ver con todo esto? —preguntó, apoyando su taza de café en el suelo de madera.

—En este mismo momento, la policía está interrogando a mi cliente. Yo soy la única representación legal que tiene, y está preocupado.

—Quieres decir que está nervioso.

—Es casi seguro que aparecerá, Tom —dije, molesta por el hecho de que diera por sentado que Martin se sentía culpable.

No dijo nada y me di cuenta de que no tardaría mucho tiempo en perder la paciencia conmigo.

—Solo necesito algo de asesoramiento. Martin, mi cliente, confía en mí. Le he dicho que quizá tú podrías ayudarle.

Nuestros ojos se cruzaron, haciendo emerger el recuerdo del pasado, un incidente ocurrido años atrás y que ninguno de los dos olvidaría nunca. En aquella época, Tom era abogado defensor, el protegido del presidente del bufete, ahora retirado. Llevaba muchos casos de derecho penal. De vez en cuando hacía algo de derecho familiar, pero lo que más le gustaba era el dramatismo de los casos criminales... Hasta que le tocó defender a Nathan Adams, un matón acusado de un caso de lesiones corporales graves. Adams estaba acusado de atacar brutalmente a su exnovia, Suzie Willis, que había acabado con la columna rota. Era un caso complicado para alguien que llevara tan poco tiempo como Tom en la profesión, pero su actuación en el juzgado había sido brutal. Mirando de arriba abajo a Suzie en el estrado, Tom Briscoe la había presentado como una borracha habitual y había destrozado su credibilidad. Consiguió convencer al jurado de que su cliente era inocente.

Seis meses más tarde, Suzie murió, asesinada por Adams, que había ido en su busca, le había colocado un cuchillo en la garganta y se la había rebanado de oreja a oreja: ese era su castigo por haberse atrevido a testificar en su contra.

Nunca había tenido las agallas necesarias para hablar directamente con Tom de lo ocurrido, acerca de lo que sabía o no de la relación entre Nathan y Suzie, sobre la larga lista de heridas sospechosas de las que no había sido informada la policía o acerca del historial violento de Adams y sus vínculos con el sindicato del crimen del East End.

En cualquier caso, lo que le ocurrió a Suzie Willis hizo que Tom Briscoe dejara de golpe el derecho penal y se pasara al derecho familiar. Aquella mirada me dejaba claro que no quería nada que le recordara su pasado profesional.

—Por ejemplo, ¿crees que debería asistir al interrogatorio con un abogado? —continué.

—Pensaba que habías dicho que el interrogatorio ya estaba teniendo lugar.

—Así es. Creo que un agente de policía va a visitarlo en su casa, aunque ya ha hablado con alguien esta mañana.

Tom se levantó y se acercó a la mesa de comedor. Cogió su portátil y se lo llevó al sofá.

—Supongo que ya habrán registrado la casa de ella.

—Han encontrado su pasaporte, pero el teléfono y el bolso habían desaparecido. Eso es una buena señal, evidentemente.

—No necesariamente —dijo Tom, escéptico—. Recuerdo un juicio por asesinato al que asistí durante las prácticas. Una mujer había desaparecido del hogar familiar. El marido dijo que no tenía ni idea de dónde podía estar. Al final, lo arrestaron y lo condenaron por asesinato. Había fingido que ella se había marchado de casa: escondió sus posesiones personales después de deshacerse del cuerpo.

Le respondí con una mirada de desaprobación.

—¿Cómo se llama? La esposa.

—Donna Joy.

Tecleó en el ordenador, repiqueteando con los dedos sobre las teclas.

—Ya hay un anuncio de desaparición en Internet. Con un número de contacto: el del Departamento de Investigación Criminal de Kensington.

Con el corazón latiéndome con fuerza en el pecho, observé la pantalla por encima de su hombro. Había una fotografía de Donna y una descripción: 173 centímetros, unos 57 kilos de peso, vista por última vez con un abrigo rosa y unos pantalones negros. Había desaparecido después de que la acompañaran a casa tras una cena en el restaurante Five Fields, en King's Road, el lunes pasado.

129

A medida que leía, añadía detalles al texto mentalmente. Podría confirmar que había estado en el Five Fields noventa y siete minutos, que había bebido y que llevaba el cabello al menos tres tonos más oscuro de lo que se veía en las fotos, gracias a la visita que había hecho al salón de peluquería Josh Wood doce días antes y que, en un alarde de indiscreción, había publicado en Instragram.

El anuncio acababa diciendo que a la policía le preocupaba su integridad física, pero yo dudaba de que su preocupación fuera remotamente comparable a la mía.

—La mayoría de los desaparecidos acaban apareciendo —dijo Tom, que se encogió de hombros—. Hay una proporción mínima que no lo hace. Pero, de esos, gran parte tienen un historial de trastornos mentales o de depresión que los ha llevado a suicidarse.

—Así que es poco probable que le haya sucedido algo —dije, buscando desesperadamente consuelo en sus palabras.

—¿Sufría de depresión?

—No que yo sepa.

—Los adultos tienen derecho legal a desaparecer, Fran. Ya lo sabes. Y no tenemos modo de saber los detalles de su relación. A lo mejor está jugando —dijo. Asentí, dando mi aprobación a su planteamiento—. Aunque también puede ser que le haya pasado algo. Si han publicado un aviso en televisión, significa que han clasificado el caso de alto riesgo.

—¿Alto riesgo? —dije, frunciendo el ceño.

—Que hay peligro. Peligro de que se haga daño a sí misma o de que pueda recibirlo. ¿Con quién estaba la noche del lunes? ¿Tienes alguna idea?

—Su marido —respondí, sin más.

—Tu cliente.

—Quedaron para cenar. Según parece, se acostaron juntos, pero él dice que no se quedó a pasar la noche. Desde entonces, nadie la ha visto. No se presentó a la vista de conciliación económica del viernes ni a la fiesta de cumpleaños de su hermana la noche anterior.

—Pues no es de extrañar que quieran hablar con él.

Eso era justo lo que no quería oír.

—Bueno, ¿y él cómo es?

—Listo. Tiene mucho éxito.

—Así que la prensa podría ponerse las botas.

Había oído del síndrome de la mujer blanca desaparecida antes: este caso resultaría muy jugoso. Donna Joy no solo era rubia, blanca y guapa. Había sido abandonada por su millonario marido banquero, lo que significaba que su historia ya traía incorporado su propio hombre del saco.

—Él no le ha hecho nada a su mujer —dije, con un tono de desapego que me sonó exagerado hasta a mí misma.

—¿Cómo lo sabes?

Pensé en aquella noche en los tejados de Clerkenwell. «Solo tenemos que aguantar un poco. Pronto, muy pronto, lo conseguiremos. Solo nosotros. Nada de Donna, nada de esconderse: solo tú y yo.»

—¿Qué le digo? —pregunté.

—No le haría ningún daño hablar con algún abogado criminalista. Matthew Clarkson es muy bueno. También podría hablar con Robert Kelly. Está especializado en medios de comunicación y en gestión de la reputación. Si la prensa empieza a soltar gilipolleces, quizá valga la pena llamarle.

Tom se puso en pie, sacó el teléfono del bolsillo y empezó a ojear la agenda.

—Supongo que tu cliente debería empezar a preocuparse si le hacen participar en la campaña de búsqueda —murmuró, mientras me escribía dos números en una hoja de su bloc de papel amarillo.

—¿Por qué tendría que preocuparse? Él quiere colaborar en todo lo que pueda.

—No estoy muy seguro de que quieran llevarse al exmarido a una conferencia de prensa, a menos que sea para comprobar su reacción. Quizá también vaya a verle un agente de mediación familiar. En teoría, están para colaborar, pero también son todo oídos.

—Mi cliente no ha tenido nada que ver con su desaparición —insistí, con una seguridad que me sorprendió a mí misma. Tom me miró. Por un momento, ninguno de los dos dijo nada—. Tal como has dicho, apuesto a que por la mañana ya estará en casa.

El ambiente había cambiado. Me sentía acalorada e incómoda.

—Es hora de que me vaya.

Él sonrió y echó un vistazo al reloj.

—Es tarde. ¿Cómo has venido? ¿En coche?

131

—No —respondí apresuradamente, recordando que Martin me había dejado con el coche en Pond Square—. Más vale que llame a un taxi.

—No seas tonta. Ya te llevo yo.

—No, de verdad, llamaré a un taxi.

—¿Un sábado por la noche, en plena hora de marcha? Y con Uber te costará un ojo de la cara. Venga, voy a por las llaves.

Salimos y me acompañó al todoterreno que tenía aparcado delante de casa.

—Espero que le estés cobrando horas extras a tu cliente por todo esto —dijo Tom, socarrón, mientras desactivaba la alarma del coche con dos pitidos que atravesaron el silencio de la noche—. Eso sí que es ir más allá del deber profesional. Tiene suerte de contar contigo.

Me echó una mirada, con una media sonrisa de complicidad.

El escalofrío que sentí hizo que me preguntara qué habría deducido y hasta qué punto sabía lo que estaba pasando.

19

*C*uando llegué a casa, era pasada la medianoche. No había comido nada desde el desayuno (no había llegado a comer pescado con patatas o mejillones con Martin en la playa) y me sentía débil y algo mareada. En la nevera no había gran cosa: un limón seco y un paquete de jamón York abierto que se había endurecido y oscurecido, así que me hice unas tostadas y unos fideos instantáneos que encontré en un rincón de la despensa. Mientras pescaba los fideos con el tenedor, miré el teléfono por si había mensajes de Martin, pero aún nada. Sentada en el sofá, me comí mis fideos todavía duros, incapaz de esperar los cuatro minutos necesarios para que se ablandaran con el agua hirviendo. Me planteé bañarme, pero enseguida descarté la idea, al pensar en lo ruidosas que eran las cañerías. Era tarde y no quería despertar a Pete. No tenía ningunas ganas de recordarle a mi vecino mi existencia. Hice cálculos mentales, intentando deducir si Martin ya habría acabado con la policía. Dudaba de que ese tipo de interrogatorios durara mucho, si es que se había producido el interrogatorio. Aun así, un sinfín de imágenes me pasaban por la mente. Escenas de diversas películas y de series de policías. Sospechosos esposados y arrastrados a la comisaría, interrogatorios en cuartuchos oscuros. Me dije a mí misma que estaba poniéndome dramática, pero aun así seguía sin entender por qué Martin no había dado señales de vida. Sobre todo después de enviarme a ver a Tom Briscoe para decidir su próximo movimiento. Y después de que le enviara un mensaje desde el coche de Tom, diciéndole que se pusiera en contacto conmigo.

Crucé el salón, me senté ante mi escritorio y encendí el ordenador.

Repasé el correo (todas las cuentas cuya dirección había dado a Martin) y apagué y volví a encender el teléfono para asegurarme de que funcionaba. La siguiente parada era el *Daily Mail*. Escruté la página de inicio del sitio web, buscando cualquier artículo que guardara relación con Donna Joy. Después de comprobar que no había nada interesante, repetí el proceso con todas las páginas de los principales medios nacionales de comunicación, luego volví a ver la página de avisos de desaparición de la policía de Londres para ver si había alguna actualización, y no la había.

Una vocecita interior me aseguraba que, mientras no se mencionara la desaparición de Donna en la prensa, no teníamos que preocuparnos. Pero me sentía cada vez más nerviosa. Daba golpecitos en el suelo con la punta del pie sin poder evitarlo. Sabía que mi conversación con Tom Briscoe no había servido para mucho. De hecho, me había puesto furiosa con su discurso sobre víctimas y abogados para la gestión de la reputación, y con su insensibilidad al sugerir que Martin podía estar implicado en la desaparición de su esposa.

El café me ayudaría a pensar, pero sabía que era lo último que necesitaba. Así que me fui al piso de arriba, al minúsculo baño de mi dormitorio, y abrí el armarito, donde había un bote blanco de pastillas junto al hilo dental y los anticonceptivos.

Un par de semanas antes, cuando había ido a ver al doctor Katz, me había dado una medicación suplementaria. Yo no quería tomarla, pero sabía que en aquel momento necesitaba algo que me calmara. Los episodios maníacos me asustaban aún más que los depresivos. A mí me gustaba tener las cosas controladas, y había ordenado mi vida en un esfuerzo por mantener las riendas de la situación. Pero aquel último par de días había notado que los gremlins de mi cabeza volvían a la vida.

Eché la cabeza atrás y me tragué las pastillas. Luego me quedé mirando mi reflejo en el espejo. Tenía un aspecto pálido y triste, los labios secos, los ojos secos con los bordes rosados, y la luz intensa ponía al descubierto las manchas del cutis.

Todo en mí era un reflejo del agotamiento nervioso que sufría. Necesitaba dormir desesperadamente, pero sabía que no podía. Lo único que podría calmarme era tener noticias de Martin.

Me paseé por el dormitorio y me senté en el extremo de la cama, pero solo conseguí ponerme más nerviosa. Necesitaba salir a arreglar las cosas, no sentarme a comer fideos instantáneos y esperar a oscuras.

En aquel momento habría querido tener coche. Nunca lo había tenido. Para cuando pude permitírmelo, me pareció un lujo innecesario. Pero ahora sentía que un coche, un pequeño Fiat verde o algún otro utilitario femenino, me habría dado alas. El teléfono móvil, metido en el bolsillo de mis vaqueros y presionándome el muslo, me recordó que la solución estaba a solo una llamada de distancia.

Llamé a un taxi y no dudé en telefonear a Martin. Me salió el buzón de voz y dejé un mensaje, haciendo un esfuerzo por mantener la calma. Cruzando la habitación de un lado al otro, me quité la camiseta, encontré un sujetador y escogí una blusa blanca del armario. Sentir el contacto de una blusa limpia al meter los brazos en las mangas planchadas siempre me recargaba las pilas, y aquella noche no fue una excepción.

Esperé la llegada del taxi en el vestíbulo. Londres aún bullía de actividad mientras recorríamos las calles. Al mirar por la ventana y ver el barrio de Angel dando paso al animado East End, envidié a aquella gente: veinteañeros disfrutando de la noche despreocupadamente, borrachos y desatados, recordándome mi propio placer apenas unas horas antes. Pero había saltado un interruptor, se había producido un cambio en nuestro universo, y en mi cabeza un coro de voces me advertía de que cometía un error al dirigirme a Spitalfields en aquel taxi a la una de la madrugada, a toda prisa, cuando Martin ni siquiera había respondido a mis llamadas. Tardé veinte minutos en llegar al almacén de W. H. Miller. No había rastro de coches patrullas ni de «vehículos de incógnito» frente al bloque de pisos de Martin, lo cual me alivió. Pagué al taxista y salí del coche. Sentía punzadas de nervios por todo el cuerpo. Tres hombres con unas barbas exageradas salieron de un bar cercano riéndose. Me asustaron.

El taxi se perdió en la distancia y el trío de hípsters desapareció en las profundidades de Spitalfields, dejándome sola. Crucé los adoquines hasta el almacén. Allí fuera había un árbol que no había observado antes; fino, negro, larguirucho. Apoyé la palma de la mano contra su tronco y levanté la vista hacia el último piso. Había una tenue luz en una de las ventanas, una señal de vida que me animaba de nuevo a llamar a Martin.

Esta vez respondió.

—Soy yo —dije, intentando no mostrarme demasiado excitada—. La policía... ¿Ya se ha ido?

135

—Sí. ¿Has hablado con tu amigo abogado?

—Sí. Ha sido de ayuda —dije, con la voz temblorosa. Estaba tiritando del frío.

—Más vale que subas.

Mientras esperaba el ascensor, observé el techo de la caja de la escalera y me fijé en que llegaba hasta el tejado, como si se despegara del ladrillo y el metal. Cuando la puerta del ascensor se abrió, el traqueteo metálico resonó por las vigas de metal, primero estentóreo, luego convertido en un suave eco en el momento en que el ascensor empezaba a subir.

Martin abrió la puerta con un vaso de whisky escocés en la mano. Apenas me miró a los ojos.

—He tenido que venir. Lo siento —dije, intentando descifrar la expresión de su rostro.

Me callé. No sabía por qué me estaba disculpando.

—Tenía que haber llamado —dijo él, apoyando el whisky en la mesa—. Todo ha sido muy tenso. La policía ha tardado en irse más de lo que me esperaba.

La sala estaba a oscuras, salvo por una lámpara de pie en la esquina.

Martin se movía inquieto por la estancia como un felino, deslizando los pies enfundados en calcetines por el parqué sin hacer ruido.

—Aún no ha aparecido —dijo, limpiándose la boca con el dorso de la mano.

—¿Y qué quería de ti la policía?

—Detalles sobre el lunes por la noche. A qué hora fui a la casa. Cuándo llegué. Si alguien podía confirmarlo.

—Cada año desaparecen ciento cincuenta mil personas. Eso es el 0,05 por ciento de la población —dije, intentando tranquilizarle.

—¿Has buscado en Google? —respondió, con un tono áspero que no me gustó.

—Solo intento ayudar —dije, recordándome a mí misma lo tenso que debía de estar.

Él se dejó caer en el sofá y hundió la cabeza entre las manos.

—Lo siento —dijo, levantando la mirada y tendiéndome la mano.

Me senté a su lado en el sofá. Nuestros muslos se tocaban, pero yo quería acercarme aún más.

—Nuestro matrimonio no funcionaría, a veces creo que Donna ya ni me gusta, pero esto…

—¿Qué les has dicho? —pregunté, en voz baja.

—Que me fui a la una. Por la puerta delantera. No creo que ella bajara a cerrarla con llave, porque la dejé arriba, en la cama.

Me costaba concentrarme. No me parecía el momento de preguntárselo, pero, si no le gustaba Donna…, ¿por qué se la había tirado? Y había cosas en su historia que no cuadraban: a mí me había dicho que había salido de casa de Donna a las doce, no a la una de la madrugada.

—Incluso me han preguntado por este corte de la mano.

Era el que yo había observado en la cabaña de las ostras.

—¿Y qué les has dicho?

—Que me caí de la bici.

—¿Y fue así? —repliqué.

—Sí —respondió él, molesto.

—Bueno, ¿y por qué están tan preocupados por ella si es habitual que desaparezca, que se vaya a visitar a amigos…?

—Porque nadie sabe dónde está. Tiene una cuenta de Instagram que usa mucho, donde cuelga fotos de fiestas, de sus obras, pero no la ha usado desde el lunes.

—Tampoco tienen mucho en lo que apoyarse —observé, intentando calmarle.

—Mañana van a registrar su casa de nuevo. Con especialistas, según parece. Perros de rastreo de cadáveres.

—¿Y la policía te ha contado todo esto?

Nos miramos y ambos supimos lo que encontrarían. Cabellos suyos en el lavabo, su semen en las sábanas. Aparté la mirada e intenté no pensar en los detalles.

—¿Qué hay del anuncio de desaparición?

—Vamos a grabarlo mañana por la tarde para que lo emitan por la noche. La policía cree que yo debería hablar. Tengo que estar ahí. Con su familia.

—Tendrías que consultar con un abogado antes de hacer nada. Has de ir con pies de plomo.

—¿Qué te ha dicho tu colega? —dijo él al cabo de un momento.

—¿Tom?

Martin me miró.

—Has estado con él un buen rato.

Oí un leve tono de celos en su voz. Eso me gustó.

—Me ha recomendado un par de abogados. Deberías hablar con Matthew Clarkson antes de volver a hacerlo con la policía. Robert Kelly se ocupará de que la prensa no meta las narices —dije, dándole el papel escrito por Tom con los números de teléfono.

—¿La prensa?

—Para evitar especulaciones. Hoy en día, los periodistas tienen que ser muy precisos, pero a veces se filtran insinuaciones en la red.

Le oí suspirar suavemente.

—Esto es una locura —dijo, meneando la cabeza—. Lo único que hice fue ir a su casa. A nuestra casa.

Asentí, sintiendo vergüenza y decepción a la vez.

Pensé en la noche del lunes, cuando había seguido a Donna hasta el restaurante, y luego a ambos hasta la casa. Me veía en el pub, al otro lado de la calle. Pero mis recuerdos más allá del primer par de copas eran tan poco claros como en el momento de despertarme en el sofá de Pete. En aquel momento me avergonzaba todo aquel lamentable episodio, haber perdido la conciencia y haberme despertado con las medias rasgadas y la pierna manchada de sangre, pero ahora estaba rabiosa por no recordar nada que pudiera ayudar a Martin.

Si no me hubiera emborrachado tanto, sabría la hora precisa a la que Martin había salido de casa de Donna. Quizás habría visto la puerta peligrosamente abierta; tal vez incluso habría cruzado la calle y la habría cerrado.

—¿Qué creen que le ocurrió?

—No lo sé —respondió Martin, con un hilo de voz.

—Bueno, pensémoslo —dije, con la máxima calma posible—. A lo mejor está bien —añadí, tras considerarlo un momento—. A lo mejor está en un spa o en casa de una amiga, o en John O'Groats o en Land's End, y no se le ha ocurrido llamar. O sí que se le ha ocurrido, pero no se ha molestado porque quiere que te cagues de miedo.

—Y a lo mejor no está bien —dijo Martin, mirándome a los ojos.

—Es una posibilidad —coincidí—. A lo mejor se levantó después de que te fueras y te siguió —dije, analizando las posibilidades a toda prisa—. A esa hora, las calles están oscuras, vacías. Hay conductores borrachos por ahí. Alguien pudo atropellarla, le entró el pánico y huyó.

—No podemos pensar así.

—Tenemos que hacerlo —insistí, sintiendo que los ojos se me abrían más—. Donna lleva cinco días desaparecida y la policía te interroga. Podría haberle pasado cualquier cosa. Podrían haberla atacado.

Martin emitió un sonido grave y gutural, como el de un animal herido; cuando levantó la vista, había tanto dolor en sus ojos que no supe dónde mirar.

—Sé que esto es difícil, pero vas a tener que endurecer la piel de golpe.

Se levantó y dio unos pasos por la moqueta gris como si no aguantara el dolor. Cuando se giró a mirarme, fue como si hubiera tomado una decisión.

—Mira, estoy cansado. Tengo que dormir un poco. Ahora mismo no podemos hacer nada.

Su lenguaje corporal dejaba claro que se había puesto a la defensiva; el mensaje estaba claro.

—Más vale que me vaya —dije en voz baja.

—¿Te importa?

No dije nada; me limité a ponerme en pie y recogí mi bolso. Me estaba echando, y no pude evitar sentirme molesta.

—Con la visita de la policía y la desaparición de Donna, yo creo… Creo que probablemente sea mejor que no nos veamos en unos días.

Sabía que lo que decía tenía sentido, pero cuando levanté la vista y se cruzaron nuestras miradas, por un instante, lo odié.

20

*D*ormí con el teléfono móvil bajo la almohada, aunque «dormir» es mucho decir. Más bien me tendí en la cama, tensa e inquieta, dándole vueltas a todo una y otra vez, examinando cada pequeño detalle hasta que no pude más, metí la mano en el cajón de la mesita de noche, saqué un somnífero y me lo tragué sin agua. Y aun así no podía relajarme. Mis pensamientos se arremolinaban como el agua en el desagüe del lavabo, cada vez más rápido, formando un torbellino plateado que lo absorbe todo, todo…

Sin embargo, en algún momento debí de dormirme, porque la vibración de mi iPhone me hizo abrir los ojos de golpe. Lo cogí y busqué el botón a tientas mientras me apartaba el cabello del rostro.

—¿Sí?

—No te he despertado, ¿no?

Una voz. Femenina, alegre y desenfadada. Fruncí el ceño, intentando reordenar las ideas.

—¿Clare?

Una risita. Un sonido de otro tiempo, más feliz y despreocupado.

—Parece que alguien se ha acostado tarde.

—Algo así —respondí, sentándome en la cama y apartando el bote de píldoras con un dedo.

La etiqueta decía «Somnovit», nombre que casi sonaba a sano, como un tónico victoriano, pero aquellos pequeños comprimidos siempre me dejaban embotada y como si me hubieran clavado astillas de bambú en las terminaciones nerviosas. Me las prescribió mi primer médico hace años, diciéndome que las personas con trastorno bipolar suelen tener problemas para dormir. Pero a veces se convertían en la única alternativa, cuando el cerebro me zumbaba como si lo tuviera dentro de una colmena.

Me recosté en la almohada, consciente del motivo de su llamada, preparándome para lo que me iba a decir. Si ya habían planeado una aparición televisiva para la noche, sin duda la desaparición de Donna habría aparecido en los periódicos del domingo.

—Solo quería saber a qué hora piensas venir —dijo Clare, demasiado animada para lo que me esperaba.

—¿Venir? —repetí lentamente.

Yo suponía que llamaba por Martin. Que habría leído la noticia sobre Donna Joy y que había sacado conclusiones. Se habría enterado de que no solo era mi amante, sino también mi cliente. Que no había sido sincera con ella.

—Aunque a este ritmo voy a tener que pedirte que traigas una brocha y el mono de pintor —prosiguió, alegremente—. Ayer estuvimos aquí hasta medianoche, y aún no está acabado. He tenido que volver a las ocho para poner colgadores en el guardarropa. Ahora puedo decir oficialmente que soy una experta con el taladro.

Mi cerebro hizo un clic casi audible.

—La inauguración —dije, aliviada.

141

Dom, el marido de Clare, se había hecho con la franquicia de un restaurante y esa noche era la gran inauguración. Todo me volvió a la mente de golpe: los correos electrónicos y las conversaciones, la búsqueda de cocineros y camareras, y de un diseñador de interiores capaz de convertir el local de Dom en una versión barata de The Ivy. Clare llevaba meses enfrascada en aquello, hasta el punto de no tener tiempo de leer los periódicos del domingo. Pero esa noche (mierda, esa noche precisamente) había un cóctel de inauguración para amigos y familiares y, sobre todo, para los periodistas gastronómicos a los que habían insistido tanto o incluso sobornado para que asistieran.

—¿O prefieres pasarte antes por casa para tomarte una copa? —dijo Clare, que por su voz empezaba a notar algo raro—. Estoy segura de que puedo dejar a Dom solo en el restaurante durante un rato. Así nosotras nos preparamos juntas aquí.

—Esta noche… —dije, lentamente.

—Lo siento, perdona —respondió, como bromeando—. Martin. ¿Quieres traerlo?

—No —dije, a toda prisa—. Es que no sé si podré ir.

—¿No podrás venir?

Sonó decepcionada. Pero había algo peor. Era como si se lo esperara. Como si constatara que había gente de la que no te puedes fiar.

—Ha pasado algo —dije, consciente de lo patético que sonaba aquello.

—Pero hace semanas que lo sabes, y Dom ha importado un jamón especialmente de Andalucía...

Empezaba a impacientarme, pensando en el punto en que habían quedado las cosas antes de caer rendida. El iPad, abandonado sobre el edredón, me estaba reclamando; solo había un modo fácil de hacer que mi amiga colgara.

—Vale, iré —dije, aunque sabía que era una mala idea—. Solo tengo que arreglar unas cosas, y luego iré directamente al restaurante. ¿De acuerdo?

El alivio en su voz me dejó claro lo importante que era para ella. Me sentí peor por haberlo dicho.

—Gracias, Fran —dijo, más animada—. ¿Nos vemos a las siete?

—Vale —respondí, preguntándome ya qué excusa pondría para marcharme a las ocho.

142

—¿Es aquí, guapa?

Levanté la vista algo sobresaltada, en dirección al taxista. Vi un restaurante con el escaparate iluminado. Incluso desde el taxi se oía el ritmo de la música y el murmullo de la conversación; había gente en la acera, con copas de vino en las manos y cigarrillos prohibidos.

—Sí, gracias —dije, bajando del taxi y estirándome el vestido lo mejor que pude.

Fue entonces cuando vi el cartel sobre la puerta abierta del local: DOMINIC's, con letras doradas. Debo admitir que por un momento me molestó: era absolutamente típico de Dom haberle puesto su nombre, a pesar de que había sido fruto del duro trabajo y del dinero de Clare.

Entré y cogí aliento, escrutando el local con la vista, aquel mar de rostros, sonrisas, risas. Todo el restaurante estaba lleno de gente cuya única preocupación era saber cuánto tiempo duraría la barra libre.

Mi irritación se tornó en alivio y luego orgullo cuando vi la radiante sonrisa de Clare al otro lado de la sala.

—¡Vaya triunfo! —dije, acercándome y abrazándola con fuerza—. No puedo creer la cantidad de gente que ha venido.

—¿Verdad? —Clare soltó una risita—. Estábamos convencidos de que estaríamos solos con los camareros. ¿Puedes creerte que Sophie Cole ha traído al tipo de *The Times*? Yo pensaba que era pura palabrería, pero aquí está. Dom prácticamente está atontado desde que han llegado, y no ha parado de darles champán desde su llegada.

—¿Sophie Cole está aquí?

No sabía muy bien por qué eso me ponía nerviosa. Sophie se había mostrado agradable y acogedora conmigo desde el principio, pero era una persona lista y mordaz, algo que me hacía estar en guardia.

Dom levantó la vista desde el corrillo del crítico y me saludó con un gesto distraído de la mano. Lamenté haber sido tan poco comprensiva con el nombre (¿qué otro nombre le iba a dar a su restaurante?) y le devolví el saludo.

—¿Y qué? ¿Has podido arreglar todo eso que tenías pendiente? —preguntó Clare.

Miré a mi amiga, escrutando su rostro en busca de indicios, 143 preguntándome de qué habían hablado con Sophie, si es que habían hablado de algo. ¿Aquello era una pregunta inocente o un interrogatorio? A veces costaba distinguirlo. Era lo malo de tener como amiga a una psicóloga: nunca puedes relajarte del todo. Sobre todo cuando tienes algo que ocultar.

—Eran cosas de trabajo —dije, agradecida al ver que llegaba un camarero con una bandeja de copas de vino.

—¿Un caso importante?

Me extrañaba y al mismo tiempo me dolía que no lo supiera. No sabía que Donna había desaparecido. No sabía del tormento de Martin. De mi tormento.

Asentí, dándole el primer trago a mi copa.

Tenía la confesión en la punta de la lengua: que Martin, mi amante, no solo estaba casado, sino que además era cliente mío. Y no quería parar ahí, deseaba contárselo todo a Clare: que había seguido a Martin y a Donna la noche de su desaparición. Que quizás hubiera visto algo importante, que tal vez supiera algo sobre la desaparición, pero que no lo recordaba. No era solo que Clare era mi mejor amiga, también que aquel era el tipo de problema en el que sabía que podría ayudarme; al fin y al cabo, se había pasado toda la vida tratando con las complejidades de la mente. Pero ¿cómo podía explicarle algo que no entendía ni yo misma?

Sin embargo, Clare siguió hablando antes de que pudiera decir nada.

—Tampoco tienes por qué trabajar siete días a la semana, ¿sabes? Hasta yo he cedido y me he concedido los domingos de fiesta —dijo, sonriente, dándole un sorbito a su copa de champán.

Otra cosa que no sabía: que no había llegado tarde a su fiesta porque hubiera estado trabajando. Me había pasado toda la tarde en el gimnasio, haciendo ejercicio sin parar, intentando olvidar que en aquel momento Martin estaba grabando el anuncio de la policía sobre la desaparición de Donna. Me obsesionaba cada detalle: dónde estaría, qué diría. Y no soltaba el teléfono, por si me vibraba en la mano y me traía noticias de Martin.

—En cuanto a Martin... —empecé a decir.

—Me alegro de que esta noche estemos tú y yo solas —me interrumpió, con una sonrisa—. Ya sabes, cuando me dijiste que no ibas a venir, he pensado que quizá me fueras a dar calabazas por una tarde de sexo.

Lo dijo bajando la voz, bromeando, pero no podía pasar por alto aquella regañina. Al fin y al cabo, la última vez que nos habíamos visto había sido en la galería a la que la había invitado, y solo una hora después había salido corriendo.

Darme cuenta de que solo habían pasado unos cuantos días desde aquellos momentos alegres y despreocupados me entristeció tanto que tuve la impresión de que me quedaba sin aire.

—Nunca haría tal cosa...

—¿Sabes? El otro día leí un estudio. Según parece, por cada enamoramiento, perdemos de media dos amistades. Según parece, el día no tiene suficientes horas, hay que sacrificar algo. Así que me conformo con las migas que me quedan.

Su voz reflejaba un leve resentimiento. Tenía que apaciguarla.

—Hemos estado ocupados. El trabajo ha sido una locura, y tú has tenido que poner en marcha el restaurante de Dom...

Había decidido contarle lo de Martin, pero de pronto no pude. Estaba claro que Clare lo consideraba el culpable de que nos hubiéramos visto tan poco en las últimas semanas, así que lo mejor era no hablar de él.

Clare meneó la cabeza y dio un trago más largo de champán.

—No, no hemos parado ni un minuto: la pintura aún está húmeda —dijo, señalando el techo con la copa—. Esta tarde aún estábamos dando los últimos retoques. Es como ese viejo chiste sobre la reina, que cree que todo huele a pintura fresca. A los críticos gastronómicos les debe de pasar lo mismo.

—Tienes una gota de pintura ahí mismo —dije, tocándole un pálido mechón de pelo.

Clare acercó la mano y me cubrió los dedos con la palma.

—Gracias —dijo, con los ojos brillantes—. No habría sido lo mismo si no hubieras venido. Eso lo sabes, ¿verdad?

Su mirada era tan intensa que tuve que apartar la mía. Me encontré de frente a Sophie, que se acercaba abriéndose paso entre la multitud. Se estaba echando un chal sobre los hombros, como si estuviera a punto de marcharse. Me quedé helada, por un lado impaciente por hablar con ella y por otro deseando esconderme.

—Hola, Fran —dijo, dándome un beso en la mejilla.

Me giré buscando a Clare con la mirada, pero se había marchado.

—Dom está encantado de que te hayas traído a tu amigo —dije, forzando una sonrisa—. Ha sido todo un detalle por tu parte.

—Le dije a Clare que lo intentaría, y me gusta cumplir mis promesas. Además, esperaba verte a ti.

—¿A mí?

Se quedó un momento en silencio, lo suficiente como para ponerme incómoda.

—Supongo que has oído lo de Donna —dijo bajando la voz—. ¿Qué está pasando?

—No puedo contestar a eso —respondí con franqueza—. Nadie lo sabe.

Me miró de frente y empecé a sentirme como una marmota bajo la sombra de un halcón al acecho.

—¿Cuánto sabes de ella?

—¿De Donna? Muy poco —respondí.

—¿De verdad? Eres la abogada de Martin.

—¿Y eso qué significa? —dije, con un tono que esperaba que no sonara defensivo.

—Eres una gran abogada, Fran. Apuesto a que habrás investigado todo lo que has podido acerca de Donna durante la preparación del caso.

—No tengo ni idea de por qué ha desaparecido, Sophie, si es eso lo que me estás preguntando.

—¿No sabes nada?

Podía imaginármela entrevistando a candidatos a algún puesto en la sociedad Gassler: lo nerviosos que debía de ponerlos. Nadie se atrevería a contarle una mentira ni a adornar un currículo, porque Sophie Cole era de esas personas que siempre te pillan.

Negué con la cabeza y ella se ajustó un poco el chal sobre los hombros.

—¿La has visto alguna vez? —preguntó, sin pestañear.

No sabía si su pregunta escondía una acusación, pero decidí que lo mejor era no hacer caso. En cualquier caso, mi fugaz encuentro con Donna Joy aquel día en los tribunales apenas contaba nada.

—Es lista —añadió—. Si nadie la ha visto desde hace una semana, será por algo.

—¿Tú crees que, de algún modo, está intentando manipular a Martin?

—O está creando problemas, o tiene graves problemas. Lo cierto es que desde que pidió el divorcio me ha preocupado cómo afectaría al negocio, pero espero que no sea lo segundo.

Me ardían las mejillas. Levanté la vista hacia las luces, detectando algunos trozos de techo que Dom y Clare no habían pintado; cuando volví a mirar a Sophie, seguía observándome.

—No tienes buen aspecto —me dijo—. ¿Quieres un vaso de agua?

Negué con la cabeza.

—Bueno —respondió—. Yo ya me iba.

Me quedé anclada en el sitio donde estaba. No me atrevía a girarme y verla salir del restaurante, aunque algo en mi interior me decía que estaría mirándome.

Consulté la hora en el reloj, preguntándome si el motivo de que Sophie se hubiera ido tan pronto era el anuncio televisado sobre la desaparición de Donna.

Ya eran las ocho menos cuarto. No veía a Clare por ningún lado, cosa que me alegraba. Me había dejado ver. Ahora ya podía irme, aunque no tenía tiempo de llegar a casa. Así que me escabullí del comedor principal del restaurante y me dirigí a las escaleras. Nadie me vio abrirme paso por entre la multitud y subir a la planta superior. Había oído lo que pensaban hacer con aquel espacio. Clare me había dicho que, si el restaurante despegaba, lo convertirían en un comedor privado o incluso en un piso de diseño que podrían alquilar por una buena suma como ingreso secundario del restaurante.

Sin embargo, al examinar aquel espacio desaliñado, tuve claro que aquellos planes desde luego quedaban muy lejos de hacerse realidad. Allí arriba solo había tres habitaciones, todas desarregladas y con el mobiliario a medias. Alguien (probablemente Dominic) había estado usando una como despacho y salón. Había un escritorio con un teléfono, montones de papeles desordenados y una consola de videojuegos tirada en un rincón. Mi sospecha se había confirmado. Aquella era la madriguera de Dom, un refugio donde pasar unas horas jugando a *Call of Duty* mientras se suponía que trabajaba en la organización del restaurante.

Sentí una pequeña inyección de superioridad moral. Todo aquel tiempo había tenido razón con respecto a Dom. Nunca me había gustado del todo el marido de Clare; al principio me había parecido un tipo con encanto, pero con el paso de los años me había ido molestando que adoptara aquel papel de atractivo aventurero: el restaurante era uno más de los glamurosos proyectos que había abordado, pero que nunca había llegado a completar.

Primero había sido la novela, que no había llegado nunca a las librerías (de hecho, nunca había ido más allá de los largos almuerzos con agentes de medio pelo), luego había sido la galería *pop-up*, que parecía pensada para que Dominic pudiera pasar las noches «promocionándose» en elegantes fiestas en Mayfair, todo ello financiado por Clare, que trabajaba de sol a sol para pagar sus caprichos.

Sin embargo, por esta vez me alegraba de su hedonismo. Allí había un televisor, y eso era exactamente lo que andaba buscando.

Cogí el mando a distancia y lo accioné, buscando los canales de noticias. Me senté en el brazo del sofá. Al principio hablaron de noticias sin interés. Un escándalo relacionado con un político, una inversión china en una fábrica de aceros…

—Venga —murmuré, mientras repasaba las noticias que iban desfilando por la parte inferior de la pantalla.

147

Y entonces sucedió. El corazón se me aceleró cuando la locutora pronunció el nombre «Donna Joy». Un primer plano de la esposa de Martin llenó la pantalla: una de esas alegres fotos de unas vacaciones con una gran sonrisa. ¿Dónde la habrían tomado? ¿Con quién estaría? ¿Se la habría hecho Martin, en tiempo más felices? ¿En su casa de Ibiza, quizás, o en alguna de sus muchas vacaciones glamurosas al sol? Más valía no pensar en ello.

La voz de la presentadora adquirió un tono más serio al relatar la desaparición de Donna con un montaje de imágenes: una página de Facebook con el lema «Encontrar a Donna Joy», la fachada de su casa de Chelsea y una muestra de sus obras de arte en el estudio, que encima no estaban nada mal.

Apareció otro rostro en la pantalla, una mujer que se parecía a Donna, pero en versión económica. Una mujer con la misma melena, pero con un tono de cutis más apagado, sin el bronceado radiante que luce la esposa de un banquero.

Un subtítulo la identificaba: «Jemma Banks. Hermana».

—Donna es hermosa, creativa y una hermana atenta —decía ella con unas vocales duras que estaban a años luz de los tonos melifluos de Donna.

Su voz me decía mucho más sobre Donna Joy de lo que habría podido encontrar en cualquier búsqueda en Internet. Me hablaba de su origen y confirmaba mis sospechas de que Donna era una aventurera social, una trepadora de codos firmes, una Becky Sharp, como muchas otras mujeres trofeo que había conocido en el pasado.

En cambio, la hermana de Donna era una mujer normal y corriente de un barrio periférico cualquiera, a un mundo de distancia de los prestigiosos códigos postales por los que discurría la vida de su hermana. Pero las palabras de Jemma eran sentidas. Resultaba imposible no conmoverse al oír la súplica de aquella mujer.

—La quiero y lo único que deseo es que vuelva a casa.

Aunque odiara a Donna por haber seducido a Martin, por haber provocado todo aquel jaleo sin inmutarse, de un modo tan egoísta, no pude evitar que los ojos se me llenaran de lágrimas al ver la noticia. Sophie Cole tenía razón. Si Donna se había largado a un spa o a un retiro de yoga, es que era una inconsciente redomada. Pero la alternativa, que le hubiera pasado algo, era una idea insoportable.

Si ya me costaba llenar los pulmones de aire, prácticamente me quedé sin aliento cuando apareció en pantalla un Martin Joy de aspecto exhausto, derrotado.

—… Así que si alguien ha visto a Donna, por favor, pónganse en contacto con la policía. Donna, te echamos de menos. Si oyes esto, da señales de vida lo antes posible.

—¿Qué estás haciendo? —dije en voz alta.

Le había sugerido que hablara con un abogado, pero no tenía claro que un abogado le hubiera recomendado decir algo en el anuncio de desaparición. Era «evidente» que no debía decir nada. Era el marido de una mujer desaparecida, y las parejas son siempre los primeros sospechosos, especialmente cuando están metidos de lleno en un divorcio en el que hay mucho dinero en juego.

Sin embargo, ahí estaba, con aspecto agotado y sin afeitar. Y no era esa barba de tres días sexy y varonil que había acariciado a su vuelta de los Alpes suizos, sino una barba incipiente de noctámbulo que le daba un aspecto furtivo, sospechoso. Culpable. Y ese «te echamos de menos» sonaba tan… endeble. No es que quisiera verle llorando y rasgándose las vestiduras, pero al menos tenía que parecer sincero en su deseo de volver a ver a Donna sana y salva.

Sentí un mareo. No se debía a haber bebido con el estómago vacío. Sabía perfectamente lo que podía provocar el juicio del público. Ya lo había visto antes: todos aquellos McCann, Christopher Jefferies. Si el público decidía que eras culpable, o al menos sospechoso, podía acabar contigo. Si yo hubiera visto aquel anuncio sin conocer a Martin, ¿qué habría pensado de él?

—Dinos dónde estás, por favor —dijo a la cámara—. Dinos que estás bien.

—No digas nada más —rogué, apretando el puño, imaginando a los reporteros de tres al cuarto observándolo, conscientes de que Martin y Donna estaban divorciándose y afilando las garras, preparándose para hacer insinuaciones de juego sucio, incluso acusaciones más directas.

Habría querido meterme en el televisor y protegerle. Agarrarle. Hacer que parara.

—No digas nada… —susurré en voz alta.

De pronto, sentí una mano en el hombro y me di la vuelta de golpe.

—Por Dios, Fran, ¿qué estás haciendo?

149

Dominic estaba detrás de mí, con los ojos bien abiertos y el ceño fruncido.

—Necesitaba oír las noticias —dije, balbuciendo.

—¿Las noticias? —repitió, bajando la mirada al mando a distancia, como si le hubiera robado algo.

—Uno de nuestros clientes está implicado en un asunto.

—¿Qué ha hecho? —dijo Dom, mirando hacia la panta-lla—. ¿Ha matado a alguien?

Me giré y apreté el botón de apagado.

—No, algo mucho menos interesante —dije, dejando de nuevo el mando donde lo había encontrado—. No pretendía fisgar. Estaba buscando a Clare. Una inauguración fantástica, por cierto. Los canapés estaban exquisitos, y los cócteles de champán...

—Bueno, recuérdaselo a Clare de vez en cuando —dijo, esbozando una sonrisa—. Nos hemos fundido todos nuestros ahorros, así que más vale que funcione.

—Claro que funcionará —dije, aún avergonzada por que me hubiera pillado allí arriba.

Dominic me miró con los ojos húmedos y las mejillas en-cendidas: estaba borracho.

—Ojalá le hubieras dicho eso a Clare hace seis meses.

—¿Decirle el qué? —pregunté, intentando concentrarme en lo que estaba diciendo.

—Tú pensabas que el restaurante no era más que otro de mis proyectos sin futuro.

Soltó una risa sarcástica, pero sus ojos no reflejaban ningu-na alegría. «Muchas gracias, Clare», pensé, atónita al ver que le había contado aquello a su marido.

—Yo nunca dije tal cosa —me defendí, intentando mante-ner un tono jovial y desenfadado.

Él levantó una ceja. Estaba claro que tenía que cambiar de tema.

—Si alguna vez dije algo, era que me preocupaba el riesgo que corríais. Cuando Clare me dijo que estabais a punto de firmar el alquiler del local, pensé en la estadística que dice que dos de cada tres restaurantes cierra antes de cumplir un año.

Era cierto. Tenía la sensación de que era la primera cosa sincera que les había dicho a Clare o a Dom desde hacía dos semanas. Los había advertido de que podían perder decenas, cientos, miles de libras en este experimento gastronómico. A Clare no le iba nada mal, pero no le sobraba el dinero. Cuando le dije que fuera prudente, lo hice con la mejor intención.

—Tú intenta no crear problemas en el futuro —dijo él, dándole un sorbo a su vino, como si tal cosa.

Me lanzó una mirada arrogante, beligerante.

—No quería causar problemas. Dom, me preocupaba por los dos.

Oí el temblor en mi voz. El anuncio televisado ya me había desestabilizado; lo último que necesitaba era una discusión con el marido de Clare.

—¿De verdad?

—Los restaurantes son negocios de alto riesgo, Dom. No sería una buena amiga si no lo hubiera mencionado.

—No querías que abriera este negocio, Fran. Hiciste todo lo posible para quitarle la idea a Clare.

—¿Cuándo te ha dicho ella eso?

Estaba realmente confusa. No tenía ni idea de que hubiera escuchado mis advertencias.

—Ella te escucha, Fran. Demasiado. Te escucha más a ti 151 que a mí. Pero te lo pido, por favor, que te apartes de nuestro matrimonio. A veces me da la impresión de que somos tres. Y cuando hay tres personas en un matrimonio, las cosas no acaban bien jamás.

Pensé en mí, en Martin y en Donna Joy.

Asentí.

21

*E*ra lunes, a primera hora. Mi despacho estaba ordenado y la primera taza de café del día estaba ya a la mitad cuando nuestro secretario, Paul, llamó y entró con un dosier bajo el brazo. Normalmente me lo habría tirado sobre la mesa, como un caballero de los antiguos entregando una cabeza en una bandeja, pero esta vez se quedó esperando, sosteniéndolo junto al pecho.

—¿Y qué? ¿Has hablado con Martin Joy este fin de semana? —dijo, apoyando ambas manos en mi mesa.

—Brevemente —respondí, sintiendo un escalofrío de culpa que me ascendía por el cuello.

—¿Y? —insistió Paul, insatisfecho con mi respuesta.

—Me habló del anuncio televisado de la policía. Supongo que el divorcio es lo último que tiene en mente ahora mismo.

Paul levantó las cejas en señal de desaprobación. Desaprobaba la actitud de Martin y probablemente también la mía, como asesora legal. Yo dudaba mucho de que a Paul le preocupara el paradero o incluso la seguridad de Donna Joy; estaba pensando en el bufete. La posibilidad de que Martin nos pusiera en el centro de atención de los periodistas sensacionalistas era sin duda algo negativo para el negocio, especialmente porque lo nuestro eran los divorcios rápidos y discretos. Para Paul, el caso Joy era como el iceberg de su *Titanic*.

—Bueno, ¿qué novedades hay? —dijo sin bajar las cejas.

—La señora Joy sigue desaparecida —respondí, consciente de que estaba esquivándole la mirada.

—Eso ya lo sé. Escucho Radio Four.

Sonreí, pero desde luego no era momento para bromas.

—¿Y qué es lo que crees tú? —le pregunté—. ¿Viste el anuncio televisado?

—¿Quieres decir si creo que está implicado en su desaparición?

—Sí —respondí, haciendo acopio de valor.

Me quedé mirándolo atentamente. Paul vaciló y cambió de posición, frunciendo el ceño. En condiciones normales, su lealtad a los clientes casi superaba la que mostraba a los abogados del bufete, pero Martin Joy había puesto en peligro la reputación de la firma, así que Paul no sabía qué pensar. «Dime qué piensas», pensé, viéndole debatirse.

—En todo el tiempo que llevo trabajando en derecho familiar, me sorprende que no nos hayamos encontrado antes con algo así —dijo por fin.

—¿Con qué?

—Con la esposa que desaparece tan convenientemente.

—¿Que desaparece «convenientemente»?

—Bueno, resulta «muy» conveniente, ¿no? ¿Qué es lo que está en juego en este divorcio? ¿Unos cien millones, más o menos? Las matemáticas no son mi fuerte, pero yo diría que el cincuenta por ciento de cien millones es mucho dinero.

—El motivo por el que no nos encontramos casos así más a menudo, Paul —dije yo, haciendo un esfuerzo para asegurarme que mi expresión no revelaba ninguna emoción—, es que, por mucho que le cueste a un marido ceder la mitad de sus activos, suele encontrar mucho menos atractiva la idea de pasarse veinte años en Belmarsh. Si no, los cadáveres nos llegarían a las rodillas.

Paul asintió.

—Aun así, la policía se está tomando esto en serio. No hacen un anuncio televisado para cualquiera.

Echó un vistazo al reloj y volvió a ponerse en modo trabajo.

—Anoche hablé con Vivienne y Charles —dijo, en referencia a los dos abogados más veteranos del despacho—. Vivienne me sugirió que habláramos con John Cook, del Beresford Group, una compañía de relaciones públicas. Están especializados en la protección de la imagen. Le acabo de llamar y dice que está disponible para una conferencia dentro de veinte minutos. Te sugiero que asistas.

Se puso en pie, aún con el dosier en la mano. En el momento en que recogía mis cosas para ir a la sala de conferencias, le vi desaparecer en dirección al despacho de Tom Bris-

153

coe, sin duda para asignarle un caso que unas semanas antes me habría dado a mí.

—Pueden actuar de dos modos —dijo la voz de John Cook desde el altavoz situado en el centro de la mesa. Hasta el momento había guardado silencio en toda la teleconferencia, agradeciendo para mis adentros que la persona escogida por Vivienne como experto en gestión en reputación no fuera Robert Kelly, que era el que yo había aconsejado a Martin—. Pueden mantener las distancias con la investigación policial, así como responder a cualquier pregunta de los medios con un breve comunicado de prensa diciendo que simplemente representan al señor Joy en un caso de derecho familiar. O podrían usar la inesperada notoriedad del señor Joy para dar publicidad a su bufete. La desaparición de Donna Joy le da a este caso un protagonismo especial. Y, si no aparece, podría alargarse notablemente.

—¿Quiere decir que cualquier publicidad es buena publicidad? —dijo Paul, que le dio un sorbo a su café.

Charles Napier, director del bufete, miró a Paul por encima de las gafas con un gesto de manifiesta desaprobación.

—Evidentemente queremos dar el máximo apoyo posible a nuestro cliente —dijo Charles Napier, que dirigió su atención al teléfono situado en el centro de la mesa—. Por otra parte, necesitamos minimizar cualquier posible escándalo. Eso es absolutamente necesario.

—¿Hay algo que debería saber, aparte de los detalles habituales? —preguntó Cook.

Vivienne echó una mirada a Charles, que se estaba quitando las gafas, como para subrayar un argumento legal delicado.

—Este año tenemos a dos abogados que se presentan al Consejo de la Reina, señor Cook. Una de ellos, Francine, es la que representa a Martin Joy en el caso de divorcio. Aunque cabría esperar que el sistema de nombramiento de abogados sea escrupulosamente imparcial, no podemos permitir que cualquier investigación criminal en la que se implique a Martin Joy afecte a las posibilidades de nombramiento de nuestros abogados al Consejo de la Reina.

—En ese caso tenemos que distanciarnos lo máximo posible de Donna y Martin Joy —confirmó Cook—. Hay que eliminar las referencias mediáticas al Burgess Court, redactar un comunicado de prensa. Le diré a mi equipo que se encargue de ello y les volveré a llamar esta tarde.

Paul y Charles salieron de la sala de conferencias, pero yo me rezagué, con la esperanza de poder hablar a solas con Vivianne McKenzie.

—¿De qué va esto realmente? —le pregunté, después de que cerrara la puerta tras ella.

—¿De qué va realmente? —Apoyó el cuaderno en la mesa y me miró, extrañada.

—El Beresford Group cobra unas quinientas libras por hora. ¿Realmente el bufete quiere invertir todo eso para asegurarse de que Tom y yo conseguimos el nombramiento?

Vivienne me miró con una sonrisa maternal.

—No se te pasa nada por alto, ¿verdad?

—Llámame desconfiada —dije, confirmando que mi impresión era correcta.

Por un momento, Vivienne no dijo nada.

—Deberías saber que hemos recibido una oferta de fusión del bufete Sussex Court. 155

—¿Una fusión? ¿Y eso no es algo que tendrían que haber hablado con los miembros del bufete?

—No hay nada concreto que discutir. Todavía —puntualizó—. Y, si la fusión se llevara a cabo, podría ser increíblemente beneficiosa para nosotros. El Sussex Court es un gran bufete, muy potente y, la verdad, más prestigioso que nosotros. No obstante, todos estamos de acuerdo en que ofrece beneficios en cuanto a economías de escala. Es un paso especialmente importante para el Burgess Court; todos sabemos que los pequeños cada vez lo tienen más difícil para sobrevivir.

El *shock* que me produjo saber que el Burgess Court podía tener problemas financieros me dejó sin palabras.

—¿Y qué tiene que ver todo esto con Martin Joy? —pregunté.

—Si le ha ocurrido algo a Donna Joy, y si su marido ha tenido algo que ver, atraeremos mucha atención no deseada. El Sussex Court es un bufete conservador. Su director es de lo más reaccionario. Un mínimo escándalo podría ahuyentarlos.

—Pero hablas como si la policía ya hubiera arrestado y detenido a Martin —dije, consciente de que me iba acelerando al hablar—. No tenemos motivos para creer siquiera que sospechen de él, ni razón alguna para creer que le haya pasado algo malo a Donna Joy.

—Charles incluso se preguntaba si podrías…, si «deberías» dejar el caso de Martin.

—¿Dejarlo?

—Fue un calentón —dijo ella, quitándole importancia con un gesto de la mano—. Pero… el procedimiento del divorcio obviamente no puede seguir. Aunque la señora Joy apareciera de pronto, deberíamos convencer a Martin Joy de que se retire de cualquier litigio. Al menos de momento.

—Eso no se lo puedo decir.

Vivienne esbozó la más leve de las sonrisas.

—Sí que puedes —respondió, mirando por entre las lamas grises de las persianas que cubrían la cristalera de la sala de conferencias—. Porque, o mucho me equivoco, o acaba de llegar al vestíbulo.

22

*H*abíamos vuelto al punto de partida. La misma habitación, el mismo hormigueo en el estómago. Aunque esta vez era una ansiedad diferente. Tenía el corazón desbocado, latiéndome con fuerza por la rabia, la frustración y la nostalgia. Odiaba que Martin me hubiera dejado colgada tanto tiempo, que me hubiera hecho quedar como una mentirosa.

No se me pasó por alto la mirada de sorpresa de Paul cuando me vio yendo al encuentro de mi controvertido cliente en la recepción. Una mirada que decía: «Qué curioso. Apenas conoces a Martin Joy. Decías que apenas habías hablado con él. Pensaba que decías que ahora mismo lo último en lo que pensaba era en su divorcio».

Descolocada, me quedé junto a las persianas venecianas de la sala, sin saber si abrirlas del todo o si cerrarlas.

—Déjalas —dijo Martin, como si me leyera el pensamiento—. No hagas nada que no harías con otro cliente.

—Dijiste que no debíamos vernos —respondí, con una voz que era más bien un susurro.

El despacho estaba bastante bien aislado, así que nadie nos oiría. Pero apenas podía respirar y mucho menos era capaz de hablar.

—Voy de camino a la comisaría —dijo Martin, que se sentó junto a la mesa—. Pero antes tenemos que hablar.

Por el rabillo del ojo vi que Paul seguía observándonos desde el otro lado de la cristalera. Me senté frente a Martin, abrí el cuaderno y saqué el bolígrafo del bolsillo, contenta de poder sentarme.

—¿Cómo fue el anuncio de la policía? Lo vi en la televisión —dije lo más tranquila que pude—. ¿Te aconsejaron que hablaras?

—Contacté con Matthew Clarkson, tal como me sugeriste.

157

Quedamos antes de la grabación y me sugirió que fuera solo, sin representación legal.

—¿Estaba la familia de Donna? —le pregunté.

Solo había visto a Jemma Banks y a Martin en la transmisión, pero sabía que podían haber editado la grabación.

—Su madre está en un crucero y no podía regresar. Lo grabaron en casa de su hermana. Jemma y su marido prácticamente hicieron como si yo no existiera. Fue muy incómodo, como puedes imaginar.

Podía imaginarme lo difícil que debía de haber sido para él. Me daba cuenta de que había sido una jugada inteligente por parte de la policía. Me imaginaba lo que sería para alguien que fuera culpable grabar un anuncio de colaboración en una habitación de hotel anónima, un lienzo en blanco: sin duda, sería mucho más fácil mentir en un escenario neutro. Hacer lo mismo en la casa de un familiar, en un espacio personal, sería una historia diferente, salvo para alguien tan frío como el hielo.

—¿Te dijo la policía por qué querían que hablaras tú? —dije, sintiéndome culpable por pensar en la posibilidad de que Martin no fuera inocente.

—Me ofrecí yo. No tengo nada que ocultar. Nada, salvo lo nuestro —añadió, al cabo de un momento; sus ojos verdes adquirieron un tono más oscuro.

Cambié de posición en la silla. Cuando levanté la vista, Martin seguía mirándome.

—Nadie puede saber que hemos estado viéndonos, Fran —dijo.

Su tono de voz era franco, directo, pero sus palabras me hirieron como un corte hecho con un papel. Fue entonces cuando supe por qué había venido. Cuando Vivienne McKenzie me había avisado de que estaba en recepción, por un momento había tenido la esperanza de que fuera porque necesitaba desesperadamente verme, tenerme cerca, oír mis consejos, mis palabras de consuelo.

Pero ahora sabía que estaba ahí para despejarse el camino, para poner su historia en orden, y lo estaba haciendo a cara descubierta.

—Las cosas tampoco pintan bien para mí, Martin —respondí, irguiendo la espalda.

—Lo sé. Por eso deberías borrar todos los mensajes de texto míos que tengas en el teléfono. Y cualquier *e-mail* que pueda parecer inapropiado.

—Estamos protegidos, Martin. Por la protección del secreto profesional. Las comunicaciones entre abogado y cliente no pueden revelarse. Es inadmisible que...

—No quiero correr ningún riesgo —me interrumpió.

Miré más allá y vi que Paul seguía allí. Sentí que su mirada me quemaba y que me temblaba la mano.

—Donna ha desaparecido y el cónyuge siempre es sospechoso. Si la policía y la prensa no han encontrado aún modo de crucificarme, lo harán cuando descubran que he estado viéndome con la abogada que me lleva el divorcio.

—Martin, no sé lo que le has dicho ya a la policía, pero no les puedes mentir —dije, sintiendo un leve espasmo bajo el ojo derecho—. Habrá un centenar de cosas en las que no habrás pensado. Y, si empiezan a investigar lo que hiciste la semana pasada, lo más probable es que aparezca mi nombre.

—¿Así que te da igual que se sepa lo de nuestra relación? —me desafió.

Pensé en mi candidatura al Consejo, en la fusión del Burgess Court, en los amigos del bufete a los que les había fallado.

—No, a menos que sea necesario —susurré.

—Eres mi abogada —dijo, con una autoridad que inspiraba confianza—. Yo estoy en pleno divorcio y hay mucho dinero de por medio, así que es natural que nos hayamos visto. Fuimos juntos a la costa, pero no fue más que para enseñarte mis propiedades.

—Eso está claro —dije, recordando el rato pasado en la cabaña de las ostras, el sabor de su miembro en mi boca y el roce de su pelo contra mi piel.

La mención a aquel momento de intimidad no consiguió sacarle una sonrisa.

—Estabas evaluando la casa —prosiguió, como si yo no hubiera dicho una palabra—. Fuimos a Essex en sábado porque durante la semana estás ocupada. Nos paramos a tomar algo en el pub porque la marea nos había dejado bloqueados.

—¿Es así como lo recuerdas?

Sentí el contacto de su pie bajo la mesa. Sus ojos me miraron intensamente. Era un pequeño gesto, pero era un signo de complicidad, de la conexión que teníamos, de que estábamos juntos en aquello. Mi alivio fue palpable.

—Daría hasta el último céntimo para que Donna estuviera bien. Pero si no lo está, si le ha pasado algo, quiero que sepas que yo no he tenido nada que ver.

—Lo sé —dije, sin tener siquiera que pensarlo.

23

Martin no se quedó mucho rato. Yo volví a mi despacho en la buhardilla del Burgess Court, pero me costaba tanto concentrarme que salí a almorzar, aunque era pronto. Hacía un día frío y gris, la primavera aún quedaba lejos, pero decidí comer al aire libre. Me puse el abrigo, compré un bocadillo en el Pret a Manger de Fleet Street y me senté en uno de los bancos junto a la fuente, frente al Middle Temple Hall.

Mi teléfono soltó un silbidito y eché un vistazo al mensaje que había llegado. No pude evitar hacer una mueca cuando vi que era de Clare.

«¿Puedes hablar? Acabo de leer lo de Donna Joy.»

No, no quería hablar, pensé, dándome cuenta de que por fin había atado cabos. Desde luego no me apetecía un discursito, y sospechaba que esa sería la conversación que tendríamos si la llamaba.

Metí el teléfono en lo más hondo del bolsillo y cerré los ojos, escuchando el chapoteo del agua, disfrutando por unos momentos de la sensación del agua fría que flotaba en el aire, vaporizada, y me mojaba el rostro. A lo lejos se oía la música de un recital de piano; por un momento, a la sombra de las antiguas moreras que me cubrían, disfruté de una sensación de calma que no había experimentado desde hacía días.

Oí pasos sobre los fríos adoquines del patio. Los de una persona, en particular, resonaban con más fuerza. Al oír que se paraban delante de mí, abrí de golpe los ojos.

—¿Estás bien? —dijo Tom Briscoe, que era quien estaba allí de pie. Llevaba un grueso abrigo negro, en una mano su maletín y en la otra una bolsa de papel marrón de la sandwichería del barrio.

—Cansada —respondí, avergonzada de que me hubiera pillado en aquella situación.

—Tienes un aspecto terrible —dijo él, sentándose a mi lado en el banco.

—Gracias —respondí, soltando una risita, la primera de toda la semana.

Sacó una lata de Coca-Cola y me la ofreció.

—¿Quieres? Probablemente la necesites más que yo.

Asentí, cayendo en la cuenta de que no me había comprado nada de beber en el Pret y que un chute de cafeína quizá me ayudara a compensar que en todo el fin de semana no había dormido más de cinco horas. Le di las gracias y acepté la lata. Estaba fría, apetecible. Tiré de la anilla y dejé que el burbujeante líquido me refrescara la garganta.

—Te debo una —dije, con un prolongado suspiro de satisfacción.

—Cuando quieras —respondió él, metiendo la mano en la bolsa de papel y sacando una baguete.

Me apetecía la compañía; mientras observaba a Tom dándole un bocado a su almuerzo, me pregunté por qué no comíamos juntos más a menudo.

—¿Era Martin Joy el que he visto salir del bufete? —preguntó, señalando con un gesto hacia el Burgess Court.

Asentí secamente, dolida. Tenía que haberme dado cuenta de que Tom no se había acercado solo para hacerme compañía. Estaba ahí para curiosear. Cambié de posición en el banco, poniéndome en guardia. Tom era un tipo ambicioso. Lo había dicho él mismo: aquello era una competición por ser el primero en entrar en el Consejo. Y no tenía ni idea de hasta dónde sería capaz de llegar para ganar.

—Va de camino a la comisaría —dije.

—He oído que ha contratado a Matthew Clarkson. Él se encargará —respondió, aparentemente confiado.

A pesar de los motivos que pudiera tener Tom para aquel almuerzo improvisado, a pesar de su evidente curiosidad por Martin Joy, sus palabras me tranquilizaron. Él no tenía ninguna necesidad de prometerme que todo iba a salir bien.

—¿Hoy vas a los juzgados?

Negué con la cabeza.

—Entonces deberías irte a casa.

—No puedo irme a casa —dije, pensando en el montón de dosieres que tenía sobre la mesa.

Tom se encogió de hombros.

—Ser autónomo no ofrece demasiadas ventajas. Podrías aprovechar una de las pocas que tiene.

Una parte de mí desconfiaba, pensando en todo el trabajo que iba cayendo del lado de Tom: el dosier que Paul llevaba en la mano por la mañana, y sin duda muchos otros procedimientos, requerimientos y órdenes que nuestro secretario habría decidido que yo no estaba en condiciones de gestionar. No era de extrañar que me animara a irme a casa.

—Tú vete —repitió.

Al pensar en lo vacía que tenía la agenda (por primera vez desde hacía semanas no tenía nada programado en los tribunales), decidí mandarlo todo a la porra y pasarme la tarde en la cama.

De verdad pensaba irme a casa. Recorrí Kingsway hasta la parada del autobús de siempre para tomar el número 19 hacia el norte, pero cuando vi el que venía en dirección sur, no pude evitar cruzar la calle y subirme en él.

Los nervios me atenazaban el cuerpo, pensando en la aventura en la que me estaba embarcando. Me senté en los viejos asientos llenos de arañazos, deseando hacerme invisible, pero en aquel autobús medio vacío me sentía expuesta, como si todo el mundo me estuviera observando.

Fui hacia el sur, casi hasta el final de la línea, dejando atrás los suaves brillos del Ritz, la majestuosidad de Knightsbridge y Sloane Street en dirección a Chelsea. Me pregunté cuál sería la parada más próxima a la casa de Donna; no muy convencida, apreté el botón cuando nos acercábamos a la parte baja de King's Road.

Era otra tarde oscura y triste, con el cielo lleno de nubes grises y una llovizna que me recordaba mi última noche en aquel lugar. Me ajusté el abrigo a la cintura, tanto que me sentía encorsetada. Doblé la esquina, embocando la calle de Donna. Al momento, detecté actividad en la casa. Con paso incierto me acerqué al pub desde el que había observado la casa una semana antes.

En la calle se me veía demasiado, así que entré en el pub. El aire cálido y el olor a lúpulo era como una manta que me envolvía, protegiéndome del frío húmedo de la tarde. Estaba casi vacío, aunque no era nada raro. Era lunes por la tarde.

163

No debía de haber muchos alcohólicos en el barrio de Chelsea. Aunque en el pub servían almuerzos, ese público ya se había ido, y los vasos vacíos y alguna hamburguesa a medio comer en un plato eran la única prueba de la actividad del mediodía.

Necesitaba una copa. Al acercarme a la barra, una morena muy guapa que estaba limpiando la barra salpicada de cerveza con una bayeta dejó lo que estaba haciendo y me preguntó qué quería.

Era una pregunta amable, que probablemente había hecho decenas de veces aquel mismo día, pero a mí me sonó como una acusación: «¿Qué quieres? ¿Qué estás haciendo aquí?». Ni yo misma lo sabía.

Pedí un vodka con tónica. Al pagar con un billete de diez libras, vi que la mano me temblaba. Crucé la sala en dirección a las mesas que había junto a la ventana y tomé asiento en la que mejores vistas tenía de la casa de Donna. Era la misma mesa, el mismo puesto de guardia de la semana anterior; cuando me senté, recordé claramente cómo lo había hecho el lunes anterior.

Recordé el abrigo rosa de Donna entrando en la casa, la mancha oscura del brazo de Martin en la parte baja de su espalda, acompañándola al entrar.

Aún veía la sombra en la ventana, la esbelta silueta de Donna cerrando las persianas, las franjas horizontales de luz dorada que se filtraban por entre las lamas. Aquella noche, la casa me había parecido imponente y silenciosa, pero ahora era un lugar profanado que bullía de actividad. Veía a los agentes de la Científica con sus monos blancos, los investigadores con sus trajes baratos y una nube de fotógrafos y reporteros. Veía las furgonetas de la televisión, los vehículos de la patrulla canina y los mirones, a los que mantenía a distancia un agente recién salido de la academia. No veía ninguna cinta azul y blanca que delimitara la escena de un crimen, pero tenía toda la impresión de estar viendo una serie de policías con el volumen apagado. Había visto las suficientes como para poder especular con lo que estaba pasando dentro: agentes de la Científica a cuatro patas, explorando suelos y alfombras en busca de sangre, saliva o fibras. Habría pinzas y bolsitas de pruebas, zonas peinadas en busca de huellas y tejido cutáneo que les permitieran empezar a determinar qué le había sucedido a Donna Joy. Y la escena que tenía delante me decía que no pensaban que hubiera desaparecido. Pensaban que estaba muerta.

Saqué el teléfono del bolso y lo miré. Apreté el icono de los mensajes y repasé los de Martin. Mensaje sobre cenas y encuentros. Textos de la mañana después, textos íntimos. Textos que decían cosas que a veces no podíamos decirnos en persona.

«Quiero sentir el sabor de tu sexo en mi boca.»

Martin me había dicho que los borrara todos. Pero no podía.

No querría borrar nuestra historia. No quería fingir que no había existido.

Cerré los ojos para reordenar las ideas, para pensar metódicamente, con lógica, como hacía cuando repasaba los dosieres de mis casos. Si había vuelto a mi piso hacia las dos de la mañana, probablemente había estado en el pub hasta la hora del cierre. Pensé en el orden cronológico de lo ocurrido aquella noche en la casa. ¿Se habrían ido Martin y Donna a la cama inmediatamente? ¿O habrían cerrado la puerta y se habrían puesto a follar contra la pared como locos, sin pensar en nada, y mucho menos en que yo los estaba observando? Empecé a recordar fragmentos de la noche. Entre el momento en que entraron y cuando Donna cerró las persianas. Aquello no sugería escenas de pasión en el vestíbulo, a diferencia de mi primera visita al *loft* de Martin, pensé, con una momentánea sensación de victoria.

165

No, aquello tenía que haber sido una seducción más lenta, más sutil. Me imaginé a Donna abriendo una botella de vino, sentándose en el sofá y quitándose los zapatos, mientras reían y hablaban de los viejos tiempos y de algún conocido en común.

Quizás ella se habría levantado a rellenar las copas y él la habría seguido. Me los imaginaba en la cocina, una cocina de exposición con un armario refrigerado para el vino blanco y una vitrina para sus copas de cristal tallado. Podía verla escogiendo el vino, con sus largos dedos de artista rozando las botellas de forma sugerente. En ese momento, Martin habría dado rienda suelta al impulso que ambos llevaban sintiendo toda la noche. Quizá la había besado en la nuca y le había levantado el vestido.

Para entonces ya se habrían olvidado del vino. «Vámonos a

la cama», le habría murmurado ella. Él la habría cogido en brazos, ligera como una pluma, y la habría llevado al dormitorio principal, el de los dos, un lugar donde habrían hecho el amor cientos de veces antes. Antes y ahora.

Martin había dicho que había salido de la casa a la una de la mañana, pero yo no recordaba nada de eso. Probablemente para entonces ya estaba volviendo a Islington. No recordaba nada después del cierre de la persiana y de las suaves luces que se burlaban de mí.

Miré a la camarera, indecisa. No sabía si preguntarle si aquella noche habría estado de turno. ¿Habían tenido que echar a una borracha con mal de amores y buscarle un taxi? ¿Se había puesto furiosa, se había puesto a despotricar, o simplemente estaba ahí, sentada, rabiando junto a la ventana?

Habría querido saber si alguien se acordaba de mí en el pub, pero de pronto me dio miedo descubrirlo.

Se me estaba acelerando otra vez la respiración. No podía hacer nada para remediarlo. La ansiedad empezaba a sofocarme, las emociones me dominaban como un río desbocado arrastrándome corriente abajo sin que pudiera hacer nada por evitarlo.

—¿Quieres otra?

La camarera estaba de pie a mi lado, a punto de llevarse el vaso vacío de la mesa. Por un momento no fui capaz de responder; ella me apoyó una mano en el hombro.

—¿Estás bien, cariño? —preguntó, y su voz me devolvió de pronto a la realidad.

—Sí. Solo un poco mareada —dije.

—Te traeré un poco de agua. La cocina ya ha cerrado, pero tengo patatas fritas en la barra, si crees que eso te puede ayudar. Probablemente, sea un bajón de azúcar.

La observé llenando una jarra tras la barra y luego la trajo a la mesa.

—¿Estás viendo el jaleo de ahí fuera? —preguntó dándome un vaso limpio.

—¿Qué es lo que pasa? —pregunté, como si no supiera nada.

—Es esa señora que ha desaparecido. Hemos tenido periodistas por aquí todo el día.

—¿La mujer del banquero? He leído algo. ¿Vive en esta calle?

La camarera asintió.

—Solía verla por la calle. Una mujer muy guapa, como una modelo. Espero que esté bien.

Le agradecí el agua, pero no las observaciones sobre el aspecto físico de Donna, que me hicieron sentir pequeña y ordinaria.

Bebí el agua. Al ver el vaso vacío supe que ya había visto lo suficiente y que no sacaría nada más en claro de lo sucedido el lunes anterior por la noche. Más me valía irme a casa.

Sin embargo, en el momento en que vi un perro de los que usan para buscar cadáveres saliendo de la casa de Donna, supe que no podía quedarme ahí sin hacer nada. Nunca había sido un pasmarote. No me gustaba hacerme la víctima. La determinación me había llevado de nuestra casa adosada en Bolton al mundo de clase media-alta de Charles Napier y Vivienne Mc-Kenzie. No podía quedarme ahí sentada y dejar que esa gente al otro lado de la calle (la policía, la Científica, los periodistas) le apretaran los tornillos a Martin. Tenía que hacer algo, tenía que ayudarle.

Saqué el teléfono, esperando encontrar algún mensaje suyo. Algo que me tranquilizara, que me dijera que solo le habían hecho algunas preguntas circunstanciales y luego le habían mandado a casa.

Pero no había nada: ninguna llamada perdida ni mensajes sin leer. En lugar de guardar el teléfono, le envié un mensaje a Phil Robertson, pidiéndole que viniera a verme lo antes posible.

Phil vivía cerca, en Battersea, así que al cabo de menos de veinte minutos lo vi bajando de la bici, frente al pub.

—Has venido enseguida —dije, saludándole con la mano.

—Por algo a mi barrio lo llaman Little Chelsea —dijo, sonriendo y cogiendo una silla.

Ambos sabíamos que el de Phil no tenía nada en común con aquel barrio pijo. No había estado nunca en su casa, pero me la imaginaba. Una habitación alquilada. Se había quejado muchas veces de que no era ni siquiera el inquilino, sino el subarrendado; la consecuencia de un divorcio complicado que había acabado con su mujer infiel quedándose en la casa familiar con su hija de seis años, mientras él se veía obligado a pagar setecientas libras al mes a un cocinero llamado Sean por una habitación doble tras la estación de Queenstown Road.

—Pensaba que íbamos a tomar un café, pero supongo que estamos en misión de observación —dijo, levantando una ceja.

—Se me ha ocurrido venir a ver cómo va la cosa —le dije, de pronto aliviada al contar con un cómplice.

Phil pidió una cerveza; yo, una limonada. Le dije que había visto a Martin por la mañana y que iba a ir a comisaría para un nuevo interrogatorio.

Phil se limitó a escuchar, dando sorbos a su pinta de Stella.

—Necesitamos ayudarle, Phil —dije, sintiéndome más fuerte ahora que lo tenía ahí, esperando que Phil, el divorciado, no solo Phil, el investigador, se apuntara a mi iniciativa. Pero él se recostó en la silla, impasible.

—Sé que eres una abogada brillante, Fran, pero eres la letrada que le lleva el divorcio. Eso es trabajo para un abogado criminalista.

Sus palabras eran como una afrenta personal. No podía creer que fuera tan simplista.

—Pero les llevamos ventaja —dije, percibiendo el pánico en mi propia voz—. No conozco en absoluto a su abogado, ese Matthew Clarkson, pero a lo mejor ni siquiera se plantean llevar ellos mismos la investigación. Y aunque lo hicieran, les llevamos ventaja.

Tenía un cuaderno en el bolso (el bolso de Martin) y lo puse sobre la mesa. Le saqué el tapón a mi pluma con un sonoro pop.

Me gustaba apuntar las cosas. Me ayudaba a razonar y a ordenar mis pensamientos.

—Cuando nos vimos el otro día, dijiste que pensabas que Donna Joy se veía con alguien. Que había tenido escapadas y que muchas noches no había vuelto a casa. Creías que se veía con su marido, pero ¿y si se veía con alguna otra persona?

—¿Otro aparte de Martin Joy?

—Es posible —dije, haciendo un esfuerzo por no implicarme emocionalmente—. Estaba separada. Ella se vería joven, libre y soltera. Era una mujer atractiva... —Me detuve justo a tiempo para no decir «guapa»—. Tendría sus admiradores. Muchos.

—Tiene sentido —dijo Phil, asintiendo.

—Deberías investigarlo.

Phil me miró por encima del borde de su vaso y frunció el ceño.

—¿Lo ha autorizado el cliente? Dave Gilbert no quería que investigara las aventuras de la señora…

—Eso era para el divorcio. Solo estábamos recopilando datos para las negociaciones de la resolución económica. Esto es diferente —dije, dejando que mis palabras cayeran por su propio peso.

—Así que Martin quiere que lo investiguemos —repitió, lentamente.

—Hablaré con él más tarde, pero él querrá todo lo que pueda ayudarle.

Phil parecía estar a punto de sacudir la cabeza, pero al final se encogió de hombros.

—Tú asegúrate de que su abogado criminalista sabe lo que estamos haciendo. No quiero invadir el territorio de nadie. ¿Vale?

—Por supuesto —respondí, poniéndome en pie para ir al baño.

En el baño, oscuro y fresco, me sentí mejor. Había sido buena idea venir. Había sido buena idea quedar con Phil. Aunque no recordara más detalles de lo que había visto la noche en que Donna y Martin habían salido a cenar, me sentí como si hubiera dado un paso en dirección opuesta al despeñadero. Me sentí más fuerte y capaz de encontrar la luz al final del túnel.

Apoyé las manos a los lados del frío lavadero esmaltado y luego abrí el grifo para refrescarme el rostro. Al levantar la vista y mirar al espejo, vi un fino rastro de rímel que caía de la comisura de los ojos, oscuro y grave como las lágrimas de un Pierrot. Me lo limpié con la esquina de un pañuelo de papel, volví a darme pintalabios rojo y me sentí lista para saltar de nuevo al campo. Volvía a controlar la situación, cargada de energía e ilusionada, llena de ideas sobre lo que podíamos hacer.

Me sonaron las tripas y me di cuenta de que tenía hambre. No quería quedarme más tiempo en el pub, y me preguntaba si Phil querría venir a cenar conmigo a algún lugar por King's Road.

Subí las escaleras del baño y, al acercarme a nuestra mesa, observé que Phil estaba leyendo un periódico vespertino, un ejemplar del *Evening Standard*.

—¿Has visto esto? —dijo Phil, levantando la vista.

Estaba serio, cosa que hizo que me pusiera en guardia al instante.

Me senté y giré el periódico para verlo.

—La policía ha emitido un retrato robot de alguien con quien quieren hablar —dijo, señalando el periódico.

Tardé un segundo en registrar el significado de aquel retrato, pero, cuando lo hice, sentí una descarga de pánico que casi me tira al suelo.

—Supongo que esto es bueno para Martin —dijo Phil, apurando la cerveza—. Al menos quiere decir que no se cierran, que piensan que el responsable puede ser otra persona... Ya sabes, si es que le ha ocurrido algo a Donna Joy.

Solo le escuchaba a medias mientras leía a toda velocidad el artículo que Phil me había puesto delante. La noticia decía que la policía quería hablar urgentemente con una mujer de poco más de treinta años que habría preguntado por el paradero de Donna Joy la noche de su desaparición. Una mujer de cabello castaño, con un abrigo negro y una bufanda verde que se había presentado en el estudio de Donna hacia las siete de la tarde.

170

Me quedé mirando el retrato robot sin dar crédito: los ojos finos y recelosos, la nariz redondeada, casi cómica.

Casi me sentí ofendida por el escaso parecido y lo poco favorecida que había salido.

24

—¡¿Cómo que eres tú?! —exclamó Phil.

Respiré hondo y le dije, con la máxima tranquilidad posible, que sí, que la persona del retrato robot era yo.

Tenía que contárselo, por supuesto. Necesitaba tener a Phil de mi lado, e informado, si quería que me ayudara.

—El caso se estaba poniendo cada vez más disputado y más feo —dije, deseando tener otro vodka con tónica delante—. Donna no dejaba de quejarse de que Martin no estaba declarando todos sus activos; daba a entender que iba a solicitar una auditoría forense más a fondo. Me preocupaba que las cosas no se fueran a resolver en la vista de resolución del convenio económico, así que quería charlar con ella, privadamente, para ver si podía hacerle entrar en razón.

Iba inventándomelo a medida que hablaba. Con la experiencia que tenía en el mundo de los divorcios, hablar con Donna para convencerla era muy poco profesional. Eso Phil lo tenía claro.

Tenía la mirada fija en el periódico, pero cuando volvió a mirarme parecía preocupado.

—Por Dios, Fran. Eso tienes que contárselo a la policía —dijo, cerrando el *Standard*.

Durante un segundo, no dije nada. Me tentó la idea de contárselo todo. Lo de mi historia con Martin, lo de la noche que estuve sentada en aquella misma mesa observando la casa; como después aparecí en la mía, horas más tarde, borracha, ensangrentada y destrozada por dentro tras haber visto a mi amante con su esposa.

Pero también sabía que Martin me necesitaba. Que tenía que defenderlo desde fuera, no implicada en la investigación policial o convertida en sospechosa. Así pues, decidí que de momento era mejor no decir nada.

171

—Tienes razón. Estoy de acuerdo —dije, sin más, sintiendo que el corazón me golpeaba el pecho.

De nuevo, aquella sensación de pánico. Pensaba que al menos Phil intentaría gastar alguna broma al respecto. Tal vez me diría que el retrato parecía el de un travesti. Quizá me soltaría que tendría que denunciar al dibujante de la policía. Pero estaba de lo más serio.

—¿Quieres que te acompañe? —dijo, en el momento en que recogía mi bolso para marcharme.

—No seas bobo —respondí, sonriendo, consciente de que la única estrategia a la que podía recurrir era la de quitarle hierro al asunto—. Pasaré por la comisaría de camino a casa. No quiero que la policía piense que tienen un rastro decente cuando lo que han encontrado es a una abogada adicta al trabajo intentando ayudar a su cliente fuera de horas.

Tuve que llamar a Tom Briscoe para conseguir el teléfono móvil de Matthew Clarkson. Me salió directamente el buzón de voz, pero cuando contacté con su secretaria a través de la centralita de su bufete no tardé más de un minuto en descubrir que la desaparición de Donna Joy ahora la llevaban desde la comisaría de Pimlico.

Me llamó la atención el cambio de ubicación del centro de operaciones. Pasé unos cuantos minutos buscando en Internet el nombre y el número del agente de contacto y descubrí que el caso de Donna ya no lo llevaba el Departamento de Investigación Criminal de Kensington y Chelsea, sino el MIT, uno de los equipos de investigación criminal que hay repartidos por Londres. Sabía lo suficiente de la unidad como para saber que estaba especializada en asesinatos, homicidios y casos de desapariciones de alto riesgo. No tenía ni idea de por qué se tomaban la desaparición de Donna tan en serio, pero estaba decidida a descubrirlo.

El inspector King, responsable de la investigación con quien me habían sugerido que contactara, tenía su despacho en la comisaría de Belgravia, en Buckingham Palace Road. No pude evitar pensar en lo mucho que le habría gustado eso a Donna. A ella no la buscaban desde cualquier comisaría de Ealing o Barking. Hasta su desaparición se investigaba desde un barrio de lujo.

Era un edificio anodino, de los años setenta, en ladrillo marrón. Solté aire lentamente, me limpié el sudor de las manos y me presenté en recepción. Todos los asientos estaban ocupados e intenté distraerme preguntándome para qué habría ido hasta allí toda aquella gente. Al tipo del traje de aspecto furioso probablemente le habrían robado el Porsche; el jubilado estirado habría venido a denunciar molestias provocadas por algún vecino; y no tenía ni idea de qué haría allí la mujer con un tatuaje facial que mecía un cochecito de bebé al tiempo que gritaba a alguien por el móvil, pero no tuve tiempo de pensar cuál sería su historia.

Quizás el agente de Clarkson ya hubiera llamado por teléfono, pues, al cabo de apenas un par de minutos, una agente uniformada me hizo pasar, guiándome por un laberinto de pasillos. No dijo casi nada, no me dio pistas de lo que iba a pasar. Y yo estaba demasiado ocupada preguntándome qué decir cuando llegara a mi destino.

Abrió la puerta de una sala de reuniones, me preguntó si quería una taza de té y desapareció. Volvió al cabo de un par de minutos con un líquido de aspecto insustancial en un vaso de plástico.

173

Me quedé mirando cómo se iba y le di un sorbo al té. Aquella espera hizo que sintiera calor y me pusiera nerviosa. Quise echar un vistazo al teléfono, pero me contuve: en aquel espacio estéril y cerrado, tuve la sensación de que me observaban, por lo que quería dar una imagen perfecta e irreprochable.

Pasaron unos minutos más antes de que la puerta se abriera de nuevo. Agradecí la ráfaga de aire fresco que entró en la sala.

Un hombre trajeado y de cabello oscuro, más joven de lo que me esperaba (entre treinta y cuarenta años), con unos músculos que se marcaban bajo la americana, me tendió la mano.

—Rob Collins —dijo, apoyando su taza de café, de categoría superior, sobre la mesa—. Soy uno de los sargentos que colaboran con el inspector King. Gracias por venir.

No estaba segura de si sentirme aliviada o decepcionada por no haber sido recibida por el inspector responsable del caso, pero una vocecita interior me decía que me limitara a quitarme aquel peso de encima y salir de allí lo antes posible.

—Usted es colega de Matthew Clarkson —dijo, más a modo de afirmación que como pregunta.

—No —respondí, negando con la cabeza—. Pero soy la abogada de Martin Joy. Una de sus abogadas, al menos.

—¿Cuántos abogados necesita? —dijo Collins, esbozando apenas una sonrisa.

Me pareció un gesto solidario y que me inspiró cierta confianza. Aunque en su observación también vi un insulto hacia aquel rico banquero al que habían estado interrogando.

—Bueno. ¿Y a qué se debe su visita? —preguntó por fin.

Aquel era el momento de la verdad. Había tenido aquella sensación mil veces: el miedo escénico, los nervios, la ansiedad antes de subir al estrado, en los juzgados. A decir verdad, me seguía pasando cada vez que subía al estrado. No era una gran actriz; aun cuando tuviera el conocimiento de la ley y la razón de mi parte, seguía sintiendo aquella tensión, las dudas, aquel miedo atenazador.

Tenía la mano sobre la rodilla. A pesar de llevar pantalones, sentía la humedad del sudor de la palma a través de la tela.

174

—Esta tarde han publicado un retrato robot en el *Evening Standard* —dije con la máxima tranquilidad posible—. La policía quería hablar con una mujer a la que habían visto en el estudio de Donna Joy la semana pasada.

—Cierto —dijo Rob Collins, más interesado.

—Era yo —respondí, intentando mostrarme natural, pero también consciente de la seriedad de la situación.

—¿Usted?

Le dio otro sorbo a su café y abrió el cuaderno A4 que había traído consigo.

Parecía más relajado que cuando había entrado. Recibiría una palmadita en la espalda por esta declaración; quizás al día siguiente obtuviera un puesto más interesante y dejaría de ocuparse de entrevistar a la gente anónima que se presentaba en la comisaría con «información».

—Bueno, creo que soy yo —añadí—. Salí del trabajo hacia las seis de la tarde y me pasé por el estudio de la señora Joy. Supongo que llegaría sobre las siete menos cuarto, y llevaba un abrigo negro y una bufanda verde, tal como dice en su anuncio. Personalmente, no creo que el retrato robot se parezca mucho a mí, pero hablé con una señora (de cabello gris y de unos cincuenta y cinco años) que me dijo que Donna ya había salido.

—Esa sería Joanna Morrison —dijo Collins, escribiéndolo todo.

—¿Quién es?

—Le tomamos declaración. Es una de las artistas que trabajan en el estudio. Fue quien le hizo la descripción a nuestro dibujante. Obviamente, nos pareció interesante que alguien hubiera ido a preguntar por Donna la noche de su desaparición.

—Como le decía, fui yo —dije, apurando el té ya frío de mi vaso de plástico.

—¿Para qué fue allí?

—En esto tengo que ir con cuidado —proseguí, hablando más lentamente—. El compromiso de confidencialidad. Estoy obligada a mantener ciertas cosas en privado.

—Cuénteme lo que crea que puede contarme —dijo Collins, endureciendo un poco la voz.

Tomé aliento y repetí la historia que le había contado a Phil Robertson. Ahora ya me resultaba más fácil mentir: fue como si contara una verdad.

—Llevo mucho tiempo en este trabajo y sabía que las cosas no se iban a arreglar en la vista de conciliación económica. La vía contenciosa nunca es la solución perfecta: los juicios son tensos, caros. No quería que mi cliente, el señor Joy, pasara por todo eso. Los abogados de la señora Joy estaban entorpeciendo el proceso. Solo quería averiguar si podía hablar con ella. De mujer a mujer.

Hice una pausa dramática. Por un momento, olvidé que estaba en un incómodo interrogatorio policial y no en un tribunal. Me di cuenta de que aquello era una puesta en escena. Estaba impresionada con mi interpretación, agradecida de haber podido ensayar con Phil Robertson y preparar mis respuestas ante las posibles dudas de Collins.

—¿Y por eso fue a su estudio? —dijo, buscando mis ojos con su mirada.

—No es el modo más ortodoxo de hacer las cosas, pero en mi opinión era lo más práctico —respondí, mostrando la expresión de abogada convencida que tantas veces había practicado ante el espejo.

—Pero ¿no llegó a ver a la señora Joy?

—Tal como le he dicho, aquella señora me dijo que ya se había ido y que no iba a volver.

—¿Y qué hizo entonces?

Tomé aire discretamente y añadí:

—Me fui a casa.

—Se fue a casa.

—Sí —repetí, con la mayor convicción posible.

—Y no volvió a ver ni a hablar con Donna Joy después de eso.

—No —dije, consciente de que había emprendido un camino que no tenía marcha atrás.

25

Apoyé la cabeza en la fría ventanilla del taxi, repasando mentalmente la reunión una y otra vez, preguntándome si habría tenido que actuar de otro modo. Había mentido a un agente de la ley. A un sargento encargado de la investigación de un importante caso de desaparición, la desaparición de una persona que muy probablemente pensaran que estaba muerta o al menos en grave peligro. Como abogada sabía mejor que nadie que eso significaba alterar el curso de la justicia, un delito de derecho común, castigable, en teoría, con una sentencia máxima de cadena perpetua.

Por un segundo me imaginé vestida con un mono de reclusa, pero ahuyenté esa imagen de mi mente. Intenté convencerme de que no le había soltado al sargento Collins una mentira descarada; aquello era una cosa inocente.

Una charla *off the record* con Donna Joy en su estudio «podría» haber sido útil para mi caso, y lo cierto es que después me fui a casa. No directamente, pero me fui a casa.

No. Lo que le había contado a Rob Collins era una versión simplificada de la verdad, la mejor para todas las partes implicadas. También para la investigación. Y la información que le había dado era útil. El propio Collins lo había dicho: me había dado las gracias por presentarme en comisaría y por aclarar el asunto de la visitante misteriosa que había ido a ver a Donna aquella tarde.

Intenté dejar la mente en blanco, con la mirada perdida entre los edificios de Londres y las luces del anochecer (manchas de rojo y blanco en el cristal moteado de lluvia) que íbamos dejando atrás. Las combinaciones de colores tenían un efecto hipnótico, pero al cabo de un rato parecieron aliarse con los confusos pensamientos que flotaban en mi mente y empecé a marearme. Me alegré al ver que el taxi paraba frente a mi casa y poder apoyar de nuevo los pies en el suelo, como si bajara de una atracción de feria especialmente desagradable.

Mi edificio estaba oscuro y solitario. El piso de arriba llevaba meses vacío, y aunque se había hablado de la llegada de un nuevo inquilino, no había señales de vida desde Navidad. El apartamento de Pete Carroll, en la planta baja, también estaba a oscuras. La semana anterior, al salir de su casa, me había dicho que iba a estar fuera unos días en un viaje para su investigación, sin especificar cuántos días serían. Me alegraba de que no estuviera por allí.

Metí la llave en la cerradura y entré en el vestíbulo. Encendí la luz, pero la bombilla se fundió con un pop y, tras un breve destello de luz, volví a estar en la oscuridad. Había correo tirado sobre el felpudo. Lo recogí y lo puse sobre la mesita del vestíbulo, junto a las dos pilas de cartas, mías y de Pete, que había separado el viernes.

Estaba cansadísima. Casi no tenía fuerzas para arrastrarme escaleras arriba hasta el piso; cuando entré, fui directamente al salón y me dejé caer sobre el sofá doblando el brazo para taparme los ojos con el antebrazo.

178

Deseaba dormir desesperadamente, pero la mente me daba vueltas sin parar. Pensé en Martin, en qué estaría haciendo en aquel preciso momento, en los detalles que Rob Collins, al preguntarle, no había podido (o querido) contarme. Pensé en el equipo de la Científica que había visto en Chelsea, a los que incluso había puesto nombres: Julia, Tony y Helen. Imaginé que ya se habrían ido todos. Se habrían quitado el mono, se habrían sacudido la ropa y habrían vuelto a sus vidas cómodas y anodinas, sin tener que pensar en víctimas ni asesinos. Y pensé en Donna, en dónde estaría y en qué podía hacer yo para ayudar a encontrarla. La policía quizá pensara que estaba muerta, pero no quería ni planteármelo. La encontraríamos, y todo volvería a la normalidad. Mi trabajo, mi vida, mi relación con Martin.

Dejé vagar la mente y volar la imaginación. Me vi con una mano sobre mi barriga de embarazada y la otra cogiendo los dedos de mi amado. Imaginé que caminábamos por una playa, o quizá por un prado, mientras debatíamos cómo le pondríamos al bebé. Imaginaba que reíamos, que nadábamos, que bebíamos, que comíamos, que follábamos... Imaginaba que estábamos juntos. Como un todo inseparable.

Y luego me dije que debía calmarme. Que todas aquellas emociones empezaban a convertirse en una obsesión. Cuando era más joven, antes de la universidad, antes de que le hubieran encontrado un nombre a mis cambios de humor, antes de que las cosas se hubieran puesto mal, me gustaba sentirme así. Era como una droga, como un subidón natural que me daba superpoderes. Recuerdo que era capaz de pasarme las noches despierta para repasar lo estudiado; de no haber sido así, no estoy segura de que hubiera podido sacar la nota necesaria para estudiar Derecho.

Me apetecía una copa, pero lo que me convenía era una infusión.

Encendí las luces y fui a la cocina. Abrí el armarito y encontré las bolsitas de té, pero la botella de vodka seguía ahí, donde la había dejado el día anterior, escondida tras un bote de sopa en lata. La cogí, la puse sobre la mesa de la cocina e hinché los carrillos. No era momento para la abstinencia.

Me serví una buena dosis de Smirnoff y saqué un botellín de tónica, que emitió un reconfortante chisporroteo al contacto con el vodka.

Le di un buen trago.

En un intento por sentirme más virtuosa, volví al salón y busqué mi maletín.

Saqué unos dosieres, los puse sobre la mesita del sofá y fui a ponerme el pantalón del pijama. Volví, me puse cómoda y cogí la primera carpeta: un caso que llevaba sin cobrar para el centro de asesoría legal gratuita de Hackney.

Aunque el centro contaba con un gran número de voluntarios, desde abogados en prácticas a profesionales jubilados, me sentía culpable de no haber pasado por allí desde hacía varias semanas; lo haría la semana siguiente, sin falta. Al hojear un informe sobre el aumento de matrimonios forzados en el East End y repasar un comunicado de prensa sobre un nuevo centro para víctimas de violencia de género, algunas de los cuales solicitaban asesoramiento para separarse de sus cónyuges, pensé que tenía que ponerme al día.

Ya había vaciado mi vaso de vodka cuando oí que llamaban a la puerta. Me sobresalté. El corazón me dio un vuelco, ilusionado. Martin no tenía la llave de casa, aún no. Pero a lo mejor no había cerrado bien la puerta de la calle y se había tomado la libertad de subir hasta la puerta del piso.

179

Dejé el dosier y fui a la puerta. No tenía tiempo de retocarme el maquillaje, pero me pasé la lengua por los labios y me alisé el cabello con los dedos.

Me quedé de piedra al ver a Pete Carroll en el umbral. Tenía buen aspecto, con un ligero bronceado que dejaba ver claramente las pálidas pecas de la nariz.

—Hola —dijo, metiendo las manos en los bolsillos del vaquero—. He estado fuera unos días. Quería ver cómo estabas.

—¿Dónde has estado? —dije, sin abrir la puerta del todo—. Estás moreno.

—En Roma. Un intercambio con una universidad de allí.

Nos quedamos en silencio un momento y él no hizo ademán de marcharse. Me sentía incómoda; sin embargo, después de que se hubiera mostrado tan amable la semana anterior (pagando el taxi y dejándome dormir en su sofá), me parecía de mala educación dejarlo ahí de pie.

—¿Quieres entrar un minuto? —pregunté—. Estaba a punto de hacer café.

Me siguió hasta la cocina, un minúsculo espacio que de pronto me resultó aún más pequeño cuando entramos los dos. Él se quedó junto a la puerta mientras yo sacaba dos tazas del armario. Decidí que el ritual de hacer una cafetera se me haría demasiado largo (el reloj de la pared me decía que ya eran más de las diez), así que saqué dos bolsitas de café instantáneo de Starbucks de un cesto.

—¿Y qué tal ha ido por Roma? —pregunté, echando el café en las tazas y encendiendo el hervidor de agua.

—Antes de Navidad vinieron a nuestra facultad tres estudiantes de doctorado, así que ahora nos han invitado a nosotros. En realidad, solo hemos estado observando su trabajo, compartiendo ideas.

—¿Cuánto te falta para acabar el doctorado, Pete? —Sonreí, intentando mostrarme lo más agradable posible.

—Otro año. —Se encogió de hombros—. Quizá más. —Hizo una pausa y me miró—. ¿Y tú cómo estás? ¿Fuiste a ver al médico la semana pasada?

—Sí, estoy bien —respondí, quitándole importancia con un gesto de la mano.

—Busqué «bipolar» en Google. Tienes que tener cuidado con el alcohol —dijo, echando una mirada a la botella de vodka.

—Ya lo sé —respondí algo avergonzada.

—Bueno, solo quería saber si estabas bien. He leído el periódico en el avión. La mujer del banquero que ha desaparecido... —Hizo una pausa antes de decirlo—. No es la mujer de tu amigo, ¿no?

Hizo un sutil énfasis en la palabra «amigo». El ambiente de aquel espacio tan pequeño cambió completamente. Pete no me dio ocasión de negarlo.

—He reconocido la foto del periódico. De la noche que os vi en la parada del autobús —dijo, hablando deliberadamente más despacio—. Dijiste que se había separado de su mujer, pero que era complicado.

Por un momento me sentí paralizada. No sabía qué decir. Afortunadamente, en aquel momento borboteó el agua del hervidor. Me giré para verter el agua en las tazas, pero sentía su mirada clavada.

—También he visto tu foto en el periódico.

Hablaba más flojito, por lo que era imposible no detectar aquel tono malicioso. Removí el café con una cucharilla, observando el remolino de líquido marrón, mientras él daba un paso hacia mí.

—¿Quieres decir el retrato robot? —pregunté, intentando evitar que me temblara la voz—. Sí, era yo. Fui a su estudio para hablar con ella. Con Donna Joy. La policía está al corriente.

—Así que le has hablado a la policía de lo tuyo con Martin...

Noté que se me aceleraba la respiración. Las paredes de la cocina parecían elevarse sobre mí como las de un desfiladero, cerrándose cada vez más hasta dejarme casi sin aire.

—¿Contarles el qué?

—Que te lo estás tirando.

Tragué saliva.

—Es mi cliente —me defendí, intentando mantener la compostura.

—Los ruidos que yo he oído desde mi piso no me han parecido muy profesionales —dijo, esbozando una sonrisa que me retaba a que lo negara.

Cerré los ojos un momento, recordando la noche que Martin y yo habíamos ido a Ottolenghi y nos habíamos cruzado con Pete Carroll de vuelta a casa. Estaba borracha por el vino,

181

ebria de deseo. Habíamos follado por toda la casa antes de llegar al dormitorio; en la mesita del sofá, en las escaleras y en el suelo del baño, donde había alcanzado un orgasmo tan intenso que había tenido que morder una toalla. Seguro que Pete Carroll había oído mis gritos desde el piso de abajo.

Abrí bien los ojos y lo miré.

—¿Qué es lo que quieres decir, Pete? —pregunté, sintiendo que se tensaba hasta el último músculo de mi cuerpo.

Él dio otro paso adelante, situándose tan cerca de mí que podía ver cómo se le dilataban las pupilas de la tensión.

—No quiero decir nada —respondió—. Solo me ha parecido curioso que la noche de la desaparición de la esposa de tu amante fuera la misma en que tú los viste juntos y los seguiste. La noche en que perdiste la conciencia y regresaste a casa sin recordar nada, pero alterada, desconsolada, dispersa. ¿Cómo está la pierna, por cierto? Esa herida tenía mal aspecto.

—La pierna está bien —respondí.

Pete hizo una pausa.

—Supongo que la señora Joy no te caía demasiado bien. Tu relación con el señor Joy parecía ir viento en popa. Las cenas en Ottolenghi, los paseos a la luz de la luna. Y entonces su esposa vuelve a la escena…

Lo que estaba insinuando me provocó escalofríos.

—¿Qué pasó esa noche? —preguntó, ya sin rodeos.

—No pasó nada —respondí, intentando no levantar la voz.

—No estoy muy seguro de que la policía vaya a creérselo —dijo, mirándome tan fijamente que no podía apartar la mirada—. De hecho, creo que es mejor que no lleguen a enterarse, ¿no te parece? —añadió, acercándose aún más—. Si no, las cosas podrían ponerse difíciles. Difíciles para todos. Especialmente para ti.

Tuve ganas de enfrentarme a él, pero no pude más que asentir.

—No te preocupes. Yo soy tu amigo. Será nuestro pequeño secreto —susurró, al tiempo que me rodeaba la cintura con la mano.

Tiró de mí y sentí su aliento en la cara, su miembro duro a través de los vaqueros. Tenía la mano apoyada en la parte baja de mi espalda; sus dedos se colaron bajo la goma de mi pijama.

Cerré los ojos e hice un esfuerzo por respirar, preguntándome desesperadamente qué hacer para evitar aquello, pero sabía que a veces era mejor rendirse. Al menos de momento, hasta que pudiera decidir qué hacer después.

Estrategia, como cuando sacrificas un peón.

—Te va a encantar —murmuró.

Pero lo dudaba.

Sus palabras me ponían los pelos de punta.

Sabía que podía quitármelo de encima con un empujón, chillar, gritar «no» sin más. Pero no lo hice. No lo hice. Y cuando bajó la cabeza para besarme el cuello, me castigué a mí misma pensando que era todo culpa mía.

$\mathcal{M}$e desperté lentamente. Un pálido rayo de luz gris se abría paso por el espacio entre las cortinas, proporcionando la luz mínima indispensable para anunciar que la noche había acabado. En aquel momento, solo podía pensar que era el inicio de otro amanecer, de otro día que empezaría despacio, perezosamente, con mi rutina habitual; diciéndome que podría estar cinco minutos más en la cama, aprovechando ese tiempo para recordar lo que tenía en la agenda, para luego hacer un esfuerzo, saltar de la cama y prepararme un café. Por un momento, un momento dulce e inocente, me sentí bien, hasta que de pronto, como si el suelo hubiera cedido abriéndose bajo mis pies, el estómago me dio un vuelco y recordé el día anterior.

Las manos de Pete sobre mi cuerpo. Mis mentiras a la policía. Sus labios sobre mi piel. Pervertir el curso de la justicia. Sus dedos como tentáculos. «¿Qué he hecho?» Se me tensaron todos los músculos, sentí la saliva caliente en la boca, pensando que quizás aún estuviera ahí en la cama, a mi lado. Me quedé inmóvil, intentando detectar el susurro de la respiración de otra persona. Al no oír nada, me giré lentamente, abriendo bien los ojos. El otro lado de la cama estaba vacío. Pete se había ido. No tenía ni idea de cuándo. Sin duda después de que me durmiera, aunque después de hacerlo yo estaba tan asqueada conmigo misma, con él y con la situación en la que me había metido que había pasado un buen rato sin poder conciliar el sueño, incluso después de que Pete se hubiera dado media vuelta, agotado, y se hubiera puesto a dormir, roncando suavemente.

Levanté la cabeza, observé el hueco en la almohada y vi un pelo pelirrojo, un elemento extraño, sobre la sábana. De pronto, tuve la violenta sensación de que estaba a punto de vomitar. Me tapé la boca, fui corriendo al baño y me puse de rodillas frente al váter. Intenté vaciar el estómago una y otra vez, con un ruido como el de un coche antiguo al intentar arrancar en frío, pero no pude devolver nada, más que un largo hilo de saliva; era casi como si mi cuerpo no quisiera darme la satisfacción de expulsarlo todo.

Me recosté sobre los fríos azulejos de la pared y cerré los ojos. No valía de nada preguntarse si había tomado la decisión correcta al acostarme con Pete Carroll. Ni siquiera había tenido tiempo de pensarlo. Había ocurrido muy rápido; en un minuto, había pasado de escuchar sus amenazas veladas a sentir su boca sobre mis labios; me había parecido más fácil acceder que resistirme y afrontar las consecuencias; un Pete Carroll rabioso y vengativo que (ahora ya había quedado claro) era capaz de arruinarme la vida. Pero aquello no me servía de consuelo. Me sentía aturdida y desconectada del mundo; tensa y frágil, como si pudiera tocar mi propia piel y esta fuera a pulverizarse al mínimo contacto.

Odiaba a Pete Carroll. Lo odiaba. Pero sobre todo me odiaba a mí misma y todas las decisiones terribles que me habían llevado por un callejón cada vez más estrecho que me iba acorralando, presionando por todos lados, sin rastro de luz desde lo alto.

«Respira —me dije—. Siempre hay una salida. Piensa rápido: es lo que se te da bien. Es lo tuyo.» Asentí. Podía quedarme ahí, agazapada en un rincón. O podía ponerme en marcha, plantarle cara al mundo y hacer lo posible por intentar salir del lío en que me encontraba.

Apoyándome en unas piernas que casi no sentía, me puse una bata para cubrir mi desnudez y me la ajusté a la cintura con dedos temblorosos. Luego, con pasos cortos e inseguros, bajé al salón, atenta a cualquier indicio que revelara la presencia de Pete. Afortunadamente, el piso estaba vacío y en silencio, salvo por el leve ruido del tráfico que empezaba a circular por la calle.

El vodka seguía sobre la mesa de la cocina y sentí la tentación de beberme toda la botella, pero me obligué a beber un vaso de agua y luego me di una ducha en la que combiné el agua caliente con la helada. El calor y el frío extremos me hicieron daño en la piel, pero al menos me sentí más limpia al poder quitarme su olor y sentir cómo se iba por el desagüe.

185

Saqué del cajón las braguitas más viejas y más modestas que tenía, nada que ver con las de encaje que me había comprado para las noches con Martin. Me abotoné la blusa blanca hasta el cuello y me puse las medias negras más gruesas que tenía bajo la austera falda del traje chaqueta.

Intenté no mirar la cama mientras me vestía, pero al respirar aquel aire sentía que me faltaba el oxígeno. Agarré el edredón y lo tiré al pasillo; luego separé la sábana del colchón de un tirón y la arrojé escaleras abajo. Bajé tras ella, cogí una bolsa de basura de la cocina, metí la sábana sucia en su interior y la cerré con gran nudo.

Me lavé las temblorosas manos y abrí la ventana de la cocina de par en par, aspirando grandes bocanadas del aire de Londres, que nunca me había parecido tan fresco ni tan dulce. Tenía las manos apoyadas en el alféizar de madera blanca; al mirar abajo, vi la bicicleta de Pete apoyada contra la pared. Por un momento, pensé en tirarme por la ventana, pero luego la cerré de golpe.

De pronto, mi pequeño refugio, mi santuario, me resultaba extraño, como si ya no fuera mío. Al mismo tiempo, estaba atrapada. El hombre que me había violado estaba en la planta de abajo, con una sonrisa socarrona en el rostro, satisfecho con su maniobra de chantaje y sexo forzado, escuchando mis pasos, planeando su próximo movimiento. ¿Y por qué no? Así es como funciona el chantaje, ¿no? Una vez que tu víctima ha sucumbido, puedes volver una y otra vez, es como un pozo sin fondo.

Cogí mi bolso y mi abrigo y caminé hasta la puerta. Si lo pensaba demasiado, me convertiría en una presa inmovilizada, en un conejo atrapado en su madriguera, olisqueando el aire, percibiendo la presencia del zorro. Bajé las escaleras sufriendo a cada paso, con los ojos fijos en la puerta de abajo, imaginándome la cara de Pete asomándose con una mirada maliciosa, arrastrándome al interior de su piso con sus manos como garras.

«Esto te va a gustar —diría, encantado—. Ya verás.»

La puerta no se abrió y pude salir corriendo a la calle. Oí el repiqueteo de mis tacones en la acera, sentí la piel de la nuca tensa, como esperando el contacto de sus asquerosas manos, de su aliento, de sus palabras susurradas. Pero ante mí apareció un destello rojo, las luces de freno del número 19. Corrí a buscarlo,

186

subiendo de un salto justo antes de que se cerraran las puertas.

Encontré un asiento libre en el piso inferior e intenté concentrarme. Ese día tenía un gran caso en el juzgado: tenía que centrarme.

De hecho, aquello sería una agradable distracción para no pensar en Pete Carroll: saqué el dosier de mi bolso, que estaba en el suelo, encajado entre mis piernas, apoyé la carpeta sobre mi falda y fui hojeando los documentos para familiarizarme con el caso.

Mi cliente, Holly Khan, quería evitar que su exmarido, Yusef, se llevara a su hijo Daniyal, de diez años, a Pakistán para una boda de un pariente, porque se temía que no fuera a volver. Como era de esperar, Yusef Khan había insistido mucho, pese a la negativa de Holly. Ella tenía tanto miedo de perder a su hijo que quería una orden judicial que le impidiera hacerlo legalmente. En cualquier otra ocasión, habría estado encantada de poder ayudar a aquella joven vulnerable, pero esa mañana se me hacía una montaña. No me podía concentrar y llevaba los casos mal preparados, lo cual no dejaba de ser otro motivo de preocupación.

Cuando llegamos a Holborn, apenas me había leído el dosier por encima. Recogí mis cosas y bajé del autobús, sintiendo el sudor entre las escápulas y la blusa pegada a la espalda.

Me compré un café para llevar y bajé corriendo por Kingsway.

Al pasar por el control de seguridad del juzgado, vi a la abogada que llevaba la instrucción de mi caso, Tanya, que me hacía gestos con la mano.

—¡Francine!

Aceleré el paso y la seguí hasta una de las salas de entrevistas. Era la primera vez que veía a la cliente, algo habitual en casos de derecho de familia.

—Francine Day, esta es Holly Khan.

Mi nueva cliente era menuda y atractiva, pero parecía agobiada y a punto de echarse a llorar.

—Estoy segura de que Tanya te ha informado bien, Holly dije, pasando inmediatamente a modo trabajo—. No tienes que preocuparte por nada.

La mujer miró un momento a Tanya y luego volvió a mirarme a mí. Era evidente que le habría gustado mucho poder creer en mis palabras.

187

Curiosamente, el evidente nerviosismo de mi cliente me ayudaba a combatir mi ansiedad. Era la familiaridad del entorno de trabajo, supongo, el efecto tranquilizante del ritual, de repetir los mismos pasos de siempre. El derecho nunca ha sido simple, pero al menos tenía sus normas y tenías alguna idea de cómo eran los pasos que se daban.

—Muy bien, Holly, esto es lo que va a suceder...

Repasé los aspectos básicos del caso y le expliqué a mi cliente que la vista tenía dos objetivos. Íbamos a intentar convencer al juez de que emitiera una orden de prohibición de salida del país, que evitaría que su exmarido pudiera llevarse a Daniyal al extranjero; los abogados de él solicitarían una «autorización temporal de desplazamiento».

—Básicamente, le estamos pidiendo al juez que te dé el control legal de los movimientos de Daniyal. Yusef solicita lo mismo.

Eché un vistazo a los documentos que tenía delante.

—¿Por qué no se establecieron medidas de prohibición de salida en el momento del divorcio? —pregunté, levantando la vista.

La joven se sobresaltó, asustada, como si la hubieran llamado al despacho del director.

—Lo siento —dije, ablandando el tono—. No quería decir que hayas hecho nada malo, pero es el tipo de preguntas que va a hacer el juez.

Holly seguía paralizada.

—No queríamos complicar el procedimiento de divorcio —intervino Tanya—. Conseguimos un buen acuerdo económico a través de la mediación; en aquel momento, lo que queríamos era cortar con todo. El señor Khan puede ser un poco difícil.

—Pero ahora las cosas son diferentes —dijo Holly con un hilo de voz—. Entonces tenía un motivo para quedarse en Londres, pero ahora ha perdido todo su dinero. Incluso el que me ocultó durante el divorcio.

—Ya —dije yo, leyendo una parte de las notas que había subrayado en rojo—. Y supongo que crees que el señor Khan puede tener cómplices, ¿no? ¿No tenemos ningún testimonio que lo confirme?

Tanya me miró con una mueca de disculpa. Una vez había escrito una reseña en mi perfil del directorio de abogados:

«Francine Day resuelve lo imposible una y otra vez». Y estaba claro que ahora mismo esperaba que me sacara un conejo de la chistera.

—Por favor —dijo Holly, mirándonos con los ojos húmedos—. ¿Puede ayudarme?

—Haré todo lo que pueda —dije, intentando proyectar más autoconfianza de la que sentía.

La verdad era que estaba asqueada, mal preparada y nerviosa; desde luego, esa no era la mejor combinación para presentarse a juicio. Algunos abogados, como Tom, parecían tener una habilidad natural para improvisar, lidiando los hechos tal como se les presentaban, pero yo siempre había sido una empollona; solo me sentía cómoda cuando tenía todos los datos a mano y me había preparado para cualquier imprevisto. En esta ocasión, sentía como si me faltara el cinturón de seguridad. Las miré a las dos, sabiendo que seguramente habría decenas de cosas que tendría que decirles, pero no se me ocurría ni una. Se hizo un silencio incómodo.

Tanya tosió y dijo:

—Bueno, más vale que vayamos.

Y fuimos hacia la sala.

Conocía al juez Briscoe y al abogado de Khan, Neil Bradley, que era profesional y competente; corrían rumores de que él también se presentaba al Consejo ese año. Intercambiamos saludos, ocupamos nuestros asientos y empezó la vista.

El juez nos escuchó por turno mientras presentábamos los hechos de nuestro caso.

Esperaba que Yusef Khan me resultara desagradable, pero fue un encanto desde el momento en que entramos en la sala. Atractivo como un actor de Bollywood, listo, convincente y educado, a diferencia de Holly, que se mostraba vacilante y no dejó de mirar a su exmarido durante toda la vista. Sabía que era culpa mía. Tenía que haberlo hablado con ella, haberle dicho que sería así, que Neil Bradley (el competente) habría buscado crear este efecto. Habíamos empezado con el pie izquierdo. Expliqué los motivos por los que no debía permitirse que Yusef se llevara a Daniyal fuera del país. No dudaba de la historia de que Khan tenía problemas económicos. Tanya me había dicho que había dejado su cadena de restaurantes para dedicarse a la prostitución organizada y al tráfico de drogas, hasta que había tenido que echar el cierre tras un desencuentro con un grupo de gánsteres. Pero ese tipo de cosas eran casi imposibles de probar. Difícilmente podríamos conseguir declaraciones de los gánsteres o de sus clientes toxicómanos, y Khan tenía informes contables recientes que demostraban que los restaurantes iban bien.

Para cuando llegó la pausa del almuerzo, tuve claro que estábamos perdiendo. Sin embargo, a pesar del gesto abatido de Holly, sabía también que no era el fin del mundo. Una exposición de conclusiones potente podía bastar para que el juez optara por una sentencia cauta. Al fin y al cabo, una cosa era un divorcio, pero la posibilidad de que le quitaran su hijo a una madre suponía un grave riesgo.

—No puedo perderlo —dijo Holly, apesadumbrada—. Yusef es listo. Está resultando muy convincente. Me parece que el juez se cree todo lo que dice.

Me giré hacia ella y puse mi mano sobre la suya.

—Seré sincera: nos sería difícil demostrar que Yusef no va a volver al Reino Unido. Pero lo que sí hemos demostrado son las consecuencias que tendría que Daniyal no volviera, que su padre lo retuviera en Pakistán. Supondría un gran perjuicio para él, y para cualquier juez la máxima prioridad es el bienestar de un niño.

Asintió levemente y supe que estaba poniendo en mí todas sus esperanzas. Pero yo no estaba en la mejor condición para corresponder a esa confianza.

Tanya volvió a la sala con el té y me habló en un rincón, donde Holly no pudiera oírnos.

—¿Cómo lo ves? ¿Crees que irá bien? —me preguntó, mirándome de lado, mientras soplaba para enfriar el té.

Evidentemente, ella no estaba nada segura. La verdad: no podía culparla por ello.

—Lo que no tenemos es una solución de recurso —respondí—. Se supone que el viaje a Karachi es la semana que viene. Puede que no haya tiempo suficiente para una apelación. Así que deberíamos pensar en alguna provisión de salvaguardia por si el juez les permite ir a la boda.

—¿Como cuál?

—Si Yusef no vuelve a traer a Daniyal a casa, es secuestro, de eso no hay duda. Pero Pakistán no está sometido al

Convenio de La Haya; eso hace que negociar la devolución de cualquier individuo sea compleja, porque no hay acuerdos internacionales que la faciliten. Pero podríamos pedir que Yusef firmara un documento de garantía, o que tenga que dejar el pasaporte de Daniyal en el Alto Comisionado Británico de Islamabad.

—Un documento de garantía —replicó Tanya, resoplando—. Lo mismo daría que hiciera un juramento de *boy scout*. Si se va a Pakistán, no va a volver. Eso lo sabes.

—No llegaremos a eso, Tanya. Confía en mí.

Ella levantó las cejas.

—Bueno, en realidad, Holly no tiene otra opción, ¿no?

Sonó una campanilla que indicaba que había que volver a la sala. Saqué el teléfono del bolsillo de la chaqueta y le eché un vistazo rápido. Nada. Ni mensajes de Martin ni ninguna noticia de Phil. Respiré hondo, resoplé y entré de nuevo en la sala.

Las cosas empezaron a torcerse enseguida. Para ser justos, hay que reconocer que Neil Bradley estuvo bastante brillante al hacer su exposición, señalando que, mientras estuvieron casados, Holly se había mostrado de acuerdo con respecto al viaje; además, desmontó nuestras débiles acusaciones de que el negocio de su cliente estaba en crisis. Hizo un brillante retrato de la estupenda vida que tenía Yusef en Gran Bretaña, incluidos detalles de una nueva relación que tenía con una mujer que vivía en Bedford: un dato crucial que teníamos que haber sabido antes. Todo era de color de rosa, argumentó Bradley. ¿Por qué motivo iba a querer abandonar todo eso?

—Señoría, debo reiterar que las consecuencias de que no volvieran serían traumáticas para Daniyal. Le va bien en clase, acaba de conseguir una plaza en un colegio público muy solicitado, tiene un amplio círculo de amistades…

El juez Campbell asintió mientras leía las notas.

Volvió a ser el turno de Neil. Yo intentaba concentrarme, pero el teléfono me estaba vibrando en el bolsillo. Decidí que no pasaría nada por echar una mirada rápida, sacándolo disimuladamente y colocándomelo en el regazo. Abrí los mensajes y vi que había uno de Dave Gilbert.

Las palabras salieron disparadas de la pantalla como una granada de mano: «Han arrestado a Martin Joy».

191

Leí el mensaje otra vez y la cabeza empezó a darme vueltas. Todo lo demás estaba disipándose a mi alrededor. Apenas podía distinguir una voz lejana, la de Neil, o quizás el juez Campbell, ahogada y tenue, como si estuviera bajo el agua.

—¿Tienen alguna propuesta de medida de seguridad?

Las palabras del juez me llegaron como flotando.

Revolví mis papeles en un gesto reflejo e intenté hablar, pero solo conseguí balbucir algo ininteligible. La imagen de Martin, detenido, era lo único en lo que podía pensar. Solo eso tenía importancia en ese momento. Me lo imaginé esposado, empujado a una fría celda oscura, intentando ponerse en contacto conmigo sin lograrlo.

La respiración se me aceleró. El pánico se transformó en una descarga de energía que me atravesó de la cabeza a los pies. Tanya me estaba tocando el brazo, pero era como si hubiera abandonado mi propio cuerpo. Flotaba, me ahogaba, me hundía.

Oí que me susurraba las palabras «declaración final» al oído, pero era como si mi cerebro se hubiera desconectado.

—Tengo que irme —masculló, mientras me ponía en pie y recogía mis cosas.

Tanya alargó el brazo. Sentí que su mano entraba en contacto con mi toga, pero me libré como pude.

—¿Señorita Day? —La voz del juez era más de confusión que de enfado. Quizá fuera la primera vez que veía a una abogada levantarse a toda prisa y marcharse de la sala.

—Un asunto urgente —murmuré, dejando atrás las mesas, atravesando la puerta de doble hoja y saliendo al pasillo.

Mis tacones repiqueteaban contra el mármol. Sentía la presión del sobrecuello blanco en la garganta, las paredes inclinándose hacia mí, aplastándome. Atravesé la puerta giratoria como una exhalación y salí a la luz de la calle, aspirando una bocanada de aire fresco, de oxígeno. Pero no podía pararme, tenía que seguir adelante, debía encontrar a Martin. El suelo parecía moverse bajo mis pies. En ese momento, vi un taxi y me lancé a por él.

—¿Adónde vamos, guapa? —preguntó el conductor, que me mostró una gran sonrisa.

Me lo quedé mirando: hasta ese momento no me di cuenta de que no sabía adónde iba. Estaba desesperada por ver a

Martin, por estar junto a él. Pero si se encontraba bajo custodia policial, no podría hacerlo.

Necesitaba un abogado criminalista.

Quedaría rarísimo si me presentaba en aquel momento.

—Mayfair —dije.

Era el único lugar que se me ocurría.

27

Las oficinas de la Gassler Partnership estaban a tiro de piedra de Claridges, pero al menos a un siglo de distancia; era un alto edificio de cristal, y no una de esas grandes mansiones señoriales de ladrillo rojo de la época georgiana. La planta baja tenía cristaleras del suelo al techo y una enorme lámpara de techo contemporánea colgando en el vestíbulo, de doble altura. Supuse que, en el campo de las finanzas de la alta tecnología, la modernidad y el brillo imperaban. En el mismo momento en que hacía parar al taxi, intenté contactar por enésima vez con Sophie Cole; no era tan íntima de Martin como su marido, Alex, pero al menos tenía su número. Al ver que salía el buzón de voz, pagué al conductor sin esperar el cambio y salí, casi cayéndome sobre la acera.

—¡Oiga! ¡La peluca! —me gritó el taxista, divertido.

Me giré y agarré la tradicional peluca de pelo de caballo del asiento trasero. La metí de un golpe en el bolso y atravesé las puertas giratorias a la carrera, tropezando al salir y ganándome una mirada de perplejidad del estirado conserje que me observaba desde el mostrador.

Miré la pared a sus espaldas y observé que la Gassler Partnership no era la única empresa del edificio. Estaba claro que tenía que pasar por él antes de poder hablar con la recepcionista de Martin.

—Vengo a ver a Alex Cole, de Gassler —dije, de pronto avergonzada al darme cuenta de que aún llevaba la toga.

Aunque en el Tribunal de Justicia pudiera ser la imagen de uno de los pilares de la civilización, aquel tipo me miró con desconfianza, como si fuera una borracha o una vagabunda.

—¿Tiene una cita?

—Si pudiera llamar a su despacho y preguntarle si puede

recibirme, se lo agradecería. Dígale que soy Francine Day, su representante legal —dije, intentando recuperar mi dignidad.

—Intentaré hablar con su asistente personal, pero creo que aún está almorzando —respondió, con escaso entusiasmo.

Cogió el teléfono y habló con alguien. Mientras tanto, yo repiqueteaba los dedos contra el mostrador de mármol negro. Parecía disfrutar alargando la conversación, hasta que por fin meneó la cabeza y me comunicó que Alex no estaba en su despacho.

—¿Podría hablar con su asistente personal, por favor? —dije, inclinándome sobre el mostrador.

—¿No tiene usted su teléfono directo? —preguntó con un tono algo desafiante.

—No, no tengo su número directo —respondí, ya con un temblor en la voz—. Es una emergencia. Necesito hablar con Alex Cole ahora mismo.

—Puedo dejarle un mensaje en recepción…

No podía esperar, no mientras Martin estaba encerrado en una celda.

—Póngame con alguien de la empresa ahora mismo —dije, alzando la voz, adoptando un tono agresivo y poco convincente.

El conserje se puso en pie y, antes de que dijera una palabra, supe que iba a pedirme que me marchara.

Me giré y vi los ascensores; oí el tintineo de las puertas a punto de abrirse, así que me dirigí hacia allí.

El ruido de pasos acelerados a mis espaldas activó una corriente de energía que me atravesó el cuerpo.

Los zapatos me resbalaban sobre el pavimento pulido. Estuve a punto de caerme, pero un par de manos me agarraron antes de que perdiera el equilibrio.

—¿Francine? —La voz era de sorpresa, casi de fastidio.

No reconocí a Sophie Cole inmediatamente.

—¿Qué haces tú aquí?

—Yo podría decir lo mismo —respondió, suavizando el gesto.

—Martin. He oído lo de Martin —respondí, recuperando el aliento—. Tengo que enterarme de qué ha pasado.

El conserje estaba de pie a mis espaldas: no necesité darme la vuelta para darme cuenta de su desaprobación.

—¿Está todo bien, señora Cole?

195

—Todo bien, Graham. Gracias. Francine viene conmigo.

Apretó el botón del ascensor para evitar que la puerta de acero se cerrara.

—Vamos a mi despacho —decidió.

El pequeño espacio del ascensor parecía hacerse cada vez más pequeño.

—¿Has oído lo de Martin? —pregunté.

—Por supuesto —dijo, sin mirarme.

—Lo siento, pero tenía que venir.

Sophie me miró y luego volvió a mirar al frente.

—Podrías empezar por quitarte la toga.

En otro momento, en otro ascensor, me había quitado la blusa mientras Martin se me echaba encima, apretándome contra la fría puerta metálica. Qué lejos parecían estar aquellos días.

No quise discutir con Sophie; agradecía que fuera otra persona la que tomara el control, agradecía su eficiencia de directiva de empresa.

Plegué la tela negra de la toga, me la puse bajo el brazo y la seguí. Salimos del ascensor y me llevó por un pasillo flanqueado por pequeños despachos, cada uno de ellos con una persona encorvada frente a una pantalla de ordenador.

Era la primera vez que visitaba el lugar de trabajo de Martin; nunca me había planteado qué aspecto tendrían las oficinas de un fondo de inversión, más allá de la clásica imagen de machos alfa congestionados mirando las pantallas de Bloombergs y gritando «¡Compra!» o «¡Vende!» al teléfono. Pero había una inquietante calma en aquel lugar; el único movimiento era el parpadeo de los que se giraban a mirarme al pasar frente a sus despachos abiertos. Me pregunté qué es lo que sabrían.

Seguí a Sophie hasta un despacho situado en una esquina que era toda una declaración de éxito. Un gran iMac en la mesa, por lo demás despejada, y un sofá de diseño con vistas a las calles de Mayfair.

—Lo siento —repetí, cuando hubo cerrado la puerta a nuestras espaldas—. Necesitaba saber qué había pasado y pensé que Alex sería la única persona con la que habría hablado Martin…

—No puedes hacer esto, Fran —me interrumpió ella—. He recibido dos llamadas de la prensa en los últimos diez minutos.

Había bajado al vestíbulo para comprobar que no hubiera fotógrafos en la calle cuando te he visto. No puedes entrar aquí dando empujones, vestida como un lord victoriano. Esto es un negocio, Fran. Podría haber clientes. De hecho, hay clientes. ¿Qué tal quedaría que aparecieras en la portada de todos los periódicos mañana? Piénsalo.

Sabía que tenía razón y lo admití al momento.

—Lo sé. Pero al enterarme de que habían detenido a Martin, necesitaba hablar con alguien.

Sophie me miró y ablandó el gesto.

—Si hubiera sido Alex, yo estaría igual.

Sacó una botella de agua de la mesita auxiliar y llenó dos vasos.

—Bueno, ¿hasta dónde sabes? —preguntó, pasándome un vaso.

—Nada —respondí, sintiendo una nueva punzada de pánico—. Solo que lo han arrestado.

—La policía se ha presentado en el *loft* poco después del almuerzo —dijo ella—. Gracias a Dios que se había tomado unos días de fiesta. Si no, se habrían presentado aquí.

—Pero no tienen ninguna prueba...

—La policía solo quiere que parezca que están haciendo algo. Imagino que, cuando todo esto acabe, podría presentar cargos contra ellos.

—Detención injustificada —dije, convenciéndome a mí misma de que efectivamente podría presentar esa denuncia.

—Pero ahora mismo no queremos complicar las cosas más de lo necesario. ¿Verdad?

La miré y esperé a que desarrollara la idea. Me gustaba Sophie Cole. Me gustaba su capacidad de centrarse y ser efectiva, aunque me recordaba la persona que yo era antes. Desde luego tenía más valores que las esposas que solía encontrarme en el circuito de matrimonios y divorcios de rentas altas. Siempre eran atractivas y la mayoría eran fuertes, obstinadas. Seguramente lo necesitarían. Sin embargo, había un grupo más reducido cuya belleza no era la cualidad que las definía, las mujeres listas, las mujeres realizadas, las mujeres que eran tan alfa como sus maridos. Sin duda, Sophie Cole encajaba en esa categoría.

—La gente quiere un culpable, Fran. La prensa, porque vende periódicos; la policía, porque tiene un trabajo que hacer.

No creo que Martin tenga nada que ver con la desaparición de Donna, pero si la gente quiere linchar a alguien, no les des munición. No les des la historia de su lío con su abogada. No aparezcas aquí histérica y desesperada. Y luego no esperes que la gente no haga preguntas, porque las hará.

Me sentí avergonzada. Tenía razón, por supuesto, y se suponía que yo tenía que dominar aquel campo, ser capaz de anticiparme a los acontecimientos, adivinar los movimientos de mis rivales. Ese día yo parecía una máquina averiada, paralizada. Me senté en el elegante sofá y Sophie se sentó a mi lado.

—No pueden presentar ninguna acusación —dijo ella, con una voz más suave y tranquilizadora—. No tienen nada en su contra.

Cerré los ojos y asentí. No era solo su amante, era su abogada. Debería de haber sido yo la que la tranquilizara y le dijera que Martin quedaría libre sin cargos, que su detención era poco más que un bache en el camino hasta que encontráramos a Donna.

Sin embargo, era yo la que necesitaba que le dijeran que todo iba a ir bien.

Sentí la cálida mano de Sophie sobre mi antebrazo y volví al presente.

—Alex está allí, con su abogado. Me acaba de escribir. Martin está bien. Es un tipo fuerte. Si la policía cree que puede asustarlo y obligarle a que confiese, es que se ha equivocado de hombre.

—¿Confesión? —dije yo, mirándola.

—Una confesión falsa —aclaró—. Cuando Alex salga, lo llevará a nuestra casa y se quedará allí un tiempo. Los últimos días le han hecho muchas fotos entrando y saliendo de la casa de Spitalfields; me preocupa que reaccione mal si está solo. Además, así podremos cuidarle.

Me pareció perfectamente lógico apartar a Martin de las cámaras y las insinuaciones, pero me dolía que tuviéramos que hacerlo a pesar de ser inocente. Además, eso implicaría una nueva barrera entre nosotros. Para protegerle, para protegernos, tenía que mantenerme a distancia.

Estaba claro que Sophie me leía el pensamiento.

—No será para siempre —dijo—. Será algo temporal. Es lo mejor para Martin y lo sabes.

«Es lo mejor para el negocio», pensé.

—Y lo mejor para ti —añadió, como si pudiera leerme el pensamiento.

—No volveré al despacho —dije, sin mirarla a los ojos.

—¿Estás segura de que te encuentras bien?

Asentí con decisión.

—Estaba muy nerviosa. Gracias por ser la voz del sentido común.

Sophie hizo una pausa antes de abrir la puerta.

—Sé que le quieres, pero no dejes que ningún hombre te arruine la vida —dijo con aplomo—. Conociste a Martin porque él te quería como abogada. Y, si Martin te escogió como abogada, quiere decir que eres la mejor. Ningún hombre merece que pongas tu reputación en juego.

Y no hacía falta que lo dijera, porque estaba claro que tenía razón.

28

$\mathcal{M}$e habría gustado quedarme en la órbita de Sophie, tan ordenada y eficiente, pero eso no estaba en el programa. Llegó otra llamada de un periodista, y me resultó evidente que mi presencia la ponía nerviosa.

Cuando volví al vestíbulo, el conserje me lanzó una mirada de desconfianza, pero no le hice ni caso, atravesé las puertas giratorias y volví a la calle.

Cuando aparecí de nuevo en la acera, me sentí desnuda, desorientada. Agarré con fuerza la toga y me pregunté qué hacer a continuación. Respiré hondo, intentando aclarar la mente. Debía volver al juzgado. Mi maletín aún estaría en la sala de audiencias, aunque tal vez lo hubieran llevado a Seguridad. Sin embargo, como eran casi las cuatro y la mayoría de los abogados se habrían ido o estarían a punto de hacerlo, calculé que podía llegar al tribunal antes de que cerrara y recuperar mis posesiones sin que me viera nadie conocido.

El móvil interrumpió mis pensamientos. Era Paul.

—¿Me vas a contar qué cojones está pasando, Fran? —me gritó.

Abrí la boca para hablar, pero era evidente que no había acabado.

—En treinta años de profesión, nunca he tenido que arrastrarme tanto como esta tarde por tu culpa —dijo, con la voz temblorosa de la rabia, como si yo fuera alguien que acababa de rayarle con una llave su coche recién comprado—. Tanya Bryan amenaza con denunciarte por mala praxis. Y eso por no hablar de la cliente, con la que Vivienne y yo hemos tenido que hablar como una hora al teléfono: nos exige que te crucifiquemos en lo alto de Parliament Hill. ¿Qué cojones ha pasado?

Estaba furioso, confundido, frustrado, perplejo. No le culpaba por ello. Hasta aquel momento, yo había sido su alumna modelo. Era la chica que nunca daba un paso en falso. Era una abogada segura que se abría paso hacia el Consejo y que daba buen nombre al bufete. Sin embargo, ahora había descubierto que esa chica estaba podrida hasta la médula. No es que me hubiera pillado fumando en el recre, es que estaba cayendo en picado, convirtiéndome en una criminal.

Pasaron al menos cinco segundos antes de que pudiera responder:

—Creo que estoy teniendo una crisis —dije por fin.

No había pensado la respuesta ni era una excusa que tuviera ensayada. Y no era estrictamente cierto desde el punto de vista médico, pero así me sentía.

Esta vez fue Paul quien se quedó en silencio.

—Vale…Vale —repitió, más decidido, como si aquello fuera lo primero sensato que oía. Hizo una pausa—. ¿Has ido a ver al médico?

Una moto me pasó al lado con un gran estruendo. Me colé en un portal vacío para poder hablar.

—Aún no. Pero lo haré.

—Deberías. Hoy mismo.

Me sentí como una adolescente que acabara de decirles a sus padres que estaba embarazada. Paul estaba haciendo el papel del padre afligido y decepcionado. Le oí soltar un profundo suspiro.

Casi no me atrevía a formular la siguiente pregunta. Albergaba vanas esperanzas de que mi extraño comportamiento hubiera impulsado al juez a suspender la vista, pero en el fondo sabía cómo habría ido la cosa.

—¿Qué ha pasado, Paul? En el tribunal, quiero decir. ¿Cómo ha quedado el caso de Khan contra Khan?

—El juez ha concedido el permiso temporal de salida.

—¿Alguna medida de garantía?

—No. Según parece, no has pedido ninguna, así que la madre ha tenido que entregar el pasaporte del niño.

—Podemos apelar —dije, aunque sabía que era imposible que alguien me dejara echar mano al caso otra vez.

—Fran, déjalo. Ya está hecho.

Los ojos me dolían, cubiertos de lágrimas. Todas las emociones del día cristalizaban en un nudo de pánico y dolor.

—No. Tenemos que hacerlo, por el bien del niño. Si puedes

201

enviar a alguien a recoger mis papeles, puedo arreglarlo... Llamaré a Tanya.

—Por favor, no lo hagas.

No hacía falta que me dijera que era la última abogada de la Tierra que Tanya querría en alguno de sus casos, y mucho menos en este, después de mi estrepitosa actuación.

Él siguió hablando. Yo solo escuchaba a medias: «Tendremos que trabajar muy duro para evitar una denuncia por negligencia profesional. Cualquiera que oiga hablar del caso no querrá trabajar nunca más con nuestro bufete...».

Aunque quizás aquella fuera una voz en mi cabeza que me decía las consecuencias que podía tener todo aquello.

—Fran, ¿me estás escuchando? —preguntó Paul—. ¿Dónde estás?

—En Bond Street.

—¿Y qué haces ahí? Tienes que volver a casa.

—Lo sé —dije, en voz baja.

—¿Quieres que vaya a verte después del trabajo?

202

Aquel ofrecimiento inesperado, precisamente ese día tan horrible, me conmovió. Sentí un gran remordimiento al darme cuenta del afecto que me tenía. Me avergonzaba reconocer que no era merecedora de su gran apoyo y amistad.

—No hace falta —respondí—. Solo necesito tomarme un par de días libres.

—No tengas prisa. Te has dejado unas cosas en el tribunal, pero he pedido que me las trajeran aquí. Redistribuiré tus casos. Vivienne supervisará el caso Joy. Obviamente, no hay ninguna gestión legal que hacer por el momento, pero teniendo en cuenta cómo ha saltado a la prensa, habrá muchos fuegos que apagar.

Tuve una sensación de vértigo al pensar en los documentos relacionados con el caso. Vivienne, o quien fuera que se hiciera cargo, tendría que familiarizarse con aquellos documentos. Intenté recordar qué habría escrito en mis notas, si habría algún comentario incriminatorio, aunque solo fuera algún garabato infantil que pudiera poner en evidencia nuestra relación.

—Aún no hagas nada —dije, por prudencia—. Déjame hablar con el médico. Creo que no es más que un bajón. A lo mejor me cambia la medicación y se arregla. Además, estos días todo el mundo tiene mucho lío, ¿no? —añadí, intentando quitarle hierro al asunto.

—Ya sabes que ha sido detenido —dijo él, tras una pausa.

—¿Quién? —respondí, tal vez demasiado deprisa.

—Martin Joy.

—¿Quién te lo ha dicho?

—Dave Gilbert me ha enviado un correo. ¿No ha contactado contigo?

—He tenido el teléfono apagado —mentí.

—Si lo imputan, será un desastre para nuestra imagen —murmuró Paul.

—Lo sé —dije, agarrando el teléfono con más fuerza.

Luego colgué.

Paul no debía saber que no podía volver a casa. Que mis sábanas de quinientos hilos ahora estaban manchadas con el semen de Pete Carroll, que si volvía y hacía el mínimo ruido mi vecino podía volver buscando repetir la noche anterior.

Decenas de personas pasaban ante mí, con su flujo de energía (como el de un anuncio de desodorante), pero me sentí más sola que nunca.

Dejé pasar un momento. Luego le envié un mensaje a Clare preguntándole si podíamos vernos. Antes de que existiera Martin, ella había sido siempre mi primer recurso, mi refugio seguro y mi tabla de salvación, pero ahora la sentía más lejana que nunca. Además, aún no le había respondido al mensaje que me había enviado dos días antes.

Fue un alivio ver que respondía casi de inmediato y que podíamos quedar para vernos en su casa, en Queens Park.

Compré un paquete de cigarrillos de camino a Oxford Circus y metí la toga y la peluca en la bolsa de plástico de cinco peniques que pedí al comprar mi chute de nicotina.

Había una pila de *Evening Standard* en el exterior de la estación del metro. Fui a coger un ejemplar, pero me frené, consciente de que leer otro capítulo de la historia de Donna Joy sería puro masoquismo.

Me uní a la marea de trabajadores que entraban en la estación para volver a casa y cogí la línea Bakerloo. Me senté en un banco del andén y sentí aquel murmullo familiar de la electricidad fluyendo por los raíles, seguido de una ráfaga de aire templado cuando el tren se acercó por el túnel. Observé cómo se aproximaban los faros. ¿A qué velocidad entraría el tren en la estación? ¿Notarías el *shock* eléctrico antes de que el vagón de cabeza te aplastara? ¿Te mataría al instante? ¿O te arrastraría, arrancándote un miembro tras otro, dejando un largo rastro de sangre para que algún trabajador del metro traumatizado lo limpiara antes de la hora punta de la mañana? No pude acabar de pensarlo a fondo porque el tren ya estaba en la estación. Las puertas se abrieron, dejé pasar a la marea de trabajadores zombis y turistas desorientados. Entré y me senté en un asiento duro reclinable.

No solía tomar el metro; prefería el anonimato del autobús, donde no tenías a nadie delante. Me gustaba el hecho de poder contemplar Londres desde la ventanilla y poder pasar desapercibida. En un autobús, nadie se fijaba en nadie. En el metro, la gente parecía disfrutar mirándote a la cara. Era casi como un deporte. Afortunadamente, el vagón estaba casi vacío; no había más que una pareja de tortolitos haciéndose arrumacos y un anciano africano con los ojos cerrados, dejándose mecer por el movimiento del tren. Vi mi reflejo en la ventana cubierta de polvo: los ojos hundidos, los pómulos angulosos. Aparté la mirada.

204 Cuando llegué al barrio de Clare, estaba oscureciendo. Encendí un cigarrillo y caminé lenta y vacilantemente hasta la casa.

Giré la esquina de su calle y aplasté la colilla con el pie contra la acera. Hacía frío, así que me subí el cuello de mi fina chaqueta negra para protegerme la nuca. Me concedí un momento de autocompasión. Pero luego pensé en Martin, en comisaría, nervioso y asustado, tendido en un colchón fino y respirando un aire rancio con olor a sudor. Cómo me habría gustado estar a su lado, presentarme allí con mi maletín en la mano, exigiendo que el sargento de servicio liberara a mi cliente o, cuando menos, que me encerrara con él.

Clare vivía en una bonita casa adosada, en una fila de viviendas idénticas en una calle tranquila junto a Salusbury Road. Llamé a la puerta y contemplé su minúsculo jardín delantero. Había una jardinera que no había visto nunca sobre el alféizar de la ventana, con un puñado de pensamientos y crocus que empezaban a florecer. En el escalón había una fila de botellas de leche vacías esperando a que se las llevara el lechero. El orden de aquella escena doméstica hizo que, por un momento, olvidara mi propio caos.

La puerta se abrió y sentí que una ráfaga de aire cálido proveniente del recibidor me envolvía y me invitaba a entrar.

En un primer momento, no dije nada.

Clare se situó en el umbral y me abrazó.

—Todo —dije, apoyando la cabeza en su hombro—. Todo ha salido mal.

—De momento, entra y tomémonos una buena taza de té.

La seguí hasta la cocina, escenario de innumerables almuerzos de domingo. Las luces estaban a media intensidad. Había velas encendidas que olían a higo y a flores; no sabía si lo había hecho especialmente para mí, pero me ayudó a aliviar la sensación de pánico.

—¿Por dónde quieres que empiece? —dije, mientras Clare encendía el hervidor de agua.

—Bueno, he leído los periódicos. He deducido parte de las cosas que no me has contado.

Tenía todo el derecho a estar enfadada conmigo; se suponía que Clare era mi mejor amiga y yo le había ocultado los detalles de mi relación. Una omisión, sí, pero también podía haber sido una mentira como una catedral. Aun así, no había desaprobación ni rencor en su voz.

—Así que supongo que Martin es tu cliente —dijo sin esperar a que contestara—. Y la Donna Joy de los periódicos es su esposa, ¿es eso?

—Clare, por eso no te dije nada en la galería ni en la fiesta. Era incómodo. Se supone que no tengo que salir con mis clientes.

Clare hizo una pausa, aparentemente violenta.

—El *Evening Standard* dice que han detenido a alguien.

—Martin.

—No quiero entrometerme...

Asentí y cerré los ojos.

—Es un buen lío, Clare —murmuré—. Que lo hayan arrestado significa que, cuando menos, creen que oculta algo. Me siento tan impotente. La mente no para de darme vueltas...

Hundí la cabeza entre las manos y la apoyé en la mesa de la cocina. El agua ya estaba caliente. Clare preparó el té, me puso la taza delante y yo la rodeé con los dedos.

Ella se sentó delante de mí.

—Ve con calma. Cuéntamelo todo desde el principio.

Así que se lo conté. Le conté cómo nos habíamos conocido y cómo había ido avanzando nuestra relación desde la tarde en que coincidimos en Selfridges: aquello fue como encender la mecha de un petardo. Le dije lo feliz que me hacía, y lo desesperada y mal que me había sentido cuando Phil me había dicho que pensaba que Donna y él aún mantenían una relación. Respiré hondo y le conté que había seguido a Donna y que la había visto con Martin en el restaurante.

Tenía que contarle a alguien lo que había visto.

—Seguiste a Martin y a Donna —dijo, lentamente—. ¿Y esa fue la última noche en que se la vio con vida?

Sabía cómo sonaba aquello, veía la preocupación en su rostro, pero quería que supiera cómo me sentía.

—Clare, tenía que saber si era verdad —dije, otra vez al borde de las lágrimas—. Debía averiguar si podía confiar en él.

Ella levantó las cejas, como diciendo: «Bueno, pues desde luego te quedó claro, ¿no?».

—¿Y qué pasó después? ¿Después del restaurante? O sea, he leído en el periódico que Donna Joy desapareció, sin más. ¿Martin no te contó qué pasó esa noche?

Asentí, temiéndome su siguiente pregunta.

—Volvieron a casa juntos —respondí.

—¿Te lo ha confesado él?

—Los seguí. Tú habrías hecho lo mismo —dije, mirando a Clare, desafiándola a que lo negara, pero ella no reaccionó.

—¿Y entonces?

—No lo sé —murmuré, rodeándome con los brazos—. Lo siguiente que sé es que estaba en casa. Creo que perdí el sentido. No recuerdo cómo volví. Pete dice que cogí un taxi.

—¿Pete? ¿Quién es Pete? —dijo, reaccionando de inmediato.

—Mi vecino de abajo —contesté.

No quería hablar de ese hombre ni pensar en él. Estiré el brazo sobre la mesa y agarré la mano de mi amiga.

—Clare, por favor, necesito saber qué pasó aquella noche que vi a Martin y a Donna. Si fuera capaz de recordar algo, lo que fuera, quizá pudiera ayudar a Martin. Tal vez tengo información bloqueada aquí dentro que podría ayudar a Donna —dije, tocándome la sien con el dedo—. A lo mejor la vi marcharse. O sea, es una mujer impredecible, egoísta. Quién sabe, tal vez vi entrar a alguna otra persona o a alguien que la recogió. Una matrícula o… no sé.

Las palabras me salían de la boca atropelladamente. Clare me miró con escepticismo.

—¿Estuviste bebiendo? —Ahora su tono sí era de desaprobación.

—Estaba disgustada.

—Francine, no deberías beber con las medicinas que tomas, por no hablar de la enfermedad en sí misma.

—Lo sé, lo sé —dije, levantando las manos en señal de rendición, para que no siguiera. Habíamos tenido aquella discusión muchas veces a lo largo de los años; no necesitaba volver a oírlo en aquel momento.

—¿Cuánto? —preguntó—. ¿Cuánto bebiste?

—Mucho. Mira, Clare, tienes que ayudarme a recuperar la memoria —le rogué—. Martin necesita nuestra ayuda.

—No puedo —dijo.

—¿Porque no crees que sea inocente? —respondí, incrédula.

—Porque no puedo —repitió.

—¿Qué quiere decir que «no puedes»? —Fruncí el ceño—. Tiene que haber un modo.

Clare meneó la cabeza.

—No se pueden recuperar los recuerdos perdidos en un desvanecimiento causado por la ebriedad.

—¿Qué? ¿Por qué? —pregunté, y percibí el pánico en mi propia voz.

Eso no era lo que quería oír. Necesitaba que me ayudara a recuperar mis recuerdos, algún fragmento de información que pudiera servirle a Martin.

—Porque esos recuerdos no han llegado a registrarse perfectamente en el cerebro. La teoría es que el alcohol satura la sangre y bloquea el hipocampo, la parte del cerebro responsable de la memoria a largo plazo. Así que esos recuerdos no se pierden, Fran; simplemente, no han llegado a formarse.

Una oscuridad se arremolinó a mi alrededor, como hojas en una ráfaga de viento repentina.

—No, tengo que ayudarle.

Clare puso una mano sobre la mía. Por un segundo, pensé que iba a sujetarme.

—Mira, sé que quieres creer que Donna va a aparecer en cualquier momento y que Martin no tiene nada que ver con su desaparición. Tal vez sea así. Pero también tienes que estar

207

preparada. Si lo han detenido, es que la policía tiene buenos indicios. Las estadísticas demuestran que, en la mayoría de los casos de asesinato, el principal sospechoso es el cónyuge.

—¿Asesinato? No está muerta, Clare. Ha desaparecido. Tal vez esté de vacaciones. En Hong Kong, en un spa, no lo sé. Está en alguna parte.

Ella se echó atrás. Había reaccionado con demasiada brusquedad. Suavicé el tono y volví a explicárselo:

—Confío en Martin —dije—. Sé lo que dicen las estadísticas y lo que piensa todo el mundo. Yo también he tenido esas mismas ideas. Pero tú no lo conoces como yo. Confía en mí, por favor.

—Chist... —susurró Clare—. Ya encontraremos una solución.

La miré y asentí.

Aquello era lo mismo que me había dicho a los diecinueve años, cuando me había encontrado en el baño, con unos regueros oscuros saliéndome de las muñecas. Me había abrazado hasta que llegó la ambulancia; luego se había quedado conmigo en el hospital. Después se había asegurado de que contara con la mejor ayuda psiquiátrica y con el máximo apoyo en la universidad. Me había visto en mi momento más terrible y vulnerable. Y había conseguido que saliera de él.

—¿Quieres quedarte aquí esta noche?

Abrí la boca para hablarle de Pete Carroll, pero no pude. Ni siquiera estaba segura de que fuera real.

—Si no es demasiada molestia.

—Me encantaría que te quedaras. Estos días apenas veo a Dom. Todo su mundo gira en torno al restaurante. Dentro de nada me veo llamando al teléfono de la hora para que me haga compañía.

—Podrías llamarme a mí —dije.

—Y tú también. Sabes que estoy aquí para lo que quieras. Siempre lo he estado y siempre lo estaré. Solo tienes que accionar la bat-señal.

Sonreímos. La «bat-señal» era un código, un pacto que habíamos hecho en los primeros tiempos de mis ataques bipolares: cada vez que tuviera un episodio, llamaría a Clare y le diría que necesitaba ayuda urgente.

—Siento que no nos hayamos visto mucho las últimas semanas —dije por fin.

Estaba a punto de decirle que no quería ser de esas personas que desaparecen en cuanto tienen pareja, pero hubiera sido inapropiado.

—Venga, llamaré a Dom y le diré que nos envíe algo de comer del restaurante.

Asentí, más agradecida de lo que podía expresar.

Lo único que me apetecía era hacerme un ovillo, cerrar los ojos y esperar a que todo aquello desapareciera.

Todo.

29

*C*uando abrí los ojos, me sentí tranquila. En aquel momento al menos, acurrucada bajo las cálidas sábanas perfumadas, me sentía segura. Luego aquella sensación familiar de temor afloró de nuevo, amenazando con escalar y convertirse en pánico.

«No pasa nada, Clare lo sabe todo —me dije, intentando relajar el nudo del estómago—, y ella me ayudará.»

Aquello funcionó hasta cierto punto, pero no me quitó toda la ansiedad. Por lo que yo sabía, Martin seguía bajo custodia policial; podría haber contado hasta el último detalle de nuestra relación, convirtiéndome en cómplice. Eso supondría el fin definitivo de mi carrera profesional. Aunque tampoco es que tuviera mucho futuro, sobre todo tras mi huida del tribunal. Tendría suerte si conseguía trabajo redactando testamentos.

Hice un esfuerzo y respiré hondo. Pese a lo mucho que me hubiera gustado quedarme bajo el edredón, agité las piernas, me puse en pie y bajé al piso inferior. Tanto Clare como Dom se habían ido: normal, pues el reloj de la cocina marcaba casi el mediodía. Aquello me dejó perpleja; me pregunté si Clare me habría puesto algo en la bebida la noche anterior, un somnífero de su botiquín profesional. De todos modos, no podía ir al trabajo, no al menos hasta que pudiera comportarme.

Clare me había dejado un juego de llaves en la mesa de la cocina y una nota que decía que no habían querido despertarme. No sabía por qué me habían dejado dormir tanto. Le había mencionado a Clare que me iba a tomar un par de días de fiesta, pero aquello no significaba que no tuviera muchas cosas que hacer.

Mi prioridad era ayudar a Martin, pero también tenía que contactar con Tanya Bryan y Holly Khan. Estaba avergonzada por haber salido corriendo del tribunal abandonando a mi cliente. Tenía que afrontarlo. Esconderme bajo el edredón no resolvería nada.

Mi bolso seguía en el sofá, donde lo había dejado la noche anterior.

Una luz de color azul grisáceo indicó que tenía un mensaje. El corazón me dio un vuelco ante la posibilidad de que fuera de Martin; resultó ser de Sophie Cole, que me preguntaba si quería que almorzáramos juntas.

Vacilé un momento y luego respondí que sí. No me serviría de nada quedarme en casa de Clare agobiándome. Además, quería ver si podía sacarle a Sophie más información sobre Martin.

Aún tenía el móvil en la mano: apreté los dientes y llamé a Tanya a su despacho. Los dioses me sonrieron, porque una recepcionista me dijo que estaba en el tribunal y me preguntó si quería dejarle un mensaje. Me sorprendió a mí misma el alivio que sentí al evitar aquella confrontación; cuando colgué el teléfono, las manos me temblaban. Tenía un solitario blíster de pastillas de litio en el bolso y me tomé mi dosis matutina. Intenté no pensar en que solo llevaba para unos días. No era la ira de Tanya lo que temía, sino enfrentarme cara a cara con mis fracasos y con haberle fallado a tanta gente. Posponer la reprimenda por haber arruinado la vida de Holly, además de la mía, fue una bendición. Aun así, una vocecilla interior no dejaba de recordármelo.

211

En la casa, reinaba un misterioso silencio. La luz del sol penetraba por el ventanal de atrás. Me apeteció sentir calor en el rostro, así que abrí la puerta y salí al jardín de Clare: un pequeño y magnífico terreno cuadrado con hierba y guijarros.

El sol ejerció sobre mí un efecto hipnótico.

Me senté en una silla antigua, cerré los ojos y ladeé la cabeza buscando el sol. Por un momento, me sentí de vacaciones, con un día entero a mi disposición, en uno de aquellos viajes tan estupendos que hacía cada mes de agosto a Italia. Me imaginé que el sonido del viento entre los árboles era el de las olas rozando la orilla y que el murmullo del tráfico era el sonido de las motos en una *piazza* lejana.

Pero duró solo un momento. Luego volví a Londres y me encontré sentada sobre una silla oxidada, esquivando la larga lista de tareas que tenía pendientes.

Subí y me di una ducha. Había oído hablar de gente que

viaja con lo mínimo, pero aun así no pude evitar una risita burlona al ver mis tristes pertenencias repartidas sobre la cama. Una bolsa de supermercado con mi peluca y mi toga dentro; al lado, mi ropa del día anterior: la falda negra, la chaqueta y la blusa blanca de cuello almidonado. Me puse la falda y el sujetador. Luego cogí una camiseta gris de un montón de ropa limpia, con la esperanza de que a Clare no le importara.

Me senté al borde de la cama, frotándome el cabello húmedo con una toalla mientras buscaba en Internet «detención Martin Joy». Mi teléfono soltó entonces un pitido rabioso. Me había quedado casi sin batería. Normalmente, aquel sonido suscitaba un suspiro de irritación por mi parte, pero en esta ocasión me provocó algo parecido al miedo: la idea de estar desconectada de cualquier noticia sobre Martin hizo que me pusiera en pie de un salto y corriera al despacho de Clare, que era una persona escrupulosa y organizada: si alguien podía tener un cargador, esa era Clare.

Rebusqué en la caja con la etiqueta «cargadores», descartando cables de diversos tipos. Evité pensar que no debía revolver las posesiones de mi amiga como si estuviera en las rebajas. Estaba sudando, temblando de los nervios. Tenía que encontrar aquel cable. Era como si todo mi bienestar dependiera de aquello. Con una exclamación de triunfo saqué un cable que encajaba y lo enchufé al teléfono. Luego me dejé caer aliviada sobre la silla del despacho de Clare.

Era demasiada tentación no usar su ordenador para proseguir con mi búsqueda en Internet. Toqué el teclado y el monitor cobró vida con un murmullo. El salvapantallas mostraba a Clare y a Dom en una playa en algún sitio, cogidos del brazo, sonriendo: aquella imagen de pareja feliz no me ayudaba a recuperar el ánimo, pero enseguida la perdí de vista abriendo la página de inicio de uno de los grandes periódicos sensacionalistas del país.

De la noche a la mañana, una de las mujeres más famosas del mundo, una estrella de *reality shows* estadounidenses casada con un polémico rapero, se había visto involucrada en una pelea violenta con una fan. Las redes sociales (y con ellas una vergonzosa cantidad de medios supuestamente serios) se habían vuelto locos con el tema.

En cualquier otra ocasión, habría puesto los ojos en blanco ante una noticia así sobre una famosísima, pero en aquel momento solo pude dar las gracias del insaciable interés del público por los escándalos de los niños mimados de la tele, ya que aquello había sacado a Donna Joy de los principales titulares.

Bajé la página y encontré la noticia: «Un detenido en relación con la desaparición de Donna Joy».

Seleccioné el artículo y recorrí el texto con la vista todo lo rápido que pude. Con creciente alivio, vi que el redactor había evitado usar el nombre de Martin o cualquier otro dato que pudiera identificarle como «el marido». Últimamente, en las redacciones de los periódicos estaban más atentos a esas cosas, sobre todo en los casos en que había personas detenidas, pero no imputadas. Sospeché que aquello sería cosa de Robert Kelly, el abogado especialista en medios que le había recomendado a Martin.

Kelly era un maestro en la eliminación o la neutralización de las noticias, hasta el punto de la opacidad. Cogí el teléfono para llamar al despacho de Bob y preguntar cómo iban las cosas, pero luego decidí ir directamente a la fuente y llamar al abogado criminalista de Martin. Pero ¿por qué iba a contarme nada? Cualquier abogado respetable estaría en aquel momento al lado de Martin, en la sala de interrogatorios de la policía. Yo no quería alterar su trabajo, por muy desesperada que estuviera por saber qué estaba sucediendo.

Mientras consideraba mis opciones, el teléfono me vibró en la mano. Era un mensaje de Martin. El corazón me dio un vuelco al abrirlo: «Me han soltado. Nos vemos más tarde. ¿Hotel?».

No sabía qué parte del mensaje me excitaba más: que lo hubieran soltado o que quisiera verme en un hotel. Me toqué la cara: estaba caliente y sentía la sangre latiéndome en el cuello. La cabeza me daba vueltas, agitada, inquieta. No podía quedarme sentada, así que caminé por el pequeño despacho, apretando los puños y relajando las manos sucesivamente, intentando desprenderme de los nervios que me atenazaban los músculos.

Martin estaba libre… y quería verme.

Volví al dormitorio y cogí el monedero. Regresé enseguida a la mesa de Clare. Cerré la página de noticias, abrí corriendo un buscador de hoteles y tecleé «hotel centro Londres». A la hora de introducir el número de clientes dudé un momento, dejando flotar la mano por encima del ratón. Abrí el listado desplegable y seleccioné «uno». Sabía que tenía que empezar a pensar bien cada paso, a eliminar rastros. Sophie tenía razón: mi relación con Martin era cosa nuestra, pero exponerla al público no le ayudaría.

Siempre me había excitado la naturaleza ilícita de mi relación con Martin. Cuando el motor de búsqueda me mostró cientos de hoteles en la ciudad, sentí un escalofrío de emoción. Por un momento, me imaginé con él en uno de los hoteles más chic y más caros de Londres, con sábanas blancas almidonadas, pidiendo al servicio de habitaciones fresas y champán. Yo le prepararía un baño y luego nos meteríamos juntos en la bañera. Él se sentaría entre mis muslos y yo le enjabonaría el pecho, quitándole la mugre de la comisaría, borrándole el malhumor de la frente con mis besos.

Sin embargo, aquello no era más que una fantasía. Tenía que ser lista: el Savoy y el Ritz eran demasiado elegantes, demasiado céntricos, estaban demasiado controlados por los *paparazzi*, aunque la prensa hubiera empezado a perder interés. Así que escogí un hotel barato de una cadena en West London; lo suficientemente sencillo como para que fuera anónimo, pero lo bastante grande como para que nadie observara las entradas y salidas. Le envié a Martin los datos, emocionada ante la perspectiva de volver a verle.

El hotel estaba a un salto de Queens Park en metro, pero en recepción no daban abasto. Me puse en la cola, perdiéndome entre un enjambre de rostros. Un botones me dijo si necesitaba ayuda con el equipaje, pero yo sonreí y negué con la cabeza. No quería que nadie me recordara. Además, no llevaba maletas.

La habitación era pequeña y oscura. Estaba lejos de todo, en la parte trasera de la octava planta. Una habitación para viajes de negocios y para turistas, no para amantes. A menos que fueran como nosotros, pensé, al contemplar la cama baja y las paredes. ¿Serían demasiado finas? Me acerqué a la puerta y miré por el agujero de la cerradura hacia el pasillo, como si fuera a verle ahí fuera. Me sentí tonta. Encendí el televisor e intenté ver una teleserie de sobremesa, pero no podía concentrarme. Decidí poner el canal de música clásica, me quité los zapatos y me situé junto a la ventana, contemplando la panorámica de Londres, los postes de teléfono y los ladrillos de color anaranjado de las casas adosadas, mirando el reloj constantemente, pensando en qué estaría haciendo Martin, en cuánto tardaría.

Y entonces llamaron a la puerta. Se me cortó la respiración. Crucé la habitación, nerviosa, agitada, sintiéndome culpable. Durante mucho tiempo no solo había sido una ciudadana respetuosa de la ley, sino una servidora de ella. Era una persona recta, fiable, intachable. Y, sin embargo, ahí estaba, citándome con el sospechoso de un caso de desaparición, con un cliente con el que tenía prohibido intimar. Aquello estaba mal, muy mal. Pero era Martin. Con él todo era diferente.

Abrí la puerta y cogí aire con fuerza. Parecía exhausto, tenía los ojos hundidos, los hombros caídos y la barba de un par de días le cubría el rostro como una sombra oscura.

—Eh —dijo, y yo le envolví con mis brazos, abrazándolo, sintiendo su cuerpo, su olor.

Luego tiré de él, le hice entrar y cerré la puerta con llave. Ahora era mío y no quería que nadie nos molestara.

—¿Cómo estás? —susurré, sabiendo lo inadecuado que sonaba aquello.

Martin respondió con una media sonrisa:

—Ahora mucho mejor.

El tono lila de las ojeras hacía que el verde de sus ojos destacara aún más: un toque de color en su pálido rostro.

—¿Cuánto tiempo te han retenido?

Aquella pregunta era más pertinente, más a la altura de mi experiencia como abogada.

—Veinticuatro horas —respondió, dando un paso atrás.

—Bueno, eso está bien —dije, observando la sorpresa en su rostro—. Quiero decir que es bueno que no te hayan tenido más tiempo. Solo pueden detenerte más de veinticuatro horas si eres sospechoso de asesinato. Eso hace pensar que solo eres una «persona de interés».

Se apartó de mí y se sentó en la cama.

—El abogado ha dicho que aún no tienen suficientes pruebas, pero que es muy probable que me detengan de nuevo… —hizo una pausa, como si no quisiera acabar la frase—, cuando encuentren un cadáver —añadió.

Levantó la vista y le vi el cuello tenso. La nuez le subía y bajaba en la garganta. Me senté a su lado.

—Es una mera conjetura. Sabemos que no hay cadáver que encontrar, así que no hay nada de lo que preocuparse, ¿no te parece? —Le sonreí—. Aparte de la posibilidad de que te pillen conmigo en la habitación de un sórdido hotel.

—Sí, eso sí que es un problema —respondió él, cogiéndome la mano.

Le miré a los ojos.

—Pensé que habías dicho que era mejor que no contactáramos el uno con el otro —dije, como si aquello me preocupara, como si estuviera haciendo una consideración práctica: «Quizá no sea muy sensato. ¿No deberíamos obrar con sentido común en todo esto y marcharnos los dos a casa?».

Pero no era aquello lo que yo quería. Deseaba que confesara que mientras estaba tendido en aquella pequeña celda solo podía pensar en mí, que yo era lo único que le había ayudado a soportar aquel infierno. Simplemente, quería saber lo mucho que me amaba.

—Ahora mismo, tú eres la única persona con la que siento que puedo hablar.

Intenté ocultar mi decepción. Al menos era la única persona que quería ver; de momento, tendría que conformarme.

—¿Cómo se ha portado tu abogado?

Otra pregunta práctica. Era algo de lo que me sentía responsable. El abogado tenía que ser bueno, el mejor. Y aunque confiaba en la opinión de Tom Briscoe, quería estar segura.

—La verdad es que no tengo mucha experiencia en estos asuntos. Pero me cubrió las espaldas. De hecho, es un hueso duro. En el buen sentido. Creo que fue una buena elección.

—Me alegro.

Se metió la mano en el bolsillo y sacó un teléfono de aspecto barato.

—Alex vino a la comisaría y me dio esto; es uno de esos con un número de usar y tirar. A partir de ahora, deberíamos comunicarnos con este número. Y tú también tendrías que tener uno.

—Me siento como una espía.

Él resopló, esbozando una sonrisa.

—Te aseguro que la situación de anoche no tenía el glamur de una escena de James Bond.

Se quitó la chaqueta y se frotó la nuca.

—Déjame a mí —dije, colocándome detrás de él y poniendo las manos sobre sus hombros—. Sophie me ha dicho que vas a quedarte en su casa…

Él asintió.

—Sophie se ha disparado y ha activado el modo «limitación de daños». Quiere que me quede con ellos. No estoy seguro de cuánto tiempo despistaremos a la prensa con eso. Esconderme en la casa de mi socio no es exactamente desaparecer del mapa, pero es mejor que volver al *loft*.

Echó la cabeza adelante y se la cogió con las manos.

—No puedo creerme que esté sucediendo todo esto.

—Ahora mismo lo más importante es encontrar a Donna. Cuando aparezca, no tendrás nada más de lo que preocuparte.

—¿Y si encuentran un cadáver?

—Si lo encuentran —subrayé—, tendrán pruebas. ADN, huellas, fibras, cosas que pueden ayudar a la policía a encontrar al responsable, cosas que demostrarán que tú no tuviste nada que ver. Ahora mismo están persiguiendo fantasmas. Y los fantasmas no dejan rastro; por eso van a por ti.

Me puse en pie y me acerqué al calentador de agua.

—¿Quieres un poco de té?

—Gracias —dijo Martin, que por fin sonrió. Se me acercó—. Sabía que podía contar contigo para centrarme.

«Si tú supieras», pensé, mientras ponía sendas bolsitas de té en las tazas.

—Dado que no hay cadáver ni pruebas, ¿te ha comunicado la policía el porqué de la detención?

Dejó caer los hombros y apartó la mirada.

—No dejan de decir que esto sigue siendo un caso de desaparición. Pero es evidente que creen que está muerta.

—¿Por qué?

—Se ha ido, Fran —dijo, dejándose llevar por la rabia—. Ha desaparecido. Ya hace más de una semana. Y yo soy el último que la vio. Por lógica, debería odiarla. Estamos en proceso de divorcio, ella quiere la mitad de mi dinero…, y para la mayoría de la gente eso es mucho dinero, Fran. Si yo fuera la policía, también me arrestaría. ¿A quién si no van a poner en el blanco?

—Lo que me estás diciendo es que no tienen nada.

—¡Tienen lo suficiente, Fran! —dijo agitando un dedo—. He admitido que volví a su casa. Y no hay nada que conste a qué hora salí. Ningún taxista, ninguna grabación de circuito cerrado… Además, aunque lo hubiera, ¿qué demostraría? ¿Cuánto tiempo hace falta para matar a alguien?

Me miró sin parpadear, como si esperara que le diera algún tipo de respuesta.

Sabía que tenía que contárselo. Llevaba mucho tiempo escondiéndolo, pero era hora de hacer de tripas corazón y ayudar a Martin. No podía quedarme para mí lo que sabía, por incómodo que resultara revelárselo.

—Creo que Donna tenía un lío —dije por fin.

—¿Qué? —preguntó él, con los ojos como platos.

El agua estaba hirviendo, así que apagué el hervidor y me puse a preparar el té para evitar mirarle a los ojos.

—Contraté a un detective privado, un tipo llamado Phil Robertson —dije—. Me dijiste que recurriera a lo que hiciera falta, ¿recuerdas? —añadí, entregándole su taza con una mirada desafiante—. Phil siguió a Donna y concluyó que tenía un lío. Al final supuso que era contigo.

—¿Por qué conmigo?

—Por dos cosas. Os fotografió juntos y constató que Donna no regresó a casa a dormir en dos o tres ocasiones. Lo más lógico era pensar que estuviera durmiendo contigo.

—Donna nunca se quedó a pasar la noche conmigo.

Le miré, escrutándole el rostro a fondo.

—Pues si no estaba en tu casa, estaba en algún otro sitio —dije lentamente—. «Con» otra persona.

Me senté a su lado.

—Tal como lo veo, hay tres posibilidades. O Donna está por ahí ahora mismo con su hombre misterioso, en alguna cabaña de lujo, ajena a todo el jaleo que está creando. O bien podrían ser conscientes de lo que está sucediendo, leyendo las noticias en Internet, pero sin ninguna prisa por volver a casa…

—¿Y por qué demonios iba a hacer eso?

—Por rencor, por hacerte daño… Está luchando por la mitad de tu dinero, ¿recuerdas? No la ayudaría nada que se supiera que ya tiene otra relación.

Me pareció que recibía aquella noticia como un rayo de esperanza.

—¿Cuál es la otra posibilidad?

Yo llevaba dándole vueltas a aquella teoría mucho tiempo.

—Quizás el amante misterioso ha descubierto que Donna y tú habéis estado juntos, que vuestra relación… física no había acabado del todo —dije, midiendo mis palabras—. Y tal vez eso le puso celoso.

—¿Y la mató?

Asentí lentamente, esperando que viera por sí mismo por qué aquello sería una mala noticia. No tardó mucho en darse cuenta.

—Pero, en ese caso, yo seguiría siendo el principal sospechoso —dijo, cerrando los ojos—. Si encuentran el cadáver, continúo siendo el que tenía un motivo.

—Y la posibilidad.

Se quedó pensando un rato y luego dejó de sorber su té.

—¿Alguna idea de quién puede ser?

—Me preguntaba si tú lo sabrías.

—Por supuesto que no —dijo él, frunciendo el ceño.

—Phil está intentando descubrirlo. ¿Tú fuiste a París con Donna?

—¿A París?

—O a Bélgica. O a algún lugar que se pueda visitar con el Eurostar.

—No, yo siempre voy al continente en avión —dijo, algo irritado—. Además, no voy a ningún sitio con Donna desde el verano pasado. ¿Cuándo se supone que fue eso?

—Aún no sabemos las fechas exactas. Pero Phil la vio pasar por la terminal internacional en St. Pancras. Él no tenía billete, así que no pudo seguirla.

—¿Iba sola?

—Sí, pero podía haber quedado con alguien.

—¿Dónde? ¿En París? ¿En el tren? ¿Por qué no quedar en la estación?

—Porque no quería que la vieran.

—De modo que Phil, tu detective privado…, ¿está siguiendo esta pista?

Asentí.

—¿Y trabaja solo?

—Siempre lo hace. Es lo mejor cuando investigas casos privados.

—Bueno, ya no es privado —dijo Martin, que se puso en pie y caminó por la habitación como un gato encerrado—. Dile que monte un equipo; no me importa lo que cueste. Si la policía está convencida de que soy yo, no van a buscar a otro. Tenemos que hacerlo nosotros.

—Tengo que contarte otra cosa.

Notó mi tono de voz y dejó de caminar.

—Aquella noche te vi entrando en casa de Donna. —Hice una pausa. Había temido tanto el momento de contárselo—. Cuando Phil me dijo que seguías viéndote con Donna, me sentí herida. Quería descubrir si era verdad, así que la seguí hasta el restaurante donde os encontrasteis. Y luego os vi volver a su casa.

Si mi comportamiento le pareció raro, desde luego no lo demostró.

—¿Y me viste salir?

—No lo recuerdo. Estaba borracha.

—¿No lo recuerdas? —dijo en un arranque de ira—. ¿Qué demonios significa eso?

—Estaba borracha. Esperé en el pub de enfrente. No sé ni cómo llegué a casa. Cuando me desperté, a la mañana siguiente, no recordaba nada.

Se hundió, cayendo de rodillas ante mí, agarrándome de los hombros.

—Fran, tienes que intentar recordarlo —me suplicó—. «Tienes» que hacerlo.

—Lo haría si pudiera —respondí, sintiendo que me temblaba la voz, frustrada.

—Entonces tienes que pensar con más fuerza —insistió con dureza.

—Lo haría si pudiera —repetí con una voz que era apenas un suspiro.

Le miré y tuve claro que en su cerebro se estaba formando una idea. Sabía que era de eso de lo que estábamos hablando.

Que podría mentir por él. Que podría contarle a la policía la historia que acababa de relatarle, pero añadiendo que recordaba haberle visto salir.

—Siento haberte seguido —dije, antes de que me lo pudiera pedir.

Él esbozó la más leve de las sonrisas.

—Yo me alegro de que lo hicieras —me respondió él, y se sentó en el borde de la cama.

—¿Por qué?

—Porque significa que me quieres.

Me recorrió un escalofrío.

Aquella mirada hacía que deseara solo una cosa: sentirlo en mi interior.

—Ven aquí —dijo, suavizando aún más la voz y tendiéndome una mano—. Llevo todo el día deseando verte.

—Yo también quería verte.

—Pues mira qué pintas tengo... Necesito cambiarme de ropa urgentemente.

—No, ahora mismo no —dije, dejándome llevar.

Empecé a desabotonarle la camisa y tiré de él, acercándomelo, hundiendo las manos en su pelo mientras él hundía la cabeza bajo mi falda. Le oía aspirando el olor de mi sexo y deseaba desesperadamente sentir sus labios contra mi piel.

Eché las manos atrás y me bajé la cremallera de la falda, que cayó al suelo.

No me había llevado ropa interior limpia a casa de Clare, así que no llevaba.

Martin se puso en pie y se soltó los pantalones, desnudándose. Su cuerpo tenía el magnífico aspecto que yo recordaba. Se subió a la cama, se giró y se colocó una almohada bajo la cabeza, observándome mientras acababa de desvestirme.

Trepé a la cama y me coloqué encima de él, a horcajadas. Por primera vez en varios días me sentí llena de fuerza y de energía. Me senté sobre sus muslos y lo besé, empujando mis senos contra el áspero pelo de su pecho.

Apartó la boca lo mínimo necesario para coger aire y soltar un leve gemido de placer; luego me agarró y me puso boca arriba sobre la cama. Me chupó el pezón y se situó encima de mí para penetrarme.

Me embistió contra el cabezal, primero suave, suave, pero luego más fuerte y más duro.

Sentía su frustración en cada empujón desesperado. Me agarré a él, clavándole los dedos en la espalda, sintiendo sus músculos tensos y duros bajo mi piel; no me había dado cuenta de lo fuerte que era hasta entonces, pero aquella fuerza bruta me tenía clavada contra la cama. No podía hacer nada más que seguirle. Me sentí llena de él; cuando me empujó los muslos para abrirlos más, empezó a dolerme.

Gemí, deseando que fuera más delicado, pero en el fondo disfrutaba sintiéndome dominada. Actuaba como si quisiera consumirme, y yo también deseaba que me poseyera, que pe-

221

netrara en mi interior hasta fundirnos en una sola cosa, unidos para siempre.

Sus gemidos se volvieron más intensos, más salvajes. Empujaba contra mí y yo sentía su rabia, su frustración con cada arremetida. Me abrió aún más las piernas con las manos en un gesto brusco y sentí un tirón en el músculo de la ingle. Intenté chillar, pero apenas podía respirar, y mucho menos pedirle que parara. Todo aquel deseo empezó a disiparse en cuanto me di cuenta de que ya no estaba disfrutando con aquello. Me agarró del cabello y sentí la tensión en el cuero cabelludo, la piel que se separaba del cráneo. Martin tenía la boca pegada contra mi oreja, y gruñía con cada empujón, mojándome con su saliva.

Yo solo quería que acabara. Me moví al ritmo que él marcaba, jadeando cada vez más fuerte hasta fingir el orgasmo.

Se le hincharon las venas del cuello y cerró los ojos con fuerza, frunciendo los párpados.

—Donna… —gimió, y sentí que explotaba en mi interior.

Al principio, no quise creerme lo que había dicho, pero seguía oyendo el eco de aquel nombre en mi mente. Tuve que admitir lo que acababa de oír.

Me quedé absolutamente inmóvil, con la mirada fija en el techo, mientras él se dejaba caer a un lado. Se giró hacia mí y me puso la mano en el muslo mientras recuperaba la respiración, pero yo no quería tenerlo cerca. Me levanté y me acerqué a la ventana.

El cielo estaba completamente cubierto; la habitación, a oscuras. Crucé los brazos frente al pecho y fijé la vista en un cartel que había sobre una azotea lejana.

Me quedé allí inmóvil hasta que oí sus pasos. No me giré para mirarle, pero sentía su aliento sobre la nuca.

Me rodeó con los brazos y yo me encogí.

—¿Qué pasa? —dijo, con voz suave.

—Has sido demasiado brusco —murmuré.

—Lo siento. Perdí el control.

—No digas nada —respondí mientras él me daba la vuelta lentamente. Aparté la mirada—. Me has llamado Donna.

Estaba rígida y tensa; tenía la piel de gallina por efecto del aire acondicionado.

—No lo niegues —susurré, mientras él buscaba una excusa.

Casi podía oír sus pensamientos.

—Lo siento. No era mi intención.

Otro silencio.

—¿Por qué? ¿Por qué me has llamado Donna?

Me aparté de él y sentí la rabia y la bilis que me inundaban la garganta.

—Porque es lo único en lo que pienso. Su nombre es lo único que he oído en las últimas veinticuatro horas. No es por lo que crees.

—¿Por qué?

Por un segundo, lo único que me venía a la mente era la imagen de Martin y Donna en la cama. El sexo desbocado, crudo, puro deseo. Luego le veía a él agarrándole los muslos con tal fuerza que la piel se volvía morada. Veía sus ojos encendidos de deseo, de dolor y de furia. Veía lo fácil que le habría sido ponerle una almohada sobre el rostro, ahogar sus gritos. Lo veía dejándose caer a un lado del cuerpo inerte de su exmujer.

De pronto, lo veía todo.

—Fran —murmuró, apoyando su mano en mi mejilla.

Por un segundo, dejé de respirar.

—Fran, por favor. Quería verte porque te quiero. Porque te necesito.

—Creo que deberías irte —dije.

Asintió como si lo entendiera y recogió la camisa del suelo. Ambos nos vestimos en silencio.

—¿Adónde irás? —pregunté.

—A casa de Alex.

En aquel momento habría deseado tener una copa o un cigarrillo; apenas podía contener las ganas de abrir el minibar.

—¿Llamarás a Phil? —dijo junto a la puerta.

Asentí con los brazos rodeándome el pecho y le vi salir por la puerta. Era la primera vez que me alegraba de que se marchara.

30

$\mathcal{D}$ecidí pasar la noche en el hotel. No porque lo hubiera pagado, aunque una parte de mí, la que siempre me decía que controlara el dinero, tenía claro que sería un despilfarro no aprovechar la ocasión; después de todo lo que había pasado con Pete Carroll y de mi encuentro con Martin, no quería tener que aguantar la mirada de Clare a la hora del desayuno o tener un encuentro desagradable con Dom. Solo quería estar sola.

Tomé unas notas sobre una posible apelación para el caso Khan contra Khan, me acosté pronto y, a la mañana siguiente, cuando me levanté, llamé a recepción, informé de que me quedaría algún día más y salí a la calle a hacer unas compras, consciente de que no tenía ni un cepillo de dientes.

El hotel estaba a un paseo del centro Westfield. A las diez y media de la mañana, ya estaba abarrotado. En mi estado mental, aquello resultaba sobrecogedor: el parloteo, la música ambiental y las miles de pisadas que resonaban eran como un gran estruendo; innumerables cuerpos parecían moverse incontroladamente, cruzándose en mi camino fuera por donde fuera. No obstante, había algo de método en mi locura. Aquello era una especie de carrera desenfrenada para comprar lo que necesitaba; un gran centro comercial era la solución más rápida. Compré los artículos de aseo en Boots y algunas prendas básicas en Gap (ropa interior, pantalones, un par de camisetas frescas y una pequeña mochila para meterlo todo). Luego salí de nuevo al exterior como si estuviera fugándome.

Iba caminando por Holland Park Avenue cuando sonó el teléfono. Me sorprendió ver que era Phil Robertson; le había dejado varios mensajes desde mi conversación con Martin, pero no había obtenido respuesta.

—Empezaba a pensar que te habías ido del país.

—Aún no —respondió—. Aunque siempre queda esa posibilidad. Antes tengo unas cuantas cosas que contarte.

Sabía que de esas cosas no iba a hablar por teléfono. Como tantos otros detectives que se pasan la vida extrayendo información de diversas fuentes y explotando los puntos débiles de los sistemas de seguridad, tenía una paranoia especial que había convertido en rutina.

—¿Qué tal si quedamos en el jardín japonés del parque?

Un espacio público, pero no demasiado público, justo el tipo de lugar que le gustaba a Phil.

—Tenemos una cita —respondió.

Maté el tiempo en un café de la zona; cuando llegué, me sorprendió que ya me estuviera esperando, en un banco junto a la fuente.

—No conocía este sitio —dijo Phil, que le dio un sorbo a su café—. Nunca me ha apetecido visitar Japón, pero esto es bonito.

—¿Cómo puede ser que no te apetezca visitar Japón?

—¿Tú has estado?

—No.

—Pues ahí lo tienes —dijo, socarrón—. Será que a ti tampoco te apetece tanto.

—Sí que me apetece. Siempre he querido ver la floración de los cerezos en primavera o la coloración de los árboles en otoño. Y en esas épocas del año suele ser cuando estoy más ocupada, así que no puedo dejar el trabajo.

—No sabía que los divorcios fueran un fenómeno estacional —dijo con una sonrisa sarcástica.

Me reí. Últimamente, mi carrera profesional no me daba muchos motivos para reírme, pero me gustaba el enfoque realista con que Phil afrontaba cualquier cosa.

—Pues es curioso, pero sí. Mucha gente rompe después de Navidad o cuando acaba el año escolar.

—Para empezar de cero —respondió Pete, asintiendo.

Solté aire e intenté aspirar la calma del jardín. Un tímido sol intentaba colarse por entre las nubes; estábamos solos y se oía claramente el borboteo de la cascada.

—Quería hablar contigo —dije por fin—. Martin Joy ha estado detenido y no está convencido de que la policía esté buscando a nadie más. Necesitamos saber con quién tenía ese lío Donna. A ver si empiezan a considerar otros sospechosos.

—Por eso no he querido verte hasta tener algo que contarte.

Le escuché, con los nervios de punta.

—Al no tener acceso a la casa de Donna o a su teléfono, el único modo que tenía de informarme era preguntando. He usado sus redes sociales y sus artículos de sociedad para crearme una red con su círculo social. He contrastado eso en fiestas y eventos a los que he descubierto que iba toda esa gente; he hablado con unos y con otros. Muchos no querían decir nada. A algunos ya los ha interrogado la policía. Al final encontré a alguien. A alguien que la había visto con alguien con quien no debía estar.

—¿Con alguien?

—Besándose.

—¿Cuándo fue eso? —pregunté yo, abriendo los ojos como platos—. ¿Sabes quién era?

—Fue en una fiesta el verano pasado. Y fue Alex Cole.

Me quedé de piedra, aunque cuando lo pensé un momento, no me pareció tan descabellado. Muchos líos se producen a la luz del día. Colegas de trabajo, amigos, vecinos… Es gente que merece toda confianza. Son los primeros en suscitar interés.

—Eso le da un motivo a Alex Cole —dije, pensando en voz alta.

—¿Tú crees? —respondió Phil—. Yo habría dicho lo contrario. La policía pensará que le da «más» motivos a Martin para matar a su mujer.

—Nadie dice que Donna haya sido asesinada —repliqué.

Pero, por su gesto, Phil no parecía muy de acuerdo.

—En cualquier caso, tienes que contárselo a la policía.

Asentí, aunque sabía que era un riesgo.

—Querrán interrogar a Alex.

Phil echó la cabeza hacia delante, con gesto preocupado.

—Fran, ¿te das cuenta de que esto no es necesariamente una buena noticia para Martin Joy?

—Significa que hay otro sospechoso, Phil.

—Sí, ya, pero tienes que pensar lo que le va a parecer a la policía. Ya sospechan de Martin. Esto no va a hacer otra cosa que darles la razón.

—¿Por qué?

—Ellos lo verán así —dijo, armándose de paciencia—: Martin vuelve a casa de Donna en busca de un poco de besuqueo, de folleteo, para intentar poner paz y parar el divorcio. Donna le cuenta lo de Alex. Discuten, se pelean. Martin pierde el control. Lo siguiente que sabemos es que está muerta. Olvídate de la idea de que se quitó a Donna de encima para poder conservar su fortuna. El crimen pasional es el motivo clásico. Para la policía, Martin será un sospechoso aún más plausible.

—Pero si Alex se acostaba con Donna…

Hizo una pausa como si estuviera escuchando el viento entre los árboles y luego me miró.

—¿Tenías una relación con él, Fran? ¿Con Martin?

Me quedé inmóvil un momento. No tenía sentido ocultárselo.

—¿Tan evidente es?

—Soy bueno: lo he deducido —respondió, con una sonrisa triste—. Ve a la policía, Fran —añadió, apoyando una mano sobre mi rodilla—. Antes de que ellos vengan a por ti.

31

*E*l inspector Michael Doyle, encargado del caso de Donna Joy, quiso quedar en el Pizza Express de Pimlico a las 20.00, lo cual me pareció algo irregular, aunque agradecí que fuera un lugar neutro, y no tener que volver a las salas de interrogatorios de la comisaría de Belgravia. Ya le había mentido a un agente de policía una vez esa semana. Esperaba que el ambiente informal de un Pizza Express hiciera las cosas más fáciles. Además, no había comido en todo el día y estaba muerta de hambre.

Doyle tenía cuarenta y pico años, el cabello oscuro y ojos vivos, rasgos bastante predecibles en un agente de policía veterano. Encontrármelo comiendo una ensalada y bebiendo un té me pareció algo más sorprendente.

—Soy Francine Day —dije, tendiéndole la mano.

—Michael Doyle. Gracias por venir.

Hizo un gesto con la cabeza, invitándome a que me sentara.

—Si esto fuera una serie de policías, estaríamos en un bar comiendo algo frito —dije, intentando dar un tono distendido al encuentro, pero Michael Doyle pareció casi ofendido.

—Mi jefe se ha jubilado anticipadamente. Cuarenta y nueve años, una cardiopatía y diabetes. De repente, todo el departamento se ha concienciado de que hay que cuidarse —dijo levantando una ceja.

Pedí un café a la camarera, preguntándome si podría salir de allí antes siquiera de que llegara el café.

—Bueno, ¿de qué quería hablar?

Teníamos la luz justo encima. Desde luego, yo habría escogido una mesa más discreta. Al llamar al número que me había dado el sargento Collins, decidí que eso era lo correcto. Mi primera intención había sido llamar a Martin y contarle lo de Alex; sin embargo, como estaba en casa de los Cole, no estaba segura de que fuera lo más sensato, especialmente porque su comportamiento en el hotel demostraba que estaba de los nervios y que podía ser de lo más impredecible. Podía haber llamado a Matthew Clarkson, el abogado defensor de Martin, pero como no lo conocía no sabía si podría arrancarle algo de información a cambio de la que yo podía darle.

Me recosté en la silla y observé a Doyle, que esperaba que dijera algo. Me preguntaba si el entrenamiento policial en Hendon incluiría la evaluación psiquiátrica de la culpa. Recordaba una serie de televisión de un médico especializado en descifrar el lenguaje corporal. ¿Podría Doyle leer el mío?

—No sé si le es muy familiar el tipo de trabajo que hago —empecé.

—¿Como abogada especializada en divorcios? —preguntó, y le dio otro sorbo al té—. Puedo imaginármelo. Tengo cierta experiencia.

Sonreí, consciente de que tenía que andarme con cuidado. La mitad de los polis que conocía estaban divorciados. Si su mujer se había quedado con la casa y los niños, probablemente no le gustaría la gente como yo. En cualquier caso, a los polis no solían gustarles los abogados. Eso me ponía en una situación de desventaja.

—Yo suelo tratar con individuos de ingresos elevados; me ocupo de la disolución de sus matrimonios —dije, midiendo mis palabras—. Eso le da una dimensión particular a mi trabajo. Participamos en auditorías y en otros campos de investigación que no tienen por qué no ser normales en los divorcios más comunes.

—Y… —dijo, haciendo un movimiento circular con el tenedor.

—Hace unas semanas, le pedí a un colega que examinara los asuntos personales de la señora Joy. Es una práctica bastante común en los acuerdos de divorcio de personas de rentas altas, para intentar llegar al acuerdo económico más justo para nuestros clientes.

—Y ver cómo vive la otra mitad, ¿eh?

—Mi detective encontró pruebas de que la señora Joy tenía una relación. Descubrió que estaba liada con el socio de Martin Joy, Alex Cole.

—Lo sé —dijo Doyle, ensartando un tomate.

Me quedé boquiabierta.

—¿Lo sabe?

—Se han puesto en contacto con nosotros muchas amistades de Donna, para darnos información que consideran de interés.

—¿Y qué les han dicho?

Doyle puso una cara rara, pero no respondió inmediatamente.

—Alguien presenció un «episodio romántico» entre la señora Joy el señor Cole —respondió.

—¿Y eso qué significa?

Doyle se me quedó mirando fijamente: no iba a darme más información.

—Van a interrogar a Alex Cole, ¿no? —pregunté con el corazón a mil.

—Ya lo hemos hecho —respondió, y se limpió la comisura de la boca con una servilleta.

Me quedé mirándolo, atónita.

—¿Y qué ha dicho?

—Señorita Day, usted lleva el divorcio del señor Joy, y esto es una investigación policial —dijo, en una clara advertencia para que me metiera en mis asuntos.

—Para eso he venido, para ayudarlos en su investigación —dije, intentando recuperar la compostura.

Doyle soltó un suspiro.

—Alex Cole estuvo con su esposa el lunes por la noche. Fueron a cenar fuera y volvieron a casa.

—Así que tiene una coartada.

Doyle estaba perdiendo la paciencia. Examinó los restos de su ensalada como si tuviera que decidir si le apetecían más o menos que seguir hablando conmigo.

—Bueno, ¿y puede decirme por qué han detenido a mi cliente cuando es evidente que no tienen ninguna prueba de que se haya cometido ningún crimen?

Doyle suspiró otra vez.

—Señorita Day, no hacía falta que quedáramos. Estoy seguro de que puede hablar con el otro equipo legal del señor Joy si quiere saber algo más.

—Si sabe que voy a enterarme por el abogado criminalista del señor Joy, ¿por qué no me ahorra la llamada y me lo dice?

Doyle resopló, justo en el momento en que la camarera me traía el café.

—¿Usted qué es lo que quiere?

—Quiero saber qué está pasando. Quiero saber por qué han detenido a mi cliente, cuando desde luego hay otras personas en las que deberían estar interesados.

Él siguió sin inmutarse.

—Sigo sin entender qué tiene esto que ver con usted —dijo—. Supongo que el caso de divorcio ha quedado suspendido hasta nuevo aviso, ya que no es probable que la señora Joy vaya a presentarse en el tribunal.

Tenía razón, pero yo ya tenía una respuesta preparada.

—Entiendo que a usted no le importe lo más mínimo un puñado de abogados, pero se trata de mi negocio, y necesitamos saber con qué y con quién nos enfrentamos. Sé que el daño que este caso pueda hacer a la reputación de mi bufete no es algo de lo que usted deba preocuparse, pero...

Él asintió.

—No quieren seguir defendiendo a Martin Joy si está metido hasta las trancas, ¿no?

No era exactamente lo que quería decir, pero, si con eso obtenía la información que buscaba, estaba dispuesta a seguirle el juego.

—Bueno, ¿lo está? —pregunté—. O más bien, ¿pueden demostrar que es culpable?

Doyle dejó la servilleta sobre la mesa y me miró.

—Pongámoslo así: Donna Joy lleva diez días desaparecida —respondió—. No ha habido ninguna actividad en sus redes sociales, que solía usar con regularidad. No ha utilizado su teléfono ni sus tarjetas de crédito. No podemos suponer que esté sana y salva, a menos que tengamos alguna prueba que nos diga que lo está. Si le ha pasado algo, queremos descubrirlo lo antes posible, y también queremos saber quién está implicado.

—Creo que todos estamos de acuerdo en que queremos descubrir qué le ha pasado.

—Entonces ¿qué tal si me ayuda un poco, señorita Day?

Me encogí de hombros, sin comprometerme demasiado.

—Si puedo...

—Donna alegó el comportamiento inadmisible de su marido como motivo para el divorcio —añadió Doyle—. Su hermana, Jemma Banks, nos ha estado ayudando con la investigación. Dice que Martin tenía mucho carácter. ¿Tiene usted constancia de algún episodio de violencia doméstica en su matrimonio?

231

—¿Ha oído hablar usted del secreto profesional? —dije, mirándole por encima de mi taza de café.

Doyle esbozó una sonrisa.

—Sé que no tiene por qué contarme nada. Pero yo tampoco tendría por qué tener esta conversación con usted.

Dejé que esperara, lo que también me dio tiempo para pensar.

—No había nada de esa naturaleza —dije por fin—. Ninguna amenaza, nada de violencia. Era un matrimonio que había quedado obsoleto, con las típicas frustraciones por ambas partes. Pero él nunca le puso un dedo encima.

—Que usted sepa.

—Lo habría oído —dije, sin más.

—Bueno, pues eso no es lo que nosotros hemos oído —dijo el agente.

Aquello me dejó sin respiración. Sentía las emociones revolviéndose en mi interior, tuve que hacer un esfuerzo para contener las ganas de taparme los oídos y salir corriendo de allí.

—¿De quién? ¿Del abogado de ella? ¿De su hermana?

Ahora fue Doyle quien se encogió de hombros. Obviamente, no iba a revelarme aquel pequeño detalle.

—*Quid pro quo*, inspector: ¿por qué le detuvieron ayer?

—¿*Quid* qué?

—Venga. Yo le he contado algo; ahora le toca a usted.

Él permaneció en silencio.

—Venga, inspector. Sabe que el equipo legal del señor Joy me lo contará. No es un secreto.

Él apartó su plato y me miró.

—Martin Joy tenía un corte sospechoso en la mano cuando lo interrogamos. Él dijo que había sido un accidente con la bicicleta, pero los agentes que han visto la bici dicen que parecía nueva. Por estrenar.

—No creo que sea posible determinar algo así…

—Ayer llevaron los perros del equipo forense a la casa de Donna —dijo tras otra pausa—. Descubrimos rastros de sangre.

Sentí un nudo en la garganta y respiré hondo para recuperar la compostura.

—¿Dónde? —pregunté, intentando mantener la voz firme.

—Sobre la cama. En el baño.

—¿Menstrual?

Doyle sonrió.

—Eso es lo que dijo Martin Joy.

Me sentía débil y fría, como si estuviera perdiendo sangre lentamente.

—Lo descubriremos muy pronto —dijo Doyle—. La sangre menstrual contiene restos de tejido endometrial que aparecerá en el examen forense. Si no es sangre menstrual, tenemos que considerar la posibilidad de que algo pasara en la casa aquella noche.

—¿Pueden determinar cuánto tiempo lleva allí? Quiero decir, si la sangre es de Donna Joy, ¿se puede fechar en una noche específica?

Doyle volvió a sonreír, percibiendo mi incomodidad. Supuse que la interpretaba como prueba de que la abogada de familia de Martin Joy empezaba a perder la fe en su cliente.

—Son muy listos, esos de la Científica —dijo—. Habrá que ver qué nos traen del laboratorio.

—Muy bien —respondí—. Pero no ha contestado a la principal pregunta: ¿es culpable Martin Joy? ¿Mató a su mujer?

—Tiene razón, ahora mismo no tenemos pruebas que lo confirmen, pero si lo que me pregunta es cuál es mi impresión, basada en mi experiencia…

Asentí. El pánico me oprimió el pecho.

—Yo diría que sí, sin ningún genero de dudas.

233

32

*T*ras salir del restaurante, caminé sin rumbo por las calles, repasando mi conversación con Doyle una y otra vez. Eran las dos o las tres de la mañana cuando llegué de nuevo al hotel, muerta de frío y con los pies doloridos. Aun así no podía dormir. Era inútil intentarlo siquiera. Estaba demasiado enfadada y frustrada al ver que cada iniciativa que ponía en práctica me llevaba a un callejón sin salida o apuntaba a una cruda realidad: que Donna Joy estaba muerta.

Tenía un truco que aplicaba en los casos especialmente espinosos, cuando no parecía encontrar un argumento legal definitivo: dejaba el trabajo y desconectaba. Me ponía a leer o me iba a nadar, o a hacer ejercicio en el gimnasio, sin dejar de pensar, sin dejar de calcular mi próximo movimiento, pero dándole espacio al cerebro para que respirara. Esa noche caminé y caminé, y esperé hasta la madrugada para enviarle un mensaje de texto a Martin a su número privado. Martin respondió casi al instante, lo que dejaba claro que él tampoco podía dormir.

Alex y Sophie Cole vivían en un gran chalé adosado. Uno de color blanco, en una de esas calles de South Kensington tan arboladas. Era una de esas casas que uno piensa que deben de ser propiedad de jeques del petróleo, antiguos aristócratas o nuevos millonarios en busca de respetabilidad. Tal cosa hacía de Alex Cole un tipo más predecible que Martin Joy, con su refugio dickensiano en un barrio de calles adoquinadas. Al pasar frente a todas aquellas puertas de reluciente madera negra me sentí nerviosa. Casi me esperaba encontrar una nube de *paparazzi* o de reporteros en cada esquina, pero no vi nada más siniestro que algún corro de criadas filipinas o alguna rubia de peluquería vestida con un impecable equipo de gimnasia subiéndose a su cuatro por cuatro. Era un oasis de calma urbana perfecto; no era de extrañar que Martin quisiera quedarse allí.

Subí los escalones de piedra pulida lentamente y llamé al timbre, preguntándome quién saldría a abrirme. Martin no querría mostrarse en público, pero en su mensaje me había sugerido que nos encontráramos en la casa por la mañana, mientras Alex estaba en el trabajo y Sophie jugando al tenis. Aun así, presentándome allí, sabiendo lo que sabía (que Alex y Donna habían tenido una relación), me parecía estar más hurgando en un avispero con un palo que estar llamando a un timbre.

—Eh.

Martin me miró, nervioso, a través de la puerta entreabierta. La abrió lo justo para que pudiera pasar.

Una vez dentro nos abrazamos en un gesto forzado, con el recuerdo de nuestra incómoda despedida en el hotel aún flotando entre nosotros.

—Tienes mucho mejor aspecto —dije.

Desde luego, mucho mejor que el hombre hundido y perseguido que se había colado a escondidas en aquella habitación de hotel barata. Se había duchado y se había afeitado; vestía un suéter de cachemira azul marino y vaqueros oscuros. Aunque ya se parecía más al Martin de antes, seguía luciendo aquellas ojeras moradas bajo los ojos, como un boxeador tras un duro asalto.

—Entra —dijo, haciéndome pasar al vestíbulo, de techos altos.

—Vaya —exclamé, soltando un silbido—. Bonita casa.

Por mi trabajo, había tenido ocasión de visitar muchas casas de gente rica y siempre resultaban impresionantes, pero la casa de los Cole era algo especial. Emanaba una placidez, una sensación de calma casi fantasmagórica. Era como entrar en la sala de relajación de un spa muy exclusivo. En las paredes había óleos: motivos abstractos en tonos blancos y crema, con toques de color que les daban un punto de energía bruta. Supuse que eran originales, aunque no reconocí el artista.

—Sí, Sophie tiene bastante buen gusto.

Asentí, pero aquello era decir poco. Me había pasado la vida luchando en nombre de otras personas por propiedades muy

235

parecidas a esta, discutiendo sobre obras de arte y muebles, ladrillos y cemento. Era asombroso las cosas por las que podía pelearse la gente una vez que desaparecía el amor. Había visto pagar miles de libras en abogados por piezas de poco valor (colecciones de revistas, mesitas auxiliares, utensilios de cocina, cosas de valor económico o sentimental menor), solo por marcarse un tanto. Únicamente por el placer de la victoria. Pero aquella casa era otra cosa; entendía que alguien pudiera pelearse por un lugar así.

—Me gustan esos cuadros —dije, señalando tres grandes oleos de la pared.

—Esos son de Donna —respondió, casi con tono de disculpa.

—Pues tiene talento —admití, y era cierto.

Intenté pasar por alto la incomodidad que me producía que fueran tan buenas. Incluso después de haber visto a la exmujer de Martin en carne y hueso, de ver lo guapa que era, siempre había conseguido mantener una imagen negativa de ella como mujer trofeo mimada y consentida, que había decidido hacer sus pinitos en la pintura para pasar el tiempo entre visitas al club de vela y a algún supermercado ecológico. Incluso al ver a Donna con Martin riéndose en aquel restaurante aquella noche de lluvia, me había consolado pensando que yo era mejor que Donna Joy: más inteligente, más lista, más realizada. Quizá también en eso me equivocaba.

Seguí a Martin al salón, que se extendía hasta la fachada posterior de la casa, donde acababa en una serie de grandes ventanales. Oía los pájaros cantando en el exterior, pero aquello no me transmitía ninguna alegría.

—¿Café? —preguntó Martin.

—No, gracias. —Esperé hasta asegurarme de que me prestaba toda la atención posible—. Tengo que decirte algo.

—Ya me parecía que no era una visita de cortesía.

—He estado en la policía —dije por fin.

Él frunció el ceño, como si no me siguiera.

—¿La policía? ¿Por qué?

—Para hablar.

—¿De qué?

Sabía que lo primero sería lo más incómodo. Lo que había estado intentando ahuyentar de mi mente desde que Michael Doyle me había hablado de ello.

—El inspector Doyle habló de violencia doméstica.

—¿Qué? —respondió él, aparentemente atónito—. ¿Quieres decir entre Donna y yo?

Asentí.

—Eso es una estupidez. Te lo juro, Fran, no le he puesto una mano encima. Nunca lo haría.

—Es lo que le he dicho al inspector Doyle —dije, algo aliviada al verlo tan perplejo.

Martin se cubrió la boca con una mano. Di un paso adelante y le toqué el brazo para tranquilizarle.

—Fui a ver a Doyle porque por fin conseguí hablar con Phil, mi detective.

Eso despertó su interés. Dio un paso hacia mí, pero levanté una mano.

—No son necesariamente buenas noticias —dije con un tono de advertencia—. Donna se estaba viendo con alguien. Con alguien más, aparte de ti.

Busqué una reacción en su cara, pero solo parecía confundido.

—¿La persona con la que fue a París? —preguntó. 237

—Aún no lo sabemos.

—¿Y entonces qué es lo que sabes?

Hice una pausa y respiré hondo, intentando impregnarme de la calma del espacio que me rodeaba.

—Donna se estaba viendo con Alex.

Las palabras parecieron cobrar forma en el espacio que había entre los dos. Aparté la mirada, incapaz de contemplar el cruce de emociones en su rostro.

—¿Alex? —repitió—. ¿Mi Alex?

Asentí.

—¿Y ese Phil está seguro de eso?

—No tiene fluidos corporales ni grabaciones en vídeo, pero...

—Entonces ¿cómo sabe que es verdad? —me interrumpió, agitado, levantando la voz. Casi podía verle enroscándose como un muelle, listo para salir disparado—. No me lo creo —dijo, sacudiendo la cabeza—. Donna y Alex ni siquiera se llevan bien.

La incredulidad en su rostro me hizo sentir aliviada. Las palabras de advertencia de Phil en nuestro encuentro en el jardín japonés me habían estado taladrando la mente como un trépano. Un lío con Alex le daba más motivos a Martin para librarse de Donna. Podía habérselo dicho, y él podía haber perdido los nervios. Un crimen pasional. Pero a menos que hubiera estudiado en el Actor's Studio, era evidente que Martin no tenía ni idea de aquella relación entre Alex y Donna, por fugaz que hubiera podido ser.

Aquello eliminaba ese motivo.

Me sentí culpable por haber dado crédito siquiera a la teoría de Phil, pero hice un esfuerzo y le conté a Martin todo lo que me había dicho, dándole tiempo para que lo asimilara.

—Y eso se lo has contado a la policía —dijo Martin, frotándose la frente.

—Quería que lo supieran lo antes posible.

—¿Antes que yo? —dijo, lanzándome una mirada.

—No es una competición, Martin. Y como tu abogado dijo que cabía la posibilidad de que volvieran a detenerte, quería asegurarme lo antes posible de que la policía tomaba en consideración a cualquier otro sospechoso.

Se quedó pensando y asintió.

—¿Así que van a interrogar a Alex?

—Ya han hablado con él —dije.

Aquella parte tampoco iba a ir bien, estaba claro.

—¿Crees que es ese el motivo por el que me han soltado? ¿Por eso no me han acusado formalmente?

Negué con la cabeza, abatida.

—Hablaron con Alex el lunes.

La expresión de alivio que tan brevemente había pasado por su rostro desapareció de golpe. Apretó los labios y vi que estaba encajando piezas y llegando a la conclusión que yo había alcanzado horas antes. A Alex lo habían interrogado antes de la detención de Martin, lo cual suponía que lo habían descartado como sospechoso.

—Escucha —dije con tacto—, esto no cambia nada. La policía no te ha acusado porque no hay suficientes pruebas. Y, mientras no haya cadáver, no las habrá. Si siguen hablando con otros, es que siguen abiertos a más líneas de investigación, lo que significa que no están convencidos de que tú seas su hombre. Y tienen que estar seguros antes de acusar a alguien. O al menos seguros de que la Fiscalía tiene posibilidades reales de llevar este caso hasta el final.

—Pero ¿cómo puede estar segura la policía de que Alex

no tiene nada que ver en la desaparición de Donna? —murmuró casi para sí mismo, al tiempo que intentaba procesar todo aquello.

Le noté un tic bajo el ojo izquierdo, un espasmo mínimo, como el latido de un corazón minúsculo. A pesar de lo ocurrido en aquella habitación de hotel de Earls Court, tenía ganas de rodearle con mis brazos y decirle que todo iba a ir bien. Pero aún no estaba segura de creérmelo ni yo misma, sobre todo después de haber hablado con el inspector Michael Doyle. Sabía que la policía no se iba a dejar la piel para ayudar a Martin a salir de aquel atolladero, así que alguien tendría que hacerlo. Siempre me habían gustado los rompecabezas y las series de policías. Me encantaba encajar las piezas. Al fin y al cabo, era lo que hacía a diario en mi trabajo: buscar enfoques posibles, triquiñuelas legales, intentando ganar la partida a mis rivales. Y ahora Martin no necesitaba a Francine Day la abogada, ni siquiera a Francine Day la amante. Necesitaba a la investigadora.

—La policía afirma que Alex tiene una coartada para la noche del lunes, la última que se vio a Donna —dije, disfrutando a mi pesar del ejercicio mental—. Que descarten a Alex como sospechoso es suponer que a Donna le pasó algo ese lunes. ¿Por qué no el martes o el miércoles? ¿O cualquier otro día a partir de entonces? ¿Cuáles han sido los movimientos de Alex desde ese lunes?

Martin levantó la vista.

—Estoy bastante seguro de que el martes y el miércoles estuvo en un congreso de Fintech. Puedo preguntar, asegurarme.

Asentí.

—Y hay algo más —añadió—. He pasado aquí dos noches desde que la policía lo interrogó, pero él no lo ha mencionado. ¿No crees que eso sugiere que oculta algo?

No estaba tan convencida de tal cosa.

—No tengo tan claro que Alex quisiera hablarte del lío que tenía con tu esposa tranquilamente, durante la cena.

Me miró y se encogió de hombros, dándome la razón.

—He quedado como un idiota. Todo el mundo lo sabía. Todos menos yo.

—No tengo tan claro que la policía piense que la relación de Donna con Alex fuera algo serio.

—Menudo consuelo.

Ambos guardamos silencio unos momentos.

—¿Y cómo se enteró la policía?

—Se lo dijo una amiga de Donna. Aunque el inspector Doyle no me dio muchos detalles. Posiblemente fuera la misma persona con la que habló mi detective. Es poco probable que hablaran con Phil y no con la policía, teniendo en cuenta que Donna está desaparecida y que las autoridades han emitido una llamada de colaboración ciudadana».

—¿Y las acusaciones de violencia doméstica? —preguntó, algo más nervioso.

—Creo que fue la hermana de Donna.

—¿Jemma? —replicó, agitado—. Apenas se hablan. No hay la más mínima relación entre ellas.

—Según el inspector con el que hablé, está ayudando a la policía con la investigación.

Martin se puso en pie y se acercó a la ventana.

—¿Cuándo empezó? ¿Se lo dijo? ¿Cuándo empezó exactamente mi socio a follarse a mi mujer?

—Sí, a mí también me gustaría saberlo.

Me giré de golpe, sobresaltada.

—Sophie —dije, casi sin voz—. No sabía que estabas aquí.

—No —respondió, sin alterarse—. Es evidente que no.

Vestía ropa de deporte y llevaba una bolsa cargada al hombro. No tenía dudas de que cualquier otro día habría tenido el aspecto de una modelo de un anuncio de vida sana, pero ahora estaba pálida como el papel. La situación era algo más que incómoda. Martin se levantó del sofá, como un adolescente al que hubieran pillado sacando cinco libras del monedero de su madre.

—Pensaba que tenías partido de tenis.

—Lo han cancelado. Se me ha ocurrido volver a ver cómo te iba, pero es evidente que no hacía falta.

Noté un leve temblor en su voz. No pude evitar sentir algo de pena.

—¿Cuánto has oído? —dije, lentamente.

—Lo suficiente.

—Lo siento, si es que no lo sabías.

—Lo sabía —dijo, irguiéndose, como intentando recuperar su dignidad—. En cualquier caso, sabía que le habían acusado de eso. Como podéis imaginar, la policía lo sacó a colación cuando me interrogaron: es todo inventado, por supuesto.

El inspector Doyle no me había mencionado que hubieran interrogado a Sophie, pero tenía sentido, dado que ella había sido la que le había proporcionado la coartada a Alex.

—No es todo inventado, Sophie —dije con tacto.

Ahora que se había abierto aquella puerta, tenía que aprovechar la oportunidad para sacarle la máxima información posible. El derecho te convierte en un depredador en estos casos. Ves el punto débil y atacas.

—Uno de los investigadores de mi equipo se enteró de lo de Alex y Donna cuando evaluábamos la situación económica de los Joy. Pensé que Martin debía saberlo.

—¿Ahora los abogados de familia se dedican a estas cosas? —preguntó, con los ojos encendidos; no quedaba ni rastro de la amabilidad de nuestros encuentros anteriores.

No podía culparla por ello.

Se giró y miró de nuevo a Martin.

—Alex lo niega —dijo, absolutamente convencida—. Tú cree a quien quieras.

La miré. Por un momento, me admiró su actitud. Estaba protegiendo a su hombre, igual que lo había hecho yo al convertir la defensa de Martin en mi máxima prioridad.

—Pero siento no habértelo dicho cuando hablamos con la policía —añadió Sophie, que se dirigió a Martin con un tono más mesurado—. No es que intentáramos engañarte o ser deshonestos. Es que llegamos a la conclusión de que eso haría la situación aún más difícil.

—¿Difícil? —respondió Martin—. No es una indiscreción que se le haya escapado a alguien en una fiesta entre amigos, Sophie. La «policía» dice que Alex ha tenido una relación con Donna. Si le ha ocurrido algo, eso le da un motivo.

—¡Tonterías! —replicó ella—. Alex dice que nunca han sido más que amigos. Y no es que tú seas un modelo de virtudes con el que compararse, ¿no?

No entendía qué significaba eso. Y, en aquel preciso momento, no quería saberlo.

—Insultarnos unos a otros no va a servir de nada. Tendríamos que poner en común lo que sabemos sobre qué hizo Donna la semana previa a su desaparición. Por ejemplo, ¿cuánto tiempo pasaste cenando con Alex la noche del lunes...?

241

—Desde luego, tienes agallas —dijo Sophie, meneando la cabeza—. Te cuelas en mi casa, acusas a mi marido de haber tenido una relación con una de mis mejores amigas y luego insinúas que quizá le quedara un hueco en la agenda para desaparecer y matarla.

Me pareció ver una lágrima asomando en la comisura de su ojo.

—Sé que esto es difícil, pero solo queremos descubrir qué le ha pasado a Donna.

—No es Donna la que te preocupa —dijo ella, que nos echó una mirada acusatoria a los dos.

Tenía razón, pero ahora no iba a parar.

—Por favor, Sophie. Responde. Donna era tu amiga.

Soltó la bolsa y se dejó caer sobre el brazo del sofá. Llenó los pulmones y luego soltó todo el aire, bajando los hombros.

—Muy bien —dijo, y luego se quedó callada unos segundos más—. Quedé con Alex después del trabajo. Los lunes solemos ir a cenar fuera. Fuimos a Locatelli, volvimos a casa pasadas las once y vimos la tele.

—¿A qué hora os acostasteis?

—Hacia la medianoche. Y antes de que empieces a preguntarte si Alex pudo escabullirse y salir de casa mientras yo dormía, no pudo, porque salí del dormitorio para llamar a mi madre por teléfono. Vive en Chicago. Era su cumpleaños. No la había llamado y no quería dejar de felicitarla. Debía de ser la una y media cuando volví a la cama por fin. Alex estaba profundamente dormido.

Hizo una pausa y apretó los labios.

—En cuanto a lo otro, a lo de la relación, nunca he observado nada extraño en el comportamiento de Donna y Alex. Ella es una mujer guapa, obviamente, y mentiría si dijera que nunca me ha puesto algo nerviosa tenerla cerca. Esas semanas de verano que pasamos en Ibiza, en Umbría, las tardes en la piscina… No hay muchas esposas que se sientan completamente seguras tomando el sol junto a Donna, con sus bikinis mínimos y su cuerpo perfecto. Pero decides confiar en tus amigas y en tu marido. No hay alternativa, ¿no? —dijo con una voz neutra y firme.

Miró a Martin.

—Y hablando del tema, deberías hablar con Alex lo antes

posible, aclarar las cosas. No queremos tener un ambiente incómodo en casa o en el trabajo, ¿no te parece?

Martin meneó la cabeza, con la mirada en el suelo.

—Probablemente, sea mejor que me vuelva a mi piso —dijo.

—No seas tan infantil —respondió Sophie de inmediato, recuperando su tono decidido y eficiente—. Tú mismo has dicho que hay periodistas por todas partes. Sí, vale, tienes que afrontar una conversación incómoda con Alex, pero ahora mismo es algo que nos conviene a todos.

Miré a Sophie, sin saber si compadecerla o admirarla. O bien estaba en fase de negación absoluta (algo que debía dudar, dado el pragmatismo casi patológico de aquella mujer), o bien estaba mostrando una lealtad admirable hacia ambos: hacia Alex, el hombre que casi sin duda la había engañado, y hacia Martin, el hombre que quizás hubiera matado a su mejor amiga. La observé allí en pie, alisándose la falda y levantando la barbilla en gesto desafiante.

—Creo que a todos nos iría bien una buena taza de té, ¿no os parece?

243

33

Salí de casa de los Cole antes de que me lo pidieran. Además, no podía perder más tiempo. Vivienne McKenzie me había enviado un correo electrónico a primera hora pidiéndome una reunión en el bufete. Me daba pánico hablar con ella, pero no tenía otra opción que la de volver al trabajo.

Mi plan era entrar en el Burgess Court sin que me vieran, hacia la hora del almuerzo. Era viernes, cuando casi todos los abogados iban a comer a los pubs de la zona. Me imaginé que podría colarme en mi despacho, ponerme al día con Paul, hablar con Vivienne y salir de allí antes de que la mayoría de mis colegas regresaran, hacia las tres de la tarde. Lo último que quería era responder a preguntas de compañeros condescendientes sobre mi bloqueo en el juzgado; tenía cosas más importantes que hacer.

Estaba en el autobús, en dirección a Piccadilly, cuando sonó el teléfono.

—¿Francine?

No reconocí la voz inmediatamente, de modo que Alex Cole tuvo que presentarse formalmente.

—Tenemos que hablar.

En realidad, no me pilló tan por sorpresa que me llamara, aunque el corazón se me disparó en el pecho. Parecía tranquilo, pero insistía en que nos viéramos. Aquello interfería con mi plan de entrar y salir a toda prisa del bufete. Sin embargo, cuando me dijo que podía llegar en una hora, calculé que, aun así, podría ver a Vivienne a las tres menos cuarto y salir del Middle Temple antes de que volvieran todos del pub.

Quedamos en Riojas, una vinatería situada en una callejuela del barrio de los teatros. Parecía algo a medio camino entre un club de caballeros y un pub del East End: paredes con paneles de madera oscura, sillas de estilo colonial y mesas desgastadas que parecían llevar ahí desde los días de las bandas de gánsteres del Soho.

Alex ya estaba allí, en una mesa apartada. Tenía una botella de vino tinto sobre la mesa y una copa medio llena delante. Me acerqué con la misma desagradable sensación que experimentaba cuando tenía que ir al despacho del director a recibir una buena bronca.

—Hola, Alex —dije, y me senté.

Él cogió la botella para ofrecerme una copa, pero negué con la cabeza.

—Es verdad. Tú no bebes.

Me miró como si eso fuera a la vez una acusación y una crítica.

—Estoy segura de que será muy bueno, pero luego voy al bufete.

Tenía los labios manchados de un rojo cereza, pero no parecía nada relajado; más bien lo contrario.

—Sophie me ha dicho que hoy te has pasado por casa —dijo.

245

Pensé en la charla tan madura de la señora Cole, cuando dijo que todos debíamos remar en la misma dirección. Sabía que no me había equivocado. Era fiel a Alex. No podía culparla por ello, aunque no estaba muy segura de que yo hubiera reaccionado igual.

—Sí, así es —asentí—. Tenía información para Martin. Supongo que ya sabes cuál.

—La misma información que le diste a la policía —dijo con aspereza.

Vació la copa y levantó la botella para volver a llenarla antes incluso de haberse tragado el vino.

—Yo también podría haberle contado cosas a la policía, Fran. Sobre tu relación con Martin. Pero decidimos no hacerlo.

—¿Decidimos? —pregunté, levantando una ceja.

—Sophie me convenció de que no lo hiciera.

—Supongo que no sería una decisión completamente altruista.

—No, no lo fue —respondió—. Lo hicimos por el negocio.

Una camarera se acercó y me preguntó qué quería. Parecía incómoda por estar entrometiéndose en lo que parecía una pelea de novios. Pedí un agua y ella se fue rápidamente a la barra, desde donde nos miró hasta que le pareció seguro volver a acercarse.

—La Gassler Partnership gestiona más de mil millones de libras, ¿eres consciente de eso? —preguntó Alex, arrastrando ligeramente las palabras—. Nuestros inversores son nombres de los que probablemente has oído hablar. Tenemos un método algorítmico de inversión que es la envidia del sector. Pero, por encima de todo eso, está nuestra reputación —dijo, juntando las manos sobre la mesa—. Nuestra reputación como asesores financieros está estrechamente vinculada al rédito que nuestros inversores consideran que podemos ofrecerles. Sin eso, no somos nada. Así pues, ¿qué crees que ocurre cuando tienes a un socio arrestado por la desaparición de su esposa y al otro en la sala de interrogatorios de la policía porque alguien ha dicho que se estaba tirando a la esposa de su socio? Es la ruina.

La rabia le había dejado un rastro de saliva sobre el labio. Se lo limpió al tiempo que intentaba recuperar la compostura. Por un momento, vi el lado oscuro del macho alfa.

246

—¿Crees que se ha llegado a eso? —pregunté, manteniendo la calma.

Había trabajado para muchos banqueros, pero no sabía gran cosa del sector financiero y de los detalles de su funcionamiento.

—Tenemos al menos dos grupos de inversión privados interesados en adquirir una participación menor —respondió Alex, bajando la voz pero levantando un dedo para dar más énfasis a sus palabras—. Aún están ahí. Sin embargo, uno de ellos ya ha insinuado que podría retirarse si se alarga esta situación «incómoda». —Usó los dedos para trazar unas comillas en el aire—. A poco que esto se alargue, todo el castillo de naipes se puede desmoronar. Hemos de mantener todo bien hermético, Fran. Todo.

Se sentó en la punta de la silla y me miró.

—No hagas nada sin hablar con Martin o conmigo, para que podamos consultarlo con nuestro equipo de gestión de crisis. Te lo digo en serio.

Me encogí de hombros y asentí, pensando en las palabras que había escogido: castillo de naipes.

—En ese caso, ¿puedo hacerte una pregunta?

Se encogió de hombros. Sus finos ojos prácticamente desaparecieron, convertidos en dos fisuras negras.

—¿Tuviste un lío con Donna?

—No —respondió.

—Ahora no estás hablando con tu mujer. Ni con la policía.

Hinchó los carrillos, posó la vista en el mantel manchado de rosa y volvió a mirarme.

—Bueno, pasó algo. Una vez. Un beso, quizá. Estábamos borrachos. Era en una fiesta de verano, en casa de un amigo, en el campo. Me había metido unas rayas, igual que ella. Era una noche cálida, con montones de esos farolillos colgando por todas partes. Un ambiente «romántico».

Pronunció la palabra con desdén y fijó la mirada a lo lejos, como si el recuerdo de aquella noche no le resultara agradable.

—No dormimos juntos —añadió, mirándome de nuevo—. Francamente, no hubo tiempo. Tampoco hubo ningún tipo de relación cuando volvimos a Londres. No soy idiota. Donna es la mujer de mi socio. Y yo también estoy casado. El divorcio y la disolución de mi empresa me parecen un precio muy alto por un lío de faldas. Además, amo a mi esposa y quiero a Martin como a un hermano.

—Entonces ¿dónde está Donna? —le pregunté—. ¿Qué crees que pasó aquella noche?

Aquella conversación la había tenido conmigo misma montones de veces. Había hablado de ello con Clare y con Phil, pero ninguno de nosotros conocía tan bien a Martin como Alex Cole, que ahora parecía menos seguro de sí mismo, como si el vino le hubiera arrebatado parte de su confianza.

—Martin es un hombre brillante —dijo, mirando el fuste de su copa—. Eso lo supe el primer día que lo conocí en la universidad. En nuestro grupo destacaba sin proponérselo. Tenía más confianza en sí mismo que los veteranos de Eton. Era más listo que los cerebritos de posgrado. Nos pusieron en el mismo grupo de prácticas. Al principio, maldije mi suerte: mientras él estuviera delante, yo nunca destacaría. Sin embargo, luego decidí aprovechar la ocasión y seguir su estela.

Hizo girar la copa, dando vueltas al vino que quedaba en el fondo.

—Martin ponía más empeño en todo que cualquiera de nosotros —añadió Alex, tranquilo—. Por eso siempre iba un paso

247

por delante. Siempre estaba dispuesto a trabajar más duro que los demás, a ir más allá.

—¿Qué es lo que me estás diciendo, Alex?

—Lo que estoy diciendo es que no quiero pensar qué sucedió esa noche.

—¿Tú crees que le pudo haber hecho algo a Donna?

Alex soltó un leve soplido.

—Habla con alguno de nuestros socios empresariales. Si les dices que Donna pretendía sacarle la mitad de su dinero, no les sorprenderá que haya desaparecido.

—¿Qué socios?

Alex se había fundido casi toda la botella de vino tinto. Miró con ansiedad hacia la barra, como un drogadicto buscando una nueva dosis.

Le miré a los ojos, para que se centrara.

—Los fondos de cobertura dependen de la bolsa —me explicó—. Nuestro fondo invierte de cuatro formas diferentes: bonos, acciones, divisas, oro… Compramos, vendemos, vendemos en corto. Nos apoyamos en los algoritmos, que detectan anomalías en el mercado. Pero, en realidad, nuestros beneficios dependen de la información que recibimos.

Vaciló por un momento.

—Hace dos años nos dieron un soplo. Martin tenía un amigo: Richard Chernin. Le prometió información sobre una fusión de mil millones de dólares a cambio de un préstamo. Martin le dio el dinero, pero la información no llegó. Debió de entrarle miedo de contravenir las regulaciones de la Comisión de Control Financiero. Pero se quedó el dinero de Martin.

Hizo una pausa dramática y dio cuenta del último sorbo de vino.

Me mordí el labio y esperé.

—Chernin me dijo que estaba siendo objeto de intimidaciones y que iba a ir a la policía. Unos días más tarde, lo atropelló un coche que se dio a la fuga. Le fracturó las dos piernas.

—¿Estás diciendo que Martin tuvo algo que ver?

Alex prosiguió como si yo no hubiera dicho nada:

—Chernin quedó conmigo, en secreto. Estaba convencido de que Martin había encargado el atropello, me dijo que le había amenazado con matarle si no le devolvía el dinero. Con intereses.

Lo observé y detecté con preocupación que parecía muy convincente.

248

—Si realmente piensas eso de Martin, ¿cómo permites que duerma en tu casa?

—¿Qué se supone que iba a decir? ¿Que no? Además, en realidad, no sabemos si le ha sucedido algo a Donna. Podría estar bien —respondió, aunque su tono de voz parecía sugerir lo contrario—. Te estoy contando esto porque eres su abogada y quiero que conozcas todos los hechos. Prevenir es curar, y todo eso. Si se dice algo negativo de Martin y sabemos lo que es, siempre se puede rebatir. Pero te pediría que me hicieras el mismo favor. Si oyes que van a presentar cargos contra Martin..., necesito saberlo.

Sacó la cartera, extrajo dos billetes de veinte libras y los puso sobre la mesa para pagar el vino.

—El amor puede doler —dijo, poniéndose en pie y tocándome el hombro—. Me alegro de verte, Fran —añadió.

Y salió del bar.

$\mathcal{H}$abía mucha gente en Fleet Street, de camino al Middle Temple. Muchos ya salían del trabajo. No me costaba distinguir a los abogados, con sus trajes formales y sus maletines llenos de dosieres de casos para repasar el fin de semana. Su jornada de trabajo no había acabado aún; solo cambiaban de ubicación, de la oficina a casa. «Así era mi vida en otro tiempo, no hace tanto.» Aquel pensamiento hizo que me parara de golpe; el ejecutivo que andaba detrás de mí tuvo que hacer un quiebro para no arrollarme.

Murmuré una disculpa y seguí caminando, más y más nerviosa a medida que me acercaba al Burgess Court. Vivienne MacKenzie me había pedido que fuera a verla para «hablar de las perspectivas». Al menos aún hablaba de «perspectivas» y no de «borrarme del mapa». Aun así, no me apetecía nada encontrármela cara a cara.

De pronto, caí en que, por considerada que se hubiera mostrado Vivienne en su correo, cabía la posibilidad de que me pidieran que abandonara el bufete. Si pasaba, solo era cuestión de tiempo que se extendiera la voz de que me habían echado. A partir de ahí, sería prácticamente imposible que otro despacho me contratara. Todo aquello por lo que había trabajado tanto durante años; todos aquellos peldaños de la escalera por los que había trepado con tanto esfuerzo; todos aquellos volúmenes de sentencias que me había empollado durante meses y meses; todo se convertiría en una soberana pérdida de tiempo. Había tirado todo a la basura por una historia de amor con un hombre que apenas conocía.

Decidí poner un pie delante del otro y no hacer caso de los nubarrones y de la amenaza de lluvia. Intenté no verlos como un mal augurio de lo que iba a suceder al llegar al Burgess Court.

La primera persona que vi al entrar al edificio fue a Helen, nuestra recepcionista. Al menos un rostro amigo.

—¿Qué estás haciendo aquí? —me preguntó mientras se peleaba con el abrigo—. Paul nos dijo que te habías tomado unos días libres. Pensaba que estarías en algún lugar bonito.

—No. He estado en casa. Déjame un momento... —respondí, y la ayudé con la manga.

—Vacaciones en casa —dijo Helen, sonriendo—. Eso me encantaría. Quedarme tirada en la cama, viendo comedias románticas y comiendo pizza: perfecto —añadió, levantando una ceja.

—Algo así —contesté distraídamente.

No veía a Paul en la secretaría, pero tenía la inquietante costumbre de aparecer de la nada.

—Todos tus mensajes están en tu mesa, salvo por un par, los últimos, que están aquí —dijo, cogiendo un par de *post-it* de color rosa encendido y poniéndomelos en la mano—. Tengo que irme corriendo. Se suponía que hoy tenía la tarde libre, pero el tiempo vuela. Mi novio me lleva a Brighton este fin de semana. He quedado con él en Victoria dentro de unos..., mierda, diez minutos. ¡Disfruta de tu «día libre»!

Sonreí y la vi alejarse del bufete. Me metí los mensajes en el bolsillo y corrí escaleras arriba hasta mi despacho en la buhardilla.

Dediqué un momento a contemplar aquel minúsculo espacio: los lápices perfectamente ordenados en el escritorio, un cuenco metálico que había comprado en Amalfi y que usaba para las gomas y los clips... Todo me recordaba a tiempos más felices. Un montón de libros apilados perfectamente en vertical, para aprovechar cada centímetro de espacio, me dijeron lo cuidadosamente ordenada que había sido en otro tiempo. Me senté en mi silla, dejé caer la cabeza hacia delante y me pregunté si alguna vez recuperaría aquella vida tranquila y predecible.

Recibí un mensaje de Vivienne: llegaba tarde.

Agradecí aquellos minutos de más. Abrí mis cajones, saqué el dosier de Phil sobre Donna Joy y me lo metí en el bolso junto con un par de cuadernos y, en un impulso de última hora, la elegante cinta blanca y negra de la caja en que me había llegado mi bolso de diseño, el regalo de Martin.

251

Los archivadores que contenían la documentación del caso Joy contra Joy seguían en los estantes donde había dejado todos mis casos. Quizá contuvieran algún detalle oculto que se me había pasado. Sabía que no podía llevármelos enteros; para empezar pesaban demasiado; además, surgirían muchas preguntas cuando notaran su ausencia. Hojeé el más gordo, cogí las declaraciones más importantes e hice fotocopias; luego volví a guardar los originales. Hice una última inspección del despacho, preguntándome qué más debería llevarme, recordándome a mí misma que todo aquello eran mis cosas, o al menos la mayoría.

Volví a sentarme frente a mi mesa y abrí una botella medio vacía de Evian. El agua se había llenado de burbujas. Probablemente la habría abierto una semana antes. Estaba perdiendo la noción del tiempo.

Me metí la mano en el bolsillo y saqué los *post-it* que Helen me había dado en recepción.

El primero era el de un abogado instructor con el que habíamos quedado que iríamos a almorzar un día. No tenía muy claro que ahora ningún abogado quisiera llevar la instrucción de mis casos, por bueno que fuera el restaurante al que lo llevara; después de haberse enterado de mi cortocircuito en el juzgado el otro día, todo habría cambiado. Lo arrugué y miré el siguiente.

Me quedé helada.

«2.55 Pete Carroll. Dice que te espera en casa.»

Helen había dibujado una carita sonriente debajo, un gesto cómplice entre mujeres. Por fin entendí sus insinuaciones sobre el quedarse en la cama y comer pizza; estaba claro lo que había pensado al recibir el mensaje: «Francine Day por fin se echa novio: no es de extrañar que se quiera tomar la semana libre».

De pronto me sentí sucia, me picaba todo, como si un vertido tóxico hubiera infectado mi despacho, ennegreciendo las paredes y avanzando por el suelo, como miles de minúsculas patas de araña rodeándome lentamente.

Cerré la puerta y salí corriendo, con la mirada fija en las escaleras, temiendo levantar la vista hacia las paredes, donde sabía que había una hilera de pinturas al óleo: los abogados fundadores del bufete, enfundados en sus togas negras y con gesto severo e intimidante, observándome, juzgándome: «Sabíamos que era débil, señorita Day, le dimos una oportunidad y mire qué ha ocurrido. Nos ha decepcionado... otra vez».

—Fran, ¿eres tú?

Vivienne estaba abajo, al final de las escaleras, como si hubiera sabido todo el rato que yo estaba allí, al acecho. Me bloqueaba la salida. En el pasado ya me había preguntado más de una vez si Paul habría instalado cámaras ocultas por todo el edificio. Me los imaginaba a él, a Vivienne y a Charles Napier contemplando los monitores para tenernos a todos controlados.

A medida que me acercaba a ella, sentí que se me encendían las mejillas.

—Vamos a la biblioteca —dijo, con un tono más brusco y formal de lo habitual.

Como abogados, todos éramos autónomos, pero, como miembro del consejo de dirección del bufete, Vivienne seguía siendo la jefa. Agarré el bolso con fuerza, consciente de que no me iba a gustar lo que me iba a decir. Me senté junto a la gran mesa de castaño.

—Yusef Khan se ha llevado a Daniyal del país —dijo sin más preámbulo—. Holly Khan amenaza con emprender acciones legales en tu contra por negligencia.

Vivienne me miró, a la espera de una respuesta, pero yo me quedé en silencio.

—No debí salir de la sala —dije por fin—. Me fui antes de hacer mi alegato final, pero no tengo claro que el juez hubiera tomado otra decisión aunque hubiera hecho...

Me quedé a media frase, horrorizada al darme cuenta de que encima estaba intentando justificarme. Había abandonado a mi clienta y ella había perdido a su hijo. Tenía todo el derecho a decir que le había fallado. Y es que era verdad. Además, del peor modo posible y en el momento más crítico.

Vivienne no hizo comentarios al respecto.

—Paul ha comprobado tu póliza del seguro —dijo—. Todo está al día. Así que, si al final te denuncian, deberías estar cubierta. También voy a reunirme con Tanya Bryan el lunes; no me ha dicho si su despacho piensa ir a por ti por negligencia, pero también deberías estar preparada para eso. Quizá sería el momento de solicitar un certificado médico, aunque no dudo que sabrás que cualquier problema de salud mental podría afectarte profesionalmente.

Lo veía venir. Iba a darme la noticia. Iban a echarme del bufete.

En cambio, suavizó el gesto. Sentí la respiración entrecortada en el pecho.

—Ahora me quitaré el uniforme de jefa del bufete, ¿de acuerdo? —Esbozó una sonrisa, cosa que le agradecí.

Ella también se jugaba mucho en todo aquello; si yo caía en desgracia, tendría consecuencias para el Burgess Court. A los abogados les gustaban los cotilleos, como a todos; ya me imaginaba lo que disfrutarían todos nuestros colegas con el escándalo del enjuiciamiento de la abogada de Martin Joy. No tenía ni idea de cómo iba el asunto de la fusión con el bufete del Sussex Court, pero si la publicidad negativa por la desaparición de Donna no había conseguido dinamitarlo, quizá lo hicieran los rumores sobre mi irresponsable conducta profesional.

—Tómate unas vacaciones, Fran —dijo, con un tono más suave—. Unas vacaciones de verdad. Sal de la ciudad. Ve a ver a tu familia. Yo tengo una casita en Devon que puedes usar, si quieres. Tiene vistas al mar y kilómetros de caminos para pasear en todas direcciones. Obtener la plaza en el Consejo de la Reina no es importante. Tu salud sí.

El Consejo de la Reina. Era lo último en lo que podía pensar. Durante muchos años (casi quince años) había sido mi objetivo, mi santo grial personal, y en ese momento era como arenilla que se me escurría entre los dedos. Pero ahora que estaba ahí sentada, frente a Vivienne, una mujer, una abogada a la que admiraba desde hacía tanto tiempo, de pronto lo deseaba más que nunca.

—Las entrevistas para el Consejo no son hasta septiembre. Me tomaré tiempo libre, publicaré algún artículo, y luego trabajaré duro para reparar todo el mal que le he hecho a mi reputación…

—El desgaste profesional es una amenaza constante para todos nosotros, y es algo grave —dijo, sin alterar el tono, pero con firmeza.

Aparté la mirada, avergonzada, recordando una historia que había oído en la Facultad de Derecho. Era la de un abogado joven especialmente soberbio que trabajaba en un bufete cercano y que solía presumir de que llegaría a juez del Tribunal Supremo a los cuarenta años, pero que al final había tenido que retirarse a esa misma edad, después de que se lo encontraran corriendo desnudo por todo Middle Temple una Nochebuena cantando el *Jingle Bells*... Yo no quería que aquello fuera una premonición, convertirme en una obstinada incapaz de aguantar la tensión que impone trabajar doce horas al día durante quince años seguidos. No había llegado tan lejos, superando tantos prejuicios, para fallar en aquel momento.

—¿Sabes por qué me tomé seis semanas de pausa el año pasado?

No era consciente de que lo hubiera hecho. Tenía un vago recuerdo de unas vacaciones fabulosas que incluían un viaje en el Orient Express y un crucero por el río Mekong, pero había dado por sentado que sería para celebrar un cumpleaños o un aniversario sonado de Vivienne o de su marido.

—Estaba al límite —confesó—. Tenía que salir de aquí.

El rostro más inescrutable de la profesión de pronto adquirió color.

—Este negocio no es fácil, Fran. Pero si no aceptamos que no somos perfectos, que no somos robots, que no somos más que personas con una vida fuera de nuestro puesto de trabajo, si no nos tomamos una pausa de vez en cuando, acabamos rompiéndonos.

—¿Así que no me estás pidiendo que lo deje?

—¿Que lo dejes?

—No me estás echando del bufete.

—Por supuesto que no. ¿De eso pensabas que iba todo esto?

Asentí, aliviada.

—Fran, de todos los abogados jóvenes que han pasado por este bufete, de todos los que he tenido que formar o apoyar durante mi carrera, tú eres de la que más orgullosa me siento.

—Pero la fusión...

—Tómate unas vacaciones, Fran. Deja que se preocupe alguien que ya se ha recuperado en el Mekong.

Salí del bufete y tomé una bocanada de aire crepuscular. Fountain Square iba desapareciendo en la penumbra, aunque sabía que dentro de poco llegarían las noches más largas y cálidas. Muy pronto instalarían una terraza-champañería en aquel lugar, prolongando la tradición de ocio caro que había tenido en su tiempo el Middle Temple. Se rumoreaba que *Noche de reyes*, de Shakespeare, se había escenificado por primera vez en el salón Tudor de la esquina de la plaza. Lo había estudiado en el preuniversitario, y apenas recordaba nada de la historia, salvo que había habido algún conflicto de identidades. Curiosamente, era el tema que más me gustaba de la obra, la gente que no era lo que parecía. Paradójico, teniendo en cuenta que las últimas semanas me las había pasado interpretando mal a la gente.

Me colgué el bolso del hombro y vi a Tom Briscoe acercándose desde el otro lado de la plaza.

Me hizo un gesto con la mano y nos encontramos a medio camino, junto a la fuente.

—¿Se ha alargado la comida? —dije, sonriendo. Me sentía de mejor humor tras la conversación con Vivienne, y lo cierto era que me alegraba de verle.

—Algo así —respondió, echándose atrás el pelo—. De modo que has vuelto —añadió, al cabo de un momento—. Bien. Me preguntaba dónde te habías metido.

No tenía ni idea de si estaba al día del culebrón Khan contra Khan, así que esquivé el tema.

—Dicho así podría dar la impresión de que me has echado de menos, Tom.

—¿Cómo no voy a echar de menos mi dosis diaria de comentarios ácidos mientras me preparo el café de la mañana?

Me recoloqué el bolso en el hombro y sonreí.

—¿Cómo estás? —preguntó, con gesto de sincera preocupación.

—He estado mejor —confesé—. Pero espero que la cosa mejore tras un fin de semana de no hacer nada.

—Hay una obra en el Hampstead Theatre, si te apetece —me dijo, evitando mirarme directamente a los ojos—. La dirige mi hermano. Le dije que iría. Podrías venir.

—¿Yo? —respondí, sorprendida—. No quiero molestar. Estarás con tu familia. Y… ¿Hannah?

—En realidad, no.

Estaba segura de que Tom solo quería ser amable, pero no quería complicar las cosas aún más saliendo con mis colegas por ahí.

—Estos días me quedo en casa de una amiga. Quizás en

otro momento, ¿vale? —dije. En ese momento, sentí una gota de lluvia en la frente y agradecí la excusa que me daba para irme—. Va a empezar a llover. Debería irme.

—Tienes razón. Yo voy a ver a Paul, antes de que envíe un equipo de rescate a buscarme al pub.

Me alejé de él con paso ligero, lamentando al momento haber rechazado una ocasión para salir sin más complicaciones, por una vez.

—Francine.

Me giré, con la esperanza de que fuera Tom, que insistía. Pero cuando lo vi me quedé de piedra.

Debía de haber reconocido la voz de Pete Carroll. Debía de haber imaginado que se presentaría allí.

Dio unos pasos en mi dirección y cambió de posición, firme sobre los adoquines.

—¿Quién era ese hombre? —preguntó, hundiendo las manos en los bolsillos de su anorak.

—Hola, Pete —respondí, haciendo caso omiso de las gruesas gotas de lluvia que me caían sobre los hombros. No le iba a dar la satisfacción de mostrarle lo incómoda que me sentía.

—¿Recibiste mi mensaje? —preguntó, con una sonrisa inexpresiva.

El *post-it*. Yo había interpretado que había llamado, pero debía de haberse presentado en el bufete para verme.

—Hace unos minutos, cuando he pasado por el bufete. Esta semana no he trabajado.

—¿Y qué has estado haciendo?

—He estado con amigos —dije, maldiciéndome al mismo tiempo por ser tan bocazas. Sabía que no debía darle información.

—¿Quién? ¿Martin Joy?

—No, no es Martin. —Suspiré.

—Entonces ¿quién? ¿Ese hombre?

—Ese es un colega del bufete —dije, evitando darle el nombre de Tom.

—No parecía un compañero de trabajo. De hecho, diría que es de tu estilo.

—Pete, basta —dije, ya más irritada que incómoda—. ¿Qué estás haciendo aquí?

—Hace dos noches que no pasas por casa. Estaba preocupado por ti.

257

—Bueno, pues estoy bien.

—Iba a hacer cena para los dos el martes, pero no viniste. Pensé que quizás estarías disgustada porque el otro día me fui sin decir adiós. Dormías tan plácidamente que no quise despertarte.

—Pete, tengo una vida ajetreada —dije, intentando mantener un tono tranquilo—. Salgo de la ciudad por trabajo, los amigos quieren verme…

—Bien —dijo—. Porque por un momento he tenido la impresión de que intentabas mantenerme fuera de tu vida. Y eso me ha dolido, teniendo en cuenta que, la última vez que nos vimos, estuve dentro de ti.

Sus palabras me provocaron un escalofrío, pero lo disimulé ajustándome el abrigo.

—¿Cómo está Martin, por cierto? —preguntó como si nada—. Pensaba que a estas alturas ya estaría detenido. Pero quizá la policía sea más lista de lo que nos pensamos. Quizás hayan sospechado que Martin no era el único que estaba esa noche en la casa de Donna Joy.

No dije nada. Pete Carroll era impredecible y no quería provocarlo más de lo necesario.

—¿Vas a venir a casa esta noche?

—No lo creo —dije, empezando a temblar—. Ya te he dicho que estoy en casa de una amiga…

Acercó la cabeza, haciéndome sentir su aliento agrio en el rostro.

—Iré a la policía, Francine. Si no vuelves este fin de semana, iré a ver al inspector Doyle.

Me mordí la lengua. No iba a perder saliva preguntándole cómo sabía quién era el policía al cargo del caso de Donna. Pete Carroll era listo: buscando un poco en Internet se podía encontrar todo un mundo de datos.

—¿Y qué? —dije, intentando mostrarme desafiante—. Estaba borracha. No voy a ser lo que se dice una testigo fiable. ¿De verdad crees que les va a importar?

Pete se rio.

—Oh, yo supongo que sí. Piénsalo: admites haber estado ahí la noche de la desaparición de Donna Joy, y nadie la vuelve a ver. Creo que podrían sumar dos y dos y que les diera cinco. Yo lo hice.

Estaba decidida a no revelarle nada más de lo que me pasaba por la cabeza.

Todo lo que estaba diciendo eran los oscuros pensamientos que había estado evitando durante los últimos diez días, los pensamientos que había estado alimentando en mi subconsciente, desde el momento en que había sabido que Donna Joy había desaparecido. Seguía sin poder recordar nada de aquella noche; no recordaba con seguridad quién había entrado en la casa ni cuándo habían salido. Pero lo que sí sabía era que yo había estado allí. De hecho, eso era lo único de lo que estaba segura. Había estado observando desde el pub, y luego acechando desde las sombras. Era la única constante de la escena. Y del mismo modo en que no tenía claro cuándo habían salido Martin y Donna, tampoco podía confirmar mis movimientos, ¿no?

—Está lloviendo —murmuré, subiéndome el cuello del abrigo—. Deberíamos irnos.

—Bien. Sabía que entrarías en razón. Deberíamos coger un taxi. Date prisa. Nunca es demasiado pronto para empezar una noche romántica en casa.

Sabía lo fácil que sería capitular. Ceder a su manipulación para cerrarle la boca. Pero no podía. No en ese momento. No ahora que Vivienne MacKenzie me había cubierto las espaldas y que iba progresando, ayudando a Martin. Podía controlar la situación. Hacer que aquello funcionara.

—Pete —dije—. Hoy no voy a volver a casa.

—Vale, lo pillo —dijo, asintiendo—. Eres una chica muy ocupada. Pero te veo mañana, ¿verdad?

Su capacidad para cambiar de marcha de pronto me inquietó aún más que sus palabras: estaba dándole la vuelta a la realidad para que se adaptara a su narrativa interior. Cuando se acercó y me cogió la mano, me encogí. Aunque estaba fría y húmeda, fue como si me quemara la carne.

—Sé que te preocupa un poco la diferencia de edad, Fran. Pero tú y yo tenemos muchísimas cosas en común —susurró—. Cuando estuve en tu casa, eché un vistazo a tu botiquín. Vi lo que había. Yo también tuve algún problema cuando era más joven, pero estuve una temporada en el Maudsley y lo superé. Podemos hablar de ello mañana. Cocinaré y te lo contaré.

—Vale —dije, liberando la mano.

No quería mentirle, pero tenía que irme.

—Hasta entonces, cariño —dijo, con una gran sonrisa.

259

Yo di media vuelta y me dirigí a la calle, sintiendo sus ojos en la espalda, esperando que me agarrara en cualquier momento. Pero cuando me atreví a mirar por encima del hombro, el banco y la fuente estaban desiertos. En cuanto giré la esquina y entré en el Fountain Court, eché la cabeza adelante y vomité en la alcantarilla.

35

*T*omé un taxi para volver a casa de Clare. Estaba demasiado nerviosa como para coger el metro o el autobús, con la paranoia de que Pete pudiera seguirme. El taxista era un tipo callado, lo cual me fue bien, ya que apenas podía respirar, y menos aún hablar.

Aunque aún tenía las llaves de casa de Clare, llamé al timbre en lugar de entrar sin más.

—Fran, no te esperaba —dijo Clare, abriendo la puerta—. Pensé que habrías vuelto a tu piso.

Llevaba unas zapatillas y un pantalón de pijama de invierno con personajes de dibujos animados. Era raro no verla vestida de calle, con su clásica imagen urbana y glamurosa. Era otra imagen de la normalidad, y fue la gota que derramó el vaso: me eché a llorar.

—Eh, eh —dijo, haciéndome entrar—. ¿Qué pasa?

—Todo —sollocé, temblando como una hoja.

Ella me hizo pasar, atravesando el salón y encendiendo la chimenea de gas, llenando aquel espacio acogedor con un reflejo anaranjado. Me senté al borde del sofá. Había estado allí sentada decenas de veces, acurrucada en la esquina con una copa de vino y los pies cubiertos con una manta. Ahora casi no podía recordar aquellos momentos. Era como si esos recuerdos no fueran míos.

—Pete Carroll se ha presentado en el bufete —dije, sin dejar de llorar.

—¿El tío que vive en el piso de abajo?

Asentí.

—Me está haciendo chantaje.

—¿Qué? ¿Con qué?

Me miré las manos, avergonzada, y supe que era el momento de contárselo todo. Respiré hondo y empecé a hablar.

—¿Así que amenaza con ir a la policía? —me cortó Clare.
Asentí y me limpié los ojos con el dorso de la mano.

—Insinúa que quizá tuve algo que ver con la desaparición
de Donna. —A medida que hablaba, oía el miedo en mi propia voz—. Y la verdad es que quizá la policía esté de acuerdo
con él.

—Ese media mierda... —dijo Clare, indignada—. ¿Y qué
es lo que quiere? ¿Dinero?

La miré, desolada.

—Sexo.

Abrió los ojos aún más, perpleja.

—Y... ¿tú...?

Asentí. Al ver su expresión de repugnancia, intenté justificarme.

—Tuve que hacerlo. Es peligroso. En serio, Clare —dije—.
Estoy segura de que hace tiempo que le gusto. De hecho, el
día de mi cumpleaños intentó besarme y no le dejé. Y ahora
es como si estuviera decidido a vengarse. Me ha dicho que
recibió tratamiento en el psiquiátrico de Maudsley. Y no sé
qué tipo de tratamiento le dieron. Quizás estuviera perturba-
do. Ahora constantemente tengo la impresión de que me está
acechando...

Respiré hondo para controlar mi histeria y luego hundí la
cabeza entre las manos. Quería llorar desconsoladamente, pero
era como si tuviera paralizados todos los músculos del cuerpo.
Clare se acercó y se sentó a mi lado, rodeándome los hombros
con un brazo, pero yo no podía mirarla.

—Fran, tienes que ir a la policía —dijo con voz suave.

—Quizá lo haga él antes —respondí con amargura.

—No, no creo —dijo Clare—. Y aunque lo haga... ¿qué?
¿Tiene una teoría infundada sobre ti? Ya ves. Él es el que ha
cometido un delito. Te ha violado, Fran.

En algún rincón de mi cabeza tenía la certeza de que estaba
en lo cierto, pero aun así intentaba huir de aquella palabra.
Una violación era algo que tenía lugar en un callejón oscuro,
obra de un maníaco enloquecido, no algo que te hiciera un
vecino bien parecido en tu propio dormitorio. Sabía, por supuesto, que el sexo bajo coacción era sexo no deseado. No era
mi especialidad profesional, pero había visto casos así en salas
contiguas de los centros de asesoramiento legal, entre procedimientos por bancarrota y actuaciones legales de poca monta:

aquellas adolescentes pálidas, asustadas y temblorosas. Chicas que habían sido amenazadas con la difusión en la red de fotos de desnudos o grabaciones porno que podrían volverse virales si no accedían a repetir. Mujeres casadas engañadas o forzadas por un cuñado o un compañero de trabajo. Yo no me ocupaba de esos casos; había voluntarios con experiencia en derecho penal, y en todas las ocasiones daban el mismo consejo que Clare. Ir a la policía. Pero lo cierto era que a la ley le gusta la claridad, y este caso era muy confuso. Yo, desde luego, estaba muy confundida.

—Lo que más miedo me da es que pueda tener razón —dije, con una voz que era poco más que un susurro.

—¡Eso es una locura! —dijo Clare—. No tuviste nada que ver con la desaparición de Donna.

—¿Y si no es así? —dije, mirándola fijamente, para que viera en mis ojos el peso de la culpa que había llevado dentro todo aquel tiempo.

Aquella noche, más que ninguna otra, odiaba a Donna Joy, y mi experiencia laboral me había demostrado la fuerza destructora del odio.

—Recuerdo que me desperté en casa de Pete, y recuerdo haber estado observando la casa de Donna. Pero en las cuatro horas que hay entre una cosa y la otra…, nada. No recuerdo qué hice, Clare —dije, con una voz cada vez más desesperada.

—Fran, no pensarás en serio que habrías podido hacerle algún daño a Donna Joy.

—Pete cree que sí.

—Pete está haciéndote pensar eso para conseguir lo que quiere.

—Pero ¿tú crees que yo soy capaz de ser violenta?

—Fran…, eso es ridículo.

—No, en serio, Clare. Sé que hay un vínculo entre bipolaridad y violencia. Lo hay, ¿no?

Clare se echó atrás, meneando la cabeza.

—Me he pasado media vida intentando eliminar el estigma con el que cargan las personas con enfermedades mentales por la mierda que les echa encima la gente —dijo, furiosa—. Tú sabes lo que dice la gente: pirado, majara, lunático… Nada agradable, todo impropio y ofensivo.

—Todo eso lo sé —insistí—. Pero ahora estamos solas tú y yo, Clare. Por favor, dímelo… ¿Es posible?

263

Soltó un fuerte suspiro de desaprobación.

—Si alguien sufre un episodio maníaco grave, en ese caso es posible, sí. Podría volverse violento.

—¿Y qué podría hacer? Si pierde el control, quiero decir.

—He oído hablar de actos de fuerza extraordinaria —dijo a regañadientes—. Con más frecuencia, aunque sigue siendo poco habitual, es un simple comportamiento agresivo. A veces hay que internarlos; el abuso de sustancias puede aumentar el riesgo de violencia y ataques físicos… Pero aun así es muy improbable.

Puso una mano sobre la mía.

—Y estoy hablando de «posibilidades» porque me insistes: esos son casos extremos, Fran. Además, tú me estás hablando de otra cosa. No es que hayas enloquecido y hayan tenido que placarte; es que has perdido la conciencia un par de horas: no es lo mismo, en absoluto.

Me miró y la preocupación fue convirtiéndose en irritación; la amiga volvía a ocupar el lugar de la psiquiatra.

—Venga, Fran. ¿Tú qué crees que pudo ocurrir? ¿Que reventaste la puerta de Donna, cerrada con llave, le hiciste una llave mortal de kárate y te deshiciste de su cuerpo, todo ello antes de las dos, cuando te llevaron de vuelta a Islington? Ah, no sin antes limpiar todas las superficies de la casa con Don Limpio; supongo que la Científica habrá escrutado hasta el último rincón de la casa de Donna y no habrá encontrado más que rastros suyos… y de Martin.

No me gustó que hiciera mención a la presencia de ADN de Martin en el escenario del crimen, pero tuve que admitir que lo que decía tenía sentido.

—Eso aún deja un vacío de tres horas, Clare. ¿Qué pude haber hecho? Ojalá pudiera recuperar ese tiempo. Ojalá recordara.

Clare se puso en pie, se acercó a la ventana y se puso a mirar las sombras de la calle a través del cristal.

—Tengo un amigo que quizá pueda ayudarnos —dijo al cabo de un momento—. Se llama Gil. Trabaja en el centro; es un psiquiatra clínico especializado en traumas.

La miré y sentí cómo crecían mis minúsculas esperanzas.

—Pensaba que habías dicho que no se podían recuperar los recuerdos de una borrachera.

—No es una ciencia exacta, y no estoy segura de que en tu

caso se pueda hacer. Pero si hay una forma, Gil lo sabrá. Creo que deberíamos intentarlo. ¿No te parece?

Salté y la rodeé con mis brazos.

—Gracias, Clare. Eres maravillosa.

—Eh, vale, tranquila —murmuró, abrazándome y acariciándome el pelo.

Por un momento, recordé algo. Una noche en la universidad. La noche del baile de verano. Había sido un día de mucho calor, el aire aún estaba templado y las niñas cursis del comité de celebraciones habían hecho un trabajo increíble transformando el recinto de nuestra residencia en un país de las maravillas iluminado con farolillos; era como si todo el jardín estuviera lleno de polvo de estrellas y luciérnagas, igual que la noche que me había descrito Alex, cuando había besado a Donna. Clare y yo también nos habíamos dejado llevar. Estábamos borrachas y éramos felices, y las atracciones de feria del otro extremo del prado nos habían dejado aún más mareadas. Aquella noche me sentía guapa, con un largo vestido de época que había comprado en una tienda de una organización benéfica. Un año antes, había sido la que se lo hacía en el cobertizo de las bicis, la furcia de la facultad, que fumaba y se acostaba con cualquiera, intentando llamar la atención. Pero aquella noche me había sentido como una princesa en un cuento de hadas y Clare formaba parte de aquel mismo hechizo. Me preguntaba si ella recordaría aquella noche. Aquellos días de juventud, en que no teníamos que preocuparnos por nada… Cómo los echaba de menos.

36

Aquel sábado, con la lluvia, el centro de asesoramiento de West London tenía un aspecto anodino. El pequeño aparcamiento de delante estaba vacío, salvo por un microbús salpicado de lluvia en una plaza con el cartel «Reservado para médicos».

—Parece desierto —dije, de pronto irritada—. Yo habría dicho que, si hay algún sitio que tenga que estar abierto en fin de semana, sería este. Toda esa gente que se pasa la semana en estresantes trabajos, ¿por qué no pueden...?

—Estás nerviosa —me cortó Clare, mientras introducía el código de acceso en un teclado junto a la puerta—. Lo entiendo. Pero ten en cuenta que cabe la posibilidad de que Gil no pueda ayudarte. No te hagas demasiadas ilusiones: es poco probable que hoy suceda algo. La terapia es un proceso, no un remedio instantáneo. Podía llevar seis meses de sesiones. Eso lo sabes, ¿no?

—Dentro de seis meses, si no le ayudo, Martin podría estar en la cárcel —dije, entrando y sacudiéndome el cuello de la gabardina—. Tú «eso» lo sabes, ¿verdad?

Clare parecía estar a punto de responder, pero se detuvo un momento y se limitó a asentir, esbozando una sonrisa de preocupación mientras me indicaba el camino por los blancos pasillos. Sabía que estaba dispuesta a tolerar mi lealtad a Martin, pero que no le gustaba. Me estaba ayudando a mí, no a él.

—Por aquí —dijo, usando una tarjeta magnética para abrir una puerta—. Gil está en la planta de arriba.

La escalera era una caja de cristal; por el interior caía el agua de la lluvia como un montón de cintas plateadas que distorsionaban el mundo exterior. El ruido de cada paso que dábamos sobre cada escalón producía un eco que resonaba hacia arriba.

Clare también parecía nerviosa, pero eso me tranquilizaba. Al final de un largo pasillo, había una única puerta abierta, por la que entraba una luz gris al pasillo.

—¿Gil? —dijo Clare, llamando con los nudillos sobre el marco de la puerta.

—Oh, hola, hola. —Un hombre alto se puso en pie de un salto—. Entrad, entrad las dos.

Tendría poco menos de cincuenta años, un rostro fino y entradas, pero iba vestido sorprendentemente a la moda, como un profesor de secundaria a la última. Lo más llamativo, sin embargo, eran sus ojos de pillo, negros como el carbón. Gil Moore me gustó a primera vista.

—Tú debes de ser Fran —dijo, estrechándome la mano.

Me pregunté hasta dónde le habría contado Clare, y al momento me pregunté hasta dónde debía contarle yo.

—Perdonad el desorden —dijo Gil, recogiendo un sándwich a medio comer y tirándolo a una papelera—. Es la consulta más impresentable del edificio, pero solo estoy aquí dos días a la semana.

—No te preocupes —dije—. Mi despacho no está mejor. ¿Dónde trabajas el resto del tiempo?

—En el hospital de Baverstock —me respondió, reordenando distraídamente la mesa como un ama de casa sorprendida por una visita que llega antes de hora—. Sobre todo trabajo con traumas: pacientes con trastorno de estrés postraumático. Muchos exmilitares, como puedes imaginar.

Había algunos certificados enmarcados en la pared junto a un estante lleno de CD. Ladeando la cabeza vi artistas como The Smiths, Jesus Jones o Royal Blood. No sé qué me esperaba, ¿a un viejo profesor rancio con un suéter de cuello de cisne y música clásica sonando de fondo?

—Más vale que os deje solos —dijo Clare, que no se había movido del umbral—. A mí tampoco me iría mal ordenar un poco mi consulta.

—Dijo la persona más perfeccionista del edificio —replicó Gil, sonriendo.

Clare bajó la vista, ruborizándose levemente.

—Me conoces demasiado —murmuró, y luego, mirándome con las cejas levantadas, desapareció.

«Interesante», pensé, algo apesadumbrada. En parte porque me daba cuenta de que había un rincón de la vida de mi

267

mejor amiga de la que no sabía nada, y en parte decepcionada porque Clare no hubiera acabado con alguien como aquel hombre inteligente y bondadoso. En lugar de eso, había elegido a Dom; o había dejado que él la eligiera.

Gil me cogió la gabardina mojada y la colgó de un perchero junto a la puerta. Me indicó un sofá de tela gris (de Habitat, pensé) y colocó su silla de despacho enfrente.

—¿De modo que eres la mejor amiga de Clare?

—Supongo —respondí, sin saber muy bien cómo colocarme en el sofá—. Me sorprende que no nos hayamos visto antes.

—Solo llevo aquí seis meses; por eso tengo la consulta más pequeña del edificio —explicó Gil—. Antes pasé mucho tiempo en Estados Unidos.

Cambió de posición, apoyándose en el brazo de la silla.

—Clare me ha contado que tienes una laguna. ¿Es eso?

De modo que ya estábamos en plena sesión. Eficiente, directo: mi tipo de hombre. Clare había escogido bien.

—Necesito recordar qué sucedió —dije, mirándole en busca de una reacción, de desaprobación quizá, o de duda, pero él se limitó a asentir.

Fuera amiga de Clare o no, para él debía de ser una paciente más, otro problema que resolver.

—Bueno. ¿Por qué no me cuentas lo que sí recuerdas?

Titubeé un poco, pero le hice un breve resumen de cómo había llegado al piso de mi vecino a las dos de la mañana, tensa y agitada, con muy pocos recuerdos de lo sucedido. Pensé que mi bipolaridad también sería relevante, así que también le puse al día de eso.

—¿Has tenido desvanecimientos antes?

—Pues no. Al menos no desde la universidad. El primer año de carrera me emborrachaba a menudo. Nada demasiado raro en ese entorno, supongo, pero a lo mejor iba a una reunión de la Sociedad Enológica y me despertaba al día siguiente vestida de calle, sin acordarme de nada. Durante un tiempo supuse que era la bebida, pero tuve la suerte de dar con un médico residente que me hizo caso, especialmente tras un episodio de autolesiones: me diagnosticaron la bipolaridad.

Gil asintió, tomando nota en el cuaderno que tenía en el regazo.

—Supongo que dejarías la Sociedad Enológica —bromeó.

—Me pasé al bádminton —dije.

Me gustaba lo fácil que era hablar con él, pero había algo que no podía quitarme de la cabeza.

—Clare me dijo que, si estaba borracha, no podría recordar nada. ¿Es cierto?

Gil soltó aire con fuerza y se recostó en la silla, cruzando las manos tras la cabeza.

—La respuesta a esa pregunta es «depende». El problema de la terapia es que el cerebro es de una complejidad infinita. Si eres cirujano cardíaco, básicamente trabajas con unas cuantas conducciones. Si las encajas todas correctamente, cabe esperar que todo funcione cuando vuelves a coser al paciente. Me temo que con la mente no sucede lo mismo.

Debió de percibir mi angustia, porque me sonrió para tranquilizarme.

—Eso no quiere decir que no hayamos descubierto unas cuantas cosas con el paso de los años —añadió—. Sí, Clare tiene razón al decir que a veces los recuerdos perdidos con un desvanecimiento no pueden recuperarse, pero cuando el desvanecimiento se debe al consumo de alcohol.

—¿De modo que hay otras posibilidades?

—Muchas. Por ejemplo, he oído de bastantes casos de pérdidas de memoria menores en pacientes bipolares. Psicosis, fugas disociativas, cualquier tipo de disociación. Esa es mi especialidad, afortunadamente. —Esbozó una sonrisa sarcástica—. O quizá no tan afortunadamente, según como se mire. Los cirujanos cardíacos no suelen tener que tratar a pacientes hechos un mar de lágrimas.

—Eso es porque suelen estar dormidos —dije.

—Bien visto —respondió—. Debería tener más cuidado con los abogados, ¿no? Bueno, háblame de la noche que no recuerdas.

Asentí, bajando la vista y mirándome las manos entrelazadas, sorprendida de mis propios nervios. Había deseado recordar aquella noche con todas mis fuerzas, pero ahora que había llegado el momento tenía miedo. Miedo de no recordar y miedo de recordar. Lo que más deseaba en el mundo era demostrar la inocencia de Martin, pero ¿de verdad quería volver a ver a mi novio con su esposa, constatar que era tan poco lo que le importaba que había decidido acostarse con ella?

Y a todo aquello se le sumaba, por supuesto, la acusación de Pete Carroll: que yo había podido tener algo que ver en la desaparición de Donna. Desde luego, de ser cierto, era algo que no tenía ningunas ganas de revivir.

—Relájate —dijo Gil, con una voz suave y profunda—. De momento, solo unas pinceladas de lo que ocurrió aquella noche. Para que me pueda hacer una idea.

No tenía otra opción que contárselo. Le describí cómo había seguido a mi novio hasta la casa de su exmujer y cómo me había apostado en el pub de enfrente para observar. Le conté que lo siguiente de lo que me acordaba era haberme despertado en el piso de mi vecino (al que aparentemente no había entrado por mi propio pie), con los recuerdos de toda la noche borrados, como un libro al que le faltaran páginas.

—¿Cuánto bebiste esa noche?

—Esa es la cuestión. No lo recuerdo. Más de una copa, en cualquier caso.

—Y supongo que estarías disgustada por el hecho de que tu novio hubiera ido a la casa de su esposa por sexo, claro.

270

Nuestros ojos se cruzaron, pero no me estaba juzgando: era simple curiosidad y deducción lógica. Aquello me puso nerviosa; una vez más me pregunté hasta dónde estaba dispuesta a contarle a aquel extraño.

—¿Has oído hablar del término «disociación»? —me preguntó. Negué con la cabeza—. Es el distanciamiento de la realidad —dijo Gil, posando el bolígrafo—. Puede ser algo tan leve como una ensoñación o tan extremo como la identidad múltiple. Yo lo veo muchísimo en veteranos de guerra y en víctimas de abusos: bloquean esos recuerdos angustiosos. Es el modo que tiene el cerebro de protegerse de las sensaciones desagradables; simplemente, finge que no ocurrieron.

—¿Y tú crees que esa es la causa de mi amnesia? ¿La disociación?

Gil asintió.

—Es lo que llamamos «fuga disociativa»: un evento esporádico. Generalmente, se debe a un trauma, pero pueden originarlo las drogas o el alcohol. El paciente tiene recuerdos, pero la mente básicamente los ha bloqueado. El cerebro está en estado de negación.

—Así que en esos casos es posible recuperar esos recuerdos. ¿Cómo? —dije, impaciente por empezar.

—Derribando esos bloqueos —dijo, poniéndose en pie. Fue hacia la esquina de su consulta con un leve gruñido, cogió un aparato y se puso a prepararlo. Parecía una pantalla portátil para proyector, solo que más moderna—. El problema del subconsciente está en su propio nombre —dijo Gil mientras seguía desplegando el aparato—. Es *sub*-consciente, está por debajo de nuestra conciencia. Van pasando un montón de cosas interesantes por él, pero no podemos acceder a ellas. Así que necesitamos encontrar el modo de engañar al cerebro para que se abra.

»Creo que así va bien —dijo, dando un paso atrás para contemplar su obra: una caja larga y fina situada sobre un trípode, con unos cables colgando por detrás—. Lo que vamos a hacer es una versión de eso —dijo Gil, mientras se acercaba a las ventanas para cerrar las persianas—. Se llama desensibilización y reprocesamiento por movimientos oculares, o EMDR. Aunque el nombre es muy elaborado, simplemente es esto.

Apretó un mando a distancia y aparecieron unas luces azules por la parte delantera de la caja, de izquierda a derecha, acompañadas de un leve ruido como un chispazo cada vez que aparecía una luz.

Otro clic y paró.

—¿Ya está?

—Parece una tontería, pero es muy efectivo, te lo aseguro. Lo que hacemos es imitar los movimientos del ojo durante el sueño REM, la parte del sueño en la que soñamos; cuando el cerebro baraja diversos pensamientos e intenta encontrar un sentido a lo que hemos visto y hecho durante el día. Si podemos acceder a ese estado, normalmente los recuerdos salen solos.

Miré a la caja y luego otra vez a Gil, con un nudo en el estómago.

—Estás nerviosa —dijo él, sentándose—. No lo estés. Lo bueno del EMDR es que le pedimos al cerebro que lea esos recuerdos poniendo distancia de por medio. Es como si lo vieras en la pantalla de un cine, sin el trauma que supone personalizar. Esto lo usamos con los veteranos de guerra y las víctimas de violaciones: no sería muy productivo hacerles pasar por todo eso otra vez; no haríamos otra cosa que reforzar el trauma, aumentando la sensación de terror. Pero, aun así, el EMDR puede tener efectos impresionantes; he visto a víctimas de abusos que vol-

vían a la infancia, que incluso volvían a hablar como niños.
—Levantó un dedo—. Observa que he dicho «impresionantes»,
no «traumáticos». Cuando funciona, suele ser muy liberador.

Asentí, diciéndome a mí misma que podía hacerlo.

—Bueno, siéntate bien —dijo—. Ponte todo lo cómoda que
puedas y háblame de Martin.

Su voz era suave y profunda, tranquilizadora. Y, sin embargo, yo estaba nerviosa, tenía las manos frías y sudadas.
Tuve que contenerme para no secármelas con la falda. Cerré
los ojos e intenté acostumbrarme a la oscuridad. Estaba desorientada, como si hubiera perdido la noción del tiempo y algo
me arrastrara hacia la noche.

—Martin es mi novio —empecé, lentamente—. Bueno,
más o menos. Es cliente mío. En realidad, no deberíamos salir.

—Seguramente, eso ya es un motivo de ansiedad. Una relación fuera de lo permitido.

—Sí, también me presento al Consejo de la Reina. Eso supondría un gran logro profesional. Tienes que ser buena, responsable. Un lío con un cliente, sobre todo con uno que aún
está oficialmente casado, no encaja precisamente con el perfil.
—Intenté sonreír, pero no me parecía lo más correcto.

—¿Estás enamorada? —preguntó Gil, sin más.

Yo solté una risita nerviosa, pero de pronto sentí que necesitaba confesarle a alguien la intensidad de mis sentimientos.

—Sí. Le quiero tanto que me asusta. No me he sentido así
nunca, es como si acabara de despertarme y estuviera experi-
mentando estas emociones por primera vez.

—¿Te da la impresión de que alguna vez no controlas tus
emociones?

—Sí. —Fue casi un suspiro, pero en la intimidad de aquella
sala, a oscuras, me pareció como un grito. La voz me temblaba—. La mayor parte del tiempo me siento como si fuera en un
coche sin frenos. Cuando estoy con él, es como si fuera en bici
sin pedalear, sintiendo el viento en el cabello. Y me siento feliz. Pero la verdad es que nunca estoy tranquila.

—¿Y por eso estabas tan tensa aquella noche?

—Estaba tensa porque pensé que estaría en la cama con su
mujer. Por eso los seguí.

—Vale. Describe lo que ocurrió. Todo lo que recuerdes.
¿Qué llevabas puesto?

Abrí los ojos y le miré.

—¿Qué llevaba puesto? —Fruncí el ceño, sorprendida al darme cuenta de que no lo recordaba. Recordaba el abrigo rosa de Donna, pero... ¿Yo? Nada.

—No lo sé.

—Muy bien —dijo Gil, y accionó el mando. Las luces azules atravesaron la pantalla.

Zip..., zip..., zip.

Me reí. Me parecía algo muy tonto, como una película de espías de los años sesenta en la que un villano megalómano medio loco intentara lavarle el cerebro al héroe.

—Tú sigue —dijo Gil.

Asentí, respirando hondo. Tenía que hacerlo. Aunque solo fuera por Martin. Observé las luces recorriendo la caja. De algún modo, resultaba relajante, como las lucecitas de un árbol de Navidad.

Zip..., zip..., zip.

—Vale —dijo Gil, accionando el mando para apagar las luces—. Ahora dime qué llevabas puesto.

—Un abrigo negro.

«Era evidente» que llevaba mi abrigo negro. Siempre llevaba mi abrigo negro.

—No te preocupes —dijo Gil, accionando de nuevo las luces—. No tengas prisa; tú relájate y observa las luces.

Me dejé caer en la silla mientras las luces iban de un lado al otro: zip..., zip..., zip. No eran intensas, de un azul claro, como el mar en un póster turístico de Grecia o Italia. Santorini, pensé de pronto. Había estado a los veintitantos. Las playas eran impresionantes...

—Abrigo negro, una bufanda verde... —dije, sin saber muy bien si aquellos detalles los había sacado del retrato robot del *Evening Standard* o de si realmente empezaba a recordar. Al concentrarme más, empecé a ver más cosas. Casi me veía a mí misma caminando por la calle—. Llevaba lo que suelo llevar al trabajo. Una blusa blanca y una falda oscura.

Gil accionó las luces.

—Ahora descríbeme el tiempo que hacía.

Fruncí el ceño, haciendo un esfuerzo. Me faltaba poco, pero no lo recordaba bien.

—No, no consigo...

—Bueno —dijo Gil, encendiendo otra vez el aparato—. Vuelve a seguir las luces.

Zip…, zip.

Ahora era reconfortante ver cómo se movían, como el agua sobre las rocas.

—Terrible… El tiempo, quiero decir —dije sin pensar—. Llovía; hacía frío. Tanto que me puse el sombrero. Recuerdo que pensé que con la lluvia se me correría el maquillaje.

Gil apagó las luces.

—Lo estás haciendo muy bien. ¿Qué fue lo primero que viste?

Fruncí los párpados, mirando la oscuridad.

—Vi a Donna. La seguí desde el trabajo y la vi llegar al restaurante y encontrarse con él. Estaban riéndose, bebiendo vino. Volvieron a la casa de ella. Yo me metí en el pub. Me pedí una copa y me senté junto a la ventana.

—Y entonces, ¿qué?

—No lo recuerdo —dije, angustiada.

—Son solo imágenes, Fran. No hay nada que te pueda hacer daño —dijo Gil, con una voz profunda que atravesaba la oscuridad.

Volvieron a encenderse las luces.

Zip…, zip.

Azules y tenues, azules, verdes.

Ahora veía nuevos matices.

—Recuerdo que le tocaba la parte baja de la espalda con la mano —dije, titubeante—. Vi eso… Esa familiaridad entre ellos, algo que yo no tenía.

«Oh, Dios, estaba tan relajado con ella…»

Zip…, zip. De nuevo, la voz de Gil, tranquilizadora, fuerte.

—¿Y eso cómo te hizo sentir?

—Me hizo darme cuenta de que todo lo que me había contado Martin era mentira.

—¿Qué más? ¿Qué más, Fran?

—No le culpé. ¿Por qué no iba a hacerlo con dos mujeres, si no le costaba nada?

Abrí los ojos, miré a mi nuevo confidente, esperando alguna reacción por su parte, pero estaba impasible.

—¿Qué recuerdas del pub?

Gil parecía ir encendiendo y apagando las luces azules aleatoriamente, o quizá yo ya no estuviera prestando atención a la secuencia. De algún modo, me sentí como si estuviera en ambos sitios a la vez; en la clínica, segura y relajada, y de nuevo en el pub, mirando al otro lado de la calle.

—Estaba lleno. Más de lo que es normal un lunes por la noche. Se me ocurrió que habría una fiesta o algún juego de preguntas y respuestas en la sala de arriba. Cuando fui a la barra, alguien me preguntó si sabía la respuesta a una pregunta. Me gustan esos juegos. Y sabía la respuesta, pero tenía que volver a mi sitio para observar la casa.

Los recuerdos iban apareciendo, pero me notaba cada vez más tensa. O más bien iba percibiendo la angustia de aquella noche, sintiendo la tensión en el estómago al ver a Martin tocándola. Percibía las luces intermitentes (zip, zip, zip), pero al mismo tiempo no estaba allí; era otra persona.

—¿Por qué crees que Martin te mintió? —preguntó Gil.

—Se follaba a su esposa —dije con amargura, arrastrando un poco las sílabas.

Dios, necesitaba una copa.

—¿Cómo lo sabes? A lo mejor no estaban haciéndolo.

—Sí que lo hacían —dije, con seguridad—. Recuerdo cómo le miraba ella al llegar a la casa. Recuerdo cómo le tocó él el hombro, casi empujándola para que entraran. Había una luz encendida.

Una luz azul, que se encendía y se apagaba. Se encendía y se apagaba.

—¿Qué más, Fran? Déjate llevar.

—Había una luz encendida —dije—. En la ventana de arriba. El dormitorio de ella.

—¿Por qué crees que eso significa que estuvieran haciéndolo?

Entendía la táctica que estaba usando, y estaba funcionando, pero aun así no podía dejarme llevar del todo. Gil había dicho que la gente podía revivir su trauma, recrear las mismas sensaciones, y era cierto. Sentía la bilis que me subía por la garganta, el ardor del vodka, un dolor en el pecho al asimilar lo que implicaba todo aquello. Lo sentía todo, como si estuviera sentada en el pub, mirando al otro lado de la calle, pero al mismo tiempo no parecía real. El malestar estaba ahí, la rabia y la sensación de traición, pero era más bien como si lo observara, como si lo viera desde fuera.

—Sé lo que estaban haciendo —dije, sin levantar la voz, pero con decisión.

La cabeza me flotaba y sentía que la camiseta me oprimía el cuello, pero aun así me sentía bien; la imagen iba enfocándose. Los vi entrar en la casa, igual que los había visto aquella noche, igual que había visto cada acto de pasión del que había disfrutado con Martin, solo que, en lugar de mi rostro, de mi cuerpo desnudo, en la imagen era el cuerpo de Donna el que se agitaba bajo el suyo. Pero Gil tenía razón. Yo «no» lo había visto; no había visto nada de aquello. Lo único que había visto era una luz.

«Una luz.»

—Eso es lo que vi —dije, poniéndome en pie de un salto.

—Fran, espera…, por favor.

—No, no puedo —dije, sintiéndome de pronto fortalecida, liberada de un peso—. Gil, ya sé lo que pasó.

Él se puso en pie y abrió las persianas, dejando que la luz del día inundara la consulta, con su silueta a contraluz: como la de Martin. Y entonces lo recordé todo. No solo fragmentos, sino la totalidad, un recuerdo completo del que estaba segura.

—Lo recuerdo.

Recordaba que la noche era fría y oscura. Recordé que Donna y Martin entraron en la casa. Recordé el pub, el vodka con tónica, el asiento junto a la ventana. Recordé la pregunta del concurso: «¿Quién era el bajista de Queen?». Recordé la luz de la planta de arriba, y todas las elucubraciones que había hecho. Y entonces recordé que la puerta de la casa de Donna se abría y que la luz de encima de la puerta iluminó a Martin desde atrás mientras bajaba los escalones y desaparecía en la oscuridad.

—Se fue, Martin se fue —dije.

Y recordé que volví a mirar hacia el piso superior del alto edificio blanco, y que vi que alguien movía las finas lamas de los postigos. La nube de cabello y los delicados rasgos de Donna observando cómo Martin se iba. Donna Joy estaba en la ventana. Aún seguía viva cuando Martin se fue de la casa. Lo cual significaba, casi con toda seguridad, que él no la había matado.

Eso significaba que era inocente.

$\mathcal{M}$e despedí de Gil y me quedé de pie en la recepción del centro de asesoramiento de West London con un vaso de agua entre las manos, mientras oía la puerta del coche de Gil cerrándose y el motor alejándose.

Le di unos sorbos al agua fresca y observé que mi ansiedad había dado paso a algo más decidido: el deseo de solucionar esta situación, porque ahora sabía que tenía la clave.

Clare apareció en las escaleras. Debía de haber visto a Gil saliendo desde la ventana de su consulta.

—¿Qué te ha parecido? —me preguntó, cuando la tuve delante.

—Brutal.

—¿Estás bien?

—Un poco borracha.

—¿Borracha? —preguntó, alarmada.

—¿No tendrás algún caramelo de menta en el bolso?

—Quizá deberíamos ir a dar un paseo. Te irá bien tomar el aire —dijo, divertida.

Asentí, girándome hacia la salida.

—¿Qué ha pasado? —preguntó, un momento después.

—Ha reventado la maldita puerta —respondí, y tiré el vaso a la papelera.

Clare meneó la cabeza, sin lograr entender por qué estaba citando ese diálogo de *The Italian Job*.

—Oye, necesito hablar con Martin —dije, escrutando el vestíbulo con la mirada hasta dar con el mostrador de recepción—. ¿Te importa que use el teléfono del centro?

—Claro que no, Fran. ¿Qué es lo que pasa? ¿Te ha ayudado Gil? ¿Has estado bebiendo?

Ya estaba sentada en la silla vacía de la recepcionista, usando el teclado de la centralita para marcar el número del nuevo teléfono de Martin, que me había escrito en un trozo de papel. Agarré el rotulador rojo del bote de bolígrafos y empecé a hacer garabatos mientras se me disparaban las ideas, impaciente por hablar con él.

—Hola.

—Soy yo.

—¿Todo bien?

—Oh, sí —respondí, sin poder reprimir la risa—. Las cosas empiezan a pintar mejor.

—Deberíamos vernos.

—Quedemos ahora —susurré, pero con urgencia—. No le digas nada a nadie, pero tenemos que vernos en cuanto puedas. En algún sitio donde podamos hablar en privado. Solo tú y yo, y nadie más.

Una parte de mí empezaba a sentirse como una espía. El reflejo de usar el teléfono del centro en lugar de mi móvil, mi idea de quedar en Hampstead Heath, lejos de todo… Era todo como en una novela de Le Carré. Por un momento, me planteé presentar mi candidatura al servicio secreto, si mi carrera como abogada se iba al garete. Pero, por otra parte, imaginé que en el MI5 serían tan exigentes como en el colegio de abogados.

Clare me dejó en el aparcamiento próximo a Kenwood Park. Atravesé el prado sintiendo que la cabeza me flotaba, emocionada ante la idea de ver de nuevo a Martin, excitada por las novedades que tenía que contarle tras mi sesión con Gil.

Yo no conocía el parque especialmente bien. Estaba segura de que podría pasar por allí a diario durante años sin acabar de descubrir todos sus rincones y recovecos.

Había habido un breve periodo, un par de años antes, en que me había propuesto dejar atrás las máquinas del gimnasio y escapar a la naturaleza. Tenía la vaga intención de prepararme para una carrera de diez kilómetros. Mi carrera parecía haber llegado a un punto muerto y estaba buscando nuevos desafíos. Así que cada domingo cogía el autobús que atravesaba Holloway, Archway y que subía la colina hasta el Heath, y allí me ponía a correr.

Fue en aquella época cuando me enteré de la existencia del Wood Pond, un laguito con prados y bosques en su orilla sur. Era menos famoso que otros lagos en los que se permitía el baño, y aunque en verano acudía mucha gente, dudaba de que estuviera atestado un sábado gris y plomizo como aquel.

—¿Estás segura de que no quieres que te acompañe? —dijo Clare, cuando bajé del coche.

—No seas tonta —dije, abotonándome el abrigo que me había dejado el día antes.

—Puedo esperarte aquí —insistió.

Por un momento me pregunté por qué me estaba protegiendo tanto, y entonces caí en que no quería dejarme a solas con Martin en un lugar remoto y solitario. A pesar del recuerdo que había desbloqueado Gil, el recuerdo del que le había hablado a Clare durante el trayecto a Hampstead, sabía que mi amiga no confiaba en él.

Hundí las manos en los bolsillos y bajé la colina, alejándome de la Kenwood House, cruzando el prado, en dirección a los árboles. Encontré un banco junto al estanque, me senté y esperé hasta que vi una figura que se acercaba, al principio solo una silueta oscura, hasta que distinguí su rostro.

Llevaba vaqueros, una gorra de béisbol y un abrigo azul marino que no reconocí. Tenía un aspecto normal, como un tipo del barrio que hubiera sacado a pasear al perro. Supuse que de eso se trataba.

279

Sonreí y me contuve para no salir a su encuentro con los brazos abiertos.

—Me has ganado —dijo, sentándose a mi lado sobre el banco húmedo—. ¿Cómo has llegado tan rápido?

—Me ha traído Clare.

—Voy a tener que comprarte un coche —dijo, sin darle importancia.

Supuse que en el mundo de Martin ese era el tipo de cosas que hacían los hombres. Compraban coches a las mujeres.

—Una vez un novio me compró un puñado de flores medio muertas en un mercadillo.

Martin me miró levantando una ceja.

—¿De verdad hacen eso los hombres?

—Alguien compra esos claveles —respondí, encogiéndome de hombros—. O Ferrero Rocher.

—Nunca ha sido mi estilo —dijo, con la mirada fija en el estanque.

Dos mujeres con sendos pares de bastones de caminar se habían parado cerca para admirar el paisaje, apoyándose en los palos e hinchando los carrillos como si acabaran de coronar el Everest.

—Demos un paseo —propuse, cogiéndole de la mano y alejándolo del estanque.

Cerré los ojos, disfrutando de la sensación de nuestros dedos cruzándose.

—He recordado algo —dije, cuando estuvimos entre los árboles. Allí hacía más frío, la luz era más tenue, más íntima—. He recordado que saliste de casa de Donna. Y que vi a Donna en la ventana, observándote mientras te alejabas.

Martin se paró de pronto y me cogió de los brazos, con sus ojos verdes bien abiertos.

—Estás de broma. Pensaba que habías dicho que no recordabas nada...

—Esta mañana he ido a ver a un terapeuta —dije, sintiendo que una sonrisa me llenaba el rostro—. Ha usado una técnica para ayudarme a recordar.

Me miró como si yo fuera la única cosa que existía en el mundo y me abrazó con fuerza. Luego dio un paso atrás y me miró de nuevo, y la felicidad era evidente en su rostro.

—Eres mi coartada —dijo, agarrándome los dedos con fuerza.

Yo quería dejarme llevar por su excitación, pero sabía que tenía que inyectar una dosis de realidad a la situación.

—Pero yo no soy exactamente una testigo fiable, ¿recuerdas? Estaba borracha.

—Eso ya lo decidirán los expertos.

Seguimos caminando, adentrándonos cada vez más en el bosque. Estuve a punto de pisar un condón usado, que me recordó que otros empleaban el parque para encuentros furtivos. El viento acarició las hojas y oí un cuervo graznando en las ramas más altas.

—Gracias por no dudar de mí —dijo él.

—Lo he hecho —confesé—. O al menos me lo he planteado. Porque has mentido.

—No te he mentido en nada —dijo, frunciendo el ceño.

—Dijiste que te habías caído de la bici. Que así era como te habías hecho el corte de la mano. Doyle no lo cree, porque la bici tenía las ruedas limpias.

—No me caí de la bici —dijo, con la mirada fija en un punto perdido entre los árboles.

—Entonces ¿por qué se lo dijiste?

Martin me miró.

—Porque no recuerdo cómo me corté. Pero me pareció que tenía que dar alguna explicación plausible, que sería mejor que admitir que no lo sabía, sin más.

—No tenías por qué mentirme a mí también.

—Lo sé; lo siento. Supongo que acabé convenciéndome a mí mismo de que era verdad. Pero el corte no tiene nada que ver con Donna. De eso estoy seguro.

Me agarró la mano. Hacía frío, pero él tenía las manos calientes. Entrecruzó los dedos con los míos y me llevó a un lugar entre los árboles.

—Alex me llamó ayer, después de que os vierais —dijo, mientras nos íbamos sumergiendo en la espesura, donde el aire era más fresco.

—Era evidente que Sophie le habría contado que yo había ido a la policía, así que quedé con él.

—¿Y qué te dijo?

—Cosas —respondí, encogiéndome de hombros—. Nada importante. No confío en él.

Martin negó con la cabeza.

—Yo tampoco confío en él.

Me giré y le miré a los ojos.

—¿Has echado un vistazo a la casa de los Cole?

—¿Qué se supone que tengo que buscar? ¿Un picador de hielo? —dijo, intentando bromear, aunque su voz decía lo contrario.

—¿Has comprobado que el martes y el miércoles estuviera en ese congreso?

—Estuvo allí los dos días. Y ambas noches cenó con unos clientes. Un par de personas del congreso tecnológico dijeron que el martes lo vieron un poco extraño. Uno de ellos le preguntó si todo iba bien. Él le dijo que sí, que solo tenía un poco de resaca.

No estaba segura de si aquella información sería significativa, pero era evidente que Martin también estaba intentando combinar las piezas de aquel puzle.

—En cualquier caso, con respecto a la confianza, deberías saber que le he pedido a los abogados de la empresa que me envíen el acuerdo de fundación de la sociedad —dijo Martin, con gesto severo—. Sabía que había una cláusula de moralidad, pero no recordaba lo restrictiva que era.

—¿Hablas del acuerdo entre Alex y tú?

Martin asintió.

—Si uno de los dos socios provoca el desprestigio de la compañía, es causa suficiente para poner fin al acuerdo, y el socio infractor tiene que ofrecerle sus acciones a la otra persona.

—¿Desprestigio? Es un concepto muy ambiguo.

—Gracias por el consejo legal.

—¿Tú qué crees que significa, en la práctica?

—Significa que, si sigo implicado en la desaparición de Donna, podría echarme de la Gassler Partnership.

—¿Aunque no estés imputado Alex podría quedarse con tus acciones?

—Podría comprarlas, pero hay todo tipo de trucos para abaratarlas; por ejemplo si Alex convence a los inversionistas para que retiren su dinero.

—Puede ser peligroso. Sabe cosas de ti. —Martin frunció el ceño—. Todos tenemos rincones oscuros, y probablemente Alex conozca los tuyos mejor que nadie —añadí—. Si tiene un incentivo para desacreditarte, podría usar esa información.

282

—¿De qué rincones oscuros hablas?

—¿Un tipo llamado Richard Chernin? —dije, tras un momento de duda—. Por lo que parece, Alex está convencido de que tú encargaste que lo pusieran en su sitio, para resolver un negocio.

Le miré, esperando que lo negara todo, pero Martin metió las manos en los bolsillos y se quedó mirando fijamente a los árboles.

—Hacer dinero puede ser un negocio sucio, Fran —dijo él—. A veces tienes que negociar duro. ¿Que si he hecho cosas de las que me arrepiento? Me temo que sí —dijo, y su voz se fue apagando.

—¿Como qué? ¿De qué te arrepientes? —Necesitaba saber de qué era capaz. Martin sacudió la cabeza y apartó la mirada—. Quiero saberlo —insistí.

—¿Qué es lo que quieres saber, Fran? —respondió, y su rostro se encendió progresivamente—. ¿Que me he tirado a prostitutas porque no quería ofender a un cliente? ¿Que he pagado por información privilegiada para hacer negocios? ¿Que he conspirado con otros banqueros? ¿Que he hecho negocios con déspotas y tiranos africanos en sus jets privados?

¿Negocios que sabía que pagaban con dinero manchado de sangre? Sí, lo he hecho. No estoy orgulloso de ello. Pero sucede. La codicia es lo que hace girar el mundo.

—Bueno, ahora ya lo sé. Ahora yo también conozco tus rincones oscuros.

Esperé a ver si mi brújula ética me impedía seguir enamorada de aquel hombre con tantos defectos, pero lo único que sentía era el mismo deseo irrefrenable.

—Bueno, ¿qué crees que deberíamos hacer? —dijo tras una pausa—. Si le dices a la policía que me viste salir de casa de Donna a la una de la mañana, van a preguntarte dónde estabas. No quiero meterte en esto, Fran. No quiero que te traten como me han tratado a mí. Como un criminal.

—Estoy segura de que ya tienen sus dudas sobre mí —repliqué.

Le conté lo del retrato robot y lo de mi encuentro con el sargento Collins y las mentiras que le había contado. Martin se tragó un improperio y se pasó una mano por el pelo.

—Por Dios, apuesto a que desearías no haberme conocido nunca —murmuró.

—Ni por un momento —respondí, cogiéndole de la mano.

Se quedó mudo, como si estuviera pensando.

—Como no podemos decirle a la policía lo que viste, tenemos que hacer esto de otro modo —dijo, más decidido—. Hemos de encontrar a Donna y asegurarnos de que la policía toma en consideración a otros sospechosos. Porque yo no tuve nada que ver.

—Ni yo tampoco —susurré.

—Nunca pensé que pudieras tener algo que ver —dijo, girándose hacia mí.

Estaba apoyada contra el ancho tronco de un arce. Me recosté sobre los nudos de la corteza y sentí sus suaves labios sobre los míos; sus dedos me acariciaron el lóbulo de la oreja con delicadeza.

—Te quiero —susurró.

—Yo también. Te quiero… ahora —respondí en un murmullo, sintiendo su excitación al contacto con su entrepierna.

Él me envolvió con el abrigo y, en cuanto estuve rodeada por la tela de lana, se abrió la cremallera de los vaqueros. Una vez liberado, cogí su miembro en la mano y lo acaricié arriba y abajo, haciéndole gemir de deseo. Me cogí la falda con la

283

mano y me la subí, guiándole al mismo tiempo hacia mi interior. Estiré el cuello y a través de las ramas vi un trozo de cielo gris.

Me olvidé de todo. Ya no me preocupaban ni Alex, ni Donna, ni la policía. Lo único que importaba era él y estar juntos.

Cuando acabamos, nos dejamos caer sobre el musgo y las hojas. Él me pasó el brazo sobre el hombro un rato que me pareció eterno y nos quedamos allí sentados, prácticamente inmóviles.

Después recorrimos caminando todo el perímetro del parque, cogidos de la mano como dos jóvenes amantes, pasando junto a los estanques y al quiosco del extremo sur, luego fuimos al oeste, hacia la bonita pérgola, subimos hacia la Spaniards Inn, donde nos sentamos, junto al camino, y nos tomamos dos pintas de cerveza artesana, disfrutando con las anécdotas impresas en el dorso de la carta; la mención a *Los papeles póstumos del club Pickwick*, de Dickens, y la relación con el mítico bandolero Dick Turpin. Ninguno de los dos lo dijimos, pero yo me pregunté si ambos estábamos disfrutando al dejarnos ver en un espacio público. No es que nadie se fijara en nosotros, ni que nadie señalara que el tipo de la gorra de béisbol había salido en todos los periódicos por la desaparición de su mujer.

Eran casi las siete de la tarde cuando volvimos a la Kenwood House. Seguí a Martin hasta un elegante Audi negro aparcado en la parte de atrás.

—¿Es tuyo? —pregunté, mientras él desconectaba la alarma con un pip-pip.

—Es de Sophie. La policía se ha llevado el mío. Supongo que esperan encontrar el maletero lleno de sangre.

—No hace gracia.

Él se encogió de hombros y subimos en el coche.

—¿Dónde quieres que te deje? —preguntó.

Me di cuenta de que no tenía ningún sitio adonde ir. Ni trabajo, ni casa, y no me apetecía demasiado someterme a la mirada de desaprobación de Clare.

—¿Crees que a Sophie le importará si vamos a dar un paseo? —le pregunté.

—¿En qué estás pensando?

—¿Chelsea? —propuse.

Me pareció adecuado para aquel vehículo, con sus asientos de cuero color crema y ese suave salpicadero de madera de castaño. En la esquina del parabrisas había un adhesivo de abono para el aparcamiento de uno de los gimnasios más exclusivos de Londres. Yo también quería uno de esos coches y estar abonada a uno de esos gimnasios. Había pasado muchos años mofándome de las mujeres de los banqueros y de las decisiones que tomaban: cediendo la iniciativa y resignándose a no usar el cerebro, conformándose con ser poco más que la propiedad de otra persona. Y, sin embargo, con todo lo que había trabajado y con todo el éxito profesional que había conseguido, seguía yendo al mísero gimnasio del barrio y me movía en autobús. Quería la vida de Sophie. Quería la vida de Donna. Quería la espléndida casa de los Cole, con sus tonos suaves y sus cortinas hechas a medida. Quería el vestuario de Donna, sus bolsos y su belleza despreocupada. Quería ser la mujer de Martin.

—¿A qué parte de Chelsea? —preguntó él, encendiendo el motor y despertándome de mi ensoñación.

—A casa de Donna —respondí, mirándole a los ojos.

—Fran, venga, eso no sirve de nada.

—Confía en mí —dije.

Él me miró un momento, asintió y viró hacia el sur. La ciudad estaba llena de coches. La llovizna constante daba al asfalto un brillo oleoso. Tardamos más de una hora en llegar a King's Road. Martin aparcó cerca del pub donde yo me había refugiado la noche de la desaparición de Donna. Veíamos la casa de lado, y observé que las furgonetas de la Científica habían desaparecido.

Él apagó el motor y nos quedamos un momento en silencio.

—Compramos la casa por esas farolas de gas —dijo, señalando a los característicos faroles de la calle.

—También están en Spitalfields. Parece que te gustan.

Le vi sonreír por el rabillo del ojo. Me centré en lo que había ido a hacer.

—¿Así que crees que saliste de casa de Donna hacia la medianoche? —pregunté—. Pete dice que yo llegué a Islington a las dos.

—¿Quién es Pete? —dijo él, frunciendo el ceño.

No podía creerme que me hubiera dejado pillar tan fácilmente. Estaba empezando a olvidar qué le había dicho a cada cual.

—Mi vecino. Nos lo encontramos en la parada del autobús el primer día que salimos —respondí, buscando el modo de cambiar de tema lo antes posible—. Aquella noche bebí tanto, después de verte entrar en casa de Donna, que no pude encontrar siquiera la llave de mi casa. El taxista tuvo que llamar a la puerta y despertó a Pete.

—¿Pete tiene llave de tu casa? —preguntó, con un gesto de desaprobación evidente.

—No. Me dejó dormir en su sofá.

Me alegré de que estuviera oscuro. No quería que nada, ni el rubor de mis mejillas ni la sequedad de mis labios, le revelara que no estaba contándole toda la verdad. Habíamos pasado una tarde estupenda y nos habíamos hecho muchas confidencias. No solo habíamos hablado del lado oscuro de sus negocios, de lo que había tenido que hacer para alcanzar el éxito, que me había confesado con la incomodidad y el posterior alivio de quien desnuda su pasado ante un sacerdote. Habíamos hablado de nuestro pasado, de nuestros recuerdos felices, de nuestros días de colegio, cuando ambos éramos niños listos y espabilados que buscaban el reconocimiento de los mayores.

—¿Esa noche dormiste en casa de Pete? —insistió.

—No tenía otra opción. Estaba demasiado borracha como para encontrar las llaves y él no iba a dejarme en la calle.

—¿No podía haberte ayudado a encontrar las llaves y dejarte en tu apartamento?

—Bueno, no lo hizo —respondí con decisión, intentando acabar con esa conversación—. Será un poco siniestro, pero yo estaba tan hecha polvo que no podía plantear objeciones.

Aquello pareció calmarle. No quería contarle nada más. Recordé lo que me había dicho Alex de Richard Chernin y no quería pensar qué podría hacer Martin si se enteraba de que Pete Carroll me estaba chantajeando. Si se enteraba de que había estado en mi cama, era capaz de matarle.

—Quiero salir un momento ahí fuera, ver si puedo recuperar algún recuerdo más de adónde fui después de que cerrara el pub.

Solté aire con fuerza y salí, sintiendo el aire frío en la cara. No me giré a mirar otra vez. Sabía que Martin me estaba observando.

Tardé un momento en situarme. El pub estaba en la esquina; la casa de Donna, a la derecha.

Algunas de las casas del otro lado de la calle tenían un pequeño jardín delantero. Algunas tenían un murete; otras, un seto; otras tenían rejas negras. Intenté recordar el *flashback* que había tenido en la consulta de Gil, buscando ponerme en la misma posición para replicar la visión que tenía de Donna. Vi una casa que parecía vacía, con las ventanas oscuras y traslúcidas. Tenía un seto bajo y unos escalones que llevaban a un semisótano.

Me situé en la entrada y me senté sobre la fría piedra, observando la casa de Donna. Si se había puesto junto a la ventana, tendría exactamente el mismo plano que recordaba. Debía de haber ido hasta allí para observar la casa después de salir del pub. Me tomé un momento para ver qué más podía recordar.

No hubo ninguna reacción inmediata. Miré a la izquierda: vi una fila de coches al final de la calle. Luego, a la derecha, donde había una barra metálica que impedía el acceso de los vehículos a la calle adyacente.

Tras unos minutos me puse en pie, sin otro resultado que sentir frías las nalgas.

Volví al coche y entré.

—¿Has recordado algo más? —preguntó Martin con entusiasmo.

—No. Pero he visto dónde debí de esconderme para observar la casa.

Se hizo el silencio, solo interrumpido por el sonido de nuestra respiración y el suave murmullo del tráfico a lo lejos.

—Dime por qué volviste a casa de Donna —dije al cabo de un momento.

—Fran, por favor.

—¿Cuándo empezasteis a follar? ¿Enseguida…, o hubo un poco de seducción?

Martin no dijo nada.

—¿Os excitaba a los dos? Eso de tener que volver a seducir a tu esposa.

—No hagas esto. No te tortures —dijo, poniendo la mano sobre el cambio de marchas.

—Eso es lo que estoy haciendo —susurré, sin mirarle—. Es lo que hice con Gil esta mañana. Ayuda a liberar los recuerdos.

—Quedamos para hablar del acuerdo económico —dijo por fin—. Íbamos a cenar. A un lugar al que solíamos ir antes. Nos tomamos una botella de vino. Ella estaba divertida, flirteaba. Fue un alivio, después de tanta agresividad. Así que la acompañé a su casa.

—Debías de estar pasándotelo bien.

—A Donna se le da muy bien hacer que los demás se sientan especiales.

—¿Es eso lo que te gustó de ella cuando la conociste?

—La primera vez que la vi solo pensé que era guapa. Y atractiva. Se hacía la vulnerable, aunque no era tonta. Me intrigó. A las seis semanas nos comprometimos, y a los tres meses estábamos casados.

—¿Dónde os conocisteis?

—En un bar cerca de la tienda donde trabajaba. Me dijo que la invitara a una copa. Luego me dijo que la llevara a casa.

Quise preguntarle por qué con los hombres eso siempre funcionaba, pero quizá fuera una obviedad. A los hombres les gustaba lo obvio.

—¿Era buena en la cama?

Me miró, como preguntándome con la mirada si realmente quería saberlo.

—Habría ganado un concurso internacional —dijo, sin más—. Tenía algo especial. Le gustaba hacer cosas que otras no hacían. Le gustaba el riesgo. Los juegos. Tenía una habilidad única para usar un lenguaje guarro. Me hacía sentir como un rey.

Pensé en los mensajes que me había enviado durante semanas. Los mensajes que me habían dado ganas de tocarme. Recordé mis respuestas tímidas y me di cuenta, en aquel mismo momento, de lo que había estado intentando sacarme. Quería que le respondiera con el mismo lenguaje sucio. Martin quería que fuera Donna. Y yo le había fallado.

Sentía que mi respiración se volvía más superficial y que el corazón se me aceleraba.

—¿Por eso quisiste volver a casa de Donna aquella noche? ¿Yo no te satisfacía? —dije, convencida de que nuestros encuentros sexuales le parecerían demasiado sosos.

—No —respondió apasionadamente—. Solo fue una noche que se me fue de las manos.

—Háblame de ello —dije con frialdad—. Háblame de esa noche. ¿Fue durante la cena cuando decidiste que ibas a tirártela?

—No lo sé. No quedé con ella con esa intención.

—¿Qué pasó cuando volvisteis a su casa?

Martin exhaló lentamente, como si estuviera intentando recordar cada paso.

—Tomamos una copa. Ella subió. Cuando vi que no bajaba, fui a ver qué hacía. Estaba en la cama, con un atuendo sexi.

—¿Tipo?

—Ropa interior, tacones —dijo él.

—¿Y qué pasó luego?

—Fui a la cama con ella. Empezamos a besarnos. Y a partir de ahí…

—¿Cómo lo hicisteis?

—Fran, por favor, déjalo.

—No, quiero saberlo —dije, notando la tensión en aumento.

Me sentía encendida, de envidia, de rabia y de deseo. Estaba al límite, como aquellas monedas de diez peniques en las antiguas máquinas de las ferias que formaban una cascada en dos niveles; a cada nueva moneda iban adquiriendo un equilibrio más precario, hasta caer con un sonoro tintineo.

—Lo hicimos de todos los modos posibles, Fran. Y luego lo volvimos a hacer, y lo disfrutamos aún más que la primera vez.

—Entonces ¿por qué te fuiste? Si tan bien os lo estabais pasando, ¿por qué no te quedaste en su cama toda la noche?

—Porque no era una buena idea.

—¿Te pidió que te fueras o fuiste tú el que lo decidió?

—Eso no importa.

—Dímelo. ¿Quién lo sugirió?

—Fue ella —dijo por fin: otra bofetada para mí.

Pasamos al menos un minuto sin hablar. Cerré los ojos e intenté imaginármelos en aquella habitación del piso superior. Agarré con fuerza la puerta del coche y tuve un *flash* de memoria, una imagen que se acercaba, como una palabra olvidada que se posa en la punta de la lengua. Pero no conseguía recuperarla. Cuando abrí los ojos de nuevo, Martin tenía la mirada perdida.

289

—Una vez leí una cita —dijo por fin—. De un famoso ejecutivo. Describía a su mujer ideal. Dijo: «Sería la mujer que pudiera sacarme de una cárcel del tercer mundo».

No respondí. Aún me dolían sus palabras de antes.

—Supongo que quería decir que su mujer ideal debía tener corazón, coraje e inteligencia. Eso es lo que pensé la primera vez que te vi. Eso es lo que me gustó de ti. No solo el hecho de que seas guapa. —Se giró hacia mí—. Cuando esto acabe, ¿vendrás a vivir conmigo al *loft*?

Lo dijo con tal inseguridad en la voz que me ablandé.

—No tienes que compadecerme solo porque tenga un vecino rarito —dije, poniéndome en guardia.

—Un vecino rarito que está prendado de ti. Así pues, la verdad es que preferiría que no siguieras viviendo allí sola un minuto más de lo necesario. Pero ese no es el motivo de que quiera que vengas a vivir al *loft*.

Hizo una pausa antes de seguir.

—Quiero que vengas a vivir conmigo porque creo que sería bonito que vinieras a vivir conmigo «sin» que te casaras conmigo. Podríamos seguir «no casados» un tiempo y ver cómo va la cosa.

Sentí que se me aceleraba el corazón. No estaba segura de si aquello era una sugerencia práctica porque no le gustaba Pete Carroll, porque se sentía solo, asustado y porque necesitaba a alguien a su lado, a alguien que estuviera de su lado. O si aquello era una declaración en toda regla.

La señora de Martin Joy. Sonaba estupendo.

38

*E*ran más de las diez cuando llegamos a Queens Park. Aún me sentía rara, tensa; había sido un día muy extraño, cargado de emociones; necesitaba un cigarrillo para calmarme. Ya casi nunca fumaba, y desde luego no quería que Martin me viera fumar, pero la habitación de invitados de Clare tenía un balconcito: ya me veía abriendo la puerta, encendiendo el cigarrillo y observando el brillo anaranjado en la oscuridad.

—Necesito comprar unas cuantas cosas —dije, cuando el Audi embocó Salusbury Road—. Puedes dejarme aquí.

—No voy a dejarte aquí tirada; está oscuro. ¿A qué tienda quieres ir?

—Creo que hay un pequeño supermercado cerca de la estación. Aparca en una de las bocacalles y voy en un momento.

El supermercado estaba sorprendentemente lleno. Parecía que toda la gente que salía de los pubs y de la estación de metro tenía la misma idea: cigarrillos y alcohol, para esas fiestas improvisadas o esas noches tranquilas a solas.

Disfruté recorriendo los pasillos bajo los fluorescentes, sintiéndome como una persona normal por una vez, viviendo una vida normal. O más o menos. Compré un paquete de Marlboro Lights que me metí en el bolso y una lata de Coca-Cola y un paquete de gominolas para disimular. «El plan perfecto.» Al volver a la calle, vi el restaurante de Dom enfrente y me paré a mirar. Todas las luces estaban encendidas y las mesas estaban a tope. Quizá la inversión de Clare en el último proyecto ególatra de su marido diera resultado. Vi a dos parejas saliendo, cogidos del brazo, riendo y charlando. Y tras ellos había otra figura, poniéndose el abrigo y subiéndose la cremallera. Me quedé de piedra cuando reconocí a Dom: tenía la esperanza de colarme en casa de Clare sin que me vieran, y luego relajarme con mi dosis furtiva de nicotina. Ahora Dom volvería antes que yo. Me lo encontraría sentado en el salón o en la cocina: no podría evitar su siniestra mirada. Pero Dom no giró a la izquierda, hacia la casa. Se fue en dirección contraria y tomó la tranquila calle residencial donde había aparcado Martin. Qué raro. Esperé hasta que desapareció en la oscuridad y luego crucé la calle a la carrera, esquivando el tráfico, volviendo al Audi.

—¿Ya tienes todo lo que necesitas? —preguntó Martin, encendiendo el motor.

—Gira y ve por ahí —dije, girándome en el asiento.

—¿Qué?

—He visto algo. A alguien. Quiero ver qué pasa.

Martin se encogió de hombros e hizo lo que le pedía. Los faros iluminaron la calle, pero no pude ver a Dom. O se había metido en una de las casas o en uno de los coches aparcados.

—Ve despacio —susurré.

El Audi redujo la velocidad al mínimo. Más allá, a la derecha, había un descapotable plateado con la luz interior encendida, y dos personas sentadas dentro.

292

—¿Qué pasa? —preguntó Martin, pero yo estaba demasiado distraída como para responder.

La calle estaba oscura, por lo que pude ver el interior del coche al pasar. Una pareja besándose, pero con el movimiento no pude ver más.

—Da media vuelta —dije, cuando Martin llegó al final de la calle—. Vuelve atrás, vuelve atrás.

Martin suspiró, pero hizo la maniobra y volvimos por donde habíamos venido. El descapotable plateado venía en nuestra dirección.

—Para y déjales pasar —dije, y el Audi se detuvo en un hueco.

El descapotable pasó rugiendo: no me hizo falta la luz interior para ver que era Dom el que iba en el asiento del acompañante. Al volante iba una mujer: rubia, joven. Guapa.

—¿Vas a decirme de qué va todo esto?

Por un momento no fui capaz de hablar; estaba demasiado enfadada, pensando en Clare, tan leal, tan crédula, financiando los caprichosególatras de Dom y esperándole pacientemente en casa.

—Ese era Dom —dije, en voz baja—. El marido de Clare. Estaba besándose con esa rubia en el coche.

—Y supongo que esa rubia no era Clare, ¿verdad?

—No la he podido ver bien, pero no era Clare. De eso estoy segura.

—Vaya —dijo Martin, mirándome—. Bueno, ¿aún quieres que te deje en su casa?

Me lo pensé un segundo, pero luego asentí. Clare siempre había estado de mi lado, y ahora necesitaba mi apoyo, lo supiera o no. Martin se despidió con un beso y yo metí la llave en la cerradura, casi asustada. En la casa reinaba un silencio total. Todas las luces estaban apagadas, salvo por una lámpara del salón. Sobre la mesita había quedado una taza y una novela de misterio; por lo demás, no había señales de vida en la planta baja. Subí al primer piso. La puerta del dormitorio principal estaba entreabierta y distinguí la forma de Clare, profundamente dormida bajo el edredón. Apenas serían las diez y media; se había acostado pronto para ser un sábado por la noche. Me sentí culpable de no haber estado ahí para hacerle compañía.

Me fui al dormitorio de invitados, en la parte trasera, pero ya no me apetecía el cigarrillo. Me metí en la cama y cerré los ojos, pero la mente me daba demasiadas vueltas como para poder dormir. Acababa de quedarme traspuesta cuando me despertaron unas voces. Estaba adormilada, pero tuve claro que eran las de Dom y Clare. Me pareció oírla llorar. Me quedé todo lo quieta que pude hasta que no se oyó nada. Aunque tenía los ojos cerrados, sentía una presencia en la puerta. De haberlos tenido abiertos, habría visto a Dom mirando por la rendija, observándome.

293

39

Cuando me desperté, tuve claro que no podía quedarme en casa toda la mañana. Era evidente que Clare y Dom habían discutido la noche anterior. Me imaginaba lo incómodo que sería verlos a los dos en el desayuno.

Salí de la cama, la arreglé y volqué el contenido de mi bolso encima. No podía creerme que hubiera llegado a aquello, viviendo como una mochilera, con solo dos pares de braguitas limpias. Lo que me preocupaba más era que solo tenía comprimidos de litio para dos días; tendría que volver a mi piso y coger más, aun a riesgo de encontrarme con Pete.

Miré por la abertura de la puerta, preguntándome si ya estarían despiertos. Me incomodaba encontrarme con mis anfitriones, pero no podía quedarme en el dormitorio todo el día.

Crucé el pasillo con el neceser en la mano y me fui al baño a cepillarme los dientes. Necesitaba desesperadamente una ducha, pero no quería despertarlos con el ruido del agua.

Al menos pude enjuagarme la boca con un colutorio con sabor a menta y darme un cepillado rápido. Me sentí mejor, lista para afrontar el día.

«Me depare lo que me depare», me dije, mirándome al espejo.

Me vestí y bajé. Pensaba que estaría sola, pero Clare estaba sentada a la mesa de la cocina, aún en pijama, con el pelo recogido en un moño improvisado y sin maquillar. No estaba muy segura de si se la veía cansada, disgustada, o si ya no estaba acostumbrada a verla sin maquillaje.

—Dios, qué susto —dije, llevándome una mano al pecho—. No pensaba que ya estaríais en pie.

—El repartidor de periódicos se ha levantado antes que nadie —respondió ella, pasándome un tabloide sobre la mesa—. Más vale que le eches un vistazo. Lo ponen por los suelos.

Le di la vuelta al periódico y eché un vistazo a la página que había dejado abierta. Lo primero que vi fue la imagen. Una gran fotografía en color de Donna riéndose en un campo de hierba. La imagen estaba ligeramente pixelada, como si fuera vieja o la hubieran ampliado demasiado. Sospeché que sería de años atrás, ya que se la veía muy joven y feliz. Llevaba el cabello recogido en una cola y sonreía despreocupadamente. No parecía la esposa de un banquero; no había ni rastro de ese aire gélido de «mira pero no toques». Si lo que buscaban era una fotografía que diera una imagen pública perfecta, se habían acercado bastante; solo faltaba incluir un cachorrillo en la imagen. El titular era simple: «¿Dónde está Donna?». Pero el texto era más complicado.

A primera vista, era un refrito de los acontecimientos previos y posteriores a la desaparición de Donna. Pero la yuxtaposición de fotografías (Martin con la alta sociedad, en una cena de diez mil libras el cubierto; Martin con gesto furtivo y desaliñado saliendo de su apartamento en Spitalfields) retrataba el matrimonio de los Joy como una pareja de «bella y bestia».

Se hacía una mención al procedimiento de divorcio, pero gracias a Dios no había referencias al bufete o a mí. En lo referente a Martin, no obstante, Clare tenía razón: era una crítica feroz. Una crítica que habría sido objeto de la censura de un abogado, pero feroz de todos modos. Poco faltaba para que acusaran a Martin directamente; en lugar de eso, presentaban a una bella mujer bohemia y a su marido, un implacable banquero, recordando al lector que al menos en tres ocasiones esos peces gordos de la banca habían sido responsables de la crisis económica mundial y de prácticamente cualquier otro problema social sufrido a partir de entonces. Esa era la historia en este caso: el malvado Martin Joy, el banquero, contra su encantadora esposa, Donna. Había media página describiendo sus colaboraciones en organizaciones benéficas en protección de los niños y los animales, colaboraciones de las que yo nunca había oído hablar, por no hablar de sus aportaciones a diversas ONG y de su bondad en general.

—También hay algo en el *Times* —dijo Clare, como disculpándose—. No menciona a Martin, pero es más de lo mismo sobre Donna: insinúan que su desaparición resulta muy sospechosa.

Me acerqué al lavadero y me puse un vaso de agua, consciente de que Clare me estaba observando atentamente.

—¿Ya has hablado con la policía de lo que has conseguido recordar? —preguntó.

Negué con la cabeza, aunque sabía que Martin corría cada vez más peligro. La atención de los medios haría que la policía se sintiera más presionada. Podrían decidir llevar a cabo otra detención, o al menos dar alguna señal de que estaban avanzando con el caso.

Dios, qué lío. Desde luego no esperaba que el día fuera a ir así, y apenas eran las ocho. Miré atrás, hacia las escaleras.

—¿Dónde está Dom?

—Ha salido. A correr, supongo.

—Últimamente a todo el mundo le ha dado por correr —dije, intentando esbozar una sonrisa.

—Dudo que Dom esté corriendo realmente —respondió, con voz crispada.

Levantó la vista y vi algo en su rostro; enseguida se giró para encender el hervidor.

—¿Va todo bien? Con Dom, quiero decir.

—Ayer tuvimos un rifirrafe. Lo siento si te desperté.

—¿Qué pasó?

—No fue nada —respondió, quitándole importancia con un gesto de la mano—. Estábamos nerviosos, eso es todo. Nadie dijo que abrir un restaurante fuera fácil.

—Clare, venga —dije, acercándome—. Puedes hablar conmigo.

—Tú ya tienes bastante con lo tuyo —respondió, quitándoseme de encima.

—Clare, soy tu amiga.

Ella meneó la cabeza, negándose a demostrar su debilidad.

—Simplemente me molesté porque llegó tarde. Sé que era sábado por la noche y que tenía trabajo, pero llamé al restaurante a las diez y media y la camarera con la que hablé me dijo que había salido media hora antes. Solo quería saber dónde demonios había estado.

—¿Y él qué dijo? —pregunté, intrigada. Quería saber hasta qué punto la había engañado.

—Me dijo que había estado en el piso de arriba, haciendo papeleo. Me acusó de ser una gruñona.

Esbozó una sonrisa.

Hice una pausa antes de decir nada más. Estaba harta de mentiras y odiaba ver así a mi amiga. Y estaba claro que ella sabía que la excusa de Dom era mentira.

—Clare, anoche vi a Dom en un coche. Con una mujer. Una rubia que no reconocí.

Ella frunció los ojos y me miró.

—¿Eso cuándo fue?

—Poco después de las diez. Martin me trajo en coche. Paré en el Sainsbury's de Salusbury Road. Vi a Dom saliendo del restaurante. Se subió en un coche en una de las bocacalles.

—¿Cómo lo sabes?

—Le seguí.

—Se está convirtiendo en una costumbre, ¿no? —respondió con aspereza.

—Clare, solo te estoy diciendo lo que vi.

—Vaya, y eso últimamente resulta de lo más fiable, ¿no?

Sus palabras me dolieron, pero hice un esfuerzo por mantener la calma. Yo, en su caso, tampoco querría escuchar algo así.

—¿Y luego qué? —preguntó, cruzándose de brazos—. ¿Se fueron en ese coche?

—Al cabo de un rato.

—¿De un rato?

Respiré hondo. No quería hacer daño a Clare, pero tampoco que Dom se fuera de rositas después de haber tratado tan mal a mi amiga, después de que ella le hubiera consentido durante años.

—Los vi besarse en el coche —respondí por fin.

—¿Estaba besándose con esa rubia? —dijo, llevándose la mano a la garganta y moviendo los dedos en círculo, como si estuviera bombeándose aire a los pulmones manualmente—. ¿Estás segura?

—Estaba oscuro, pero sí. Vi el interior del coche.

—¿Pese a que estaba oscuro?

Sabía que me estaba poniendo a prueba, así que hice una pausa y pensé. Quería estar segura de decirle exactamente lo que había visto.

—No estás segura, ¿verdad? —dijo Clare, dejando escapar una risita nerviosa—. No estás segura de que fuera Dom. Podría ser todo una equivocación.

297

—Siempre podría equivocarme, pero no lo creo —respondí—. No vi claramente a la mujer, pero desde luego era Dom.

Cerró la mano en un puño y golpeó la mesa de la cocina.

—No digas algo así a menos que estés segura —exclamó—. Solo porque no seas feliz y porque hayas cometido errores, no señales con el dedo las relaciones de los demás.

—Te lo he dicho porque te quiero —dije en voz baja—. Trabajas muy duro, Clare. Has apoyado a Dom en todos sus negocios y crees que le ayudas, pero lo cierto es que está resentido contigo. A veces uno no quiere ver lo que tiene delante y necesita que los demás le digan la verdad.

—¿La verdad? —gritó—. ¡Deberías echar un vistazo a tu vida, Fran! —Agarró uno de los periódicos y me lo agitó delante—. Lee lo que dicen los titulares de tu nuevo novio de ensueño.

—Por favor, Clare, solo intento ayudarte. Si no quieres que yo...

—¿Qué? ¿Vas a volver a desaparecer? Eso se te da bien, ¿no? Solo vienes arrastrándote cuando estás destrozada.

298

La miré boquiabierta, incapaz de creerme lo que me estaba diciendo.

—¿Por qué no te largas con tus nuevos amigos elegantes? —dijo con desprecio—. Parece que tienen mucho tiempo para dedicarte..., al menos cuando les conviene a ellos.

—Clare, por favor... —La rabia de sus palabras me asustaba.

—Vete —dijo, enjugándose los ojos.

Asentí.

La conocía desde hacía mucho tiempo y sabía que podía ponerse muy agresiva. Aunque se calmara, de momento lo mejor era dejarla sola.

—Vale —respondí—. Pero al menos piensa en lo que te he dicho. Pregunta al personal del restaurante, pregúntale a Dom. Pregúntate a ti misma si tienes el matrimonio que quieres.

Ella cruzó los brazos sobre el pecho, lanzándome una mirada desafiante con aquellos ojos cubiertos de lágrimas no derramadas.

—Algunas no tenemos elección —dijo.

—Siempre hay elección.

—Yo no —respondió Clare, negando con la cabeza—. Estoy embarazada.

—Oh, Clare.

Di un paso adelante para abrazarla, pero ella se me quitó de encima.

—¡No! —gritó, dando un paso atrás y levantando las manos—. Déjame en paz, ¿quieres? Vete por ahí con Martin y Sophie. Y deja que los demás vivamos nuestra propia vida sin juzgarnos.

—Clare, yo no...

—Por favor —dijo, señalando la puerta—. Vete.

Así que hice lo que me pedía y me fui.

40

*E*ché a caminar hacia el sur, sin saber muy bien adónde. Quería sentirme enfadada, traicionada, pero lo cierto es que entendía la reacción de Clare. ¿Por qué iba a confiar en mí? ¿Por qué iba a apoyarse en mí cuando las cosas se torcían? Tenía razón, no la había tratado como una amiga, la había tratado como un familiar lejano. Solo me había presentado en su puerta cuando me había quedado sin opciones. Clare siempre me había ayudado y se había preocupado por mí, y yo había correspondido a su lealtad sin hacerle mucho caso mientras todo iba bien.

Así pues, me dolía, pero no me sorprendía del todo que Clare no me hubiera hablado de su embarazo. Desde la aparición de Martin en escena había habido secretos entre las dos; desde luego, yo le había ocultado cosas. Años atrás, compartíamos todos nuestros secretos y nuestras emociones. Recordé la mañana después de que conociera a Dom, en un bar de Islington, viendo un partido del Mundial en una gran pantalla. Me dijo que se habían besado cuando Inglaterra marcó un gol y que ya no se habían separado en toda la noche; habían acabado en un bar de jazz *underground* en Camden, para volver al amanecer atravesando medio Londres a pie, hasta acabar en la casa que Dom compartía con amigos. ¡Caray, se la veía tan feliz!

Aún recordaba el brillo en sus ojos mientras planeábamos su próximo movimiento: ¿debía llamarlo, esperar a que lo hiciera él u orquestar otro encuentro? Resultó que Dom llamó, y ya no se separaron. A lo mejor no podría decirse que fueran la pareja más feliz del mundo, pero había habido un tiempo en que a ambos les iba de maravilla. No nos reíamos tanto y desde luego no diseccionábamos y analizábamos a fondo nuestras relaciones como antes, pero también era cierto que éramos más maduras.

300

Aun así, me dolía que nos hubiéramos distanciado tanto, justo en el momento en que Clare me necesitaba. Aunque tampoco es que yo fuera una experta en aquel campo.

Años atrás, había decidido no tener hijos, o más bien fue mi bipolaridad la que lo decidió. Me dijeron que no era recomendable tener hijos mientras tomara litio, y yo no quería correr el riesgo de dejar de tomarlo. Clare, por supuesto, había secundado mi decisión, o al menos se había quedado allí, cogiéndome de la mano, mientras yo lloraba y se lo contaba. Seguramente, aquel episodio, por sí solo, le habría hecho aún más difícil hablarme de su embarazo, aunque no me hubiera distanciado. Pero la amistad era cosa de dos. Me maldije a mí misma por no haberle preguntado nunca por el tema.

Un pensamiento repentino hizo que me parara en medio de la calle. Ahora que iba a irme a vivir con Martin, quizá tendríamos que hablar del tema de los hijos.

Se me hizo un nudo en el estómago. No porque me preocupara que mi reticencia a ser madre supusiera una decepción para él, sino por todo lo contrario. De pronto, supe que quería tener hijos con aquel hombre. Me sentía embriagada, delirante, con demasiadas ideas que procesar al mismo tiempo. Encontrar un fármaco de reemplazo para el litio..., encontrar otro piso, porque el *loft* no era lugar para un niño..., escoger un nombre para el bebé... ¿A quién de los dos se parecería?

Se nos presentaba un futuro emocionante. Ahora lo único que teníamos que hacer era resolver el problema de Donna Joy.

Levanté la mirada y observé que había llegado a Notting Hill. Estaba en Portobello Road, cerca de un café donde Clare me había mencionado que hacían *lattes* con aroma de rosa. Compré un periódico en el quiosco, el mismo tabloide dominical que Clare me había enseñado, me fui a la cafetería y, con un café con leche de un color rosa pastel delante, leí de nuevo el artículo de cabo a rabo. Volvieron a llevárseme los demonios. Era prensa basura de la peor calaña. Que un periodista pudiera escribir eso y no le corroyera la mala conciencia me resultaba incomprensible. Y sabía exactamente a quién pedirle más detalles: a Jenny Morris, mi antigua amiga del colegio, la que me había ayudado cuando había escapado de casa, el verano antes de la universidad.

Jenny había seguido un camino parecido al mío: ambas ha-

301

bíamos empezado en el mismo sencillo colegio del norte y luego habíamos tomado caminos divergentes al sentir la inevitable atracción de la capital. Jenny tomó el camino del periodismo; yo, el del derecho.

Hacía años que no la veía, pero lo último que recordaba era que trabajaba en la versión diaria del tabloide dominical que ahora tenía en las manos.

Cuando introduje su nombre en Google, me salió su perfil de LinkedIn. Aún trabajaba en el periódico, aunque el cargo en el que aparecía ahora era el de subdirectora de espectáculos, un peldaño por encima del último del que me había hablado. Que Jenny ocupara un cargo de relativa importancia en el periódico era a la vez bueno y malo. Bueno porque estaría al día de todo lo que pasaba en el diario; malo porque no me daría aquella información sin más, por mucho que me recordara con afecto. Sonreí, recordando un artículo que había escrito para el periódico del colegio sobre el comercio de exámenes. Era explosivo, estaba bien documentado y se apoyaba en una sólida investigación en el transcurso de la cual Jenny había comprado un examen robado en un aparcamiento oscuro. Desgraciadamente, el avergonzado director del colegio se vengó declarando que la compra ilícita de Jenny significaba que ella era la que estaba incumpliendo con las normas del colegio: la echó. Pero Jenny reaccionó: llamó al *Manchester Evening News* y consiguió que le encargaran un artículo sobre los ataques a la libertad de expresión en el corrupto sistema educativo de Gran Bretaña.

Encontré su nombre en mi agenda y me pregunté si aún conservaría el mismo número de teléfono. Hacía años que no la llamaba. Nos habíamos visto unas cuantas veces después de que se mudara a Londres para trabajar en un periódico nacional. Por supuesto, siempre estaba al día de los últimos cotilleos sobre todo el mundo, y siempre tenía alguna «historia real» que contar que ni los periódicos se atrevían a publicar. Sin embargo, cada vez nos iba costando más encontrar tiempo para vernos y, a decir verdad, cada vez era más evidente que nuestras profesiones eran incompatibles. ¿Cómo iba a contarle a Jenny alguna anécdota divertida sobre una pareja en proceso de divorcio cuando sabía que podría aparecer (seamos sinceros, que aparecería) en el periódico de la mañana siguiente? Aquella situación no había cambiado; en todo caso, los últimos acontecimientos no habían hecho más que aumentar el conflicto de intereses. Pero necesitaba oír aquella historia desde otra perspectiva. No había visto el nombre de Jenny en ninguna de las piezas sobre «Donna la desaparecida», pero seguro que habría oído todos los detalles en sus reuniones diarias y, sobre todo, que tendría una idea de qué pensaba la policía. Yo quería evitar nuevas sorpresas, y en eso Jenny podía ayudarme. Lo que ignoraba era qué podía pedirme a cambio. Pulsé el botón de «llamar».

Jenny llegó al café al cabo de menos de una hora. Al teléfono, su voz me había sonado de lo más familiar. No fue hasta cuando me senté a esperar cuando me di cuenta de que no tenía ni idea de qué habría tenido que cambiar en su agenda para presentarse en Notting Hill un domingo por la mañana. ¿Habría cancelado una cita para tomar el *brunch* con su pareja? ¿Habría dejado de ir a animar a su hijo en un partido de fútbol? Ni siquiera sabía dónde vivía. Pero mi instinto no me había fallado; como periodista, no podía decir que no a una reunión con alguien implicado en el caso de desaparición más sonado de los últimos años. Y ahí estaba, avanzando por entre las mesas con decisión y abriendo los brazos.

—Hola, desconocida —dijo, con una gran sonrisa en el rostro y dándome un abrazo.

Era más corpulenta de lo que recordaba, y tenía el rostro más redondeado, pero aquello solo hacía que su sonrisa fuera más radiante y más cálida. Carisma, eso era lo que tenía Jenny. Caía bien al instante, y eso hacía que la gente quisiera contarle cosas; luego la perdonaban cuando se las publicaba. No debía olvidarme de aquello.

—Estoy bien. Y me alegro de tener una excusa para volver a verte —dije; y era cierto. Me sorprendía lo mucho que la había echado de menos.

Quizá fuera porque me reconfortaba ver a alguien de mi infancia, que me recordara una época más sencilla, o tal vez fuera porque nos habíamos conocido cuando ambas teníamos todo el camino por delante y nada que perder.

—Siento haberte hecho salir de casa —dije, mientras se sentaba y hacía un gesto a la camarera para pedirle un café.

—Vivo en Kilburn; está cerca —dijo Jenny—. Además, el director está obsesionado con Donna Joy. De hecho, todos lo estamos, como habrás observado —añadió, riéndose y dando un golpecito sobre el periódico que tenía delante—. No hay nada como un caso de desaparición para vender periódicos, especialmente cuando la chica desaparecida es guapísima y está casada con un malo de película perfecto.

Sonreí, ocultando el hecho de que estaba describiendo al hombre que quería que fuera padre de mis hijos.

—Así que eres su abogada —dijo, cuando le trajeron el café.

—Le llevo el divorcio, sí

—Debo de estar perdiendo facultades —dijo Jenny—. De haberlo sabido, te habría llamado cuando la policía nos dijo que iban a detener a Martin Joy.

—¿Lo habrías hecho?

Sonrió. Ambas sabíamos que la respuesta era sí, pero solo si tenía interés para el periódico y para la historia. No habría sido una llamada de cortesía; como mucho me habría pedido una declaración, justo en el momento de cerrar la edición, para que Martin no tuviera tiempo de solicitar una revisión.

—Bueno, tengo que preguntártelo: ¿tú crees que Martin Joy se prestaría a una entrevista?

Sonreí otra vez y miré el reloj.

—Dos minutos. Me estaba preguntando cuánto tiempo tardarías en preguntármelo.

Jenny soltó una carcajada y no pude evitar reír con ella. No se mordía la lengua, pero al menos con ella no había sorpresas. Eso no era algo que se pudiera decir de la mayoría de la gente con la que estaba tratando últimamente.

—Venga, ¿tú qué dices? —insistió—. Llevo de subdirectora de espectáculos toda una vida. No tengo contactos en la *jet set* de Oxbridge, así que necesito algo jugoso si quiero conseguir un ascenso.

La miré, consciente de que en aquellas situaciones se trataba de dar y recibir; la información era algo con lo que negociar, como con cualquier mercancía en el mercado.

—No estoy segura de que quiera hablar —dije, como si se me acabara de ocurrir—. Pero desde luego se lo puedo preguntar. No tuvo nada que ver con la desaparición de Donna y quizá tenga ganas de responder al brutal ataque que le habéis lanzado esta mañana.

—Es la edición del domingo —señaló Jenny—. Mismo

nombre y mismo dueño, pero las redacciones son completamente independientes. Te puedo decir que mi director no está nada contento con que en la edición del domingo se nos hayan adelantado con la historia de Martin Joy.

—Bueno, entonces quizá se alegre cuando convenza a Martin de que hable con vosotros.

A diferencia del inspector Doyle, Jenny sí conocía el significado el *quid pro quo*; entendió que ahora le tocaba a ella ofrecer algo.

—Bueno, ¿y por qué querías quedar? —preguntó, con un gesto vivaz en la mirada.

—En realidad, la pregunta es muy sencilla: ¿dónde está? —disparé—. ¿Dónde está Donna Joy? Nada ayudaría más a mi cliente (y a mi bufete) que encontrar a Donna Joy. Así su marido quedaría absuelto de una vez por todas.

—Ya veo —dijo Jenny—. Pero yo estoy en espectáculos, no en sucesos. ¿Por qué me lo preguntas a mí?

—Porque eres la mejor —dije con honestidad—. Me encontraste en una habitación alquilada de Fallowfield cuando nadie más tenía ni idea de dónde estaba… Y, tal como dices, da la impresión de que tu director necesita que le recuerden lo buena que eres.

—Sigue halagándome y pídeme lo que quieras —respondió, sonriendo.

—En serio, Jen, estoy segura de que sabes qué es lo que dice la policía. Siempre has tenido la antena puesta. Incluso en el colegio sabías qué profesores tenían líos con otros.

—Sé que el director está cabreado porque la edición del domingo haya sacado el tema. Nosotros tenemos algo mejor en el horno, pero es algo que el equipo legal tiene que revisar a fondo. El dominical ha salido con una historia más blanda: como habrás visto, son todo insinuaciones, no hay hechos. Aun así nos han hecho la zancadilla: no vamos a poder publicar nada esta semana.

—¿Y cuál es esa historia mejor? —presioné.

Jenny meneó la cabeza lentamente.

—Fran, no soy tonta. Tú eres su abogada. Si te digo algo, mañana por la mañana tu equipo ya nos habrá puesto una demanda.

—Jen, esto es importante para mí. Cuéntamelo como amiga.

305

—¿Me puedes conseguir una entrevista con Martin Joy?

Ahí estaba de nuevo Jen, la reportera, no mi vieja amiga del colegio, jugando duro. No podía culparla por ello.

—Hará lo que yo le diga.

—¿De verdad? —preguntó levantando una ceja—. En otras circunstancias, podría estar bastante celosa. Martin Joy está bastante bueno.

Asentí, impaciente.

—¿De qué va esa historia?

Jenny dejó caer un terrón de azúcar en su café y lo removió lentamente.

—La policía no afirma oficialmente que Martin Joy haya matado a su esposa, pero eso es lo que cree. Tiene montones de información sobre él. Y nosotros también.

Sentí una presión en la garganta.

—¿Como qué?

—Nuestros contactos en la City dicen que es un negociador implacable, absolutamente carente de empatía. En el despacho también es un tirano. Una secretaria que solía trabajar en su oficina dice que un día la agarró por la garganta, solo porque había cortado una llamada por error cuando intentaba pasársela. A otra empleada la presionaba tanto y se metía tanto con ella que la tensión acabó provocándole un aborto, o eso dice ella.

Me estaba entrando el vértigo, pero no podía demostrarlo. Le quité importancia a aquello con un gesto de desdén, intentando que no se viera que me temblaba la mano.

—Todo eso son habladurías, Jenny. Poco más que los rumores infundados que ha publicado el dominical. En cualquier caso, eso no significa que Martin Joy haya tenido nada que ver con la desaparición de su mujer.

—Quizá —concedió ella—. Pero la policía también ha encontrado los diarios de Donna. Estaba asustada, Fran. Las semanas previas al divorcio, Martin la había estado amenazando, advirtiéndola de que no solicitara parte de la empresa, diciéndole que, si lo hacía, le haría la vida muy difícil.

Una vez más hice un esfuerzo por mostrarme escéptica.

—Suena al clásico diálogo tóxico de las parejas que se separan. Eso lo he oído cien veces.

Era consciente de que empezaba a dar la impresión de que lo defendía. Jenny era lista, intuitiva. No quería que sospechara que mi relación con Martin iba más allá del terreno profesional.

—Pero si Donna muriese antes de que se llegara a un acuerdo económico, Martin Joy se quedaría con toda su participación en el negocio, ¿no? Con todo su dinero, sus activos, todo. Tú eres abogada, eso lo sabes. Es un hombre implacable y su negocio lo es todo para él. Por otra parte, además del motivo, tuvo la ocasión. Joy declaró que salió de casa de su esposa a medianoche. Las cámaras de vigilancia le grabaron caminando por Londres a las dos de la mañana. Pero ¿qué estuvo haciendo desde el momento en que llegó a casa de ella? Aunque no la matara y eliminara el cadáver él personalmente, es un tipo rico con conexiones con el mundo del hampa. Hemos oído rumores de que un tipo con el que hizo negocios acabó en el hospital después de que tuvieran un desencuentro.

—Pero si Donna tenía tanto miedo —rebatí, manteniendo una expresión neutra—, ¿por qué accedió a cenar con él la noche en que desapareció?

Jenny se encogió de hombros.

—Joy tiene su encanto, ¿no? La mayoría de los psicópatas son encantadores.

Toda aquella propaganda anti-Martin debería haberme alterado, pero de pronto cambié a modo profesional y empecé a considerar toda la información, cada dato, creándome una imagen. Y aunque era obvio que no podía ser objetiva, seguía sin convencerme el poco peso de las pruebas y la idea de que Martin pudiera ser un psicópata. Había visto cómo le había mirado Donna aquella noche en el restaurante. La que lucía una sonrisa seductora era ella, no él. Sabía que Jenny me estaba observando, esperando una reacción.

—Todo eso no se sostiene —dije.

Jenny se echó a reír.

—¿Por qué hemos perdido el contacto, Fran? Te he echado de menos.

—No lo sé —respondí—. Supongo que nos hemos dejado absorber por el trabajo.

—Dos chicas norteñas que han conseguido abrirse paso en la gran ciudad y que acaban quedando por primera vez desde hace años para hablar de nuestros contactos en el mundo del crimen.

Le eché una mirada cínica.

—¿Me estás diciendo que debíamos habernos quedado en Accrington y buscar trabajo en el banco?

—Estoy diciendo que, si cambio de trabajo, quizá pida el de corresponsal de *Country Life* en los salones de té —dijo ella, sonriendo tras su taza de café.

—La vida sencilla —dije, y asentí distraídamente.

Sonó mi teléfono. Era un número desconocido, así que me disculpé, me separé de la mesa y respondí.

No reconocí la voz hasta que el inspector Michael Doyle se presentó.

—Perdone que la moleste en domingo, señorita Day, pero ¿podríamos vernos para hablar?

—¿No podemos hablar por teléfono?

—Creo que es mejor que nos veamos —dijo, con un tono mucho más firme que en nuestro primer encuentro.

—Ahora mismo no estoy libre —respondí, empezando a sentir los labios secos—. ¿Puedo preguntarle de qué se trata?

—Entonces, cuando pueda, venga a comisaría —dijo, y en ese momento supe que estaban a punto de pasar muchas cosas.

41

*T*ampoco parecía que el inspector Doyle estuviera allí por gusto: en comisaría, un domingo al mediodía.

—Bueno, Pete Carroll, su vecino en el 22b de More Pond Road, ha venido a vernos esta mañana —dijo, dando un sorbo a un vaso de plástico con un café gris y frío.

—Dijo que la noche en que se vio a Donna Joy por última vez usted llegó a casa de madrugada, abatida, manchada de sangre, diciendo que Martin Joy, su novio, había estado con su mujer y que eso la había disgustado.

Pete Carroll.

El estómago se me tensó del odio que me suscitaba la simple mención de su nombre. Ya había visto lo vil y manipulador que podía llegar a ser, pero no pensaba que fuera a cumplir con su amenaza tan pronto. La emoción me bloqueó la garganta, mientras repasaba mentalmente nuestro encuentro. Le había dejado perfectamente claro que no tenía ningún interés en tener una relación con él, pero intentando que no se enfadara. Pensaba que sería el mejor modo de afrontar aquello, pero era evidente que me había equivocado.

Doyle me miró como si esperara que dijera algo, pero decidí guardar silencio. Solo llevaba dos minutos sentada frente al inspector, pero ya sabía el tipo de conversación que íbamos a tener. Sabía lo suficiente de derecho penal como para ser consciente de que cualquier cosa que dijera podría ser usada en mi contra.

—Por otra parte, tiene constancia de que el señor Joy posee una propiedad en la isla de Dorsea, en Essex. Creo que ya ha estado allí.

Una vez más, no respondí.

—Hemos hablado con el encargado del Anchor Pub, en la isla: nos ha dicho que estuvieron allí juntos, cinco días después de la desaparición de Donna.

309

Tiró su vaso de café vacío en la papelera y me miró.

—Nos gustaría tomarle las huellas digitales y alguna otra muestra, si no le importa.

—¿Huellas digitales? ¿Para qué? —respondí, sintiendo que todo empezaba a girar a mi alrededor—. No quiero darles mis huellas digitales.

—Entonces tendremos que detenerla —dijo, sin inmutarse.

La única persona con la que quería hablar era Tom Briscoe. Ya no me importaba nada nuestra rivalidad. No podía confiar en nadie más.

Tardó cuarenta minutos. No tenía ni idea de cómo había conseguido llegar tan rápido de Highgate; incluso me permití pensar, maliciosa, que quizá viniera directamente del dormitorio de alguna novia con casa en Belgravia. Quizá la chica con la que habría ido a ver la obra de su hermano.

—He pensado que te iría bien esto —dijo, dándome un café del Starbucks en la puerta de la comisaría.

Casi nunca le había visto sin traje. Vestía vaqueros, un polo y una americana beis Harrington. Tenía aspecto de profesor universitario, o al menos el que les dan a los profesores universitarios en las películas de Hollywood.

—¿Qué es? —pregunté, probando aquel empalagoso brebaje.

—Bebida de chicas —dijo.

Me sonrió y, por un momento, consiguió animarme.

—El inspector al cargo del caso me ha dejado salir para hacer una llamada, pero me está tratando como una delincuente. —Sentí un pinchazo de angustia en el pecho y levanté la mano para frotarme el esternón.

—Solo estás aquí para responder a unas preguntas —dijo, dándome una palmadita en el hombro—. Eres libre de entrar y salir cuando quieras.

—Pero, si respondo la verdad, no voy a quedar muy bien.

Sabía que tenía que contárselo todo. Toda la verdad, por desagradable que fuera…, o al menos lo que recordaba de la verdad. Mi historia con Martin, la noche de la desaparición de Donna, nuestro viaje a la isla de Dorsea y las mentiras que le había contado a la policía. Debía decírselo todo.

—¿Y si entramos y pedimos que nos dejen una sala? —propuso, resolutivo.

Sacudí la cabeza, convencida, en mi paranoia, de que en la comisaría habría micrófonos por todas partes.

—¿No podemos quedarnos aquí mismo? —pregunté, apoyándome en la pared y rodeando el vaso con los dedos.

Miré alrededor, en busca de cámaras de circuito cerrado o de mirones, pero en la calle no se movía una mosca. Di unos golpecitos nerviosos en la acera con el pie y abrí la boca para hablar.

—¿Has visto a Martin desde su detención?

—Sí.

—¿Aún sigues saliendo con él?

Asentí. Evité su mirada, preguntándome qué pensaría de mí.

—Tom, los seguí a la casa de Donna. Recuerdo haber visto a Martin cuando salía, y a Donna observándolo desde la ventana, pero no recuerdo nada más. La declaración de Pete, de que llegué borracha y confundida a casa, me incrimina. Esto va a acabar conmigo y con mi carrera.

—Fran, no te precipites —dijo en un tono tranquilizador—. Aún no hay cadáver. Sin un cadáver, es prácticamente imposible condenar a nadie. Y ahora mismo la policía necesita una sentencia condenatoria.

—Pues claro. Quieren hacer su trabajo.

—¿Recuerdas el caso de Rachel Miles, el año pasado? Detuvieron a una serie de hombres después de que apareciera el cuerpo en Leas Wood. Al final había sido su jefe, alguien a quien apenas habían hecho cuatro preguntas. Encontraron a su hombre, pero a costa de una publicidad muy mala y de dos denuncias por arresto improcedente… La policía no querrá cometer el mismo error otra vez.

—¿Así que no crees que me detengan?

Era el primer resquicio de esperanza en un día deprimente.

—¿Por el testimonio de un pirado que dice que te rompiste las medias en un taxi? No es probable.

Asentí, deseando creerle, pero me costaba.

—Lo arreglaremos, Fran, confía en mí. No dejaré que le ocurra nada a una cliente, y menos a una amiga mía.

311

Y

—A ver si lo entiendo —dijo Doyle, resumiendo nuestra conversación en aquella sala de interrogatorios que habían decorado con una moqueta hortera—. Usted es la abogada del señor Joy en el caso de su divorcio. Inició una relación con el señor Joy. La noche en que se vio a Donna Joy por última vez, la siguió desde su estudio hasta un restaurante donde se encontró con su marido. Luego los siguió hasta la casa de ella y no volvió hasta las dos de la mañana a su casa, donde le abrió la puerta Pete Carroll, que declara que llegó magullada y sangrando.

—No estaba magullada y sangrando —me defendí—. Debí de caerme y me rompí las medias. Me hice un pequeño corte, pero eso fue todo.

Doyle no parecía convencido.

—¿Estaba usted celosa de que el señor y la señora Joy hubieran retomado su relación?

—Yo no diría que habían retomado su relación. Me pareció extraño, sí, que Martin fuera a su casa, pero eso no sugería en absoluto que fueran a cancelar el divorcio.

—Una camarera del Walton Arms afirma que recuerda que hubo una persona sentada junto a la ventana toda la noche. Sola. Creemos que esa persona era usted.

—Estuve allí un rato, sí. Quería ver a qué hora salía Martin.

—Pero no recuerda que saliera.

Era como si con todas sus preguntas no hiciera otra cosa que constatar mi culpabilidad.

—Sí, sí que lo recuerdo. Era tarde. No recuerdo la hora exacta, pero fue después de que cerrara el pub. Recuerdo que miré hacia la casa, vi que Martin salía, y luego vi a Donna en la ventana.

—Ninguno de los dos la vio a usted.

—No.

—Martin Joy dice que salió de la casa de Chelsea hacia medianoche. Pete Carroll dice que usted llegó a casa hacia las dos de la mañana. Eso son dos horas. ¿Qué estuvo haciendo?

—Estaba algo bebida, así que lo cierto es que no lo recuerdo. Desde luego se tarda un rato en llegar de Chelsea a Islington.

—¿Entró a ver a Donna Joy?

—No.

Doyle soltó un pequeño suspiro de desaprobación.

—Señorita Day, es difícil saber qué creer. Tenemos una declaración que le hizo hace seis días a mi colega Rob Collins en la que afirmaba que fue al estudio de la señora Joy, y que al no encontrarla allí se volvió a casa.

—Estaba avergonzada. Me estaba protegiendo.

—¿De qué?

—No quería parecer sospechosa, supongo.

—Así que no quería parecer sospechosa.

No pensaba que me dejaría coger tan fácilmente. Tom Briscoe se arremangó y miró a Doyle.

—Francine está dispuesta a responder a cualquier pregunta, y ya ve que está siendo sincera. No tenemos por qué estar aquí, pero queremos cooperar en todo lo posible.

—Entonces nos gustaría echar un vistazo a su apartamento —dijo Doyle, mirándome fijamente.

—¿Por qué? —pregunté, incapaz de ocultar el pánico.

—Me temo que debemos poner fin a esta conversación —dijo Tom, poniéndose en pie—. Está moviéndose en un terreno muy precario, inspector Doyle. No hay nada que sugiera que la señorita Day haya cometido ningún delito. Ni tiene prueba alguna de que la desaparición de Donna Joy sea nada más que la de una mujer infeliz que ha decidido escapar de su jaula dorada y de la vergüenza de tener que pasar por el divorcio. Cabe la posibilidad de que se haya tomado unas vacaciones para desconectar de todo.

Hizo una pausa, como si estuviera en el juzgado, a punto de hacer su alegato final.

—No soy nadie para decirle cómo hacer su trabajo, inspector, pero todos sabemos que ya ha tenido detenida a una persona y que ha tenido que ponerla en libertad sin cargos. Va a parecer que es de gatillo fácil si vuelve a hacerlo. Además, lo cierto es que Pete Carroll está aprovechando el hecho de haberle abierto la puerta a la señorita Day aquella noche, y que desde entonces le está haciendo chantaje, exigiéndole sexo y amenazándola con utilizar esa información si se niega a aceptar sus exigencias. Tengo que hablar con mi cliente para ver si vamos a denunciar esa agresión sexual. Creo que, en estas circunstancias, debe ser tratada con tacto y respeto, no con este aluvión de lesivas insinuaciones.

Yo tenía los puños apretados y ganas de gritar: «Vaya, registre mi piso. No tengo nada que ocultar».

313

Pero Doyle nos miró a los dos y se limitó a asentir.

—Hablaremos mañana —dijo, cerrando su cuaderno y apagando su grabadora—. No salga de la ciudad, señorita Day. No vaya a ninguna parte.

Eran pasadas las seis cuando pusimos de nuevo el pie en Buckingham Palace Road. Nada más salir, aspiré con fuerza. Soy una de esas personas que necesitan tener control sobre su propia vida. Me sentía impotente. En aquel momento, mi única red de seguridad era Tom Briscoe, así que le tendí la mano y se la apreté todo lo fuerte que pude.

—Tranquila —dijo él, comprensivo.

No pude más y me vine abajo:

—Debía haberles dicho que registraran mi piso si querían —añadí, soltándole la mano y sacudiendo la cabeza.

—Eso no habría mejorado tu posición —respondió.

—Entonces ¿qué puedo hacer para que mejore?

—Estamos trabajando en ello —dijo, topando con su hombro contra el mío en el momento en que echábamos a caminar.

En otras palabras, ninguno de los dos conocía la respuesta a aquella pregunta.

—¿Te apetece comer algo? —preguntó.

—He perdido el apetito.

—Es lo que tienen las comisarías.

—¿Lo echas de menos? —pregunté—. Los casos de derecho criminal.

—Tú no eres una criminal —respondió.

—Ahí dentro has estado muy bien.

Esbozó una sonrisa y por un momento pensé que iba a soltar una broma, pero no fue así.

—Sí que lo echo de menos —admitió—. Era lo que siempre había querido hacer. Cuando iba al colegio, cada sábado solía ir a la librería de Windsor y me compraba una novela de detectives. Leía de todo, desde Sherlock Holmes a Ian Rankin. Era mi ración de misterio semanal. Mis padres no querían que me alistara en la policía. Así que estudié Derecho.

—¿Y por qué te hiciste abogado defensor? —pregunté, imaginándome a un joven Tom Briscoe con su uniforme de gala de Eton, enfrascado en la lectura de un viejo libro bajo la sombra de los árboles, junto al Támesis.

—Porque, en los libros, los malos son siempre los más interesantes. —Sonrió, y luego añadió—: Y porque a veces el acusado no es el malo.

—No deberías haber dejado que el caso Nathan Adams te apartara de algo que te gustaba tanto.

—No —susurró.

—Lo digo de verdad, Tom.

Él fijó la vista en el horizonte, con la mirada perdida.

—Es cierto que me gustaba. Incluso cuando me preguntaban cómo podía hacerlo, cómo podía trabajar para la defensa, daba siempre la misma respuesta. A mi familia, a mis amigos o a la gente que conocía en fiestas: lo hacía porque creía en nuestro sistema judicial. Porque no soy yo quien tiene que decidir si alguien es culpable o no. —Dudó un momento antes de seguir—. Pero nunca olvidaré cuando Suzie Willis vino a mi encuentro a las puertas del juzgado, después de que Adams fuera declarado inocente. Después de que lo dejara en la calle. Tenía los ojos rojos de tanto llorar. Estaba temblando. No de rabia, de frustración o de impotencia, sino de miedo. Estaba con su abogada, que se giró y me dijo: «Bueno, tendremos que esperar a la próxima vez». Y tenía razón. Al final, Adams fue declarado culpable, pero esa vez la mató. Y yo sentí que lo había hecho gracias a mí.

La voz se le quebró de la emoción, y me tocó a mí apoyarle una mano en el brazo para animarle. Sin embargo, él se metió la mano en el bolsillo para evitar el contacto discretamente.

—¿Quieres que te lleve a alguna parte? —dijo, reaccionando.

Observé que nos habíamos parado junto a su coche.

Al principio no respondí. Ya no sabía adónde ir, en qué lugar podía sentirme segura y querida.

—Tengo una habitación libre, si no quieres volver a tu piso. Tendrás que compartirla con mi equipo de squash, pero acabo de comprarme una nueva cafetera Heston Blumenthal y podemos ver qué tal hace los *macchiatos*.

Tuve que admitir que la idea resultaba atractiva.

Siempre había creído que el camino que tomaban nuestras vidas quedaba determinado por nuestras elecciones, no por el destino, y en aquel momento me pregunté si no tendría que haber elegido mejor. Quizá si hubiera elegido a Tom Briscoe, ahora no estaría frente a una comisaría de policía un domingo por la tarde, a un suspiro de ser arrestada por la desaparición de la esposa de mi amante.

No. Una vida con Tom Briscoe, o con alguien como Tom Briscoe, podría haber sido una rutina reconfortante; sin grandes emociones, pero compartiendo el reconocimiento de los logros del otro y las satisfacciones del día a día.

Aunque no es que Tom hubiera demostrado nunca ningún interés en mí como mujer, me recordó una vocecita interior.

—La oferta es tentadora, especialmente por esos cafés tan estupendos, pero no te preocupes —dije, ahuyentando todos aquellos pensamientos—. Ya te he causado suficientes problemas.

—No es un problema.

—Debería ir a casa. Ya he hablado con la policía. Pete Carroll ya no puede seguir chantajeándome.

Tom meneó la cabeza.

—Deberías haberme hablado de Carroll. Podría haber hecho algo.

—¿Como qué? —respondí levantando una ceja—. ¿Darle una paliza en la parada del autobús? Ambos sabemos que no puedo hacer nada. No puedo denunciarlo ni pedir una orden de alejamiento. No soy su novia, ni ha sido condenado o arrestado por ningún delito.

—Se pueden hacer cosas, Fran.

Negué con la cabeza, escéptica.

—Debería irme a casa. Pete Carroll no es mi mayor preocupación ahora mismo.

Me subí al asiento del acompañante y cruzamos Londres. Tom me tuvo distraída con los cotilleos del bufete. La fusión de la que se hablaba con el Sussex Court parecía algo definitivo. Tom pensaba que era una buena medida. Si le preocupaba lo más mínimo que mi mala reputación pudiera suponer una amenaza para la fusión, lo disimuló muy bien. Llegó un momento en que las tripas me hacían tanto ruido que se oyó por encima de la música. Paró junto a un puesto de kebabs próximo a mi casa y entró. Al rato volvió a salir con un par de hamburguesas de pollo y dos latas de Coca-Cola.

Paró el coche en una bocacalle y yo abrí la caja de porexpán que tenía sobre la falda, chupándome los dedos para evitar que la grasa y las migas acabaran en la tapicería.

—Somos de lo más refinado, ¿no? —dije, sonriendo al notar una gota de kétchup que me caía por la mejilla.

—Me gusta pensar que sí —dijo Tom, abriendo su lata de refresco.

—Esto está muy bien. —Suspiré, dándome cuenta del hambre que tenía—. Cuando consigas el puesto en el Consejo de la Reina, prométeme que no dejarás de ir conmigo a algún puesto de kebabs.

—Cuando entremos en el Consejo de la Reina, te llevaré al Kebab Kid de Parson's Green para celebrarlo. Hacen los mejores shawarmas de pollo de todo Londres.

No respondí. Dejamos que el silencio flotara en el aire. Así no tendríamos que decir en voz alta lo que ambos pensábamos: que tendría suerte si evitaba la cárcel; de llegar al Consejo de la Reina, mejor ni hablar.

—Gracias por ser tan buen amigo.

—Y pensar que hubo una época en que no me tragabas —bromeó.

—Eso no es cierto.

—Venga ya, sabía que pensabas que era un pijo pomposo.

—No es verdad.

—Sí que lo es. —Sonrió—. Por eso me pasé casi todo el primer año en el bufete evitándote.

—Me evitabas porque pensabas que era una tía rara.

—Rara no. Guay. Demasiado guay, a decir verdad. Recuerdo el primer día que llegué al Burgess Court. Llevaba un traje nuevo, corte de pelo nuevo, toga nueva. Pensaba que era lo más. Y entonces te vi a ti. Y me di cuenta de que no era más que un tío ñoño de universidad privada y sin ningún talento. Si te evitaba, era porque eras tan guay y tan lista que me intimidabas un poco.

—La gente nunca deja de sorprenderte —reconocí, y sonreí.

—Por eso dejé de juzgar a la gente hace tiempo.

Me llevó hasta mi casa y le dije que aparcara en una bocacalle. No quería que nadie me viera salir del coche.

—¿Estás segura de que estarás bien? —dijo Tom.

Sentí un temblor de pánico y me pregunté si Pete Carroll me estaría viendo.

—No te importa acompañarme hasta el piso ¿verdad?

Tom asintió, en señal de que lo entendía. Me resultaba extraño volver a casa. Mi piso ya había adquirido un leve olor a cerrado. Al encender la luz, vi el cubo de la basura con el edredón dentro. Me giré y cerré la puerta con llave.

—Venga, ¿por qué no coges unas cuantas cosas y te quedas en mi casa? —preguntó Tom, viendo lo nerviosa que estaba.

Sabía lo fácil que sería coger unas cuantas píldoras de litio más, una maleta de ropa e ir a casa de Tom, pero estaba cansada, muy cansada. Quería dejar de huir.

—Odio la idea de que Pete Carroll esté por aquí. No quiero ni pensarlo —susurré—. Pero he ido de un lado para otro desde el martes, Tom. No puedo seguir así. Además, Pete ya no tiene nada con lo que amenazarme.

—Yo creo que deberías presentar una denuncia formal a la policía —dijo él.

—¿Denunciarle por violación?

—No es demasiado tarde. Aunque deberías hacer algunas cosas. No laves las sábanas. Guarda todas las pruebas que tengas.

Miré el cubo de la basura y volví a sentir asco. Quería que Pete Carroll recibiera su castigo, pero no estaba segura de tener la fuerza suficiente como para soportar el trauma de una denuncia por agresión sexual.

—¿Podemos no pensar en nada por un momento? —pregunté, entrecruzando los dedos y apretando las manos.

—Te prepararé un café —dijo.

En el momento en que Tom entraba en mi pequeña cocina y sacaba dos tazas de rayas del armario, me sentí enormemente triste de no haber ido con él a aquella obra en Hampstead. Aún quedaba gente decente en el mundo. Gente en la que podías confiar.

318

42

*E*n mi sueño me estoy ahogando. El agua me llega a la boca y luego se me cuela por la garganta. Despacio al principio, hasta que sube demasiado. Aunque echo la cabeza atrás, no puedo coger suficiente aire. El líquido empieza a llenarme los pulmones y se me nubla la visión. Lo único que veo son burbujas que se alejan jugueteando, en dirección a un halo de luz en lo alto. Estiro los brazos e intento nadar, pero estoy tan débil que apenas me puedo mover. Y en el momento en que empiezo a hundirme, se me cierran los ojos, levanto los brazos y mi último pensamiento es que todo se ha acabado.

El pitido de un mensaje entrante me despertó.

Parpadeé con fuerza, desorientada al principio, pero cuando me di cuenta de que era una pesadilla, de que el pitido no procedía de unas puertas electrónicas nacaradas a punto de abrirse, estiré el brazo y agarré el teléfono.

Vacilé antes de apretar el icono del sobre, temiéndome algo desagradable, pero resultó ser Jenny Morris, que aparentemente acababa de salir de su reunión de la mañana, en la que había mencionado a su director la posibilidad de entrevistar a Martin Joy. El tipo se había mostrado «muy interesado».

El sonido de unos nudillos llamando a mi puerta me hizo dar un salto por segunda vez. Tardé unos segundos en recordar que Tom Briscoe se había quedado a dormir en mi sofá. Me daba vergüenza hacerle pasar a mi habitación y que viera cómo había dormido, en un viejo saco de dormir colocado sobre una toalla.

—Espera, ya voy —dije, retorciendo el cuerpo para salir de entre las capas de nailon con estampado de camuflaje.

Cuando salí, Tom ya se había puesto los zapatos y la chaqueta.

—Tengo que irme —dijo—. No voy a presentarme así en el bufete.

—No sé —dije, esbozando una sonrisa—. Hace años que se habla de adoptar una vestimenta más informal en los juzgados.

—No estoy muy seguro de que quiera ser el primero en marcar esa tendencia —respondió Tom.

—Gracias por venir… —dije. No parecía lo más adecuado, pero no encontraba las palabras justas.

—¿Te vas a tomar un tiempo libre?

Me encogí de hombros.

—Vivienne me ha sugerido que me vaya de vacaciones unas semanas. El viernes, eso me parecía hasta tentador. Pero supongo que ahora las cosas han cambiado. No creo que el inspector Doyle me deje ir a Tailandia.

—No apagues el teléfono —me aconsejó Tom, de nuevo en su papel de abogado—. Doyle podría querer volver a verte esta semana. Espero que esta vez contacte conmigo cuando quiera algo de ti, pero tú prepárate por si acaso.

—Te mereces entrar en el Consejo de la Reina —dije mientras abría la puerta.

320

Lo decía de corazón. Le di un beso en la mejilla sin pensármelo y, por un minuto, su seguridad y su confianza desaparecieron. Pareció cohibido.

Todo aquel tiempo me había preocupado la vuelta a casa, pero sentirme de nuevo en territorio familiar me reconfortaba. Rebusqué por los armarios de la cocina buscando algo para desayunar, pero me tuve que contentar con unos restos de Navidad: una caja de palitos de chocolate a medias y una caja de bombones Cadbury's que me había regalado la señora de la limpieza del bufete. Desde luego no era lo más sano, pero un buen atracón de chocolate era justo lo que necesitaba.

Volví al dormitorio y me desnudé mientras se calentaba el agua de la ducha. Estaba demasiado nerviosa como para resistir más de un par de minutos bajo el chorro, así que salí enseguida, me envolví en una toalla y me dispuse a vestirme: vaqueros, camiseta, sudadera y unas deportivas que me até con fuerza. Encendí todas las luces, abrí las ventanas y me puse guantes de goma para cambiar las sábanas de la cama, doblando las sucias y metiéndolas en otra bolsa de la basura.

Después de ordenarlo y limpiarlo todo a fondo, me preparé un té y me senté a la mesa del comedor. No veía la hora de volver a la consulta de Gil para una nueva sesión, pero me había dicho que se iba de vacaciones un par de días y me imaginé que probablemente estaría en el aeropuerto, intentando olvidarse de pacientes como yo. Por otra parte, para la gente como el inspector Doyle y su equipo sería una nueva mañana de lunes, tan animada como cualquier otra. No tenía dudas de que mi nombre cobraría protagonismo en su reunión semanal de trabajo, en la que los agentes, entusiastas y animosos, presentarían sus pruebas en mi contra y en contra de Martin Joy.

La vista se me fue a los estantes llenos de archivadores y libros. En los huecos restantes había recuerdos, como la pequeña copa plateada que había ganado en un concurso de simulación de procesos judiciales en la universidad, así como una bonita caja David Linley que me había regalado un cliente agradecido. Recordatorios de que, en algún momento, me habían considerado una buena abogada.

Aparté la taza a un lado, estiré el brazo hacia un montón de cuadernos amarillos y coloqué uno sobre la mesa. «Lucha», murmuré para mis adentros. Era lo que me había dicho mi abuelo el verano después de que acabara sexto. Después de la vergüenza de la ceremonia de graduación y de mi huida. Me había llevado a dar un largo paseo por el monte; casi veíamos Pendle Hill a lo lejos, y me habló de cuando estuvo en la guerra, historias de Spitfires y de misiones secretas en ciudades normandas donde había quedado atrapado tras las líneas enemigas. Pero el abuelo no se rindió y se las arregló para volver a casa, donde consiguió olvidar todo aquello y, sencillamente, volvió a empezar de cero.

«Lucha», me dijo entonces, y aunque nunca tuve claro si sus historias eran ciertas (nunca vi ninguna medalla ni oí que ningún familiar hiciera comentarios sobre sus gestas heroicas), fue aquella conversación lo que me hizo recobrar la compostura y seguir adelante.

Esa conversación fue lo que hizo que dejara de autocompadecerme y de hacerme la víctima.

Me quité el *piercing* de la nariz y encontré un trabajo a media jornada. Me olvidé de licenciarme en Historia y opté por la carrera de Derecho cuando una serie de sobresalientes a final del bachillerato me dijo que era lo suficientemente válida como para hacer lo que quisiera.

«Lucha.»

Había un rotulador fino de color negro en la mesa, junto a mis gafas de ver de cerca, que tenía desde meses atrás, aun-

321

que me resistía a admitir que las necesitaba. Miré la página en blanco y me puse a escribir. Escribí una lista de móviles posibles para Martin y para Alex, e ideas de lo que habría podido pasarle a Donna en el caso de que no la hubieran matado o secuestrado. Puse por escrito todo lo que recordaba de mis conversaciones con el inspector Doyle, con Phil Robertson y con Jenny Morris: la sangre en la cama de Donna, la reputación de Martin como hombre sin escrúpulos, el viaje de Donna a París y su lío con Alex Cole. Y escribí lo que había visto con mis propios ojos: que Martin había salido de la casa de Chelsea más o menos a la hora que decía él y que Donna se asomó a mirarle desde la ventana.

Observé la página, pero no era más que un batiburrillo de nombres y palabras, una serie de formas, negro sobre amarillo, como la cinta que usan para delimitar lugares peligrosos. Moví el rotulador por el papel, trazando flechas y líneas, como intentando conectar los diferentes puntos, pero no disponía de suficiente información.

Por un momento, sentí la tentación de mantener otra conversación con Sophie Cole. A excepción de Martin, parecía ser la que mejor conocía a Donna. Quizá supiera algo importante, aunque no se hubiera dado cuenta ni ella misma. Pero tras el enfrentamiento que habíamos tenido por lo del posible lío entre Alex y Donna, llamar a Sophie no era lo que más me apetecía del mundo.

Eché mano de la mochila que tenía colgada de la silla en busca de inspiración, saqué el tabloide dominical que había comprado el día anterior y volví a leer el artículo sobre Donna:

> Jemma Banks, esteticista de cuarenta y dos años, manifestó a la policía que la desaparición de su hermana era algo inesperado: «Donna esperaba con ansia mi fiesta de cumpleaños en nuestra ciudad natal. No se la habría perdido por nada del mundo».

Fruncí el ceño y releí el párrafo. Martin me había asegurado que Donna y su hermana no tenían una relación muy estrecha, pero no había duda de que su colaboración con la policía se había vuelto indispensable. Y que Donna fuera a ir a la fiesta de cumpleaños de Jemma sugería una relación más estrecha de lo que Martin pensaba.

Fue sorprendentemente fácil encontrar datos sobre Jemma Banks: el censo electoral, las compañías de suministros de la casa, Facebook... Había muchos sitios de donde sacar una sorprendente cantidad de detalles en solo unos segundos y por solo unas libras.

Con un bombón en la boca, agarré mi abrigo y mi mochila, y saqué la ropa sucia que había acumulado desde el jueves. Estaba metiendo mis bragas y mis camisetas en el cubo de la ropa sucia cuando sonó el teléfono.

Llevaba toda la mañana pensando que tenía que llamar a Clare. Me sentía mal por cómo había quedado la cosa el día anterior, y aunque me había dejado claro que no quería que me quedara una noche más, tampoco me había puesto en contacto con ella para decirle que me iba.

«Lo siento.»

Leí el mensaje dos veces, pero no decía quién lo enviaba. Y no reconocí el número.

«¿Quién eres?», respondí, de pronto ansiosa por salir de casa.

«Pete.»

Tuve que hacer un esfuerzo por respirar. No tenía ni idea de cómo había conseguido mi número: me sentí como si me estuviera observando. Miré el teléfono sin moverme y luego meneé la cabeza. Tenía que defenderme, luchar, recuperar el control. No quería esperar un segundo más, así que bajé y llamé a su puerta. Estaba furiosa, consumida por la rabia. La noche anterior saltaba ante el mínimo ruido del piso de abajo, pero ahora lo único que quería era darle un puñetazo en aquella cara de comadreja.

Abrió la puerta y debió de detectar mi rabia.

—¿De dónde has sacado mi número, Pete? —pregunté, sin darle ocasión a hablar.

—Me lo dio la chica de la recepción de tu bufete.

—Bueno, pues no tenía ningún derecho a hacerlo —le solté, apuntándole a la cara con un dedo.

—Cálmate, Fran. Solo te quería pedir perdón.

—Ah, ¿así que lo de ir a la policía y acusarme de asesinato fue sin querer?

—Estoy colaborando en la investigación. Todo el mundo quiere que encuentren a Donna Joy. ¿Tú no? —Hizo una pausa y me observó atentamente. Le aguanté la mirada. Tenía un

323

grano rojo en una aleta de la nariz y un punto de pus sobre una ceja—. Por cierto, ya que estás aquí, quizá me puedas decir quién era ese hombre que ha salido de tu casa a las ocho.

—Eso no es asunto tuyo, Pete.

Se encogió de hombros.

—Tenemos que estar atentos a los extraños que puedan colarse en el edificio. Es de sentido común. El otro día, un amigo mío se encontró a un vagabundo meando en el patio de su edificio.

Se apoyó contra el marco de la puerta, ya más relajado y seguro de sí mismo.

—Creo que es el mismo tipo que vi el viernes —dijo—. Tu colega. ¿Ahora tenemos un noviete en el despacho?

—Sí, es abogado. Porque sí, ahora necesito un abogado. Hemos estado discutiendo mi situación. Y se quedó porque, francamente, tengo un vecino que últimamente está actuando de un modo algo impredecible.

—No estarás hablando de mí, ¿verdad, Franny?

—Que te jodan, Pete.

No era mi intervención más brillante, pero estaba harta de él.

—No digas eso, Fran. Yo te quiero.

Me giré, rabiosa al oírle pronunciar mi nombre, pero al notar que cerraba la puerta sentí alivio. Bajé los escalones de dos en dos y salí corriendo a la calle. No paré hasta que llegué a la agencia de alquiler de coches que había cerca de mi deli favorito, en Highbury Fields.

Martin tenía razón en que necesitaba un coche. Jemma Banks vivía en Colchester, donde no era demasiado difícil llegar desde Islington: solo tenía que dar un paseo hasta la estación de Liverpool Street y de ahí tomar un tren a Essex, pero ya me sentía bastante vulnerable. No quería tener que confiar en nadie ni en nada.

ZipCars alquilaba vehículos por horas, pero saqué la tarjeta de crédito y pedí un coche para una semana. Mi seguridad y mi determinación aumentaron de golpe cuando tuve en la mano las llaves del Fiat Panda que me dio el joven empleado de la agencia.

Yo solo conducía una vez al año, durante mis vacaciones en Italia, así que me sentí extraña sentándome en el lado derecho del coche. Solté aire lentamente y me tomé unos momentos para familiarizarme con el vehículo, moviendo el cambio de marchas y apretando el acelerador lentamente con la planta del pie. El motor cobró vida. Saqué el móvil e introduje «Colchester» en Google Maps. Cuando aquella voz artificial me dijo que girara a la izquierda, obedecí, intentando pensar en mi próximo movimiento.

En mi búsqueda en Internet había descubierto que Jemma Banks tenía un salón de belleza llamado Tans and Talons a las afueras de la población, en una calle comercial que tenía una tienda de animales, una licorería y un puesto de comida china para llevar.

Cuando Google Maps me dijo que había llegado a mi destino, bajé la velocidad hasta casi detener el coche. Sin embargo, cuando observé que el salón estaba lleno de gente, volví al centro del pueblo, aparqué y me fui a almorzar al Prezzo que había en la calle mayor.

Eché un vistazo a mis mensajes y al correo electrónico mientras comía. No había gran cosa: solo algunos correos de trabajo y un mensaje de texto de Tom Briscoe, que quería asegurarse de que estaba bien. Al ver que no había nada de Clare, la llamé mientras esperaba la cuenta, pero lo cierto es que me sentí aliviada cuando me salió el contestador.

Cuando volví a la tienda de Jemma, eran casi las cuatro. Tal como esperaba, a esa hora Tans and Talons estaba vacío. A través del escaparate vi una figura solitaria barriendo y recolocando las revistas en un soporte de la pared. Una ráfaga de viento arrastró una lata de Coca-Cola vacía por el suelo, haciéndola repiquetear contra los adoquines en el momento en que abría la puerta del salón.

—Lo siento, querida, estoy a punto de cerrar —dijo la mujer, que apoyó la escoba en la esquina y cruzó el salón hasta el mostrador de recepción—. Puedo darte una cita para otro día, si quieres —añadió, pasando hojas del libro que tenía sobre el mostrador con sus uñas esmaltadas—. De hecho, mañana tengo alguna hora libre.

—No, no venía por eso —respondí, observándola.

Cuando la había visto en el anuncio de la televisión, había notado el parecido entre aquellas dos hermanas. En esa ocasión se la veía pálida y con la cara lavada, lo que hacía más evidentes las diferencias entre ellas, pero en persona las diferencias eran menos obvias. Los ojos de Jemma eran de un tono de verde más común; su blusa de flores, de esas que se venden en supermercados, no en tiendas de diseño. Jemma no tenía aquel brillo y la seguridad que da invertir una gran cantidad de dinero en la propia imagen; pero, por lo demás, podían ser gemelas.

—¿Otra periodista? —dijo Jemma, que cerró el libro.

No lo dijo con dureza, sino con cansancio.

—No. Soy la abogada de Martin Joy —dije, intentando sonar agradable.

Jemma me miró con desconfianza.

—Ya he hablado con gente de su bufete.

—Su abogada de familia. Llevo su divorcio. No nos conocemos.

—¿Y en qué puedo ayudarla? —me preguntó sin gran entusiasmo.

—Solo le robaré unos minutos.

Jemma miró el reloj y adoptó un tono escéptico.

—Tengo que volver a casa. Por eso cierro pronto. Mi hija lleva una semana de viaje con la escuela y está a punto de volver. Quería estar en casa antes de que llegara.

—Puedo acompañarla. Hablaremos por el camino.

Jemma levantó una ceja.

—Debería haberme imaginado que Martin se habría buscado un sabueso de pura raza.

No estaba segura de si tomármelo como un cumplido, pero tampoco iba a ponerme a discutir. No me moví ni un centímetro hasta que se fue a la trastienda y volvió con su abrigo y su bolso.

Apagó las luces y salió a la calle, esperó a que la siguiera y luego cerró la puerta de cristal.

—Tengo mala conciencia por seguir con mi vida normal —dijo mientras cerraba la puerta principal y se metía las llaves en el bolso—. Pero el trabajo me ayuda. Distrae. ¿No le parece?

Sin esperar una respuesta a su primera pregunta, añadió:

—Entonces ¿viene de Londres?

—Sí. Tengo ahí el coche. Si quiere la llevo.

Jemma meneó la cabeza y se subió la cremallera de la parka.

—Está a dos pasos. Es más fácil ir a pie.

Aceleré el paso para seguirla. Enseguida llegamos a una urbanización de estilo años treinta algo apartada de la calle.

Jemma indicó con un gesto de la cabeza una casa adosada de ladrillo rojo no muy diferente a la casa en la que yo me había criado.

—Antes vivíamos ahí con papá y mamá. Donna ahora vive en otro mundo, pero yo solo me he trasladado a unos cien metros. La gente es así, ¿no cree? Se alejan todo lo que pueden de su lugar de origen, o se quedan muy cerca del lugar donde crecieron. Es una cosa o la otra. ¿Usted qué hizo? No tiene acento del sur.

—Crecí en Lancashire. Me trasladé a Londres por trabajo.

—¿No hay abogados en Mánchester? —bromeó.

Me había etiquetado como otra Donna. Una desertora más, que se creía demasiado buena para su pueblo de origen.

—Este fin de semana los periódicos han publicado muchas cosas. La han citado mucho.

—Y mal —precisó Jemma, hundiendo las manos en los bolsillos.

Me la quedé mirando, sorprendida.

—¿Quiere decir que se han inventado declaraciones?

—Más bien lo han mezclado todo —respondió—. Yo podía haberle contado muchas cosas a esa periodista, pero no me parecía que fuera el momento ni el lugar. Nunca he pensado que el juicio de los medios fuera especialmente útil, y me preocupaba que eso complicara el caso. Eso puede ocurrir, ¿no?

Me miró, esta vez esperando una respuesta. Me di cuenta de que me estaba pidiendo mi opinión como abogada. Dado que yo quería algo de ella, pensé que lo mejor era acceder.

—Tiene razón, las condenas populares y las cazas de brujas de la prensa no ayudan. Además, Martin solo ha sido detenido, no imputado. Y le soltaron a las veinticuatro horas. Las insinuaciones en la prensa pueden tener consecuencias. Si se ensañan, los periodistas pueden acabar siendo acusados de desacato.

—Aquí es —dijo, señalando una pequeña casa pareada.

Había un viejo Corsa en la entrada y una barbacoa oxidada esperando el desguace. Abrió la puerta principal y me hizo pasar. Dediqué un minuto a mirar alrededor.

—¿Cuántos hijos tiene? —le pregunté, esperando a que me invitara a pasar.

—Dos. La menor, Ella, tiene quince años. Josh ha empezado la universidad en Bournemouth en septiembre.

La sala estaba en penumbra. Encendió una lámpara, entré en el salón y me senté en el sofá.

—¿Té?

Asentí, y desapareció en la cocina. Me tomé un momento para echar un vistazo. La casa daba una imagen de felicidad. Había un viejo piano con fotos enmarcadas de los niños encima; en unas camas elásticas, jugando un partido en el colegio. Retratos de sus hijos enmarcados en las paredes, con montones de pecas y sonrisas infantiles.

No había tenido la ocasión de entrar en la millonaria casa de Donna Joy, pero sabía que estaría a un mundo de distancia de aquel lugar acogedor y familiar.

—¿Por qué quiere hablar conmigo? —me preguntó, después de servir el té y sentarse en una butaca bajo la ventana.

Yo ya tenía mi historia preparada. La misma que le había contado a Jenny.

—Martin es cliente mío. Y, por extensión, del bufete en el que trabajo. Les preocupan los posibles daños a la reputación del despacho.

Jemma tenía los ojos húmedos.

—Siempre me pregunté cuándo empezarían a dar problemas las aspiraciones sociales de Donna. Siempre tuvo grandes sueños. Esta vida no era suficiente para ella —dijo, mirando alrededor—. Quería más, y para conseguir más empezó a juntarse con personas que tuvieran más. A los diecisiete años se trasladó a Chelmsford; ya empezaba a dar sus primeros pasos hacia Londres. Entró en contacto con los ricos de Essex. Su primer novio, Charlie, era hijo de un gánster. Intenté decirle por qué era rica la gente rica. Para volverte rico tienes que ser duro, ambicioso e implacable. Pero no me escuchó. Ni siquiera pareció sorprendida cuando Charlie acabó en la cárcel por estafa.

Hizo una pausa para darle un sorbo a su té.

—Donna siempre decía, en broma, que ella era el proyecto de Martin.

—¿Martin no le cae bien? —le pregunté.

Jemma se encogió de hombros.

—Al principio, sí. Parecía diferente. ¿Sabe que no viene de una familia acaudalada? Perdió a sus padres cuando era joven; lo criaron sus abuelos. Se abrió paso en la universidad, ganó su fortuna en la City… Parecía generoso con sus amigos, contribuía mucho a la beneficencia. Era difícil no sentir respeto por él.

—¿Y qué pasó luego?

—Yo no veía mucho a Donna —dijo, meneando la cabeza—. A veces pasaba mucho tiempo. No soy tonta. Sé que no le gusta que le recuerden sus orígenes, aunque eso signifique dejar de ver a su hermana mayor. Pero el último año empezamos a vernos un poco más. Creo que necesitaba hablar con alguien, alguien que no fuera de su mundo. Al principio fueron un par de almuerzos, pero últimamente nos veíamos más. De pronto, hace unas semanas, se suponía que íbamos a vernos para almorzar, pero canceló la cita. La llamé, pensando que al menos una charla al teléfono era mejor que nada, y me pidió que fuera a su casa de Chelsea. Íbamos a vernos en Londres, de todos modos, así que me pareció bien. Además, estaba preocupada por ella. Tenía la impresión de que el estrés del divorcio la estaba afectando. Cuando llegué a su casa, tenía un ojo morado.

Soltó un suspiro prolongado y prosiguió:

—Ya sabía que le había pegado antes de que ella me lo contara. Aparentemente, habían quedado para hablar del juicio. Habían discutido y él le había tirado el teléfono a la cara. Me dijo que no era la primera vez. Ya se lo había hecho en otra ocasión, después de que Donna se hubiera ido a Nueva York en un viaje de compras.

»Me dijo que había tenido que alejarse porque Martin se estaba portando muy mal con ella; estaba tomando mucha coca, bebiendo mucho... El trabajo le estresaba, y lo pagaba con ella. Dijo que temía por su vida y que por eso había pedido el divorcio.

Me tomé unos segundos para procesar aquella información. Sabía que a Martin le gustaba tomarse alguna copa, pero nunca le había visto tomar drogas. Sabía que la cocaína era de uso habitual en la City. Pero ¿drogas, violencia...? Intenté deducir cuándo habría tenido lugar aquel encuentro en que le había tirado el teléfono. Él había reconocido que habían quedado para «hablar» unos días después de nuestra cena en el Ottolenghi. Apenas habíamos hablado de lo que se habían dicho (no había querido ahondar en aquel episodio doloroso para mí), pero no tenía indicio alguno de que hubiera acabado mal.

En cuanto a la anécdota sobre el viaje de compras a Nueva York..., era muy diferente a la que me había explicado él.

329

—Durante el proceso de divorcio no salió a colación nada de esto, Jemma. Jamás se hizo mención de ningún abuso. Donna nunca solicitó una orden de alejamiento, y no hubo nada que hiciera pensar que le tenía miedo a Martin.

Jemma negaba con la cabeza.

—Donna quería dar la imagen de una vida perfecta. Le avergonzó que le viera el morado. No lo habría hecho de no ser porque necesitaba hablar de lo ocurrido y pedirme consejo sobre cómo actuar.

—¿Y usted qué le dijo?

Hizo una pausa y me miró.

—Le dije que lo dejara, por supuesto, pero no me sorprendió que no lo hiciera. Donna no querría considerarlo violencia doméstica. Para ella era mejor fingir que no había ocurrido nada, disfrazarlo, porque en esos círculos sociales no se habla de ese tipo de cosas. Para mi hermana, la imagen, la reputación, lo era todo.

Intenté asimilar todo aquello. Siempre me había preguntado qué tenían realmente en común Martin y Donna, y ahora lo sabía. Para ellos, para los dos, lo importante era la imagen externa que daban al mundo.

—¿Por qué denunció la desaparición de Donna? ¿Qué le hizo pensar que pasaba algo raro?

Jemma se encogió de hombros con un gesto triste en el rostro.

—Unos días después de que fuera a su casa, en Chelsea, ella vino a Colchester a pasar la tarde. Cerré el salón y vinimos las dos a casa. Sacamos fotografías viejas, hablamos de los viejos tiempos. «Era» como en los viejos tiempos. Se lo pasó muy bien, dijo que quería volver a ver a todo el mundo. Decidí organizar una fiesta de cumpleaños e invitar a todos los viejos amigos. Ella estaba muy ilusionada. Pero al no aparecer, cuando no me llamó para felicitarme el cumpleaños, al no poder contactar con ella, supe que algo iba mal.

—¿Aunque en el pasado haya desaparecido tan a menudo?

—Si me está preguntando si mi hermana es poco fiable, creo que ambas sabemos la respuesta. Pero quería venir a mi fiesta. Me lo prometió.

Intenté ganar tiempo para pensar dándole un sorbo a mi té, aunque ya se había quedado frío.

—¿Le contó que tenía un lío con el socio de Martin?

—¿Un lío? —repitió ella, frunciendo el ceño.

—¿No se lo mencionó?

—No. Nunca. No creo que tuviera ningún lío —dijo, y me miró con aquellos ojos de felino tan parecidos a los de su hermana.

—¿Cómo lo sabe?

—Me parece que estaba un poco harta de los hombres.

—No tenían una relación tan estrecha, Jemma, y eso es una cosa muy personal, de la que no se habla tan fácilmente.

—Nuestra relación era lo suficientemente estrecha —se defendió—. Llevábamos vidas muy diferentes, pero seguíamos siendo hermanas. Cuando éramos pequeñas, compartimos dormitorio durante seis años, y risas, y llantos, y preocupaciones por los chicos de nuestra edad. Por la noche nos metíamos en la cama y hablábamos durante horas antes de dormir. Estoy convencida de que, si hubiera tenido otra relación, lo sabría. Me alegraría saber que estaba con otra persona.

—Pero sí que pasó algo con el socio de Martin. Él lo ha confesado.

Me miró, esta vez con una expresión más dura.

—No sabemos qué le ha pasado a Donna, pero no la culpe a ella —dijo con frialdad.

—Yo no la culpo a ella…

—Está tratando con un hombre encantador, brillante y manipulador que no se detendrá ante nada para conservar su dinero.

Alguien llamó a la puerta, interrumpiéndola. Jemma corrió la cortina que tenía detrás y miró al exterior.

—Ya ha llegado mi hija. Creo que ya le he contado bastante —dijo poniéndose en pie.

Esperó a que me levantara, dejando claro que nuestra reunión había llegado a su fin.

Cuando salí y puse un pie en la calle, en un ambiente rural en el que me sentía fuera de lugar, me pregunté si no habría sido un error presentarme allí.

331

43

—¿*E*res Fran? Soy Jenny.

—Estoy conduciendo —dije, estirando un poco la verdad. Ya había metido la llave en el contacto, pero seguía aparcada frente a la tienda de Jenna, buscando en el perfil de Donna en Instagram fotografías donde se observara algún rastro de un moratón.

—¿Puedes parar un momento? Tenemos que hablar.

Me recosté en el asiento, consciente de que no podría evitarla permanentemente.

—Siento no haberte dicho nada aún sobre lo de la entrevista. Ni siquiera he hablado aún con Martin. Como te puedes imaginar, está en un momento difícil. Y yo no soy más que su abogada de familia, así que no ocupo un lugar muy destacado en su lista de prioridades.

—¿Y en qué ha quedado ese «hará lo que yo le diga»? —replicó Jenny.

Me merecía la observación.

—Te prometo que le presionaré todo lo que pueda, Jen. Lo haré, aunque tengo que advertirte que esto no es Estados Unidos. Ya sabes, los fugitivos de la justicia que aparecen en programas de la tele, y todo eso.

—Fran, el periódico quiere publicar un artículo sobre ti —dijo.

Por un momento, me sentí casi halagada.

—¿Por qué?

—Creen que tienes una relación con Martin Joy. Romántica.

—Eso es ridículo —respondí, con la esperanza de que no me conociera tan bien como para notarme el temblor en la voz.

—Os han visto juntos. El dueño de un pub en Essex, un vecino de Martin…

—Soy su abogada —repliqué, fingiéndome indignada—. Teníamos que vernos. En repetidas ocasiones.

—Solo quería avisarte, Fran.

—Eso es una tontería. Es ridículo —dije, sintiendo que me ruborizaba.

—Tienes una historia con él, ¿verdad? —respondió ella, más tranquila—. Por eso te preocupas tanto.

Me di cuenta de que Jen no tenía necesidad de ayudarme, y lo estaba haciendo.

—Es complicado —dije.

—Siempre lo es.

El cielo se estaba oscureciendo. Unos nubarrones cubrían el horizonte, como procedentes del mar del Norte.

—¿No puedes evitarlo? —Ahora era yo la que le pedía algo.

Jenny vaciló.

—Yo soy subdirectora de espectáculos, Fran. Encargo entrevistas a los actores de *TOWIE*, no tengo capacidad de decisión sobre las noticias generalistas. Solo te digo lo que he oído. Pero si me das algo con Martin, algo en exclusiva, quizás el director esté dispuesto a hacer un trato.

—Te llamaré esta noche —dije.

Colgué y encendí el motor, descargando mi frustración sobre el acelerador.

La lluvia llegó a los pocos minutos, con tanta fuerza que cubrió el parabrisas con una cortina de agua.

Eché la cabeza hacia delante y miré a través del cristal, como una abuela leyendo un libro. Apenas veía nada y no tenía ni idea de dónde estaba. Lamenté no haber optado por la tarifa con navegador en la agencia de alquiler de coches. Tenía la batería del teléfono al veinticinco por ciento, y no quería agotarla solo para encontrar el modo de salir de Essex.

En realidad, el viaje a Colchester no me había llevado a ningún sitio. De los rumores de violencia doméstica ya me había hablado Doyle, y aunque en boca de Jemma sonaban más auténticos, intenté no asumirlos como una verdad absoluta. No podía hacerlo.

Ahora, además, tenía que lidiar con el periódico. Tenía la impresión de que el tiempo se me escapaba entre los dedos sin poder hacer nada por evitarlo.

Hice un esfuerzo y me concentré. La policía no tenía nada concreto contra Martin, ni nada en mi contra, mientras no hubiera cadáver. En el mapa mental que me había dibujado por la mañana, aquel era el gran vacío, la pieza que faltaba: ¿dónde estaba Donna? Yo tenía sospechas y posibles móviles, pero no tenía ni idea de qué había ocurrido en las horas posteriores a la salida de Martin Joy de la casa de Donna.

¿Habría dado media vuelta después de que yo le viera marcharse? ¿Se habría presentado alguna otra persona en la casa? ¿Yo, por ejemplo? ¿Y dónde escondes un cadáver en pleno Chelsea sin que se dé cuenta nadie?

Limpié la condensación del parabrisas, levanté la vista y vi una señal en la carretera. Era evidente que por ahí no se iba a Londres, y estaba a punto de poner el intermitente para dar la vuelta cuando vi la palabra DORSEA. No tenía ni idea de que Colchester y Dorsea estuvieran tan cerca la una de la otra, pero cuando miré hacia el horizonte, distinguí una línea de mar de color grafito al fondo. Supe inmediatamente dónde llevaría un cadáver. A una casa solitaria, junto al mar, a kilómetro y medio del pueblo más cercano; una casa con la banda sonora del mar, donde las olas se estrellan ruidosamente contra la orilla y nadie puede oírte gritar.

La carretera elevada estaba limpia; llegué a la isla poco más de diez minutos después. No tenía ni idea de cuándo debía volver a subir la marea, de si podía quedar bloqueada. Pasé junto a las tiendas de la calle principal, la minúscula estación de bomberos y el pub donde Martin y yo nos habíamos resguardado de la tormenta; sin detenerme, lancé una mirada de odio hacia aquel local, donde estaría el tipo que le había hablado de nosotros a la policía.

A los pocos minutos, vi la Dorsea House en lo alto de un acantilado. Tenía un aspecto magnífico, envuelta en un cielo violeta oscuro. Una cinta amarilla de la policía rodeaba la valla de acceso. La policía había estado allí. Por supuesto. Si tienes una desaparecida y un marido que es el principal sospechoso de su desaparición, registras su remota casa deshabitada junto al mar, donde sería facilísimo ocultar o matar a alguien. ¿Por qué no se me había ocurrido antes?

Pero ahora allí no había nadie, y no pude evitar pensar que eso era un gran fallo. Si yo hubiera estado al mando de la investigación, habría peinado el lugar de arriba abajo. Sin embargo, solo habían llevado a la Científica y a los perros rastreadores de cadáveres a la casa de Donna en Chelsea.

Rodeé el edificio y llegué al porche trasero, recordando la puerta ajustada pero no cerrada que había allí. La empujé: se abrió con un chirrido.

Desde luego habían registrado la casa. Había cercos de polvo que delataban el movimiento de jarrones y tiestos, libros sacados de sus estantes.

Avancé por la casa, escrutando cada rincón, sin saber realmente qué estaba buscando, pero intentando pensar como Martin, en caso de que hubiera llevado a Donna hasta allí.

¿Viva o muerta?

¿Buscaba señales de un cuerpo arrastrado por el parqué, o salpicaduras de sangre en la pared? Si Martin la había llevado hasta allí, ¿cómo y cuándo lo habría hecho? No tenía la respuesta a todas aquellas preguntas.

Subí al primer piso, oyendo el gemido de los escalones de madera bajo mis pies. Una suave brisa entraba en la casa a través de una grieta en un tragaluz del techo.

Una voz interior, el sentido común, me decía que me volviera a Londres. Eran más de las seis de la tarde, se había puesto el sol y prácticamente era de noche. ¿Qué podía conseguir, aparte de meterme en un nuevo lío con la policía, que evidentemente ya había estado allí, que había registrado la casa y no había encontrado nada de interés?

Las escaleras llevaban a un amplio rellano rodeado de habitaciones. Miré en una, y luego en otra. La mayoría de ellas estaban vacías, salvo por una alfombra deshilachada, pero dos o tres contenían algún mueble de sus días como residencia de ancianos, que los antiguos dueños no habrían podido vender y no habían querido llevarse. Canturreando para combatir los nervios, miré en un armario, abrí los cajones de una cómoda y luego me detuve; casi me entró la risa al pensar en lo ridículo de mis acciones: como si fuera a encontrar el cadáver de Donna Joy tras unas cuantas almohadas.

Empujé la puerta del porche trasero y caminé hasta la orilla, aspirando con fuerza el aire salobre para calmarme. Una parte de mí deseaba seguir caminando hacia el mar hasta que el agua me cubriera por completo y me hiciera desaparecer a mí también.

Me paré junto al cobertizo para las ostras y pensé en

335

tiempos más felices. Cuando pensaba que Donna estaría en un spa o en un viaje de compras, cuando creí que el único motivo de su desaparición era llamar la atención. Aquella mañana yo estaba enfadada con Martin. Enfadada porque había quedado con su exmujer para cenar y porque me había mentido al respecto. Me pregunté cuántas mentiras más me habría contado.

Me agaché y levanté el ladrillo que sabía que ocultaba la llave. Abrí el cobertizo y entré.

Al penetrar en aquel espacio minúsculo, me quedé de pronto sin energías. Allí había sido donde había empezado todo: el punto de inflexión de nuestra relación, cuando las frustraciones y sospechas normales habían dado paso a algo más siniestro. La llamada de teléfono que nos había despertado, la llamada para que Martin volviera a Londres. La policía ya le seguía la pista entonces. Para nosotros se había acabado la normalidad.

Miré la leña del fuego y vi que aún había restos de brasas en el hogar, sin duda de la noche que habíamos venido nosotros, la manta tal como la había doblado yo aquella noche de sábado. Alargué el brazo y toqué la cama de hierro en la que habíamos hecho el amor.

Sabía que todo indicaba que Martin tenía algo que ver con la desaparición de Donna, pero no quería creérmelo. La policía no conocía a Martin como yo. Aun así... Era difícil no pensar en el bello rostro de Donna, en lo que me había dicho Jemma Banks. Sabía que le había pegado... El agotamiento se cristalizó en ira. Mis manos, aún apoyadas en el colchón, se encogieron formando dos puños y envolviendo las sábanas. Pensé en Martin, en Donna y en Pete Carroll, y lloré de frustración, arrastrando la sábana de la cama con un tirón violento. Caí al suelo, sofocando el llanto en mi interior.

Por un momento, no pude ni respirar. Era como si el mundo entero se hubiera detenido de golpe. Abrí los ojos, recuperando la percepción de las imágenes y los sonidos. Entonces, de pronto, en el suelo, vi un brillo dorado que antes me había pasado inadvertido. Debía de haberlo arrastrado al tirar de la sábana. Me agaché a recogerlo: era un collar, un colgante metálico en una delicada cadena. Lo apoyé en la palma de la mano, examinándolo como una paleontóloga que inspecciona un fósil.

Era elaborado y parecía caro. Lo giré con la punta de los dedos y vi que la fina curva del oro, contra el rosado de mi piel, trazaba una letra D. Sabía que no era la primera vez que había visto aquel colgante. Antes, en otra ocasión... Aquel día en el juzgado. Cuando el collar colgaba del esbelto cuello de Donna Joy.

44

*É*l me había dicho que Donna nunca había estado allí. Con aquellas mismas palabras. Martin Joy era un mentiroso. No recordaba la forma exacta del colgante que lucía Donna en los breves minutos en que había hablado con ella en el tribunal, pero sí me acordaba claramente de la inicial contra la base de su garganta como una concha sobre la arena, y era improbable que tuviera dos joyas tan parecidas. Tenía que ser la misma.

Y ahora Donna había desaparecido, no se sabía nada de ella. No había ningún rastro de miguitas, nada que ayudara a encontrarla... hasta ahora.

Que su colgante estuviera allí, en el cobertizo de las ostras, significaba que ella habría estado en aquel lugar entre el momento en que yo la había visto en el tribunal y el día de su desaparición.

De pronto, una imagen me atravesó la mente como un fogonazo: Martin y Donna, desnudos en aquella cama, aferrándose de las manos, los dedos en la boca del otro, las manos en el pelo, poseídos por una pasión desesperada, acercándose al orgasmo, igual que me había pasado a mí. Sería muy fácil que un colgante tan delicado se rompiera y se le cayera del cuerpo sudoroso, perdiéndose entre los pliegues de las sábanas.

Era curioso que deseara que fuera cierto, porque no podía pensar en una alternativa. Un forcejeo, allí mismo, en el cobertizo. Donde habíamos hecho el amor y habíamos dormido.

Me senté al borde de la cama, cogiéndome la cabeza entre las manos, como si así pudiera impedir que me explotara. No era la primera vez, desde luego, reconocía la oscuridad, los negros pensamientos que se abalanzaban sobre mí desde las cuatro esquinas. Sabía lo que venía después. Ya sentía la cuchilla hendiéndome la piel, veía las gotas rojas asomando en la superficie, sentía la liberación, como una válvula de presión silbando, chillando, gritando para recuperar el control.

Abrí los ojos e intenté tranquilizarme. Sentía la necesidad imperiosa de darle otra oportunidad a Martin. Una más. Necesitaba saber si podía volver a mentirme.

¿Tan poca cosa era yo, tan inútil, tan indigna de amor, que pudiera tratarme así?

«Aunque había tratado peor a Donna.»

Tenía que saberlo. Saqué el teléfono y marqué su número. El corazón me golpeaba el pecho con fuerza mientras escuchaba el tono de llamada, esperando que respondiera.

—Gracias a Dios que has llamado. Acabo de hablar con Matthew Clarkson. Me ha dicho que el inspector Doyle te interrogó anoche.

—¿Alguna vez ha estado Donna en la Dorsea House? —pregunté, haciendo un esfuerzo por controlar el tono de voz.

—¿Qué es esto, Fran? ¿Fue todo bien en comisaría?

—Responde a la pregunta, Martin. ¿Ha ido alguna vez Donna a Dorsea?

—No —dijo, al cabo de un segundo—. Nunca. Su hermana no vive muy lejos, pero nunca ha mostrado ningún interés por esa casa. Al menos mientras siga estando hecha una ruina.

Hice un esfuerzo para concentrarme, para no perder el coraje.

—¿Así que estás seguro de que no ha estado nunca allí?

—¿Por qué? ¿Dónde estás? ¿De qué va todo esto?

—Estoy en Essex. En Dorsea.

—¿Y qué demonios estás haciendo allí? —dijo, y oí la preocupación en su voz.

El viento azotaba tan fuerte el cobertizo que me costaba oírle, pero aquel temblor de pánico en la voz era inconfundible.

—Fran, ¿estás bien? ¿Por qué demonios has ido a Dorsea? ¿Sigue ahí la policía?

—No, no hay nadie. He entrado en el cobertizo otra vez. He encontrado el colgante de Donna.

—¿El colgante de Donna?

—Una D de oro en una cadena.

—¿Cómo sabes que es de Donna?

La pausa esta vez fue más larga. Me lo imaginaba frunciendo el ceño, pensando a toda prisa, aunque estuviera a decenas de kilómetros.

—La vi una vez. En el tribunal. El día que pensamos que no se había presentado a la vista para el acuerdo económico. Llegó tarde, y la vi en la entrada. Solo un momento. Ella no sabía quién era yo. Pero yo sí. Recuerdo su abrigo rosa y el colgante con la D…, idéntico al que acabo de encontrar en el cobertizo de las ostras. ¿La llevaste a la Dorsea House, Martin?

—Nunca. Te lo juro. Nunca estuvo allí. Fran, tenemos que hablar de esto. Vuelve a Londres y veámonos. No en casa de Alex y Sophie. En algún lugar privado.

—No quiero verte, Martin.

—Fran, por favor. Sé sensata. ¿Por qué no vuelves? ¿Cómo has llegado a Essex? Puedo enviarte un coche, si es demasiado tarde para coger el tren.

—¿Cómo ha llegado su colgante al cobertizo de las ostras?

—No lo sé. Quizá lo haya puesto alguien —propuso.

Ahora parecía más seguro de sí mismo.

—Fran, esto es importante. Tienes que traerme el colgante.

—¿Para que puedas deshacerte de él?

—Tienes que creerme: Donna no ha estado nunca en la Dorsea House. Sí, quizá sea su colgante, pero no se me ocurre ningún motivo por el que pudiera estar allí, a menos que alguien lo haya dejado deliberadamente. ¿Alex, quizá?

Intenté seguir su línea de razonamiento.

—Quizás Alex viera a Donna con el colgante —dijo, controlando a duras penas el pánico—. Quizás hasta se lo regalara él. Pero si ha tenido algo que ver con la desaparición, si quería culparme a mí por ello, porque quiere mis acciones de la empresa, no le habría costado nada comprar otro igual y dejarlo en Dorsea. Tienes que creerme —añadió, angustiado.

No sabía qué creer. O era un hombre desesperado que intentaba demostrar su inocencia o un mentiroso rastrero muy convincente. ¿Me estaría tomando el pelo?

—Por favor, no vayas a la policía, Fran —me suplicó.

—Dame una buena razón por la que no debiera hacerlo —repliqué.

—No la tengo —dijo, y me pareció que era la primera cosa honesta que me había dicho en toda la conversación.

—Alex me está tendiendo una trampa, Fran. Lo sé. Quiere la empresa. Toda. Y si de todo lo que te diga solo has de creerte una cosa, que sea esta. Ayúdame a demostrar que soy inocente.

340

—No lo sé, Martin. No lo sé.

Puse fin a la llamada con una simple presión sobre un botón. Volví a meterme el teléfono en el bolsillo y miré el colgante, enroscado sobre la palma de mi otra mano.

Lo observé por un momento y, luego, tras un breve forcejeo con el cierre, me lo puse y por algún motivo me sentí más fuerte, como si no fuera un colgante, sino un escudo.

Volví al coche. Aún tenía un par de horas de camino hasta Londres y necesitaba comer algo e ir al baño con urgencia.

Al acercarme a la cafetería de la calle principal, observé que estaba cerrada. Había dos pubs, uno a cada lado de la calle. Uno de ellos era donde habíamos parado Martin y yo a esperar que pasara la tormenta, pero no tenía ninguna intención de volver a entrar en él. El otro tenía un aspecto más moderno, y una pizarra apoyada en el suelo que decía que servían comidas y tenían habitaciones libres, y ambas cosas me resultaban de pronto muy atractivas.

Aparqué y entré.

Me acerqué a la barra y miré alrededor. Había unas cuantas parejas comiendo y el montón de salchichas con puré de patata que vi salir de la cocina tenía un aspecto tan bueno como el olor que desprendía.

Cogí una carta de la barra.

—Esa es solo para picar algo en la barra —dijo una chica, cargando una pinta de cerveza, aunque apenas tendría edad para tomar alcohol—. Si quieres comer, siéntate en una mesa y dentro de un minuto estamos contigo.

—¿Cuánto cuestan las habitaciones?

—Setenta libras la noche.

Otro camarero, un chico solo algo mayor que la camarera, se le acercó y le gastó una broma. La chica se rio y flirteó con él antes de entregarle la pinta.

—Me quedaré una habitación —dije, mirándola.

Ella se limpió las manos en los vaqueros y salió de la barra a toda prisa.

—Vale. Voy a buscarte la llave.

—¿Y podríais enviarme algo de comer allí?

Mi habitación estaba en el último piso y tenía unas vigas pintadas de negro que supuse que serían falsas, pero que esta-

341

rían pensadas para darle al lugar un aspecto clásico. No había minibar, pero sí un pequeño azucarero lleno de galletitas Lotus junto al calentador de agua.

Agarré los tres paquetes, me senté en la cama con las piernas cruzadas y me comí todas las galletitas, sin preocuparme que aquello pudiera quitarme el apetito para la hamburguesa que había pedido.

Me tumbé, con la almohada bajo la cabeza, y me quedé mirando el techo, aquellas vigas negras falsas que contrastaban contra la pintura blanca del techo. Por un momento, me sentí transportada a la consulta de Gil, mirando aquellas filas de luces que me habían ayudado a recordar la noche de la desaparición de Donna. No había recuperado ningún recuerdo más, y no estaba segura de querer hacerlo.

¿Realmente había visto a Martin saliendo de la casa, o se me habría mezclado ese recuerdo con alguna otra cosa? Pensaba que había visto a Martin y a Donna; a Martin en la calle y a Donna en la ventana del dormitorio, pero quizás ambos hubieran salido juntos. ¿Podría ser que Martin la hubiera convencido de alguna manera para que fuera con él a Essex? No tenía ni idea de qué había hecho él después de la medianoche, pero decidí dejarme llevar por esa idea y ver adónde me llevaba.

«Está tratando con un hombre encantador, brillante y manipulador que no se detendrá ante nada para conservar su dinero.»

No podía sacarme las palabras de Jemma de la cabeza. Sentí un nudo en la garganta, preguntándome si tendría razón y si tanto me habría equivocado al confiar en Martin Joy y dejarle entrar en mi vida.

Por supuesto, había habido señales de alarma, visiones fugaces de sus rincones oscuros, y había hecho caso omiso, achacándolas a la pasión y a la intensidad.

Aún tenía el móvil en la mano; lo levanté y me lo acerqué a la cara. Introduje las palabras «encantador» y «manipulador» e hice una búsqueda en Internet. ¿Sería mi subconsciente de abogada, que se había activado?

Las primeras páginas eran todas historias sobre psicópatas y sociópatas, y recordé una broma que había hecho Clare en la galería de arte. Que de todas las profesiones, los banqueros y los altos directivos de grandes empresas eran los que más rasgos psicopáticos mostraban.

Fui a parar a una página sobre psicópatas en el trabajo, y a otra sobre el gran rendimiento sexual de los sociópatas.

La psicopatía, descubrí, era un trastorno psicológico que se basaba en evaluaciones diagnósticas. Los psicópatas se presentaban como tipos inteligentes y sinceros, poderosos, encantadores y a menudo manipuladores, hasta el punto de que ni siquiera las personas más próximas sospechaban de su verdadera personalidad. Entre los rasgos más comunes había una tendencia a mostrar un comportamiento violento y cierta dificultad para crear vínculos emocionales. Mostraban disposición a asumir riesgos, falta de empatía y remordimientos, y un bajo nivel de tolerancia hacia los demás. Unos cuantos psicólogos habían sugerido que la reciente crisis económica era el resultado directo de la psicopatía corporativa y de la abundancia de psicópatas en Wall Street. Los periodistas, los agentes de policía y los psiquiatras también presentaban altos índices de psicopatía, en términos comparativos. También los abogados, algo en lo que no quise pensar mucho.

Cuanto más leía sobre los psicópatas en el lugar de trabajo, más convencida estaba de que Martin encajaba de pleno en el estereotipo. Encantador en el trabajo. Encantador en la vida. Encantador en el amor. Me había seducido desde el primer momento. La sonrisa que siempre escondía algo, ese algo que me predisponía a complacerle una y otra vez. Los grandes gestos (el bolso tras nuestro primer encuentro, aquel «te compraré un coche», como si nada...). No podía negar que toda aquella magnificencia me había resultado atractiva, que me había halagado.

Estaba segura de que era justo lo que le había pasado a Donna. Su ambición la había llevado a seducirle y a pasar por alto todos los defectos de su matrimonio, hasta que una paliza la había puesto al límite.

De pronto, unos golpecitos en la puerta me devolvieron a la realidad. Fui a abrir y le cogí la bandeja de las manos a la camarera con la que había hablado veinte minutos antes. Ella miró hacia el interior de la habitación, sin duda preguntándose qué me habría traído a la isla de Dorsea, sola, un lunes por la noche. De pronto se me ocurrió que probablemente me convertiría en el cotilleo del día. La isla de Dorsea parecía un lugar en el fin del mundo, pero sus vecinos probablemente estarían tan al día de las noticias como cualquier londinense.

Martin Joy era el propietario de la casa más grande de la isla; eso habría dado que hablar antes incluso de la desaparición de su mujer. El dueño del pub vecino le había contado a la policía que le había visto conmigo, y no tenía duda de que la misma historia se la habría contado a amigos y vecinos, cada vez más adornada y dramatizada.

Me senté en el pequeño escritorio, junto a la ventana, y me puse la bandeja con la comida delante. Levanté la campana plateada que cubría el plato y debajo apareció mi hamburguesa, dentro de un panecillo algo reblandecido. Al apretarlo con la mano, de una hoja de lechuga cayó un goterón de salsa. Era demasiado grande como para comérmela a bocados, así que la corté con el cuchillo para carne que había en la bandeja.

Cuando sonó el teléfono, sentí la tentación de no responder, pero una parte de mí tenía la esperanza de que fuera Martin, que llamaba para darme una explicación sobre el colgante y aclararlo todo.

—Soy Tom. Te he estado buscando. ¿Dónde estás?

A él no lo esperaba, pero me alegró oír su voz.

—¿Has leído la edición digital del *Post*?

Tardé un minuto en caer en la cuenta de que hablaba de la edición de Internet del periódico de Jenny.

—No. ¿Por qué? —dije, ocultando el hecho de que acababa de navegar por Internet, pero solo para hacer búsquedas sobre sociópatas.

—El *Post* ha publicado un artículo sobre ti, Fran.

—Oh, Dios —murmuré, sintiendo una oleada de pánico en mi interior.

—No te acusan explícitamente de tener una relación con Martin Joy, pero casi.

«Mierda.»

—¿Has hablado con Vivienne o Paul? —le pregunté.

—Acabo de leerlo. Da la impresión de que no hace ni unos minutos que lo han publicado, así que quizá puedas hablar tú con ellos, antes de que sean ellos los que te llamen.

Si hubiera tenido una bolsa de papel, ya me la habría puesto contra la boca para respirar.

—Por otra parte…

«No me lo digas», habría querido responder, gritando. No estaba segura de poder asumir nada más.

—El inspector Doyle quiere verte mañana.

—¿Qué quiere?

—No lo sé exactamente. Pero ha mencionado que Pete Carroll se ha vuelto a poner en contacto con él. Según parece, esta mañana le has amenazado.

—¿Amenazado? Puede que le haya soltado algún insulto, pero eso es todo.

—Fran, tenemos que denunciar lo que te hizo la semana pasada. Oficialmente. Podemos ir a comisaría esta misma noche. En Islington tienen un gran equipo.

—No puedo —respondí, con la voz entrecortada.

—Yo ya he tratado antes con agentes de la Unidad de Protección contra Abusos; dan un trato excepcional.

—Quiero decir que no puedo ir esta noche.

—¿Por qué no?

—Porque estoy en Essex.

—¿Y qué demonios estás haciendo ahí?

—He ido a la casa de Martin.

—Me estás tomando el pelo.

—No te preocupes. Él no está.

—Pero se suponía que no podías alejarte. Fran, ahora mismo no puedes dar ningún paso en falso.

—¿A qué hora nos vemos mañana? —respondí.

—Fran, tienes que volver a Londres.

—¿A qué hora es la cita?

Tom suspiró, resignado.

—A las once.

—Entonces nos vemos a las diez y media —dije, y colgué.

Le di un bocado a mi hamburguesa, pero ya se me había pasado el hambre. Aparté el plato y doblé una pierna hasta apoyar el talón en el borde de la silla, apoyando el pecho contra la rodilla. ¿Qué estaba haciendo ahí? Todo un cuerpo de policía no había podido resolver el caso de desaparición más mediático de nuestro tiempo: ¿qué esperanzas tenía yo de conseguir lo que no habían logrado el inspector Doyle y su equipo?

Solo me quedaba un diez por ciento de batería en el teléfono, pero tenía que ver el artículo del *Post*.

LA ESTRECHA RELACIÓN DE MARTIN JOY CON SU ABOGADA
Por Jenny Morris

Al momento entendí lo que había pasado: había caído en la trampa. El artículo tenía poca base, por así decirlo. Si Jenny iba en busca de un caso Watergate, desde luego con aquello no lo iba a conseguir.

La señora Cole no había querido hacer comentarios sobre la naturaleza de su relación con el marido de la desaparecida, Donna Joy, pero admitía que «es complicado».

Seguí leyendo y me sorprendió observar que ni siquiera me sentía decepcionada por la traición de Jenny. En el fondo, me lo esperaba.

Jenny sabía que era improbable que le consiguiera un acceso privilegiado a Martin Joy y había decidido salvar el pellejo. Al fin y al cabo, ¿no es lo que hace todo el mundo hoy en día? Trepar, abrirse un hueco, luchar por una posición, por un logro, cualquiera que sea el precio.

Le di un pequeño bocado a una patata frita, preguntándome si debía llamar a Vivienne. Le debía mucho. Por sí solo, liarse con un cliente probablemente no bastaría para que me echaran del bufete, pero sumándolo a todo lo demás (admitir que había estado frente a la casa de Donna aquella noche, amenazar a Pete Carroll) supondría el fin.

A menos que apareciera Donna. O a menos que hallaran su cuerpo y sospecharan de alguien que no fuéramos Martin o yo.

En aquel momento supe que tenía dos opciones: podía entregarle el colgante al inspector Doyle y confiar en que fuera él quien limpiara mi nombre. O podía creer a Martin e intentar demostrar la relación entre Alex Cole y la desaparición de Donna.

Martin me había rogado que confiara en él. ¿Sería el momento de hacerlo?

Intenté pensar, pero no era fácil: la ansiedad y el miedo paralizaban todos los circuitos de mi cerebro.

Mi mente daba vueltas en torno a Martin y Donna, y volvía a Tom.

Algo que había dicho Tom sobre un caso anterior me hizo frenar de pronto. Cuando había defendido a Nathan Adams, había sostenido que aunque su cliente tuviera reputación de matón, eso no significaba necesariamente que hubiera hecho daño a su mujer. Aun así, haber tenido éxito en su defensa y que después Suzie muriera asesinada le había dejado profundamente avergonzado.

Las palabras de Tom resonaban claramente en mi mente.

«La abogada de Suzie estaba destrozada. Me dijo: "Bueno, tendremos que esperar a la próxima vez".»

Pensé en la importancia de lo que había dicho aquella abogada. Todo el mundo sabía que Nathan Adams era un psicópata y un abusador, pero el gran trabajo de Tom en el estrado y la falta de pruebas concretas le habían permitido evitar la condena. Con todo, ahora Nathan Adams estaba en la cárcel, condenado a cadena perpetua por asesinato. Al final, la policía y la fiscalía habían conseguido que fuera condenado porque Adams había sido violento por «segunda vez». La cabeza me daba vueltas, apuntando a una idea que iba adquiriendo fuerza en mi interior. Cogí el cuchillo del plato y lo limpié con la servilleta. Lentamente, le di la vuelta, agarrándolo como un arma, no como un cubierto. Y entonces, sin pensar dos veces en lo peligroso del plan que había tomado forma en mi cabeza, me puse el abrigo, metí el cuchillo en el bolsillo, recogí el teléfono y me encaminé de nuevo a la Dorsea House.

45

Sabía que tenía que llamar en cuanto saliera del pub, o no lo conseguiría.

Vacilé, buscando entre mi lista de contactos. Resoplé hinchando los carrillos.

Él respondió casi de inmediato.

—No estaba seguro de que quisieras volver a hablarme nunca más —dijo, con una voz que dejaba claro que estaba sorprendido de oírme—. ¿Dónde estás? Por el ruido, es como si estuvieras en un túnel de viento.

—Estoy caminando —dije, apretando el teléfono contra la cara para que pudiera oírme bien—. Tengo que decirte algo. Contártelo todo.

Hubo una larga pausa, una pausa que me habría dado tiempo a replantearme todo aquello e incluso a echarme atrás.

—Adelante —dijo Alex Cole.

En aquel momento me habría gustado tener un cigarrillo. Necesitaba nicotina o alcohol, y no tenía ninguna de las dos cosas para aplacar los nervios. Así que, en lugar de eso, me llevé el dedo índice a la boca y me mordisqueé la uña antes de hablar.

—Sé que todos seguimos esperando que Donna esté sana y salva en algún sitio —dije—. Y lo cierto es que en parte es porque no creo que Martin tuviera nada que ver con su desaparición.

—Creo que en eso todos estamos de acuerdo —respondió Alex, con un tono alentador.

—Como sabes, hice que un detective privado investigara la vida de Donna. Así es como me enteré de vuestra relación.

—Por Dios, Fran. ¿Cuántas veces tengo que decírtelo? No fue una relación.

No le dejé acabar la frase:

—Mi detective también me dijo que Donna y Martin seguían teniendo relaciones sexuales. Yo sabía que se iban a ver la noche de su desaparición y los seguí. Fueron a casa de Donna, pero vi salir a Martin algo después.

—¿Eso se lo has contado a la policía? —preguntó, incrédulo.

—Sí, pero no sé si se lo han creído. De hecho, estoy segura de que no. Ayer estuvieron a punto de detenerme.

—¿De detenerte? Joder.

—Como puedes imaginarte, mi situación es complicada, por mi relación con Martin, por haber estado siguiéndolos esa noche a él y a Donna. Si fueras la policía, pensarías que soy una novia obsesiva, quizás hasta peligrosa.

—¿Por qué me cuentas todo esto?

Tragué saliva. Tenía que hacerlo.

—Porque tengo una prueba contra Martin. Y porque no sé qué hacer con ella.

—¿Qué prueba?

Le hablé del colgante de Donna y de lo mucho que Martin me había insistido en que ella nunca había estado en Dorsea.

—Si yo quisiera librarme de una persona, ahí es donde la habría llevado —murmuró Alex—. Mi casita solitaria junto al mar.

—Evidentemente, la policía ya había registrado el lugar, pero no había encontrado el colgante.

—Ni el cadáver, se supone.

—Dudo de que encontraran nada significativo; si no, la Científica aún estaría ahí —respondí.

Hice una pausa antes de contarle el resto de mi plan. Aunque hacía frío, un sudor fino me cubría la piel. Sentía la palma de la mano húmeda contra el teléfono, tenía la respiración agitada e irregular.

—Esta noche me voy a quedar en la Dorsea House. Y mañana le llevaré el colgante al inspector Doyle.

—¿Eso Martin lo sabe?

—No —respondí de inmediato—. Y no se lo digas. Solo te lo cuento para que te prepares. Si detienen a Martin, si esta vez presentan cargos, probablemente necesitaréis tiempo para afrontar las consecuencias.

—Gracias. Te agradezco todo lo que has hecho por nosotros.

Las manos me temblaban. Ahora solo tenía que esperar.

Y

Paseé arriba y abajo unos segundos, nerviosa; luego volví a coger el teléfono.

—Soy Fran.

—Gracias a Dios. Antes, cuando me has colgado, me ha entrado el pánico.

—¿Podemos vernos mañana por la mañana?

—Por supuesto —dijo Martin.

¿Era un atisbo de esperanza lo que se oía en su voz?

—Tengo una cita con el inspector Doyle a las once. Podríamos vernos a las nueve y media en Pimlico. Si llego tarde, espérame. Esta noche me quedo en Dorsea, y puede que encuentre tráfico por la mañana; será hora punta.

—¿No puedes volver esta noche? Podríamos buscar un hotel, como la última vez.

—Ahora estoy aquí. Además, hace tan mal tiempo que creo que es mejor que no me mueva. No te importa que me quede en la casa, ¿verdad? Puede que en el cobertizo haga demasiado frío, pero he observado que en la primera planta hay unas camas.

—¿Aún tienes el colgante?

—Lo llevo puesto —dije, llevándome una mano a la garganta.

—¿Ya has decidido qué vas a hacer con él?

—No lo sé, Martin. Hablaremos de eso mañana. —Agarré la cadena con fuerza y sentí como si tuviera fuerza propia y pudiera estrangularme—. Tenemos que hacer todo lo que podamos para encontrar a Donna; eso es lo único que nos puede ayudar en este momento.

—Tom, soy yo.

—Dime que estás volviendo a Londres.

—No, esta noche no —dije, decidida a no dejarme convencer.

—Acabo de hablar con Doyle. No ha querido revelar gran cosa sobre la reunión de mañana, pero más vale que nos preparemos. Han encontrado al taxista que te llevó a casa. Según parece, te recogió en King's Road a la una y media y te llevó a Islington. Los camareros del Walton Arms han confirmado que a las once y veinte no quedaba nadie en el pub. Doyle va a querer saber qué hiciste en Chelsea durante dos horas.

—Sabes que no tengo una respuesta para eso, Tom.

—También he hablado con Matthew Clarkson.

Por la pausa que hizo, supe que no me iba a gustar lo que iba a oír a continuación:

—La sangre hallada en la cama de Donna. No era menstrual.

Intenté no imaginármelo. Manchas de color marrón sobre aquellas sábanas de lujo, como un álcali sobre un papel tornasol.

—Los forenses creen que es sangre de Donna, derramada esa noche. Están analizando las salpicaduras para intentar determinar qué pudo ocurrir.

¿Cómo se había lastimado Martin los nudillos? ¿Cómo me había hecho yo el corte en la pierna? ¿Por qué habría sangrado Donna? ¿Qué se lo habría provocado? Tenía tantas preguntas en la cabeza que me daba la impresión de que el cerebro me iba a reventar.

—Fran, por favor. Vuelve a Londres. Si la policía descubre que has incumplido sus órdenes, si descubren que estás en casa de Martin, te detendrán.

—Voy a tener que correr ese riesgo.

—Creo que tenemos que empezar a reunir un equipo de letrados.

—Eso no lo necesitamos. Aún no. Pero sí que hay algo que quiero pedirte. Necesito que vengas a buscarme. Sé que te pido un gran favor, pero quizá sea lo que ponga fin a todo esto.

351

46

$\mathcal{M}$i abuelo solía llevarme de pesca. Tras el nacimiento del pequeño Danny, a mi madre le gustaba que saliera de casa. En nuestro pueblo no había mucho que hacer para una niña de catorce años. Los camareros del pub local siempre nos pedían el carné y cuando nos llevábamos las sidras y los cigarrillos al parque nos arriesgábamos a recibir una reprimenda del vicario.

La pesca desde luego no era el deporte ideal para una adolescente inquieta, y yo no era especialmente paciente; nunca conseguía pasarme más de una hora sentada esperando a que picaran. Pero me encantaba la caja de cebos de mi abuelo, aquellas plumas minúsculas de colores rojo, verde y turquesa que enganchaba al anzuelo con sus gruesos dedos manchados de nicotina. Eran pinceladas de color en mi mundo, por lo demás gris.

Hacía mucho tiempo que no recordaba aquellas tardes en el río, pero de pronto era lo único en lo que podía pensar. Recuerdos plácidos, en los que podía confiar... Recuerdos seguros, en los que podía confiar...

Cogí el abrigo, salí y cerré la puerta de la habitación. Antes de salir del pub, cogí un horario de mareas, dejando una moneda de una libra en la caja de colecta. Ya en la calle principal, me subí la cremallera del abrigo y dejé que el olor a sal y a yodo del mar me llevara hasta el sendero de la costa. A mi derecha se extendía una sucesión de cabañas de pescadores; a la izquierda, una franja de playa de guijarros con botes amarrados. Fui alejándome a paso ligero del pub, sintiendo el efecto relajante de los sonidos de la naturaleza. El murmullo del mar al rozar los guijarros y el susurro del viento al acariciar la hierba alta que flanqueaba el sendero. La vista se me fue al mar y observé los puntos de luz que se movían lentamente por el agua; cargueros que llevaban su carga a Europa, África y más allá.

352

Hundí las manos en los bolsillos y decidí que, cuando todo aquello acabara, quizá me apuntara a un crucero. Me imaginaba vistiéndome para la cena y bebiendo martinis en un bar con paneles de madera de nogal en las paredes y decoración *art déco*. Hablaría con interesantes parejas retiradas, y jugaría cartas con ellos, como una heroína de Agatha Christie.

Nunca había hecho un crucero, y de pronto sentía la necesidad de hacerlo, al igual que todas esas otras cosas que había querido probar, pero que siempre había pospuesto a causa del trabajo. Cursos de cocina en la Toscana, paseos a caballo por las montañas de Andalucía y largos viajes en tren de San Petersburgo a Siberia, o por carretera de Nueva York a Los Ángeles. Clases de cerámica y clases de interpretación, estudiar italiano o aprender a tocar el saxo. Todas aquellas cosas estaban en mi lista de los deseos, y decidí que, si sobrevivía a aquella semana, las haría todas.

La Dorsea House destacaba a lo lejos contra el cielo a franjas azul marino y malva. Las nubes de lluvia ya se habían dispersado y ya se veía alguna estrella que titilaba como el azúcar espolvoreado sobre un fondo de terciopelo azul.

Seguí la hilera de luces del sendero de la costa hasta llegar a la casa, y entré por la puerta abierta del porche trasero.

En el interior reinaba la oscuridad y el silencio, salvo por el suave gorjeo de las palomas que habían hecho su nido en algún lugar de la casa. Usé la luz del móvil para buscar un interruptor de la luz, aunque no tenía ni idea de si la casa seguiría conectada a la red eléctrica. Localicé un interruptor junto a la puerta del porche y suspiré aliviada al ver que se encendía una bombilla en el techo.

Fui de habitación en habitación, encendiendo lámparas y accionando interruptores. El lugar empezó a adquirir un aspecto más acogedor. Quité alguna de las sábanas que cubrían los muebles, y las nubes de polvo que se levantaron me hicieron toser.

Me sentía poseída. Había puesto en marcha la rueda, y aunque sabía que podía pararla regresando a Londres, también era consciente de que actuar con prudencia no iba a mejorar mi situación.

Había tomado muchas decisiones equivocadas en los últimos dos meses. Me arriesgaba a que me detuvieran o a que me echaran del bufete. Mis posibilidades de entrar en el Consejo de la Reina se habían desvanecido y dos hombres me declara-

353

ban su amor al mismo tiempo. Quizás aquello fuera el único punto positivo, considerando que había estado sin pareja durante tiempo, aunque, teniendo en cuenta que uno era un asesino en potencia y el otro un violador, quedaba claro que la cosa podría ir mejor.

No regresar a Londres y contarles a Alex Cole y a Martin Joy dónde me encontraba (sola en una vieja casa junto al mar) parecía otra de mi colección de ideas estúpidas. Estar allí a solas me dejaba en una posición vulnerable. No sería difícil quitarme de en medio. Pero de eso se trataba precisamente. Controlaba la situación. Estaba luchando.

Recordé un caso de divorcio que había llevado recientemente, con la esperanza de que me ayudara a encarar mis movimientos de forma racional. La ley siempre había sido mi chaleco salvavidas, mi red de seguridad. Ahora la necesitaba para sentirme segura. En esa ocasión, mi cliente era un futbolista famoso, y aunque yo no entendía mucho de fútbol, sabía perfectamente que era uno de los mejores jugadores de la historia de Inglaterra (y resultó ser también un maestro del juego fuera del campo). Su esposa, Candace, había solicitado el divorcio al aparecer el lío de su marido con su fisioterapeuta en los titulares de *The Sun*. Las cosas se pusieron feas, con acusaciones de infidelidad por ambas partes, y mi cliente se negaba a ceder el cincuenta por ciento de su fortuna a alguien a quien ahora calificaba de cazafortunas.

No era yo quien tenía que juzgar qué se merecía cada uno. Mi cliente me había pedido que salvara todo lo que pudiera de su fortuna, y cuando nuestro caso llegó al juzgado, dediqué el noventa por ciento de nuestros esfuerzos a demostrar que mi cliente era un genio. Que tenía un talento tan especial, tan único, que su contribución al matrimonio había sido extraordinaria, de modo que merecía quedarse con una mayor parte del reparto.

Ni siquiera el abogado instructor de mi cliente estaba de acuerdo con mi estrategia; y al ir aumentando la minuta con los gastos derivados de esta táctica, el cliente también se mostró disconforme. Era un riesgo demasiado elevado; casi nadie consigue convencer al juez para que le asigne una parte mayor en el habitual reparto igualitario de los activos de la pareja.

Pero la jugada me salió bien. Tal como le expliqué a mi cliente al salir del juzgado, si quieres ganar a lo grande, tienes que arriesgar a lo grande.

354

A pesar de estar bajo techo, estaba tiritando de frío. O quizá fuera de miedo. Si Alex o Martin se presentaba en la casa, sería sin duda con el objetivo de hacerme callar. No tenía ni idea de hasta dónde serían capaces de llegar.

Me senté en una butaca, bajo la suave luz de una lámpara de lectura, e intenté descifrar los horarios de las mareas. Según la tabla, la marea alta, a las 1.35 de la noche, haría subir el agua 4,94 metros. Por lo que me había dicho Martin durante nuestra última visita, con eso prácticamente bastaría para inundar la carretera. Me recordé a mí misma que eso no era más que una predicción y que era muy posible que no viniera nadie.

Me estaba usando a mí misma como cebo, pero quizá no hubiera ningún pez en el río.

Quizá ni Alex ni Martin tuvieran nada que ver con la desaparición de Donna.

Quizá, quizá…

Allí sentada, rodeada por la oscuridad, la mente se me fue de nuevo a aquella noche. ¿Qué más había visto? ¿Qué habría estado haciendo esas dos horas, desde el momento en que había visto salir a Martin de la casa hasta que volví a casa en taxi? Seguía sin saberlo.

Eché un vistazo al teléfono. Tenía la batería al ocho por ciento. Reduje el brillo de la pantalla para ahorrar energía, pero antes de meter el teléfono de nuevo en el bolso le escribí un mensaje a Clare: «Siento lo de ayer. Te echo de menos. Esta noche estoy en Essex, pero hablemos mañana, por favor».

En el momento en que apreté el botón de enviar, tuve la sensación de que era una despedida.

Me estaba durmiendo, y eso era algo que no me podía permitir. Allí no había café, ni siquiera un hervidor de agua en la cocina, así que tuve que contentarme con mojarme la cara con el agua fría que salía a borbotones del grifo.

Había una pequeña biblioteca en la casa que supuse que se habría usado como sala de actividades durante el tiempo en que la casa había sido una residencia de ancianos. Aún había juegos de tablero amontonados en los estantes: backgammon, damas y Scrabble, en sus cajas decoloradas por los años y por el sol. También había montones de revistas: *The Field, Boating* y *Country Life*, con fechas de publicación que cubrían más de una década.

Cogí un par de ejemplares y subí al piso de arriba. Escogí una habitación en la parte trasera de la casa. Tenía un sitio para sentarse junto a la ventana y un enorme ventanal con vistas a la oscuridad del mar.

También era uno de los pocos dormitorios que aún conservaba una cama hecha, con sus mantas y su almohada. Pasé la mano por encima, dejando un rastro en el polvo de la colcha. Colgué mi abrigo en un colgador tras la puerta.

Diez en punto. Diez y media. Esperando, observando.

Tenía la batería del móvil al seis por ciento. Aproveché para conectarme a Internet. Había una estación de bomberos en la isla, y la comisaría de policía estaba en Colchester, a unos kilómetros. En caso de recibir una llamada de emergencia, la policía podría tardar quince minutos en llegar a Dorsea, pero los bomberos podrían acudir en cuestión de minutos.

356

—Venga, Tom, ¿dónde estás? —murmuré en voz alta.

Yo pensaba que Tom sería el primero en llegar. Venía del norte de Londres, así que era el que estaba más cerca. ¿Por qué tardaba tanto? Hacía hora y media que le había llamado. Ya debería estar llegando.

El aire olía a humedad y a moho. Abrí una ventana para que entrara la brisa y oí a lo lejos la sirena de un barco anunciando su presencia entre la niebla.

Me senté en la cama y escuché el silencio, aguzando el oído en busca del murmullo del motor de un coche acercándose.

Abrí bien los ojos para mantenerme alerta. Mi plan dependía de que me mantuviera despierta. Si me dormía, sería un desastre. Hojeé una revista y luego otra, enterándome de las últimas noticias sobre boxeo, brújulas y sobre la temporada de pesca del salmón. Intenté asimilar hasta la última palabra del texto, fijarme en cada foto, con la esperanza de que eso me distrajera.

Cuando sonó el teléfono, lo saqué del bolsillo a toda prisa. Cuando vi que era Tom, respondí.

—Fran, tienes que salir de ahí.

—¿Por qué?

—He pinchado. Estoy en Chelmsford. No debería tardar en repararla y llegar a Dorsea, pero no quiero correr riesgos. Sal de la casa. Busca un sitio donde pasar la noche. En la isla hay dos pubs. Ambos tienen habitaciones. Tú ve allí y yo iré a buscarte.

—Vale —fue lo único que pude decir.

Cogí el abrigo del colgador, sin saber muy bien qué hacer. Si jugármela o no. Si quedarme o marcharme.

Había llegado demasiado lejos como para abandonar ahora, pero Tom tenía razón. Estaría más segura en el pub.

Toqué el colgante de Donna, que aún llevaba puesto, como pidiéndole que me ayudara, de mujer a mujer.

El tiempo había empeorado, y reconocí el fragor del agua inundando las viejas alcantarillas. Pero entonces lo oí, un ruido que se superponía al repiqueteo rítmico de la lluvia.

Salí al exterior y lo oí más claramente. Era el murmullo del 357 motor de un coche; luego unos pálidos haces de luz que se acercaban a la casa. Por suerte, el camino de acceso era largo y el coche avanzaba lentamente por culpa del mal tiempo.

No tenía tiempo de escapar, pero sabía que debía pensar rápido. Era imposible que Tom hubiera llegado tan rápidamente desde Chelmsford, así que era otro el que se acercaba a la casa.

El teléfono me temblaba en la mano. Busqué en la agenda, pero temblaba tanto que a duras penas pude hacer la llamada.

No tenía el número directo del inspector Doyle, pero sí el del sargento Collins.

Llamé y esperé a la señal de llamada. Pero el sargento no lo cogió. La llamada fue desviada a un buzón de voz.

Me costó hablar. No me había imaginado que me sentiría tan desvalida, tan paralizada.

—Señor Collins, sargento, soy Francine Day. Esto es una llamada urgente en relación con la desaparición de Donna Joy. Estoy en la Dorsea House, en la isla de Dorsea, en Essex. Repito: Dorsea House, en la isla de Dorsea. Pertenece a mi cliente, Martin Joy. Le he dicho que tengo pruebas en su contra y ha venido en mi busca. Por favor, llámeme. Tengo miedo. Tengo motivos para creer que puede hacerme daño.

Sabía que le parecería una loca. Era lo único en lo que podía pensar mientras hablaba a toda prisa. Podían ser perfectamente las palabras de una paranoica. No tenía ni idea de si el sargento Collins me creería. Y hablarle a un contestador tampoco me daba ninguna confianza de que fueran a ayudarme.

Intenté llamar a la comisaría de Belgravia, pero otra máquina me informó de que había comisarías abiertas veinticuatro horas en otras ubicaciones.

El corazón me latía con tal fuerza que pensé que me haría caer al suelo de bruces.

¿A quién más podía llamar? ¿A emergencias? 999: bomberos, policía o ambulancias.

Quería que viniera alguien. Me daba igual quién. Quien llegara más rápido.

Llamé a emergencias y una voz muy tranquila me preguntó cuál era el servicio que necesitaba.

—Bomberos. Estoy en la Dorsea House, en la isla de Dorsea, y se ha declarado un incendio. Necesito que vengan lo antes posible.

Con la misma tranquilidad, la voz me pidió que le explicara lo sucedido.

—Estoy en el piso de arriba, en el dormitorio. Huele a humo.

—¿Ve el fuego?

—Sí —mentí—. Desde la ventana se ven las llamas en el piso de abajo. Estoy en grave peligro. Por favor, vengan rápido.

Miré hacia la oscuridad y distinguí la silueta de un coche deportivo. Un Audi negro.

Me invadió la tristeza. Martin. Me había equivocado de pleno, me había equivocado en todo.

Había querido confiar en él, confiar en que nunca me habría podido hacer ningún daño. Eso era lo que me había llevado hasta la isla. Era una prueba. Una prueba para ver si me quería, y no la había superado. Otro gran error por mi parte.

De algún modo, conseguí recuperar la compostura y escribí un mensaje que envié a Clare y a Phil Robertson.

Martin Joy mató a Donna Joy. Estoy en la Dorsea House, en la isla de Dorsea. Tengo pruebas y ha venido a por mí.

Me quedé mirando la ruedecita que giraba y giraba, indicando que los mensajes no habían salido aún.

—Venga —murmuré, frustrada.

Oí el ruido de la puerta del coche al cerrarse. Volví corriendo hacia el dormitorio, cerré la puerta y me apoyé en ella mientras intentaba recuperar el control de mi respiración.

Sabía que podía esconderme o plantarle cara y decirle que era inútil intentar silenciarme. Le había contado lo del colgante a todo el mundo: a Doyle, a Collins, a Tom Briscoe, a Phil Robertson. Donna Joy había estado allí. Yo lo sabía, y ahora lo sabían todos los demás.

O podía enfrentarme a él. Aún tenía el cuchillo del pub en el bolsillo de mi abrigo. Lo saqué y apreté los dedos alrededor del mango de madera negra.

Me metí en la cama y tiré de las mantas hasta la altura de la barbilla, asiendo el cuchillo con fuerza, lista para atacar.

Oí el crujido de las escaleras y luego pasos, que se detuvieron al otro lado de la puerta.

La luna desapareció tras una nube y la habitación se oscureció todavía más; aun forzando la vista, lo único que veía era una serie de sombras.

La puerta se abrió con un gemido. Esperaba que al menos pronunciara mi nombre, pero todo estaba en silencio, como si el mundo hubiera dejado de girar.

Cerré los ojos, fingiendo estar dormida, con el cuchillo agarrado en la mano, sudada y temblorosa. No podía creer que fuera a hacerme daño. No me lo podía creer.

Sentía su presencia en la habitación. Abrí los ojos y miré hacia la silueta a los pies de la cama.

—Martin, no lo hagas —dije, en voz baja.

La figura se me acercó. A través de la oscuridad pude ver que llevaba ropas tan oscuras como el cielo de la noche, así como un pasamontañas negro que le cubría casi todo el rostro.

—Martin, por favor —dije, sintiendo que una lágrima me recorría el frío pómulo—. Sabía que vendrías. He llamado a la policía. Y a los servicios de emergencias. Pueden llegar en cualquier momento...

Me cubrió la cara con la mano y forcejeé. Era fuerte.

359

Intenté respirar, pero la palma de la mano me presionaba la nariz y la boca. No podía tomar aire. Una sucesión de imágenes me pasó frente a los ojos. La habitación del hotel. Martin besándome, agarrándome de las muñecas, inmovilizándome. El pub en Chelsea, el ruido del concurso en la planta superior, fuerte, fuerte como si fuera un partido de fútbol. La gente que se iba, riendo. Yo sola en la calle. Observando, esperando. Una verja abierta que llevaba a un sótano. Las puntas negras de la reja. El frío escalón. Sentada, esperando, observando.

La mano seguía presionándome, y yo seguía sin poder respirar. Una puerta abierta. Martin en la calle. Donna en la ventana. Niebla, sueño. Demasiadas copas. La cabeza que me daba vueltas. Donna en la calle. Un coche deportivo negro. Una melena rubia. El humo del tubo de escape. Un taxi. Un dolor lacerante. Mis muslos manchados de sangre. Todo volvía a mi mente, como una riada de imágenes.

Hice un esfuerzo por mantenerme fuerte, pero estaba perdiendo el conocimiento.

—Francine.

Alguien había gritado mi nombre. La presión sobre mi rostro y sobre mi cuerpo desapareció; de pronto, vi que alguien tiraba de mi agresor. Conseguí erguir la espalda a duras penas, con el cuchillo aún en la mano. Entonces vi a dos personas enzarzadas en una pelea.

Tardé un segundo en reconocer a Martin, y otro más en interpretar la escena, en darme cuenta de que Martin luchaba contra mi agresor. Eso significaba que el hombre enmascarado era otra persona.

El corazón me latía desbocado, y yo agarraba con fuerza el cuchillo en la mano sudorosa.

—¡Alex, basta! —grité, consciente de lo que estaba pasando.

Sabía que tenía que ayudar a Martin, pero ¿qué pasaría si le clavaba el cuchillo a quien no debía? La vista se me fue a un viejo jarrón que había sobre la mesilla de noche. Dejé caer el cuchillo y bajé de la cama. Aún vacilante, agarré el jarrón con ambas manos. Todo se me volvió borroso. Ruido, movimiento, sombras. Martin agarró a su atacante del pasamontañas y tiró de él justo cuando yo me disponía a lanzarle el jarrón. Se oyó ruido de cristales rotos y vi a Martin contra la ventana rota. Se giró y me cogió en brazos. Olía a sudor y a miedo, y por un momento no reaccioné, dando gracias de estar viva, pero luego me giré hacia la ventana. Miré por la ventana, entre los trozos de cristal, al patio de abajo, y vi el rostro pálido de Sophie Cole mirando hacia el cielo.

Primero llegaron los bomberos, y luego la ambulancia, que había tenido que venir de Colchester.

Apenas podía hablar y dejé que Martin asumiera el control; no quería ver nada ni oír nada. Busqué un rincón tranquilo de la casa y me agazapé, agarrándome las rodillas contra el pecho, escuchando el ruido de las sirenas que iba apagándose en la oscuridad, mientras se llevaban a Sophie al hospital y los bomberos se daban cuenta de que allí no tenían nada que hacer.

A lo lejos oí una voz, alguien que gritaba que la carretera estaba inundada y que pasaría una hora antes de que fuera transitable de nuevo, aunque el inspector Doyle, de la comisaría de Belgravia, había sido avisado y ya estaba de camino.

—¿Cómo estás, cariño? —dijo una agente de policía, entrando en la habitación y poniéndome una manta sobre los hombros—. ¿Hay algún calentador de agua en la casa para hacer un té?

—No. No lo hay —dije.

Me miró, como si se estuviera preguntando qué tipo de vida llevaba yo en la Dorsea House. Sin duda se imaginaba que era una especie de Miss Havisham, la de *Grandes esperanzas*, y la verdad es que en aquel momento me sentía tan frágil y trastornada como aquel personaje de Dickens.

—Por cierto, creo que ha venido a verte un amigo.

Cuando levanté la vista, vi a Tom en el umbral. Me puse en pie con dificultad y dejé que me rodeara con sus brazos.

—Has llegado —le dije con la boca en su hombro.

—Por fin he podido pasar por la carretera elevada. Más vale tarde que nunca.

—Bueno, te has perdido lo bueno.

No le pareció gracioso.

—Lo siento mucho, Fran.

—Tampoco te necesitaba —respondí.

—No, nunca me has necesitado —dijo él. Quería ser un cumplido, y yo sonreí, agradecida—. He oído lo que dicen —añadió—. Por lo que parece, Sophie Cole está viva. Están sorprendidos de que haya sobrevivido a la caída.

Asentí, pensando en aquella imagen que probablemente nunca llegara a olvidar: ella tendida sobre el pavimento, como una marioneta con las cuerdas cortadas.

—Sophie es una superviviente. Está en forma, es fuerte. Estoy segura de que vivirá.

—Yo debería irme. Creo que Martin quiere hablar contigo.

—Quédate un poco más —dije, no muy segura de cómo me sentiría a solas con Martin.

—Me equivoqué al juzgarlo —respondió Tom un segundo más tarde—. Estaba seguro de que era él quien había matado a Donna. Te pido perdón. Debí de haber confiado en ti.

—No, yo también estaba equivocada —dije, más para mí que para mi amigo—. Dile que luego salgo a hablar con él.

Salí de la casa a paso lento arrastrando por la grava la manta que tenía sobre los hombros. Nadie parecía interesado en mí. Sabía que antes o después alguien querría interrogarme, pero ahora mismo era un personaje secundario. Había un banco en el jardín, bajo un haya. Me senté en el borde, siguiendo con la vista a Martin, que había ido detrás de mí al exterior.

—Gracias —le dije, cuando se sentó a mi lado—. Gracias por estar ahí.

Él no respondió; se limitó a rodearme con un brazo y a darme un apretón en el hombro.

—¿Cómo se te ocurrió seguir a Sophie? —pregunté.

Intentaba encajar las piezas, pero aún estaba muy confundida

—Porque sé lo lista que eres. Cuando me llamaste y me dijiste que estabas en Dorsea y que tenías el colgante, supe que me estabas poniendo a prueba, incitándome a que fuera a la casa. Pero pensé, esperaba, que también lo hubieras hecho con Alex. Y tenía razón. La sorpresa fue que fuera Sophie quien fuera a buscarte, no Alex.

—¿Así que están juntos en esto? —dije, desconcertada.

Martin puso su mano sobre la mía y me apretó los dedos.

—Estoy seguro de que lo descubriremos muy pronto. —Hizo una pausa—. No puedo creerme que Sophie hiciera algo así. Te parece que conoces a las personas…

Levanté la vista y vi que estaba llorando.

—No llores, ya ha acabado todo —dije, con voz suave.

—Lo que querría saber es qué hicieron con ella. Qué hicieron con Donna —dijo, parpadeando para limpiarse las lágrimas. Yo pasé el brazo por debajo del suyo, un poco incómoda. Me sentía como si estuviera sentada junto a un extraño, pero no quería verle así—. Tenemos que encontrar su cuerpo —añadió, intentando recobrar la compostura—. Le habría gustado tener un funeral espléndido. A Donna le encantaba la gente. Haremos que venga todo el mundo. Eso le gustaría.

Sentí que los ojos se me llenaban de lágrimas. Hasta el punto de que no veía bien lo que tenía delante. Me limpié el rostro con el dorso de la mano y en ese momento oí ruido de pisadas sobre la grava. Levanté la vista y vi a un policía de uniforme; tenía toda la pinta de ser un mando.

—¿Señor Joy? —dijo, como si no quisiera molestar.

Martin asintió.

—Soy el inspector Bannister, de la comisaría de Colchester. El inspector Doyle está de camino, pero pensé que debería saber esto antes de que llegue… Uno de mis colegas está con Sophie Cole en el hospital. Han conseguido sacarle cuatro palabras… Obviamente, aún no hemos podido confirmarlo, pero por lo que dice, su esposa, Donna Joy, sigue viva.

Me desperté sola en el cobertizo de las ostras con el graznido de una gaviota que sobrevolaba la cabaña. Las estrellas habían desaparecido y la oscuridad de la noche se había difuminado. El sol estaba asomando al otro lado del estuario; sus rayos rosados creaban largas franjas metálicas sobre el agua, proyectando una imagen casi bonita sobre aquel paisaje gris.

Tardé un momento en darme cuenta de que había sido el ruido de alguien llamando a la puerta con los nudillos lo que me había despertado.

En el umbral estaba el inspector Doyle.

—Me han dicho que había venido aquí a dormir un poco.

—Estaba derrengada. Necesitaba descansar un poco.

—¿Cómo se encuentra? —me preguntó.

Entró y se sentó en una vieja silla.

—He estado mejor —respondí, con una sensación de sequedad en la garganta—. ¿Dónde está Martin?

—Sigue en la casa.

Le miré, expectante.

—¿Ya ha hablado con Sophie Cole?

—Mis colegas lo han hecho. Por lo que sé, tiene fracturas en la espalda, las piernas y las costillas. Aún no hemos recibido el informe médico, pero probablemente tendrá que permanecer unos días en el hospital antes de su traslado a otro centro.

—¿Ha sido imputada formalmente?

Asintió.

—Por un delito de lesiones graves en grado de tentativa. Y por obstrucción a la justicia.

Aquello era una decepción. Yo sabía que Sophie quería matarme. La acusación no parecía acorde con el delito.

—¿Qué hay de Donna? —dije, recordando de pronto que seguía viva—. ¿Ya la han encontrado?

Doyle hizo una breve pausa antes de hablar.

—Según parece está en Francia. Un par de agentes van de camino para traerla a Londres.

—¿En Francia? ¿Y qué hace ahí?

Me vino a la mente una serie de recuerdos inconexos: Phil, que la había visto en la terminal de salidas del Eurostar; Martin, que compraba una granja en el Loira a sus abuelos.

—Esconderse —dijo Doyle, sin más.

Meneé la cabeza, dejando claro que tendría que explicarse.

—Donna Joy orquestó su propia desaparición. Donna y Sophie, juntas.

—¿No la secuestraron?

Doyle negó con la cabeza.

—Aún no sabemos muy bien por qué lo hizo. Me aventuraría a decir que querían tender una trampa a Martin para quitarle parte del negocio.

Asentí.

—Eso es lo que pensaba Martin. Hay una cláusula en su acuerdo de fundación de la sociedad que dice que si Martin provoca el desprestigio de la compañía, Alex Cole puede quedarse con su parte de las acciones.

Erguí aún más la cabeza, pero me mareé un poco y me llevé la mano a la frente.

—¿Se encuentra bien? —dijo Doyle, preocupado.

—Creo que sí.

—Debería ir al hospital a que le hicieran un chequeo. Obviamente, necesito su declaración, pero no nos llevará mucho. Luego la puedo llevar a Colchester. Yo también tengo que volver al hospital. —Hizo una pausa, sin saber muy bien cómo continuar—. Siento que haya tenido que pasar por esto, Fran. Debería haberlo dejado en nuestras manos. Lo que ha hecho ha sido peligrosísimo.

—Lo sé —dije, aún conmocionada—. Pero cuando estás desesperada, haces lo que sea para intentar arreglar las cosas.

—Supongo que por eso nos mintió.

Intenté descifrar su tono de voz, pero no tenía claro si reflejaba comprensión o censura.

—Sabía que haber seguido a Martin y a Donna esa noche me dejaba en una posición muy comprometida. Por eso le dije al sargento Collins que me había ido a casa después de pasar por el estudio de Donna. No tenía que haberlo hecho, pero tenía miedo.

El corazón me latía con fuerza. Sabía en qué podía acabar todo aquello: tal vez me acusaran de obstrucción a la justicia y me inhabilitarían para la práctica de la abogacía.

—Usted no se meta en más problemas —dijo por fin.

Apenas insinuó una sonrisa, pero me bastó para relajar todo el cuerpo de golpe.

48

*M*artin vino conmigo al hospital, pero yo no quería que estuviera ahí. Donna seguía viva, pero mi relación con su marido parecía estar más que muerta.

Esperó conmigo en la sala de admisiones. Aparentemente, el mío era un caso prioritario: me hicieron pasar la primera tras un gesto del policía, pero aun así tuve que esperar dos horas para que me vieran y me hicieran pruebas. Me hicieron una radiografía y me dieron paracetamol para el dolor de cabeza.

—Volvamos a Londres —propuso Martin, pasándome un brazo sobre el hombro—. Por fin podemos volver al *loft*.

—Creo que debería volver a casa —dije, no muy convencida.

—Esta noche por fin hemos pasado página, Fran. Pero eso no cambia el hecho de que Pete Carroll es peligroso. Llegué a pensar que quizá tuviera algo que ver con la desaparición de Donna. Pensé que estaba tan enamorado de ti que quizá fuera capaz de matar a Donna y tenderme una trampa para quitarme de en medio.

—Si alguna vez te aburres con las finanzas, deberías plantearte un futuro como escritor de suspense —dije, sonriendo, aunque no veía la hora de que se fuera.

Él me miró y me apoyó ambas manos sobre los hombros.

—Tenemos un plan. Mudarnos al *loft*. Quizá no enseguida, esta semana, este mes. Tal vez debamos esperar a que todo esto acabe y a que podamos seguir con nuestras vidas, empezar de cero. Pero no veo la hora de vivir contigo.

El atractivo de Martin era innegable. Aquellos ojos verdes tenían un color extraordinario; tenía unos antebrazos musculosos y bronceados que eran la imagen perfecta de masculinidad. Vivir en un *loft* multimillonario con Martin

Joy, tener barra libre de un sexo increíble y un estilo de vida de película sería el sueño de miles de mujeres. Pero no para mí, ya no.

Frunció los ojos, como si detectara mi rechazo.

—No creerás todos esos rumores, ¿no? Eso de que pegaba a Donna. De que abusaba de ella.

No respondí.

—Fran, todo eso son mentiras. Donna me tendió una trampa. Han sido todo mentiras.

—Lo sé —dije, en voz baja, aunque no podía apartar de mi mente las declaraciones sobre sus abusos en el trabajo. Eso nunca lo había negado.

Me aparté un poco y apoyé la mano sobre su camisa.

—Tengo que ir al baño. Y necesito un café. ¿Quieres uno?

—Claro —dijo él, sin pensar—. Te esperaré aquí.

Recorrí el pasillo hasta que llegué a un mapa de colores en una de las paredes que indicaba el camino a cardiología, a las consultas externas y a la clínica oftalmológica. Estaban todos los departamentos, todos los servicios indicados. Me lo quedé mirando para saber adónde ir.

Entonces oí al inspector Doyle hablando por teléfono, oí dónde estaba Sophie Cole y seguí las indicaciones del mapa para llegar hasta ella.

En algún momento, fingí una cojera (siempre había dicho que habría sido una buena espía infiltrada), y nadie me detuvo hasta llegar a la sección donde estaba ingresada Sophie.

No habría hecho falta siquiera ver a dos policías de paisano hablando en la puerta para saber en qué habitación estaba. Observé desde lejos y vi que un policía echaba un vistazo al reloj y desaparecía por el pasillo para hablar con una enfermera. Cuando el segundo policía recibió una llamada de teléfono y se acercó a la ventana para oír mejor, supe que era mi oportunidad.

Allí estaba, tendida sobre la estrecha cama. Parecía un fantasma.

Se había roto la espalda y ambas piernas. Estaba conectada a un gotero. Tenía un brazo enyesado y ambas piernas sujetas con varas y rodillos; Martin me había dicho que los médicos no estaban seguros de que pudiera volver a caminar.

La cama estaba ligeramente levantada para que pudiera ver la habitación. Movió el cuello lentamente. Me pregunté si le dolería.

—¿Qué estás haciendo aquí? —dijo con un hilo de voz.

—Quería verte.

Tuve la impresión de que estaba a punto de decirme que no podía estar allí, pero, como no tenía fuerzas para discutir, apartó la mirada.

—¿Por qué lo hiciste, Sophie?

Me quedé esperando una respuesta, pero no abrió la boca.

—Tienes que decírmelo. Me lo debes. Alex y tú lo tenéis todo. ¿No bastaba con eso?

—Alex no ha tenido nada que ver —dijo, casi como si lo lamentara.

—Entonces ¿por qué? —susurré, dando un paso hacia la cama.

El silencio casi engullía la habitación.

—El gran activo de la Gassler Partnership es su modelo algorítmico —dijo, y una gota de saliva le resbaló por la barbilla—. Toda su tecnología se construyó a partir de un sistema que creé yo. Fue idea mía.

—Tú no eres programadora informática.

—No. Pero tiré de todos los hilos. Encontré los mejores modelos cuantitativos, a los mejores expertos en computación y en datos, lo monté todo yo. Pero mi nombre no aparecía en el rótulo, sobre la puerta. No había acciones a mi nombre, no era reconocida en el sector. Tampoco recibí reconocimiento por parte de Martin o de Alex. Me dejaron a un lado.

Observé que con la vista recorría el cristal ahumado de la ventana como si estuviera ordenando sus pensamientos, sin duda preguntándose de qué otro modo habría podido gestionar la situación si tuviera una segunda oportunidad.

—No tienes ni idea de lo que es estar casada con hombres como Martin o Alex —dijo, ahora ya mirándome a los ojos—. Hombres obsesionados por el dinero y el estatus, hombres consumidos por su propio ego y su prepotencia. Ahora mismo solo ves lo bueno —dijo, intentando sonreír como una vieja sabia y benevolente, aunque su expresión reflejaba más bien dolor y quebranto—. Te impresionan su confianza, su encanto, las fruslerías que te regalan, los vestidos y los bolsos. Usan esas cosas para impresionarte, y luego te atrapan.

Sabía que estaba haciendo esfuerzos por respirar, pero necesitaba oír todo aquello.

—Encuentras excusas para disculparlos durante mucho tiempo, hasta que no aguantas más, pero luego ellos buscan a los abogados más brillantes, gente como tú, para dejarte bien jodida.

—Así que esto era por dinero —dije, lentamente—. Donna habría conseguido una compensación de ocho cifras. ¿No era suficiente? Más dinero del que habría podido gastarse en la vida.

—No me costó convencer a Donna de que no era suficiente —respondió con una sonrisa dura y triunfante.

Cada vez tenía la voz más débil. Me acerqué a la cama todo lo que pude. Tanto que podía verle los ojos inyectados en sangre y oír su débil respiración.

—Alex tenía un lío. No con Donna. Con una jovencita del trabajo. Es tan tonto que no tenía ni idea de que yo lo sabía —dijo, apartando la mirada—. Ya veía cómo iban a ir las cosas —prosiguió—. El equipo que yo había creado iba mejorando el algoritmo constantemente. Cada vez era mejor. Pero sabía que cuanto mayor fuera el valor de la compañía y cuanto mayores fueran los beneficios, más iba a ir quedando relegada, sustituida por alguna zorra cuya única contribución sería en forma de halagos y sexo. Así que decidí hacer algo al respecto.

Miró por la ventana, fijando la vista en algún punto del exterior, como si estuviera recordando cómo había pasado.

—De todos modos, Donna quería dejar a Martin. Nunca le había querido, pero le encantaba el estilo de vida que le daba, y ese era el motivo por el que había permanecido tanto tiempo con él. Nunca pensé que Martin tendría narices para pedir el divorcio, pero cuando dijo que su matrimonio se había acabado, después del viaje de Donna a Nueva York, supe que era el momento de mover los hilos. Le dije a Donna que fuera ella quien solicitara el divorcio. Le encontré un gran abogado de divorcios. El Piraña. Pero sabía que Martin también se buscaría un buen abogado. No cedería la mitad de todo lo que había ganado sin plantear batalla. Y cuando empezó a dar la impresión de que Donna no conseguiría el cincuenta por ciento, le recordé lo injusto que era, y le dije que quizás habría otra opción.

Estaba quedándose sin fuerzas a toda velocidad. Apenas podía hablar. Le ayudé a completar su historia, rellenando los huecos.

—Así que planeasteis su desaparición. Sabías que Martin sería el único sospechoso, sabías cómo aprovechar la cláusula de moralidad del acuerdo de fundación de la sociedad.

—Donna cumplió con su parte, introdujo comentarios sobre el mal carácter de Martin en su diario y empezó a engatusar a su hermana. Le contó unas cuantas historias de violencia doméstica que resultaban muy creíbles. Fue a casa de su hermana, le cogió el pasaporte. La pobre tonta nunca iba a ningún sitio; obviamente, ni se dio cuenta. —Sophie hizo una pausa para recobrar el aliento—. La semana de la vista definitiva invitó a Martin a su casa. Él seguía sin poder resistirse a sus encantos. Se fueron a la cama, y luego ella le pidió que se fuera.

—Y tú la recogiste.

—Aquella noche quedé con Alex para cenar fuera. Tenía que buscarle una coartada a él, por si acaso. Volvimos a casa. Le eché un somnífero en la copa y provoqué una discusión para tener una excusa y dormir en la habitación de invitados. Cuando Alex cayó frito, recogí a Donna y salimos de Londres. Ya había quedado con alguien para que la llevara a un ferri con destino a Francia, donde pasaría desapercibida. Llegados a este punto, resultaba demasiado arriesgado usar el pasaporte de Jemma. La mañana siguiente estaba en Francia. Iba a quedarse a las afueras de París hasta que le encontrara algo más apartado. Quería irse a Bali. Aquello le gustaba. No me resultó difícil convencerla de que lo mejor era que se pasara un par de añitos en la playa.

—¿Y luego, qué? —dije, casi sin creerme la audacia de aquellas dos mujeres.

—Cuando Alex se hiciera con el control de la compañía, el plan era ayudarle a asentarse. La Gassler da tantos beneficios que la gente enseguida se olvidaría de Martin Joy y de su participación en la compañía. Tengo inversores esperando. Hacer amistad con esposas ricas es una estrategia que nunca falla. Y luego me divorciaría de él. A diferencia de Donna, tenía argumentos muy sólidos para reclamar el cincuenta por ciento.

—¿Y Donna qué ganaba con todo esto?

371

—Haz las cuentas. El treinta por ciento de media compañía o repartirse una parte mucho mayor conmigo. Donna era codiciosa. Fue fácil convencerla.

—¿Y valía la pena… todo eso? —dije, con tan poca voz que no estaba segura de que me hubiera oído.

—No era cuestión de dinero, sino de principios —replicó, con una voz sibilante, como si sacara las fuerzas de la rabia que le bullía dentro.

—Y te importaban tanto los principios que estabas dispuesta a matarme.

—Se suponía que las cosas no tenían que ir así.

Me miró a los ojos y, en aquel momento, la creí.

—Solo quería sacar a Martin de la empresa —dijo con deliberada lentitud—. Quería que cayera en desgracia, que desapareciera. Solo necesitábamos que resultara lo suficientemente sospechoso como para poder echarle. Eso es todo. Por eso Donna se fue así de la casa. No la puso patas arriba ni dejó muestras de un «forcejeo violento». Fuimos sutiles, delicadas.

—¿Y la sangre en la cama?

—Muy sencillo. Un análisis de sangre de farmacia, de los de pincharse en el dedo. Es sorprendente la cantidad de sangre que puede salir de un dedo. Ya te he dicho que no queríamos *La matanza de Texas*, sino una serie de indicios sutiles que lo inculparan —dijo, con un débil soplido de irritación—. Pero luego Alex me dijo que tú habías seguido a Martin aquella noche. Que habías ido tras él como un cachorrillo. Eras su coartada y habías arruinado el plan, mostrándote tan patética como el resto de las cazafortunas que babean por hombres como Martin Joy.

Me limité a negar con la cabeza. Sophie estaba pálida, destrozada, tendida en aquella cama. Tardó unos segundos en seguir con su historia.

—Pero yo había iniciado algo, Francine. Así que tenía que acabarlo. Tras la detención de Martin, le sugerí que se instalara en casa. Quería tenerle controlado. Una noche tuvimos una charla y le pregunté por su relación contigo. Me dijo que te quería, pero que le preocupaba tu fragilidad mental. Aunque no habría hecho falta que me lo dijera. Ya había visto tus cicatrices en los brazos.

—Así que pensaste que no te costaría mucho librarte de mí: la amante inestable que ya había intentado suicidarse.

—Anoche Alex me dijo que le habías llamado. Que estabas paranoica. Delirante. Pero también me dijo que habías encontrado el colgante de Donna que yo había dejado en Dorsea. Se suponía que tenía que encontrarlo la policía. No puedo creerme que no dieran con él. Menudos chapuceros.

—Así que pensaste que no hacía más que dar problemas.

—Donna era igual —murmuró.

Observé que había vuelto a decirlo. Donna «era».

—¿Por qué sigues hablando de Donna en pasado, Sophie?

—¿En pasado?

—Me di cuenta cuando nos vimos en tu oficina.

—¿Eso importa?

De pronto, lo entendí. Y, en aquel momento, sentí cómo se me ponía la piel de gallina.

—Está muerta, ¿no? Le has dicho a la policía que está en Francia. Pero no es así, ¿verdad?

Sophie no respondió.

—Donna está muerta. ¿Verdad, Sophie? —dije, dando un paso más hacia la cama.

—Ella era tan tonta como tú —susurró Sophie—. Una cobarde insensata. No confiaba en que siguiera el plan. Sabía que podía meter la pata en cualquier momento, comprarse un teléfono, dejar huellas en las redes sociales. O titubear de pronto y decidir que no podía seguir adelante.

—No querías repartir el dinero con ella, ¿no?

Oí un ruido en la puerta. Me giré y vi a Doyle con una taza de café en la mano, mirándome decepcionado, aunque no sorprendido.

—Debe irse de aquí —dijo, con voz firme.

Estaba claro que era mejor no replicar.

—Yo no quería hacerte daño, pero te metiste en medio —dijo Sophie.

Salí de la habitación sin mirar atrás.

Dos meses más tarde

*E*l restaurante Summerhouse de Little Venice parecía el lugar perfecto para quedar a almorzar con Clare. Estaba cerca del centro de asesoramiento legal; su ubicación, junto al canal, era perfecta para tomar el aire de principios de verano.

—No me puedo creer que te den cincuenta mil más de lo que pedías en un principio —dijo Clare, ensartando una aceituna, después de que le contara la lluvia de ofertas que había recibido por mi piso.

—Por un momento, tuve la tentación de quedármelo —confesé, dando un sorbo a mi zumo de manzana—. Pensé que el mercado inmobiliario londinense ya se había calmado, pero evidentemente no es así.

—No, hiciste lo correcto —dijo Clare, tan sensata como siempre, apoyando la mano en su barriguita.

Asentí, consciente de que tenía razón. Pete Carroll se había ido una semana después de todo lo que había pasado en Dorsea. Nunca sabría si había sido por vergüenza o por miedo a que le denunciara. No sabía dónde se había ido. Incluso dejó de recibir correo enseguida; a veces me preguntaba si habría existido realmente.

Incluso entonces me preguntaba si había tomado la decisión correcta al no denunciar a Pete en los días posteriores a la detención de Sophie. Se había aprovechado de mi estado de vulnerabilidad. Había abusado de mí y merecía cumplir una condena. Pero después de todo lo que había pasado, no me veía con ánimo de someterme al estrés añadido de denunciar formalmente lo que había hecho, a pesar de que Michael Doyle y Tom Briscoe me animaran a hacerlo. Lo más importante en aquel momento era mi salud mental, no la venganza ni la justicia.

¿Hacía bien? ¿Estaba siendo egoísta? No sabía que habría hecho otra en mi lugar, pero para mí aquella era la decisión correcta, al menos en ese momento de mi vida. Necesitaba recuperarme. Librarme del piso formaba parte del proceso de pasar página. Pero quería pensar que en algún momento encontraría a Pete Carroll y lo denunciaría, porque no estaba segura de ser capaz de curar todas mis heridas si no lo hacía. Me lo debía a mí misma, y se lo debía a otras que habían pasado por lo mismo.

—¿Qué tal fue tu reunión con Dave Gilbert? —le pregunté justo en el momento en que la camarera traía una ensalada cargada de tomates de un color rojo intenso.

—Me gustó.

—Es el mejor abogado instructor de divorcios que conozco. ¿Y cómo se está comportando Dom?

—La camarera se va a vivir con él al piso sobre el restaurante. Seguramente se creería que ligar con el jefe resultaría de lo más glamuroso. Espera a que vea lo lleno de trastos que lo tiene.

Mi amiga esbozó una sonrisa triste. Intentaba poner buena cara, pero sabía que no le estaba resultando fácil la separación. Resultó que todos los que trabajaban en el restaurante sabían que tenía un lío con la camarera polaca desde el momento en que la había contratado, y que hacían escapadas para un polvete rápido, en el piso de arriba o en casa de ella, antes incluso de la inauguración del restaurante.

Al menos, Clare y yo teníamos por delante la perspectiva del crucero. Dentro de un mes estaríamos navegando por el Adriático y el Egeo, y no veía el momento de recorrer los mercados de fruta de Venecia, las callejuelas encaladas de Mikonos o ver los tejados de terracota de Dubrovnik. Me había comprado una docena de vestidos sin mangas para el viaje, muy diferentes al resto de mi vestuario, ligeros e insinuantes, en un caleidoscopio de colores y formas. Clare, por su parte, lo llamaba la celebración de su embarazo, y ya me había pedido que la acompañara en el parto.

—Bueno, cuenta: ¿cómo fue la cita de anoche con Gil? —le pregunté, cuando acabamos de comer.

—No era una cita —dijo, fingiéndose ofendida.

—Pensaba que habíais ido a cenar juntos —bromeé.

—Tomamos una hamburguesa en un pub donde tocaba una banda-tributo de The Smiths. Fuimos por la música.

375

—Ya —respondí yo, sonriendo.

—¿Y a qué hora vas a su consulta?

—Dos y media —dije, echando una mirada al reloj—. Desde aquí solo hay diez minutos a pie, ¿no?

Clare asintió.

—Te acompañaré. Tengo que volver —dijo. Y luego me miró más fijamente—. ¿Estás lista para esto?

Asentí. Había tardado un tiempo en decidir hacer terapia para procesar todo lo sucedido. En el pasado ya la había hecho y había tomado mucha medicación para tratar mi bipolaridad, pero los *flashbacks* y las pesadillas no desaparecían. Aún me costaba ir a lugares aislados, y hasta el vestuario del gimnasio a veces me ponía nerviosa, cuando no había nadie más.

Sin embargo, confiaba en Gil Moore, y estaba de acuerdo en que tenía que trabajar los diversos problemas que probablemente arrastraba desde tiempo atrás y que se habían exacerbado con todo lo sucedido con Martin y Donna Joy y Sophie Cole.

Había tardado varias semanas en acceder a hablar de aquello con alguien, aunque había leído hasta la última coma de lo publicado, cada artículo sobre el caso, al que según parecía habían bautizado como «la venganza de las primeras esposas». Sophie se había convertido en la criminal más famosa del país, pero también había quien la encumbraba como icono ultrafeminista, símbolo de la rebelión de las mujeres contra los maridos capitalistas y controladores. Me preguntaba si la gente que la aplaudía tanto se imaginaba lo aterrador que había sido mi encuentro con ella en la isla de Dorsea. O si sabían que había matado a Donna Joy para sacar adelante su plan.

La policía no encontró a Donna en Francia, ni en ningún lugar. Aún sigue desaparecida, aunque ha habido «avistamientos» en lugares tan distantes como Paraguay o Papúa Nueva Guinea.

Sophie Cole niega haber tenido ninguna conversación conmigo en la que admitiera haber hecho ningún daño a Donna. Es cierto: en realidad, no lo admitió, pero la miré a los ojos y «lo supe». Supe lo que le había hecho. Lo que no sé es cómo podré defender eso ante un tribunal. Llegará el día. El inspector Doyle está preparando el caso contra Sophie, intentando que responda por algo más que su intrusión en la Dorsea House para atacarme. Está revisando grabaciones de cámaras de vídeo en busca de imágenes de su huida de Londres con Donna, para descubrir adónde fueron. Yo le ayudaré en todo lo que pueda, aunque en el fondo sé que, si se pierde interés en el caso, si no recuperan el cuerpo de Donna, si no hay pruebas que permitan descartar que Donna haya desaparecido voluntariamente, Sophie evitará los cargos por asesinato.

Sé mejor que nadie que en el estrado de los testigos no hay lugar para la especulación y las conjeturas, pero cada vez que estoy sola pienso en lo que pudo pasarle a Donna Joy en esas horas tras su desaparición.

Pienso en lo que diría, en mis hipótesis, en la historia que tejería como abogada de la acusación, no como testigo.

Pienso en Donna Joy entrando en el coche de Sophie aquella noche, después de pedirle a Martin que saliera de su cama, y en Sophie, nerviosa pero a punto, al volante de un coche que habría comprado en efectivo, esperándola. Pienso en ellas saliendo de Londres, al estilo Thelma y Louise, sintiendo la amistad, la libertad y la adrenalina. Pienso en su llegada a un apartamento de veraneo o a una casa lejos de todo, en algún lugar remoto donde pasar desapercibidas.

Pienso que Donna no se iría a Francia inmediatamente. De hecho, no creo que fuera a Francia en absoluto, aunque le hubiera cogido el pasaporte a su hermana y hubiera hecho una prueba en el Eurostar (esa escapada misteriosa de la que Phil Robertson había sido testigo unas semanas atrás). Yo creo que Donna Joy se quedó en su escondrijo solitario, esperando impacientemente las instrucciones de Sophie. Pero también creo que habría empezado a tener dudas con respecto al plan y que habría decidido echarse atrás antes incluso de que se denunciara su desaparición. Y cuando Sophie fue a verla, a convencerla para que se mantuviera fiel al plan, la habría matado. Después habría ocultado su cuerpo en una tumba superficial o en una fosa séptica. O quizá Donna encontrara otro triste fin que nunca habría podido imaginarse.

Sé lo fácilmente que podría destrozar mi historia el abogado defensor de Sophie Cole. Tengo un cuaderno en casa, oculto en un cajón, entre la ropa del gimnasio, con los argumentos que yo usaría en el juzgado si representara a Sophie.

Sé que pondría objeciones a cualquier grabación de vídeo o

a cualquier prueba gráfica de poca definición que mostrara a Sophie y a Donna, considerándola inadmisible. Que contraatacaría con alegaciones sobre la obsesiva novia de Martin. La mujer que estaba observando la casa de Donna la noche de su desaparición. La amante sospechosa que tenía motivos para desear la muerte de Donna.

Sin embargo, esas ideas se quedan en mi cuaderno, porque no quiero pensar en ellas más de lo necesario.

Caminamos hasta el centro de asesoramiento legal de West London en completo silencio. Era agradable ver el reflejo de la luz del sol en el canal y los cisnes deslizándose por el agua. Clare me había recomendado que empezara a buscar lo bueno en cada cosa, recordándome que estamos rodeados de pequeños placeres. Y tenía razón, tenía montones de cosas por las que sonreír. Había vendido el piso enseguida y por un buen precio. Seguía trabajando en el Burgess Court (la fusión del bufete con el Sussex Court parecía inminente) y Tom Briscoe se había convertido en un buen amigo. Había intentado convencerme de no retirar mi candidatura al Consejo de la Reina, pero yo le había repetido media docena de veces que en aquel momento de mi vida no estaba segura de poder soportar el rechazo. Además, habría otras ocasiones para presentarse.

Daniyal Khan volvió al Reino Unido tras unas vacaciones de dos semanas en Pakistán, tal como había prometido su padre. Quizá la relación de Yusef Khan con su nueva novia de Bedford era más seria de lo que nos habíamos imaginado. Quizá Yusef no fuera el malo de película que habíamos pensado, al menos en lo referente a su hijo. El amor lo puede todo.

En cuanto a mi vida amorosa, había decidido que estaba mejor sola. Al menos de momento. Martin Joy aún me llama de vez en cuando. Donna Joy aún hace que nos mantengamos en contacto, ahora como testigos en el caso contra Sophie Cole. En algún momento nos encontraremos en el tribunal, sin duda.

Pero lo que sentía por él se desvaneció tan rápidamente como había aparecido.

Quería olvidar todo aquel periodo de mi vida, y era como si el centro de control de mis emociones lo entendiera.

Me despedí de Clare, que se quedó recogiendo sus mensajes en recepción. Me indicaron que fuera al primer piso, lo cual suponía un cambio con respecto a mi visita anterior.

—Bonito lugar —le dije a Gil, paseando la mirada por el diáfano espacio de su nueva consulta.

—Al parecer, alguien lo ha dejado libre. Yo ya estaba dispuesto a pagar más, pero me gusta pensar que es como un ascenso —respondió, sonriendo.

—Así que hoy nada de luces azules.

No estaba segura de que fueran a ayudarme. Cada vez que cerraba los ojos, por la noche, veía las luces de los coches patrulla acercándose a la Dorsea House. Sabía que Gil querría hacerme hablar de aquella noche, pero yo quería que la experiencia fuera lo menos estresante posible.

—Nada de luces. Solo conversación —dijo.

Me senté en una vieja butaca y froté las manos contra los muslos, nerviosa.

Gil se acercó y se me sentó delante. Me preguntaba si habría saltado la chispa entre él y Clare en el pub de Putney. Si no sería más que una salida de amigos, igual que cuando Tom Briscoe me había invitado a un espectáculo de humor, el viernes siguiente. ¿O habría algo más? Como colegas, me preguntaba si sería sensato que Clare y Gil tuvieran una relación. Pero pensándolo bien, ¿cómo se suponía que iba a conocerse la gente? Intenté recordar las veces que me había maldecido a mí misma por liarme con mi cliente. Pero no era nada malo. Era algo normal. Nadie es perfecto. Respondemos a los estímulos y aprovechamos las oportunidades cuando se presentan, mezclándonos con personas con las que tenemos algo en común. Quizás ese fuera el motivo por el que me había comprado un vestido nuevo para mi cita con Tom. Quizá por eso había empezado a sentir un revoloteo de mariposas en el estómago cuando nos preparábamos una taza de té en la minúscula cocina del bufete.

Gil y yo empezamos a hablar de cosas intrascendentes. Me hizo unas cuantas preguntas y anotó mis respuestas en su cuaderno.

—Bueno, hoy vamos a hablar de esa noche en la isla de Dorsea. ¿Estás lista?

—Sé delicado —respondí, conteniendo una risita nerviosa.

Gil se cruzó de piernas y se puso la mano sobre el muslo.

—Sé que no es fácil recordar aquella noche, Fran, pero sin ella quizá nunca hubieran pillado a Sophie Cole. Si piensas en las cosas positivas que surgieron de aquella noche, eso te ayudará a aliviar las emociones negativas a las que la asocias.

—¿Por dónde quieres que empiece?

—¿Por qué no me lo cuentas como una historia? Eso suele ayudar. Crea una cierta distancia de partida, antes de que analicemos tus sentimientos más profundamente.

Me pareció bien. Yo era la niña a la que le encantaban los libros. La adolescente que quería escribir una novela. Como adulta, me pareció bien usar la narración para poner en palabras todo lo sucedido.

Respiré hondo e intenté centrarme. Era fuerte y estaba decidida a seguir adelante. Cerré los ojos, dejé que el silencio me transportara de nuevo a la isla de Dorsea y empecé mi relato.

—Es curioso cómo la mente bloquea los recuerdos que no quiere guardar, eso no es nada nuevo. Pero si cierro los ojos, aún puedo oír los sonidos de aquella noche de mayo. El aullido de un viento inusualmente frío para la estación, el repiqueteo contra la ventana del dormitorio, el roce de las olas contra los guijarros de la playa a lo lejos…

Agradecimientos

Gracias a mi agente Eugenie Furniss, y a Liane-Louise Smith, Rachel Mills y Lucy Steeds, de Furniss Lawton. También a Drew Reed, Marcy Drogin y Toby Jaffe, de Original Films.

Kimberley Young, Eloisa Clegg, Felicity Denham, Claire Ward y todo el equipo de HarperCollins no solo contribuyeron a que el libro cobrara vida, sino que hicieron que el proceso hasta la publicación fuera tan divertido que a veces iba a la oficina a una reunión de *marketing* y me encontraban por ahí tres horas más tarde. Gracias también a Katherine Nintzel y al fantástico equipo de William Morrow.

Hay mucha gente que me ha ayudado a elaborar la trama dedicándome su tiempo y compartiendo sus conocimientos. Los brillantes abogados de familia Michael B. y Fiona S. me pusieron al día sobre derecho familiar, procedimientos judiciales en casos de divorcio y resolución de acuerdos económicos. Si hay algún error en esa materia, es culpa mía. Suzanne P. fue mi primera lectora, mi banco de pruebas y mi detector de errores. Empezamos juntas nuestra carrera como abogadas y aún somos grandes amigas, aunque yo dejé la abogacía hace mucho tiempo. Pero todavía podemos quedar en cualquier momento para tomarnos un cóctel de ruibarbo y discutir de libros y de derecho. El doctor Jim me ilustró espléndidamente sobre el fascinante y complicado mundo de las amnesias y la recuperación de recuerdos. Gracias también a Goat, Scarlett Taor y Benny Harvey.

Obsesión no fue más que un documento llamado «Novela de misterio» que pasó mucho tiempo en mi escritorio. Gracias a toda mi familia por su apoyo, especialmente a mi hijo, Fin, siempre dispuesto a pasear por las calles de Chelsea conmigo trazando los movimientos de Francine, y a mi marido,

John, que me apoyó desde el principio y al que nunca pareció importarle hablar sobre detalles de la trama cuando en realidad quería ver *Juego de tronos*. Va por ti.

Este libro utiliza el tipo Aldus, que toma su nombre
del vanguardista impresor del Renacimiento
italiano, Aldus Manutius. Hermann Zapf
diseñó el tipo Aldus para la imprenta
Stempel en 1954, como una réplica
más ligera y elegante del
popular tipo
Palatino

Obsesión
se acabó de imprimir
un día de verano de 2018,
en los talleres gráficos de Egedsa
Roís de Corella 12-16, nave 1
Sabadell (Barcelona)